KB262469

버터플라이 1

Butterfly

버터플라이

초판 1쇄 찍은 날 | 2011년 3월 24일
초판 1쇄 펴낸 날 | 2011년 3월 30일

지은이 | 홍윤정
펴낸이 | 서경석

편집책임 | 유경화
편집 | 이수민

펴낸곳 | 도서출판 청어람
등록번호 | 제1081-1-89호
등록일자 | 1999. 5. 31
어람번호 | 제5-0283호

주소 | 경기도 부천시 원미구 심곡2동 163-2 서경B/D 3F (우) 420-822
전화 | 032-656-4452 팩스 | 032-656-4453
http://www.chungeoram.com
E-mail | chungeoram@chungeoram.com

ⓒ 홍윤정, 2011

ISBN 978-89-251-2461-2 03810

버터플라이 1

Butterfly

홍윤정 장편 소설

도서출판 청어람

❀ 목차

프롤로그

7년 전, 그날은 폭풍우가 들이닥치기 직전의 을씨년스러운 날이었다. 나뭇가지가 휘둘리고 창문이 흔들릴 만큼 바람이 거세게 불었고, 굵은 빗방울은 세차고 빠르게 내려 세상에 존재하는 모든 것들을 단박에 흠씬 적시고 있었다.

이런 날씨에는 우산도 뭣도 소용없으니 그저 집 안에서 꼼짝 않고 있어야 한다는 것을 알면서도, 나빈은 비치파라솔만큼이나 커다란 우산 하나를 방패 삼아 밖으로 나왔다. 빌린 만화책을 오늘까지 갖다 주지 않으면 연체료가 부과된다는 책방 아줌마의 엄한 목소리가 귓가에 쟁쟁 들려오니, 도저히 가만히 있을 수가 없었던 것이다. 어제 학교 가기 전 들러 책방 수거함에 넣어둘걸. 하필 오늘 비가 올 게 뭐람.

"이놈의 단기치매 때문에 손발이 고생이다, 진짜."

중학교 2학년에 불과한 소녀에게 전혀 어울리지 않는 단어가 한숨과 함께 터져 나왔다. 비가 정말 어마어마하게 많이 내리고 있었다. 바로 코앞도 제대로 볼 수 없을 정도로 거세게 쏟아지는 빗줄기에 나빈은 덜컥 겁이 나기 시작했다. 길을 나서기 전엔 500m 전방에 위치한 동네 책방까지야 충분히 갈 수 있을 거라 생각했었는데, 이게 웬걸.

대문을 나서니 겁이 덜컥 났다. 엄청난 빗줄기 때문에 시야가 50m도 확보되지 않고 있었다. 그냥 연체료 낼까 싶은 것이 당장이라도 집 안으로 들어가고 싶은 충동까지 일었다. 하지만 연체료 몇백 원이 얼마냐. 친구 생일에, 얼마 전 모 가수 콘서트까지 갔다 오느라 나빈은 이미 용돈을 죄다 탕진한 상태였다.

"무슨 비가 이렇게 많이 와?"

나빈은 커다란 우산을 훌쩍 펴고 온몸을 잔뜩 움츠린 채 비닐봉지에 잘 싸 돌돌 말아놓은 만화책을 옷 안에 잘 넣은 후, 빠르게 발을 내디뎠다. 비가 이렇게 많이 올 땐 최대한 빨리 움직여 비 사이로 막 가는 게 상책이었다. 그래야 한 방울이라도 비를 덜 맞는 게지. 하지만 그러한 눈물겨운 노력에도 불구하고 집을 나선 지 단 3초 만에 그녀의 트레이닝 바지는 흠뻑 젖어버렸다.

"아, 진짜!"

짜증을 왕창 내며 나빈은 젖어서 축 늘어진 바짓단을 내려다보곤 인상을 팍 썼다. 찝찝하고도 섬뜩한 찬기가 발목과 종아리, 허벅지까지 스며들기 시작했다. 으, 신음 소리를 내뱉으며 그녀는 엄지와 검지를 이용해 축축한 천을 살갗으로부터 멀리, 저 멀리 떨어뜨렸다. 그 와중에도 열심히, 줄기차게 쏟아지는 빗방울은 그녀를 더욱 짜증 속으로 몰아넣고 있었다.

"뭐야, 이게. 이놈의 비, 진짜. 무슨 비가 이렇게 내려? 아, 짜증……?"

그때였다. 신경질적으로 내돌린 시선 끝자락에, 웬 기이한 형체가 탁 걸렸다. 시현네 담벼락에 사람이 있었다. 우산도 쓰지 않은 채, 그것도 주저앉아.

'여기서 뭐하는 거야?'

남자는 미친 듯이 퍼부어대는 비를 고스란히 맞고 있었다. 바닥에 쪼그리고 앉아 머리를 두 팔에 묻은 자세는 마치 잠을 자는 것 같기도, 우는 것 같기도 한 모습이었다. 술이 떡이 되게 마신 사람인 게 틀림없었다. 그렇지 않고서야 이런 폭우 속에서 저렇게 늘어져 있을 리 없지 않나. 유명한 오지랖퍼인 손나빈, 슬쩍 걱정이 되었다. 이대로 놔뒀다가는 분명 내일 아침 시체로 발견될 게 뻔했으니까. 나빈은 그를 깨울 요량으로 천천히 가까이 다가갔다. 그리고 조용히 그의 옆에 멈춰 서 우산을 슬쩍 앞으로 내밀었다.

남자의 몸 위로 무차별적으로 쏟아지던 빗줄기는 순식간에 잦아졌다. 휘잉— 시리도록 차가운 공기가 바람에 실려 그녀와 남자의 사이에 만들어진 빈 공간을 가르고 지나갔다. 긴장한 채 남자를 내려다보고 있던 나빈은 온몸을 감싸는 싸늘한 기운에 어깨를 움츠렸다. 그리고 그때, 남자가 불쑥 고개를 쳐들었다.

“헉!”

갑작스런 움직임에 나빈은 깜짝 놀라 두 눈을 휘둥그레 떴다. 당장이라도 튀어나올 것처럼 커다래진 그녀의 눈동자 속으로, 흠뻑 젖은 남자의 모습이 단번에 들어왔다. 적개심 가득한 눈빛, 위험할 정도로 어두운 표정, 텅 빈 시선. 처절할 정도로 고통스런 감정이 넘실거리고 있는, 하지만 그러함에도 불구하고 마주 보고 있으면 누구나 단번에 빠져들 것 같은 깨끗한 눈동자가 인상적인 남자였다.

“어…… 저, 저기…….”

“…….”

혼이 쑥 빠진 채로 중얼거리는 나빈을 그는 가만히 올려다보고 있었다. 나빈은 입술을 꿈틀거렸다. 뭔가 말을 해야만 할 것 같았다. 무슨 말이든, 아무 말이라도 좋으니 꼭. 하지만 어째서인지 숨이 턱 막혀 버린 그녀다. 나빈은 지지부진 아무 소리도 못하고 어버버거리기만 했다.

“여, 여기서 뭐, 뭐하시는 건지…….”

“…….”

“호, 혹시 도, 도와드리…… 힉!”

렉(Lag) 걸린 컴퓨터처럼 버벅거리는 그녀를 가만히 바라보던 남자가 갑자기 쑥 자리에서 일어났다. 유령처럼 소리없이, 힘 하나 들이지 않고 일어나는 바람에 나빈은 깜짝 놀라고 말았다.

남자는 좀, 아니, 엄청 많이 키가 컸다. 슬림한 바디에 기다란 목, 쭉쭉 뻗은 팔다리가 한눈에도 범상치 않은 체형이란 게 보였다. 눈코입도 시원시원 큼직큼직하니 잘생겼다. 피부는 여자라고 해도 믿을 수 있을 만큼 깨끗하고 하얗고 속눈썹은 까맣고 짙었다. 거기에 입술은 붉고 촉촉하기까지. 어느 것 하나 평범하지 않은 그의 얼굴은 거의 아트였다.

엄청 잘생겼다고, 나빈은 멍하게 생각했다. 나빈이 좋아하는 그 어떤 연예인보다도 더 잘난 것 같았다. 이런 말까지 하면 너무 오버인가 싶겠지만 황금비율, 조각미남, 매직바디와 같은 연예인 전용의 그 어떤 수식어를 갖다 붙여놔도 어색하지 않을 것 같았다. 진심으로 꽃미남에 대한 깊은 관심과 애정을 갖고 있으며, 남자에 대해서는 칼 같은 심미안을 가지고 있다 자부하는 그녀의 눈에도 이 사람은 완벽해 보였다. 꼴깍. 나빈은 자신도 모르게 침을 삼키고 있었다.

"괜찮으세요?"

"……."

"혹시 길을 잃으셨어요?"

"……."

벙어리인가? 그는 아무런 대답도 하지 않고 그냥 가만히 그녀를 바라본 채 서 있기만 했다. 미친 듯이 쏟아지는 작달비 속에서도 그의 눈동자는 투명하게 빛나고 있었다. 묘하게 사람의 마음을 잡아끄는 눈빛이었다. 촉촉하고 맑은 게, 쉽게 상처받을 것 같은 느낌이랄까. 구구절절한 사연이 깃든 눈이었다. 이렇게 잘생긴 사람한테 무슨 기구한 사연이 있을까나.

"길을 잃으셨다면 제가 도와드릴게요."

“…….”

“여기 골목이 좀 복잡하죠? 골목이라고 하기엔 너무 넓고. 지리 파악하기 좀 힘든 구조예요. 그래서 초행길에 집 찾기 되게 힘들어요, 여기. 몇 번지, 찾으세요?”

“…….”

“혹시 이 집?”

“…….”

“여기 시현이네 집인데……. 최시현 아세요?”

그녀의 질문에, 내내 무표정이던 그의 얼굴근육이 꿈틀거렸다. 그러더니 뭔가 이상하다 느낄 새도 없이, 그가 휙 뒤를 돌아 언덕진 골목을 내려가기 시작했다.

“저기요! 잠깐만요!”

반사적으로 그를 제지했지만 그는 뒤를 돌아보지 않았다. 험악하기 짝이 없는 장대비를 고스란히 다 맞으면서 그는 기괴하리만치 천천히 언덕을 내려가고 있었다. 이미 온몸이 홀딱 젖어 있는 남자의 몸 위로 세찬 빗줄기가 맹렬히 떨어졌다. 비를 전혀 피할 생각이 없는 것처럼 뵈는 남자의 모습에, 나빈은 멍해져 버렸다. 감기 들 텐데…….

“에잇, 남 일엔 이제 신경 끄자. 싫다잖아. 우산 쓰기 싫다잖아. 선보기 하루 전날 삭발하고, 신도림 역 안에서 스트립쇼하고, 비 오는 겨울밤에 벗고 조깅하고 싶다는 사람도 있는데 뭘. 비 오는 날 미친 듯이 비를 맞고 싶은가 보지. 남 도와줄 생각 말고, 네 앞가림이나 잘해라. 항상 쓸데없이 오지랖만 넓은 게 네 유일한 단

점이다. 알겠냐, 손나빈?"

나빈은 고개를 좌우로 흔들며 쯧쯧, 스스로를 향해 혀를 찼다. 그리곤 부르르 몸을 떨며, 휙 뒤를 돌아 가파른 시멘트 언덕길을 오르기 시작했다. 탁탁탁탁…….

하지만 몇 걸음 못 가 나빈은 금세 걸음을 멈출 수밖에 없었다. 미친 척 비 맞고 싶은 사람일 수도 있지만, 아닐 수도 있으니까. 사람에겐 일탈하고 싶은 욕구가 분명 있고, 실제로 일탈행위를 할 수도 있는 거지만, 그런 욕구는 항상 호르몬의 반란으로 이성이 가출했을 시에 분출된다는 게 문제가 아닌가. 저 남자도 지금 제정신이 아닌 게 분명했다. 저대로 두면 어딘가에 쭈그리고 앉아 잠이 들겠지. 계속 비를 맞다 보면 죽을 수도 있는 거 아닌가?

저체온증. 시체. 아침 뉴스.

[오늘 새벽 5시. 서울 모 동 주택가에서 10대 청소년이 숨진 채 발견돼 경찰이 수사에 나섰습니다. 경찰에 따르면, 숨진 10대 청소년의 사인은 저체온증으로 어제 오후 4시경부터 쭉 비를 맞았을 것으로 추정된다고 합니다. 놀라운 것은, 고인이 쓰러져 있던 곳은 주택이 밀집되어 있는 장소로 비교적 사람들이 많이 오고가는 골목길인데도 한 생명이 죽음에 이르기까지 구원의 손길을 뻗은 이가 아무도 없었다는 것입니다. 만약 지나가는 행인 중 단 한 명이라도 그에게 관심을 주었다면 꽃다운 생명이 꺾이는 참사는 막을 수 있었을지도 모를 일입니다. 자신의 일이 아니면 관심을 갖지 않는 현대인의 어두운 단면 앞에서, NBS뉴스…….]

귓가에 언짢은 환청이 들려오는 듯하자 나빈은 한숨을 푹 내쉬며 뒤를 돌아보았다. 장대비 속 안개가 자욱하게 올라오는 시야로 남자의 기다란 실루엣이 보였다. 그는 여전히 고개도 숙이지 않은 채 터벅터벅 걸어 내려가고 있었다. 여전히 비를 피할 생각은 없어 보였고, 옷이며 머리며 죄다 흠뻑 젖어 있었다. 역시 이상해. 확실히 제정신은 아닌 것 같았다. 정신병원에서 탈출한 사람인가?

"보기엔 멀쩡해 보이는데."

나빈은 혼자 중얼거리면서 서둘러 남자의 뒤를 밟기 시작했다. 일단 서서히 분위기를 살피며 틈을 노리다가 적절한 타이밍에 나타나 우산을 씌워줘야겠다고 마음먹고 있었다. 그리고 집이 어디인지, 왜 이러고 있는지 물어볼 생각이었다. 도저히 타이밍을 못 잡겠다면 뭐, 머리에 꽃 단 행인이 있으니 데리고 가라고 경찰서에 신고하면 되는 거고. 뭘 하든 그냥 방치하진 않을 것이었다. 그런데…….

"엥?"

뭐 하는 걸까? 그의 걸음걸이가 심상치 않았다. 터덜거리는 발자국에 살짝살짝 몸이 흔들리는 건 전과 다름이 없었는데, 바로 그 다름이 없다는 점이 문제였다. 골목길을 벗어나 사차선 도로변이 나오는 중이었다. 횡단보도도 신호등도 있는 엄연한 도로. 바로 코앞에 차가 지나다니는 도로가 있는데, 또 지금은 빨간 신호등인데, 그는 속도를 줄이지 않고 터벅터벅 전과 다름없는 속도로 걷고 있었다.

"저, 저 사람 왜 저래?"

중학교 2학년 손나빈의 머릿속에는 즉흥적으로, 거의 반사적으로 불쑥 한 장면이 떠올랐다. 한 남자가 횡단보도에 서서 자신을 향해 달려오는 자동차 헤드라이트를 받고 있는 장면. 놀란 남자는 두 팔을 들어 자신의 시야를 가리고, 끼이이익— 급브레이크 소리가 허공을 울린다.

드라마나 영화, 어딘가에서 한 번쯤 봤을 법한 장면이었으나 결코 지어낸 이야기일 뿐이라 치부해 버릴 수는 없었다. 실제로 작년에, 같은 반 아이가 스쿨버스 사고로 죽었고, 학교 내에서 일어난 사고여서 사고 후의 방치된 시체의 모습을 적나라하게 본 적이 있었기 때문에. 사고 이후, 학교와 가정에서 교통사고에 대한 교육을 무진장 많이 받기도 했었다.

"이봐요!"

작년에 죽은 그 친구가 떠오르니 더 이상 강 건너 불구경하듯 가만히 구경만 하고 있을 수가 없었다. 자살을 하려는 건지, 아님 반 정신이 나간 상태라 상황파악이 안 된 건지, 정확한 사연이 무엇인지 알 수는 없었지만 일단 그를 제지하고 봐야 했다. 나빈은 갑자기 속력을 내 정신없이 뛰기 시작했다.

"잠깐만요! 가면 안 돼요! 정신 차려요!"

빗줄기가 세차게 얼굴을 강타했다. 바람을 등지고 있어서 그나마 나았지만 물줄기가 온몸을 적시는 걸 막을 수는 없었다. 그 와중에도 만화책은 꼭 붙들고 희뿌연 남자의 뒷모습을 향해 나빈은 더 크게 외쳤다.

"이것 봐요! 그 앞에 횡단보도 있다고요! 차 온다니까요?!"

저만치에서 뿌우— 웅 굉음을 내며 화물차가 달려오고 있었다. 그는 여전히 걸음의 속도를 줄이지 않고 있었다. 꽤나 우렁차게 울리는 그녀의 목소리를 들었을 법도 한데, 그는 뒤를 돌아보지 않았다. 고개조차 꺾어 바닥만을 내려다본 채로 그는 계속해서 걸음을 내딛고 있었다. 진짜 자살하려는 건가? 나빈은 우뚝 서버렸다.

뛰— 경적 소리가 길고 크게 났다. 일순 현실감을 상실한 채 나빈은 달려오는 화물차와 남자의 모습을 멍하게 바라봤다. 커다랗게 뜬 눈동자로, 남자의 모습이 희미하게 맺혔다. 그는 횡단보도 위에 서서 뒤를 돌아보고 있었다.

삶을 포기한 듯한 슬픈 눈빛.

나빈을 바라보는 그의 눈빛은 그랬다. 그 순간, 나빈은 깨달았다. 그가 진짜 자살을 생각하고 있었다는 것을. 툭, 손에 들고 있던 만화책이 바닥으로 떨어졌다. 비닐봉지에 돌돌 말린, 네모난 덩어리가 축축한 길가에 나뒹굴었다. 순간 윙, 귓가로 공명 상태를 알리는 짧은 환청이 들려왔다. 그리고 그게 신호음이었던 듯 엄청난 소음이 텅 빈 거리를 울렸다.

아스팔트를 태워 버릴 듯한 급브레이크 소리를 들으며 나빈은 두 손으로 귀를 막고 두 눈을 찔끔 감았다.

"아아아아악—!"

제1장. 비가 오면 생각나는 사람

"뭐? 아직도 거기야? 그럼 난 어떡해?"

나빈은 대문 앞에 서서 허공에 대고 혼잣말을 중얼거리고 있었다. 귀에 이어폰을 꽂은 채 어머니, 유춘자 여사와 통화를 하고 있었지만 남들 눈엔 혼잣말을 중얼거리는 '이상한' 사람으로 보일 게 틀림없었다. 하나 지금은 남의 눈을 의식하고 있을 때가 아니었다. 두 시간 전부터 주룩주룩 쏟아지기 시작한 장대비 속을 뚫고 겨우 집에 도착한 지금, 대문이 철커덕 잠겨 오지도 가지도 못하게 되어버렸기 때문이었다.

"내 열쇠는 오늘 아침에 엄마가 가져갔잖아. 얼마 전에 잃어버렸다면서."

그랬다. 오늘 아침, 춘 여사는 얼마 전 결혼기념일에 아버지로부터 선물받은(거의 반강제였지만 선물은 선물) 모피 코트를 자랑하겠다는 일념 하에 평소 잘 나가지도 않던 동창 모임에 꼭 나가겠다고 주장하더니, 모피를 입었으니 지하철이나 버스를 이용할 순 없다며 아버지에게서 자동차 열쇠를, 자신에게서는 집 열쇠를 강탈해 갔었다. 평소 외출 시간이 길지 않은데다가 점심시간에 잠깐 짬을 내 만나는 모임이어서, 나빈은 당연히 춘 여사가 일찍 귀가할 거라 여겼었다. 그래서 아무런 긴장감 없이 순순히 자신이 갖고 다니던 비상 열쇠를 내어준 것이었지만, 어이없게도 오후 여섯 시가 넘어가는 지금까지도 춘 여사는 집에 들어오지 않은 상태였다.

"아빠 오늘 밤 새실지도 모른다고 하지 않았어? 중요한 실험 때문에 경과를 지켜봐야 한다고 했잖아."

[그럼 어쩌니? 난 아직도 한참이나 가야 되는데. 차가 막혀서 꼼짝을 하지 않아. 알잖니. 비가 오면 시내가 얼마나 막히는지.]

"그러게 왜 비 오는 날 차를 끌고 나가. 왜? 열쇠는 왜 뺏어가고. 아니, 뺏어갔으면 일찍 오셔야지. 이렇게 늦게 오면 난 어떻게 해?"

[나도 오늘 비가 올 줄 몰랐어, 기집애야. 넌 알았니? 너도 몰랐잖아. 그래서 치마 입고 나간 거 아니야. 너 원래 비 오고 바람 부는 날엔 절대 치마 안 입잖아.]

"좀 일찍 나서지. 비 오면 교통 체증 심한 거 몰랐어? 두 시간 전부터 비가 오기 시작했는데, 뭐하다가 이제 나선 건데?"

[미안하다, 미안해! 낸들 늦고 싶어서 늦니? 너도 친구들 만나면 으레 늦어지곤 하잖아. 기분 맞아서 어울리다 보니까 시간이

이렇게 가버렸는데. 이제 와서 어째? 하여간 쪼그만 게 잔소리는. 꼭 제 아버지 닮아서 얄미운 소리만 골라서 해요. 조금만 기다려. 추우면, 근처 카페에 들어가 있든지.]

"이 장대비 속에서 어디로 가라는 거야. 우산도 없는데. 여기까지도 친구가 태워다 줘서 왔구만."

[그럼 시현이네라도 가 있어. 거긴 아줌마라도 있을 거 아니야?]

"아, 몰라. 엄마 때문에 내가 못 살아."

투정 아닌 투정을 부리며 나빈은 옆집 쪽으로 시선을 돌렸다. 그나마 가장 현실적이고 괜찮은 대책이라 생각하면서도 찜찜한 마음은 어쩔 수가 없었다. 시현네는 원래 어릴 때도 자주 왕래했었고, 시현의 부모님도 친부모만큼이나 나빈을 아끼고 귀애해 주어서 위화감이나 거부감이 별로 없었지만 그것도 이젠 옛말. 나빈은 최근 몇 년간 시현네에 드나드는 걸 자제하고 있었다. 자꾸 시현의 부모님이 자신에게 '우리 며느리'라며 시현과 엮으려고 하시는 통에 대면하는 것만으로도 아주 불편해 죽을 맛이어서다.

시현과는 초등학교 2학년 때 처음 만났다. 부모님의 끈끈한(?) 관계 때문에 저절로 친해지게 되었고, 5학년 때부터는 담벼락 하나를 사이에 둔 이웃사촌이 되어 가족처럼 친하게 지냈다. 하지만 거기까지. 두 사람은 그저 '오래된 친구' 사이일 뿐 절대로 그 이상도 그 이하도 아니었다. 물론 오랜 기간 친구로 지내다 보니 끈끈한 정과 애착 관계가 생기긴 했지만. 그건 엄연히 이성 간의 감정과는 다른, 사람 대 사람으로서의 유대감이었다. 일단 시현을 보면 '내가 갖고 싶다' 는 느낌보다는 '좋은 사람 소개해 주고 싶다' 는 느낌이 더 강하니까. 그런데도 어른들은 녀석과 자꾸만 결혼이라는 이성 간의 감정이 필수인 관계로 엮으려고 하니 자연스레 부담이 되는 것이었다.

"아줌마, 저예요."

[어, 나빈이구나. 잠깐만.]

이런저런 생각들을 뒤로하고 시현네 집 벨을 누르니 도우미 아주머니가 지체없이 문을 열어주었다. 최근엔 자제한다고는 하나, 전에 워낙 자주 들렀었고 가족들 입에도 뻔질나게 오르내리는 인물이 바로 나빈이니 도우미 아주머니조차도 나빈을 가족처럼 대하는 것이었다. 아마 아주머니 나름대로는 나빈을 페로스화장품의 차기 마나님쯤으로 여기고 있을 것이다.

"어? 어디 가세요?"

"어, 쓰레기 버리러. 시현이 학생 만나러 왔어?"

막 열린 문을 밀치고 안으로 마구 뛰어들어 가는데, 집 안에서 아주머니가 나오고 있었다. 또다시 찬기가 뼛속으로 스며드는 착각에 빠져 부르르 떨며 나빈은 냉큼 아주머니가 받치고 있는 우산 속으로 비호처럼 뛰어들었다.

"네. 집에 있죠?"

"응. 샤워하고 있을 거야. 시현이 학생도 비를 엄청 맞았어. 흘딱 젖었지 뭐야."

"정말요? 아우, 갑자기 한겨울에 웬 비인지 몰라요. 저도 진짜 추워 혼났어요."

"겨울엔 비가 내리면 곧바로 날이 풀린다는데. 진짜 그러려나."

"그러면 좋겠지만 그건 아닌 것 같아요. 아직 1월인데요, 뭘. 내일 빙판길이나 안 되면 좋겠어요."

"방학인데 뭐하느라고 날마다 외출이야?"

"도서관에요. 방학 동안에 영어 공부 좀 해놓으려고요."

"아휴, 진짜 나빈이는 언제 봐도 착실해. 그러니까 회장님이랑 사모님께서 그렇게 탐을 내지."

"아, 하하하……."

역시 그럼 그렇지. 아주머니도 다 알고 있었던 것이다. 온 가족들이 시현과 나빈을 짝지어주려고 혈안이 되어 있다는 것을. 나빈은 급, 어색해지는 것을 느끼며 억지웃음을 방실방실 지어 보였다. 지금까지 그래 왔던 것처럼 그저 실없는 농담 하나 들었다, 생각하고 넘겨야지. 어쩌겠어? 솔직히 이런 얘기 들을 때마다 발끈하는 것도 우습게 느껴지는걸. 그래서 나빈은 늘 이렇게 대충 웃고 때우는 편이었다.

"그럼 저 먼저 들어갈게요."

서둘러 아주머니의 말을 외면하며, 나빈은 현관문을 열고 집 안으로 들어갔다.

"으윽— 따뜻해. 완전 좋다."

절절한 따스함이 온몸을 에워쌌다. 부르르 몸을 떨며 부츠를 벗고, 나빈은 부산스럽게 안으로 들어섰다. 널찍한 거실 안으로 쑥 들어가, 무거운 책을 응접실 탁자에 내려놓고 두 손으로 차가워 꽁꽁 얼어붙은 허벅지를 박박 문지르고 있자니 커튼이 반쯤 드리워진 주방 안에 누군가가 서 있는 게 눈에 들어왔다. 웃통을 벗은 채로 물을 마시고 있는 남자의 뒷모습, 딱 시현이었다. 샤워하고 있다더니 그새 끝내고 나왔나 보다.

나빈은 히죽 웃고는 슬그머니 고양이 걸음으로 다가갔다. 분위기로 보아, 아직 나빈이 집 안에 있다는 걸 전혀 모르는 모양. 장난기가 발동한 것이다. 확 놀라게 해줄 생각을 하니 절로 기분이 좋아졌다. 찢어질 것처럼 활짝 벌어진 입술을 꽉 깨물며 나빈은 조금씩 점점 더 녀석에게 접근해 갔다. 그리고 그가 벌컥거리며 한 잔의 물을 거의 다 비워갈 무렵, 나빈은 잔뜩 웅크린 자세로 살금살금 조용히 이동하고 있던 자세를 180도로 바꿔 훅 몸을 세우고 번쩍 손을 들어 녀석의 뒤통수를 가격했다. 빡, 소리가 날 정도로 세게.

"야, 이 자식! 못 보는 새에 많이 컸네. 등짝이 이젠 남자다, 남자. 역삼각형! 운동 많이 했구나, 너? 아주 나한테 장가오려고 용을 쓰네, 용을 써. 그래 봤자 알지? 넌 내 컬렉션에 들어올 수가 없다는 거. 에릭 오빠, 소지섭 오빠, 원빈 오빠 정도는 되어야 받아준다는 거."

"……."

이상하다고 느낀 건 이즈음부터였다. 보통 때라면 당연히 어디 남자의 뒤통수를 치냐며 펄쩍 뛰었을 텐데, 그러지 않았으니까. 그는 그 자리에 박제된 사람마냥 꼼짝하지 않고 가만히 서 있기만 했다. 하지만 뭐, 가끔 시현도 진지해질 때가 있으니까. 나빈은 별다른 의심을 하지 않고 녀석의 높은 어깨에 척 손을 올려 어깨동

무를 시도했다. 그리고 어울리지도 않는 허세로 가득 충전된 얼굴로 잔뜩 거들먹거리며 고개를 아래로 기울여 상대의 얼굴을 확인했다.

"그리고 알지? 내가 얼굴 엄청 따지는 거. 너 정도로는 내 욕망, 내 욕구, 내 이상향, 절대로 충족되지 않는다는 거. 최하 비 오빠 정도는 되어야……!"

헉! 나빈은 얼어붙고 말았다.

그녀의 눈앞에 서 있는 남자는 시현이 아니었다. 그는 시현의 이복형. 7년 전, 집 앞에서 처절하리만치 주룩주룩 내리는 비를 맞고 앉아 있었던 바로 그 사람.

최시우였다.

"엄마얏!"

나빈은 냉큼 그의 목덜미에 걸쳐 있는 팔을 빼고 저만치 떨어져 갔다.

"혀, 형님이시네요. 전 시현인 줄 알고 그만…….."

"……."

"어, 엄청 닮으셨어요, 시현이랑. 뒷모습은 완전 똑같은데요? 얼굴 보기 전엔 진짜 시현인 줄로만 알았어…… 요…….."

나빈은 멀쩡한 남의 뒤통수를 풀스윙으로 후려갈긴 자신의 미친 행동에 나름대로 타당한 이유와 적절한 의미를 부여하기 위해 열심히 버벅거려 보았으나, 점점 자신이 없어지는 것은 어쩔 수 없었다. 아무리 생각해 봐도 이건 아닌데 어쩔. 게다가 저 싸늘하고 무미건조한 시선은 왜 이렇게 무서워. 성격 더러운 거 티내며 인상 팍팍 쓴 것도 아닌데, 그냥 살짝 미간만 구겼을 뿐인데. 사과 받는 것마저 귀찮은 티가 역력한, 딱 '사과할 거면 빨리하고 꺼져'의 표정인데. 아주 그냥 무서워서 벌벌 떨겠다.

"휴욱— 죄송합니다."

결국 크게 한숨을 내쉬며 나빈은 고개를 푹 숙였다. 피할 수 없으면 즐겨라…… 가 아니라 죽을죄를 졌소~ 하고 엎드려 절해야 하는 게 맞는 거. 대충 얼버무리다간 심장마비로 별세할 위기였다. 나빈은 혹독하고 잔인한 말로 된통 야단맞을 것을 각오하고 질끈 두 눈을 감았다. 한데…….

"어?"

휙, 코앞으로 그가 지나갔다. 나빈은 훌쩍 고개를 들어 그가 주방을 빠져나가는 모습을 넋 놓고 쳐다보았다. 뭐라 쪼아줄 줄 알았는데 왜 아무 말도 없는 거야? 마치 아무 일도 없었던 것처럼 자연스럽게 지나쳐 간다. 순식간에 유령이 된 기분이 들어, 더듬더듬 손으로 제 몸을 더듬어보기까지.

또 이러네. 왜 나만 이렇게 무시하는데?

매번 그를 대할 때마다 느끼는 감정인데, 그는 자신을 너무 홀대한다. 말 그대로 유령 취급, 없는 사람 취급이다. 인사를 해도 받아주지 않고, 친근하게 웃으며 살랑살랑 대화해 보려고 시도해 봐도 그냥 무시다. 홀대, 무시, 유령 취급. 줄줄이 늘어놓고 보니 괜히 서운하고 섭섭한 기분마저 든다. 그래도 나름 인연이 있는 사이라고 생각하고 있거늘. 왜 나한테만 저래? 내가 그리 무존재인가?

꽁한 마음에 그의 뒷모습을 쪽 찢어진 눈매로 째려보고 있으려니, 벗은 그의 등으로 자연스레 시선이 갔다. 시우의 등에는 징그러울 정도로 길고 커다란 칼자국이 사선으로 그어져 있다. 교통사고의 흔적이다. 끔찍했던 사고 모습을 고스란히 간직한, 정말로 똑바로 쳐다보기도 힘든 상흔이었다. 나빈은 치떴던 눈동자를 다시 스르르, 내리뜨곤 입술을 삐쭉거렸다. 좀 얄밉다고 느끼다가도 그날의 사고를 떠올리면 화를 낼 수가 없단 말이지. 그 사고를 직접 목격했기 때문일까. 그가 살아 움직이고 있다는 것 자체만으로도 나빈에겐 감격이었다. 왜냐고? 그 사고는 정말 처참한 지옥이었으니까.

갈비뼈 다섯 대가 부러져 폐를 뚫어버렸다던가. 골반에 철심을 박았다던가. 아무튼 그는 거의 죽다가 기적적으로 살아났다고 했다. 그 후유증으로 그는 스물다섯 살인 지금까지 군대도 못 가고 있는 지경. 어렴풋이 면제되었다는 말도 들은 것 같지만, 춘 여사의 수다 속에서 잠깐 나왔다 사라졌을 뿐인지라 정확한 건 아니다. 확실한 건 그가 1년 동안 학교를 쉬고, 또다시 1년간의 재활치료 이후에 학교에 복학했다는 것, 그래서 3살이나 어린 자신과 동급생이라는 것뿐이었다. 그나저나 오늘 웬일이지? 대학 입학한 이후부터는 쭉 독립해 따로 나가 살고 있는 걸로 아는데.

"어? 형, 벌써 샤워 끝냈네?"

때마침 이층에서 시현이 내려오며 시우를 향해 활짝 웃었다. 시우는 별다른 대답 없이 시현을 지나치며 짧게 대답했다. 여느 때와 마찬가지로.

"어."

“야, 넌 어쩐 일이냐? 쫄딱 젖어가지고서는.”

멍하게 넋을 잃고 시우를 바라보는 나빈을 시현이 발견하고 활짝 웃는다. 막 샤워를 마친 사람답게 축축하게 젖은 머릿결을 흩날리며 계단을 내려오는 녀석은 뭇 여성들의 가슴을 충분히 들썩거리게 만들 만큼 멋있었다. 아, 물론 그 ‘뭇 여성들’에 나빈은 제외이다.

“말 마. 나 완전 쪽팔려 죽겠어.”

“왜? 무슨 일 있었어? 너, 또 무슨 사고 쳤냐?”

울상이 된 나빈의 표정을 유심히 훑더니 시현이 히쭉 웃는다.

“내, 내가 무슨 사고를 얼마나 쳤다고 또래?”

“아니. 표정이 그렇잖아. 뭔데 그래?”

안 그래도 커다란 눈을 더욱 크게 뜨며 시현이 물었다. 매우 궁금해 죽겠는 얼굴이시다. 항상 이렇지. 남의 불행을 자신의 행복으로 승화시키는, 대~단한 녀석. 휴, 그래. 누굴 탓하겠나. 매번 저 녀석이 즐거워할 수 있는 떡밥을 손수 알아서 미리 대령해 주시는 자신이 문제지. 나빈은 한심하기 짝이 없는 자신의 실수를 떠올리고 훅, 한숨을 내쉬며 볼멘소리로 중얼거렸다.

“넌 줄 알고 뒤통수 쳤어.”

“뒤통수? 누구?”

“누구긴 누구야. 형님이지.”

“뭐? 우리 형 뒤통수를 쳤다고? 니가?”

“그럼 내가 쳤지, 네 형님이 날 쳤겠냐?”

“니가? 니이가?!”

"우씨. 왜 소리를 지르고 난리야."

"니이이이이이이가?!"

"야, 조용히 좀 해!"

나빈은 열심히, 위층 계단과 시현의 해낙낙한 낯짝을 번갈아 보며 방정맞은 녀석의 입을 단속해 보려 애를 써보았지만. 그녀의 노력에도 불구하고 시현은 결국, 꽝! 터지고 말았다. 온 집 안을 휩쓰는 시현의 폭풍 웃음바다에 나빈은 그저 넋을 놓고 맹하니 구경만 할 수밖에 없었다. 이게 무슨 창피이뇨, 손나빈. 에라이!

"대박이다. 대박. 대~ 박!"

"야!"

소리 지르면 뭐하나. 이미 시현은 소파를 뒹굴며 배꼽을 쥐며 웃고 있는걸. 나빈은 영혼이 가출하는 것을 느끼며 썩은 얼굴로 '11살 때 길 가다가 맨홀 속에 다리 한쪽이 빠지는 불상사를 겪은 나빈을 비웃을 때 이후로 가장 호탕하게 껄껄 깔깔 꺼이꺼이 눈물까지 흘리며 웃고 있는 10년 지기 친구'를 가만히 지켜보고 서 있었다. 저런 걸 친구라고 뒀다니, 내 팔자야!

"형!"

시현은 양손에 차가운 맥주 캔을 들고 방 안으로 들어서며 여느 때처럼 활달하게 시우를 불렀다. 노크도 없이 형의 방 문을 열었지만, 그것에 대한 미안함이나 죄책감을 시현에게서는 찾아볼 수 없었다. 그에게 이곳은 단 하나의 천국, 자신이 마음껏 드나들어도 되는 곳, 잠시나마 어머니의 속박과 강요에서 벗어날 수 있는 안식처 같은 곳이었으니까. 어쩌면 시현이 시우에게서 느끼는 감정이 고스란히 그의 공간으로 전이된 게 아닐까도 싶다. 자꾸만 방 주인에게 다시 집으로 들어오라고 졸라대는 이유도 그 때문일 것이다.

시우는 대학을 입학한 이후 독립해 지금껏 따로 살고 있었고, 집에는 가끔, 아주 가끔 들렀다. 오늘은 바로 그 '아주 가끔' 중의 하루이고.

시현은 방으로 들어서자마자 자연스레 손을 뻗어 불을 켰다.

"불 켜도 되지?"

캄캄한 방에 환한 불이 팟, 하고 들어왔다. 어둡고 우울하고 습습했던 방 안에 밝은 빛이 들어오자, 어둠 속에 숨겨져 있던 시우의 모습이 드러났다. 그는 두 팔로 팔베개를 하고 침대 위에 길게 누워 있었다. 잠자고 있는 듯 두 눈을 감은 채다. 하지만 시현은 형이 자고 있지 않다는 걸 알았다. 시우에겐 방에 불을 꺼놓는 습관이 있었다.

"이미 켰잖아."

역시나 눈을 감은 채로 시우가 중얼거렸다. 언뜻 기분이 상한 듯 들리는 경직된 말투였지만, 이것 역시 실은 그게 아니라는 걸 시현은 알았다. 시우는 원래 자기감정을 아무에게나 막 드러내는 타입이 아니다. 사람을 참 많이 가린다고나 할까. 마음속에 수만 가지의 상처를 안고 있는 사람이라서 그런지, 자신을 겹겹이 싸놓고 보여주지 않는 경향이 있었다. 일종의 방어막이라고 시현은 생각했다.

"다시 끌까?"

"아니."

"나, 나가? 꺼져 줘?"

"됐어. 들어온 용건이나 말해."

"내 용건이야 빤하지 뭐. 형도 이미 알고 있잖아?"

털썩. 침대 모서리 부분이 축 가라앉는 것 같더니 차가운 감각이 팔뚝으로 느껴졌다. 시우는 반사적으로 두 눈을 부릅떴다. 눈을 뜨자마자 그의 눈앞에 차가운 맥주 캔이 달랑달랑 왔다갔다 흔들리고 있었다. 시우는 캔 맥주를 탁, 손바닥으로 감싸 쥐곤 스르륵 눈동자를 굴려 시현을 올려다보았다. 장난기 가득한 개구쟁이 얼굴로 시현이 히쭉 웃고 있었다.

"웬 술이냐?"

"한잔 꺾으면서 인생에 관한 심도있는 토론을 좀 해보자, 하는 의미의 술."

"너, 요즘 무슨 고민 있어?"

"에이! 고민은 무슨 고민. 뭐 특별히 고민이 있어야 얘기하나? 그냥, 가끔 하루쯤 이렇게 형제끼리 밤새 얘기도 하고, 술도 마시고, 같이 뻗어 자고, 그러고 싶었어."

"고민, 있는 거 같은데?"

"없다니까 그러네. 말했잖아, 인생에 관해 심도있게 얘기하는 시간을 가져 보고자 이렇게 형을 방문했다고."

시현이 두 눈을 크게 뜬 채 깜빡깜빡 눈꺼풀을 나풀거리며 말했다. 시우는 피식 힘없이 웃으며, 침대에서 힘차게 몸을 일으켰다. 앞섶을 여미지 않은 셔츠 자락이 스르륵 아래로 흘러내렸다. 샤워 후에 아무 거나 손에 잡히는 대로 집어 걸쳤던 옷이다. 문득, 시현과 자신이 엄청 닮았다며 호들갑을 떨던 그 누군가가 퍼뜩 떠올랐다. 벗은 그의 몸을 차마 똑바로 쳐다보지 못하고 열심히 시선을 피하던 그 누군가가.

"설마, 인생을 논할 심도있는 대화가 아르바이트 얘기는 아니겠지?"

"어? 어떻게 알았어?"

"고민 없다더니, 역시 그것 때문이었군."

"설마 형, 독심술도 하는 거야? 궁예 돋네. 옴마니 반메훔, 한번 가나요? 가나요~"

"까불지 말고. 기억 안 나? 어제 술 마시고, 나한테 전화했었잖아."

"뭐? 내가?"

시현은 빤히 시우를 쳐다보며 물었다. 기억이 전혀 나지 않는 듯 살짝 놀란 티를 내면서. 하지만 기억을 못하고 있을 리 없었다. 어제 전화를 했을 때의 상태가 그다지 심각해 보이지 않았던 게 첫 번째 이유고, 시현이 저래 봬도 은근히 완벽주의자 같은 면이 있어서 술 마시는 스타일이 아주 깔끔하다는 게 두 번째 이유였다. 평소 의식적으로 만취하지 않으려 하는 녀석이라, 필름이 끊겼을 리 전혀 없었다. 괜히 민망해서 기억 못하는 척 둘러대는 게 틀림없었다. 시우는 핏, 웃음을 흘리며 놀리듯이 중얼거렸다.

"지금 하고 있는 아르바이트 일, 어머니께서 교수님께 부탁한 거라면서? 지금껏 모르고 일했다가 어제 우연히 알게 됐다며, 화난다고 했었잖아."

"진짜?"

"지금까지 아무 불만 없이 해온 일인데, 갑자기 그 뒷사정을 알게 된 이후로 하기 싫어졌다고. 도대체 어떻게 해야 하는 거냐고, 고민된다고 했었어. 내게 다른 알바 일까지 부탁하던데?"

"내가 형한테 그런 소릴 했었어? 술을 마시고?"

과할 정도로 두 눈을 휘둥그레 뜨며 시현이 질색했다. 전혀 기억나지 않는 듯한 연기가 아주 일품이었다. 시우는 느긋하게 대응했다.

"디자인 관련 일을 하고 싶다면서? 나더러 안면있는 디자이너 밑에 심어달라고, 애걸복걸하던데. 아무 일이라도 좋다고, 막노동 심부름이라도 괜찮으니까 디자인만 배우게 해달라고 막무가내로 졸랐었잖아."

"우와, 내가 미쳤었구나? 왜 그랬지? 나 지금 기억이 하나도 안 나는데, 내가 진짜 왜 그랬을까?"

분명 어젯밤 제 입으로 줄줄 이야기해 놓고서 생전 처음 듣는 얘기인 양 오리발을 내미는 시현. 시우는 짐짓 속아주는 척, 한쪽 눈썹을 치뜨며 넌지시 물었다.

"어젠 소개 안 해주면 가출이라도 할 태세더니. 지금 보니까 술김에 그냥 해본 말이었구나?"

"엥? 아니지! 술김에 한 소리라니, 무슨 소리야?! 그건 진짜지.

진심에서 우러나오는 말이었지. 내가 다 기억하고 있으니까 오리 발 내밀 생각 말고 아르바이트 일자리 꼭 알아봐 줘야……!"

버럭 고함을 치던 시현이 한순간 얼어붙었다. 이런. 딱 걸렸네.

"아~ 진짜야?"

푸치이익— 맥주 캔을 따며 시우가 생긋 웃었다. 이미 다 알고 있는 얼굴이시다. 아우, 망했네. 시현은 얼굴을 천천히 찡그리며 아랫입술을 슬그머니 깨물었다. 끝까지 모르는 척하려고 했었는 데 어쩌다 제 입으로 다 불어버린 꼴이 된 거지? 하여튼 시우 형 앞에선 거짓말을 못해. 엄마 앞에서도 천상유수 술술 나오는 거짓 말이, 왜 형 앞에서는 올스톱이 되는 거냐. 시현은 가슴에 가둬뒀 던 숨을 푹 토해내며 허리를 굽혔다.

"미안. 일부러 거짓말하려던 건 아니었어."

"그럼, 집에 와서 네 얘기 좀 들어달라고 징징 짜던 것도 기억한 다는 소리냐?"

"어……. 밤새워 털어놓고 싶은 얘기가 있다는 것도."

"그거 설마, 또 어머니에 대한 얘기는 아니겠지?"

"……아니긴 뭘."

절로 툭 튀어나오는 입술을 옴질옴질 움직이며 시현이 중얼거 렸다. 이러면 안 되는 건 아는데, 속마음 터놓고 얘기할 사람이 시 우밖에 없었다. 자신의 입장을 가장 잘 이해하고 있는 이도 시우 였고, 자신의 이야기를 제일 잘 들어주는 이도 예전부터 쭉 시우 였으니, 당면해 있는 가장 큰 숙제이자 고민거리인 장한숙 여사 얘길 시우에게 할 수밖에 없는 것이었다. 그게 시우에게 얼마나 고통스러운 일인지 모르는 바는 아니었다. 시우 역시 자신만큼이나 장 여사로부터 큰 압박과 고통을 받고 있다는 것은 공공연한 사실이니까. 하지만 시현도 달리 방법이 없었다. 자신이 의지할 수 있는 이가 지금은 시우밖에 없다.

사실 배다른 형제인 시우에게 친모인 장 여사의 흉을 보게 되기까지, 참 많은 일이 있었다. 처음부터 그가 시우에게 모든 걸 털어놓고 얘기할 수 있었던 건 아니었다. 중학생 시절, 감성적으로 한창 예민할 시기에 형이랍시고 시우가 나타났다. 당연히 모든 게 혼란스러웠고 시우의 존재가 불쾌하게 느껴지기도 했었다. 하지만 그의 등장으로 인해, 시현은 잃은 것보다 얻은 게 더 많았다. 그중 하나가, 처음 느꼈던 자유로움이었다.

그가 집안의 장남이 되어 회사를 이끌지도 모른다는 생각이 들자, 시현은 뭔지 모를 홀가분함을 느꼈다. 갑자기 등장한 낯선 존재에게 손에 쥐고 있던 것을 빼앗기게 될 위기에 처했음에도 불구하고, 위기감과 절박함보다는 오히려 반대로 편안해짐을 느꼈다. 그것은 곧 자신이 어려서부터 쭉 집안과 회사에 대한 의무감에 시달렸다는 해석으로 이어졌고, 그는 그 존재의 가벼워짐을 잠깐이었지만 음미하며 즐거워했다. 그때부터였다, 일탈하고 싶어서 안달하기 시작한 것은. 자신의 일생을 자신의 뜻대로, 하고 싶은 대로 좌지우지 설계하고 재단하고 펼쳐 보이고 싶었다. 뭐든, 어머니가 강요하는 페로스가 아니라면 그 무엇이라도 좋다고 생각했다.

하지만 이후로 시우는 후계자 구도에서 스스로 떨어져 나갔다. 전공인 미술에 더욱 몰두하였고, 가족들과 떨어져 지내게 되었으며, 가족들이 모이는 자리에는 아예 참석하지 않은 지 오래였다. 계모가 자신을 불필요할 정도로 견제하고 있음을 너무나도 잘 알았기에, 자진해서 아버지로부터 물려받은 주식을 장 여사에게 양도하겠다고까지 했다. 물론 장 여사가 그것을 넙죽 받을 만큼 자존심 없는 사람은 아니었기에, 그 문제는 그렇게 덮고 넘어갔었지만 여전히 장 여사는 시우를 경계하고 있었다. 그것도 아주 많이.

그것을 두루 목격하고도 그에게 인간적인 연민을 느끼지 않을 수는 없었다. 그리고 연민은 시간이 지남에 따라 점점 동질감과 경외심으로 발전해 갔다. 자신과 똑같이 장 여사의 강한 압박에 시달리고 있다는 동질감. 그러면서도 자신보다 훨씬 더 의연하게 버텨내는 것에 대한 놀라움. 전자는 시현을 시우에게 속말까지 다 털어놓게 했고, 후자는 배다른 형인 그에게 자신을 의지하게 했다. 아이러니하지 않은가? 친모에게 받은 상처를, 배다른 형제에게서 치료받고 있는 이 상황이.

"왜 또."

"왜긴. 알잖아, 쑥 여사."

"……."

"아니, 지난주에 아침 모임 한 번 빠졌는데 어떻게 일주일을 달달 볶아? 얼굴 마주칠 때마다 잔소리를 해대시는데, 내가 아주 미치겠어. 이러다 진짜 말라 죽는 게 아닐까 싶다니까. 실제로 진짜 살이 빠졌어. 어제 헬스클럽에서 체중 재보고 깜짝 놀랐다니까. 일주일 만에 2kg이 빠졌더라고, 글쎄."

"아침 모임?"

"그 왜 있잖아, 회사 중역들 모이는 자리. 회사 실세들 모여서 한 달에 한 번씩 요 앞, 산으로 등산 가잖아. 노인네들 모여서 회사가 어쩌니, 주식이 어쩌니, 따분한 얘기들만 잔뜩 하다가 내려오는 그 모임. 거길 한 번 빠졌다고 날 아주 죽일 놈 취급하시는데……."

"왜 빠졌는데?"

"전날 미팅이 있었거든. 간만에 마음에 드는 애가 나왔는데 형도 알다시피 내가 천금 같은 기회를 그냥 날려 버리는 얼간이는 아니잖아. 걔도 날 좀 괜찮게 생각하는 것 같고, 나도 걔 좀 마음에 들고. 그래서 여자애랑 술 좀 마셨지, 뭐."

"미팅…… 이라고?"

"아, 뭐 물론 중요한 모임까지 빠져 가며 술을 마신 건 잘못했지만. 솔직히 이 나이에 그런 중역 모임에 참석하는 거, 나 못하겠거든? 관심도 없고 부담스럽고, 따분하고……."

시우의 표정이 살짝 굳었다는 것을 눈치챘을까. 한창 신나게 떠들던 시현은 우물쭈물 말끝을 흐렸다. 솔직히 자신이 생각하기에도, 미팅에서 만난 여자와 어울리며 밤새 놀다가 모임에 빠지기까지 했다는 건 좀 한심스럽긴 했다. 철딱서니 없게 보일지도 모를 일. 하지만 시현은 아직 대학생이다. 가끔은 페로스의 후계자라는 짐을 벗어던지고 마음껏 놀고 싶을 때도 있다. 그게 정상이란 말이다.

"빠질 만했네."

그의 수많은 변명거리들을 단번에 묻어버리며 시우가 산뜻하게 결론 내렸다. 눈썹을 씰룩 움직이며 희미하게 미소를 짓는 걸로 보아선 딱히 화가 난 것 같지도, 대수롭게 여기는 것 같지도 않았다. 아까 잠깐 얼굴이 굳었다고 생각했던 건 착각이었나? 시현은 슬쩍 미간을 찌푸리며 생각했다. 하지만 곧, 애교 섞인 콧소리로 중얼거리며 한숨을 내쉬었다.

"형은 참. 내 마음 다 알면서 어떻게 그렇게 말해? 다른 사람은 몰라도, 형은 내 편을 들어줘야지. 나한테 또 누가 있다고."

"다른 건 몰라도 미팅은 하지 마라. 무슨 일이 있어도 한 달에 한 번씩 참석하는 등산 모임엔 꼭 참석하고. 적어도 그 두 가진 꼭 지켜."

"엥? 모임은 그렇다 치고 미팅은 왜 하면 안 되는데?"

"결혼 상대자가 엄연히 있는 녀석이 다른 곳에 한눈을 팔면 안 되지. 상대방에 대한 예의가 아니잖아?"

"뭐? 결혼 상대자?"

뜬금없는 소리에 놀라 시현이 두 눈을 부릅뜨자, 시우는 차가운 맥주를 들이켜기 시작했다. 그리고 그 흔한 '캬~' 소리도 없이 조용히 맥주를 마시더니, 여전히 자신을 의아하게 쳐다보고 있는 동생을 향해 무덤덤하게 중얼거렸다.

"왜? 약혼녀도 어머니가 정해줘서 싫어?"

"약혼녀라니. 그게 무슨 소리야?"

"운명은 거스를 수 없다. 네가 열심히 거부해도 결국엔 페로스의 주인이 될 수밖에 없듯이, 그 아이도 결국 네 여자가 될 거야. 괜히 쓸데없는 짓 하지 말고 마음 편히 받아들여."

"형 대체 누굴 얘기하는 거야? 설마, 손나빈을 말하는 건 아니 겠지?"

"두 사람, 잘 어울려."

눈가에 부드러움을 띤 채 시우가 말했다. 그리고 제 손에 든 맥 주를 다시 한 번 꼴깍 들이마셨다. 망치로 뒤통수를 맞은 양 잠시 띵해 있었던 시현은, 정신을 퍼뜩 차리곤 기겁한 듯 소리쳤다.

"형, 머리가 어떻게 된 거 아니야? 나빈이한테 뒤통수 한 대 맞 더니 사고 체계가 확 뒤집어졌어? 대체 무슨 소리야? 걔랑 내가 왜 결혼을 해?"

"두 집안이 그렇게 되길 원하니까."

"뭐, 뭐라고? 집안이 원하니까 걔랑 결혼해야 한다니. 형 도대 체 왜 그래? 내 생각은 요만큼도 안 하는 거야? 나, 걔 안 좋아해!"

"……."

"걔가 겉보기엔 멀쩡하지? 머릿속은 얼마나 변태스러운데. 걔, 완전 꽃미남 수집가야. 얼굴 잘생기면 장땡이란 건전치 못한 생각 을 하는 아이라고. TV에 잘생긴 남자들만 나오면 밥을 먹다가도 헬렐레~ 하는 게 손나빈이야. 얼마나 웃긴데. 그런 애를 내가 왜 떠맡아? 뭐 내가 좀 잘생기긴 했지만, 결혼이 자선사업이야? 아니 잖아! 그렇게 자선사업 해주고 싶음 형이 결혼해 주든지. 난 됐어, 착하지 못해 미안해. 게다가 손나빈, 그게 얼마나 손이 헤픈지 알 아? 쇼핑 중독자야, 아주. 귀는 또 얼마나 얇은지. 쓸데없이 동정 심만 가득 갖고 있어서 바가지는 혼자 다 쓰고……!"

열심히 핏대 세우며 손나빈의 단점을 열거하고 있을 때였다. 갑자기 닫혀 있던 방문이 벌컥 열렸다.

"여기서 뭐 하는 거니, 최시현?"

뒤통수를 찌르르 울리는 것은 장한숙 여사의 목소리였다. 오밤 중에도 완벽한 메이크업으로 주름과 기미를 가리는 초절정 신공을 펼치고 있는 장한숙, 일명 쑥 여사는 40대라고는 전혀 믿기지 않는 아름다움과 기품을 뽐내며 두 아들을 날카롭게 노려보고 있었다. 쑥 여사가 여긴 어떻게? 피곤하다고 자러 들어가시지 않았나?

시현은 단박에 하던 말을 멈추고 눈살을 확 찌푸렸다. 쑥 여사는 시현과 시우가 사이좋게 지내는 꼴을 절대 못 보는 사람이었다. 이렇게 두 형제가 단둘이 이런저런 얘기 나누는 모습을 극도로 싫어하는 분.

"어, 엄마."

시현은 천천히 자리에서 일어나며 곁눈질로 시우를 보았다. 그는 이미 재빨리 자리에서 일어나 가볍게 목례까지 마친 상태였다. 항상 저렇게 깍듯하지.

"둘이 뭐 하는 거야? 나빈이 얘기 중이었니?"

"아, 아니야. 그냥 내 친구 얘기하는 중이었……."

"너 아주 웃긴다. 이제 애 불러서 제 여자친구 흉까지 보게 만드니?"

시현이 무어라 해명하려 했지만, 쑥 여사의 눈과 귀는 이미 시우에게 꽂혀 있었다. 조용히 눈을 내리깔고 아무런 감정도 느껴지지 않는 무표정한 얼굴로 가만히 서 있는 시우를, 쑥 여사는 맹렬히 노려보는 중이었다. 또 모든 것을 시우 탓이라 몰아붙이려는 게다. 아, 싫다. 시현은 속으로 중얼거리며 입술을 질끈 깨물었다.

물론 시현도 어머니의 상처가 깊고 크다는 것은 잘 알았다. 시우의 존재가 그녀에게는 남편이 배신했다는 증거이니, 시우에 대한 그녀의 태도를 이해 못하는 것도 아니었다. 오죽하겠나. 임신이 안 돼 마음고생했던, 그 힘든 시기에 남편이 밖에서 아이를 만들고 있었다는데. 시현도 어머니가 안타깝고 애틋했다. 그랬기에 견딜 수 없을 만큼 강하게 압박해 오는 어머니의 요구들에도 불만 한번 제대로 토로하지 않았다. 어머니가 괴롭고 힘든 만큼 아들인 자신에게 집착한다는 것을 잘 알았기 때문이었다. 하지만 시우에겐 너무 심했다.

시우를 괴롭힌다고 달라지는 게 뭐가 있을까? 그의 태생이 그녀의 아픔이라 해도, 그가 그렇게 태어나고 싶어서 태어난 건 아니질 않은가. 그에겐 아무런 잘못이 없었다. 그를 죄인 다루듯 다그친다고 해서 해결되는 일도 하나 없다. 그런데도 자꾸만 이렇게 모든 걸 시우 탓으로 돌리고 그를 괴롭히니…….

"왜? 시현이가 나빈이랑 친한 게 싫으니? 두 사람 사이 갈라놓고 싶어?"

"엄마."

"시현이 그만 흔들어. 네가 그런다고 해서 후계자 자리, 너한테 안 떨어져. 주식을 내게 주겠다고? 아무 조건 없이 양도해 주겠다고 했지, 너? 웃기지 마. 너 그거, 쇼란 거 다 알아. 네 아버지 앞에서 착한 척, 희생자인 척 쇼한 거잖아. 주식 그깟 것은 언제든지 사 모을 수 있는 거야. 네 아버지 앞으로 되어 있는 주식만 받아내더라도 충분히 뒤집히는 게 후계자 자리라고.”

“엄마! 왜 이래, 창피하게?”

“너도 정신 차려. 밸없이 이 얘기, 저 얘기, 저 녀석한테 옮기지 말고 네 실속 차리란 말이야. 넌 아직도 시우를 모르니? 저 양처럼 순한 얼굴 뒤에 얼마나 음흉한 마음이 숨겨져 있는지 정말 모르겠어?”

“엄마, 진짜……!”

“속지 마. 넌 세상천지에 믿을 사람이라곤 나밖에 없으니까 그런 줄 알고 조심해. 네 아버지도 믿으면 안 되는데, 하물며 시우를 믿니? 왜 자꾸 어울리지 말라는데 말을 안 듣니? 왜 자꾸 밖에 나가 사는 저 녀석을 집으로 끌어들여? 제 발로 나갔어. 아무도 안 쫓아냈다. 나갔으면 나가 사는 게 당연한 거야. 불쌍하다 생각하지 마. 넌 진짜 누굴 닮아서 그렇게 마음이 여려서……!”

“나가, 나가. 나가서 얘기해.”

도저히 참아주기 힘들었나 보다. 시현은 그만 방문 밖으로 장 여사를 밀어내기 시작했다. 한 번 시작한 독설은 지쳐 쓰러질 때까지 멈추지 않고 계속 토해내는 장 여사의 습성 때문이겠다. 이대로 뒀다가는 어디까지 갈지 아무도 모르는 일, 여기서 끝을 내야겠다고 여긴 거였다.

시우는 잠시 시현을 침울한 눈으로 바라보고 있었다. 시현은 잔뜩 미안한 얼굴을 하고 이해를 구하는 미소를 짓고 있었다. ‘우리 엄마가 상처를 많이 받아서 그래, 형이 이해해 줘’ 라는 듯. 시우는 늘 하던 대로 상관없다, 괜찮다, 하는 신호를 보냈다. 시우의 입가에 슬그머니 미소가 떠오르자 그제야 마음이 놓이는지 시현이 발길을 재촉했다.

쾅. 문이 닫히자, 시우는 천천히 손아귀에 힘을 주어 들려 있는 맥주 캔을 찌그러뜨렸다. 캔 안에 남아 있던 맥주 방울들이 후두두둑, 바닥으로 흘러 떨어졌고, 더불어 시우의 미소 또한 사그라졌다. 무표정. 감정없는 로봇이 되기 위해, 스스로의 존재감을 없애기 위해 끊임없이 자신을 채찍질해 겨우 터득한 방어무기.

그는 표정없는 얼굴로 느릿느릿 창가로 다가갔다. 꽉 닫힌 창문을 세찬 빗줄기가 맹렬히 두들기고 있었다. 비……

그날처럼 줄기차게 쏟아지는 빗줄기를 그는 가만히 바라보았다.

‘비 때문이야.’

제 방 창가에 서서 멍하게 밖을 내다보고 있던 나빈은 조심스럽게 결론을 내렸다. 비, 모든 게 바로 비 때문이라고. 오래전 그날처럼 오늘은 비가 미친 듯이 내리고 있고, 최시우는 원래 비가 오면 늘 생각나던 사람이었다. 게다가 오늘은 그와 마주치지 않았던가. 그러니 그가 떠오르는 것은 너무나도 당연한 일이었다.

“그래, 그거야. 그래서 그런 거라고.”

나빈은 이미 깜깜해진 건너편 창문을 뚫어져라 바라보며 가만히 중얼거렸다. 이층 그녀의 방, 창문과 마주하고 있는 곳은 시우의 방이었다. 그의 방 창문은 이미 어둠이 짙게 깔려 있었다. 아직 열한 시 반밖에 안 됐는데, 벌써 자는 걸까? 아침형 인간인가? 딱히 그렇게 뵈지는 않는데…….

최시우는 오히려 밤에 더 익숙한 사람처럼 보인다. 조용하고 말이 없고, 언제나 비밀스럽게 움직이는 느낌이라서.

[어, 뭔가요. 이건 또 무슨 헛소린가요. 최시현의 베프, 손나빈. 친구가 한참 고민 상담 중인데 딴 생각이나 하고 있는 건가요? 그런가요?]

멍하게 생각하고 있는데, 그 틈바구니로 시현의 카랑카랑한 목소리가 슬슬 비비꼬며 귀청을 자극했다. 아, 참. 지금 시현과 통화 중이었지.

"아, 미안. 잠깐 서핑 좀 하느라고."

대충 둘러댄 말이었지만 딱히 거짓말은 아니었다. 불 꺼진 창에 관심을 보이기 전까진 확실히 노트북 화면에 시선을 고정하고 있었으니까.

[서핑이 아니라 쇼핑이겠지. 너 또 지름신 강림했냐?]

뻔하다는 듯 시현이 혀를 차며 중얼거렸다. 헐, 귀신이다. 어떻게 알았을까? 방금 전까지 띄워놓고 들여다보고 있던 브라우저 화면을 힐끔 훔쳐보며 나빈은 혓바닥을 쭉 내밀었다. 컴퓨터 화면에는 나풀거리는 코트와 어그부츠, 9㎝의 킬힐들이 둥실둥실 떠 있었다.

"또 지름신 강림했냐니. 내가 언제 막 지르는 거 봤어? 나 나름 재테크하는 여자야. 이거 왜 이래? 용돈 규모있게 쓰기로는 대한민국 제일이라고. 그냥 어그부츠 한 켤레 사려고 구경 중이었거든?"

[겨울 다 갔는데 무슨 부츠 타령이야. 그리고 뭐? 재테크? 용돈을 규모있게 써? 아, 나 이거 참. 뻔히 다 알고 있는데 사기를 치려고 하네. 이제 친구한테도 사기를 치나요? 그런가요?]

"아, 됐어. 내가 내 돈 주고 산다는데, 왜 네가 난리야. 네가 우리 아버지라도 돼?"

[나도 네가 지름신이 강림하든, 쇼핑몰을 통째로 털든, 관심없거든요? 다만 친구의 애절하고도 급박한 부탁을 이런 식으로 무시하는 네 의리없는 행태가 참으로 개탄스러울 뿐입니다. 그게 뭐 그리 어려운 부탁이라고. 방학 내내 아무것도 하는 일 없이 밥만 축내고 있으면서. 친구가 엄청 괜찮은 알바자리를 그냥, 아무 이유 없이, 프리미엄도 전혀 받지 않고 막, 양도하겠다는데 고마워하지는 못할망정. 너 진짜 너무하는 거 아닙니까? 네?]

네네, 지금은 최시현의 삐침 타임입니다. 성격 쾌활하고 꼬임이 없는 시현도 간혹 빈정 상해할 때가 있는데, 그럴 때의 시현은 늘 이렇게 존댓말을 쓴다. 나 삐졌어, 라는 티를 팍팍 내면서 말투까지 확 바꿔 버리니 상대방이 그의 삐짐 상태를 모르고 넘어가는 일은 절대 없다. 오해가 생겼을 때 바로바로 풀릴 수 있는 건 바로 이런 시현의 독특한 성향 때문이었다. 속으로 꽁하니 억하심정 가지고 있다가 나중에 확 터트리는 스타일이 아니란 건 친구로서 정말 고마운 일이다.

"그건 미안. 일부러 안 들으려고 했던 건 아니었어. 그냥 비를 보니까 갑자기 딴 생각이 떠올랐을 뿐이야. 근데, 뭔데 그러냐? 갑자기 웬 알바자리 양도? 너, 교수님 추천으로 인터넷 과외 뛰는 거 아니었어? 수입 꽤 짭짤하다면서.”

[당장 양도하겠다는 건 아니야. 내가 지금 다른 알바자리를 구하고 있는 중이거든.]

“알바자리? 페로스(PEros)화장품의 로열 패밀리, 황태자, 후계자, 최시현이 스스로 알바자리를 알아보고 다닌다고? 야, 내가 살면서 듣던 개그 중 가장 배꼽 잡는 대박 개그다. 너, 네 아버지 회사에서도 일해본 적 없는 애잖아. 근데 왜 그래?”

[지금 웃는 건가요? 친구는 지금 열라 심각한데, 베프라는 녀석이 히죽거리면서 웃기만 하는 건가요? 그런가요?]

“웃기잖아. 너 원래 알바 같은 거 안 하는 거 아니었어? 지금 알바자리도 교수님 추천 아니었으면 안 했을 거면서.”

[넌 내 친구 맞냐? 내가 알바를 뛰지 않는 건, 전에도 말했지만, 다른 학생들의 기회를 빼앗고 싶지 않아서라고. 나보다 더 돈이 필요한 애들한테 양보하는 거란 말이야. 일하기 싫어서 안 하는 게 아니라니까. 괜히 같잖게 사회생활 경험 쌓는답시고 일하는 게, 진짜 돈이 필요해 아등바등 일자리 하나에도 목숨 거는 고학생들 눈에 얼마나 고깝게 보일지 내가 모를 것 같냐?]

“알았어. 그래, 너 잘났어.”

[아무튼 그래서 내가 원랜 알바 따위 하지 않는데, 이건 내가 진짜 해보고 싶었던 일이거든. 너도 알지? 김기헌이라고, 엄청 유명한 디자이너.]

“김기헌?”

[그 디자이너가 알바생을 한 명 뽑는대. 형이 그러는데, 특별히

잘해야 할 건 없고 그냥 힘 좋고 빠릿빠릿하면 된다는데. 솔직히 힘 좋고 빠릿빠릿한 사람, 하면 나잖아. 내가 그 일에 딱 적격인 것 같아서.]

"형?"

'힘 좋고 빠릿빠릿한' 부분에 심취하여 열심히 수다를 떨기 시작하는 시현을 향해 나빈은 아주 반사적으로 되물었다.

[그래, 우리 형. 몰랐냐? 우리 형, 최시우 님께서 김기헌 디자이너랑 아주~ 잘 아신단다. 형을 처음 보고 재목이라고 알아봐 준 사람도 그분이고, 실제로 모델 일 할 수 있게 해주신 분도 그분이야. 또……]

"모델?"

웬일이니. 아주 귀에 쏙쏙 박혀온다. 최시우, 그 사람이 모델 일을 하고 있다니. 이건 처음 듣는 소리였다. 나름대로 춘 여사한테서 시현네 소식을 발 빠르게 전해 듣고 있다고 자부하는 나빈으로선 당황스러운 소식이 아닐 수 없었다. 그 사람이 모델이라니…… 맙소사. 상상된다.

"너희 형님, 그림 그린다고 하지 않았어?"

[그림 그리지. 미대생이잖아.]

"모델이라며."

[그건 일종의 알바지. 너도 우리 형 봐서 알잖아. 바디 라인이 장난 아닌 거. 김기헌 디자이너님께서 우리 형을 강력하게 원츄하시나 봐. 그냥 썩히기엔 너무 아깝다고 생각한 거지. 물론 형은 직업 모델이 될 생각이 없는 것 같긴 하지만.]

　시현이 바디 라인 어쩌고 하니, 아까의 일이 또다시 불쑥 떠오른다. 그래. 그 몸이 참…… 대박이긴 하지. 그 정도면 모델로 나서도 전혀 손색이 없는 몸이었다. 키도 대략 185㎝ 정도로 작은 키가 아니고. 또 그에게선 어떤 '포스' 같은 게 느껴졌다. 아무것도 하지 않고 가만히 서 있는데도 절로 눈이 간달까. 몸에 자석을 붙인 것처럼 사람의 관심을 끌어당기고 흡수하는 힘이 그에겐 있어 보였다. 게다가 잘생기기까지 하지 않았나?

　"너도 모델 해보게? 그거 아무나 하는 거 아니지 않나? 수업 같은 것도 따로 받아야 할 텐데."

　[당연하지. 그게 어디 키만 크다고 쉽게 되는 거냐? 내가 하고 싶은 일은, 모델 일이 아니라 디자인이야. 예전에 너한테도 잠깐 말했던 것 같은데. 디자인 관련된 일 해보고 싶다고.]

　"아."

　시현에게서 디자인에 대해 들었던 건 몇 년 전이었다. 고등학교 졸업식이었던 걸로 기억하는데, 어려서부터 페로스를 책임지고 경영할 멋진 경영인이 목표였던 시현이 그런 말을 해 약간 당황했던 기억이 있다. 하지만 그것뿐. 결국 시현은 경영대에 입학했고 지금도 아주 잘, 상위권의 성적을 유지하며 다니고 있는 중이다. 한 번도 다니기 싫다던가, 힘들다는 내색이 없이 쭉 밝게. 그랬으니 당연히 시현에게서 또다시 디자인 얘기가 나올 줄 나빈은 예측하지 못한 것이다.

　"너, 디자인 배울 생각이야?"

　[해보고 싶어. 아주 멀리 동떨어진 세계라면 모를까. 가까운 사

람이 디자인과 관련된 일을 하고 있다 생각하니까, 아주 미치겠
어. 너도 알지? 내가 한 번 꽂힌 일에는 절대로 그냥 못 물러서는
거. 썩은 무라도 잘라야 포기가 된다는 거. 이건 나도 어쩔 수 없
어. 나도 제어가 안 되는 내 기질이니까.]

애길 들어보니 꽤 진지하다. 충분히 문제가 될 만큼. 나빈은 조
용히 물었다.

"너희 부모님도 아셔?"

[당연히 모르지. 그러니까 네가 대신 내 알바자리를 맡아서 일
을 끝내달라는 거지. 너, 너희 엄마한테 말하면 알지?]

제 어머니와 나빈의 어머니가 매우 친해 집안 대소사를 모조리
털어놓고 의논한다는 사실이 퍼뜩 떠올랐는지, 갑자기 시현이 불
쑥 협박조의 말을 내던졌다. 물론 나빈은 친구를 배신할 생각이
전혀 없다. 나빈이 아직 어리고 부모 입장이 되어보지 못해서인
지, 시현의 부모님보다는 시현의 입장 쪽이 더 이해가 되어서. 솔
직히 말하자면 가끔 시현이 불쌍하게 느껴질 때도 있었기 때문에.

시현은 어려서부터 늘 공부도 탑, 품행도 탑, 타의 모범이 되어
야 했었다. 그러고 싶어서 그런 게 아니라 그런 삶을 강요받아 왔
었기 때문이다. 덕분인지 지금까지 그는 단 한 번도 부모님에게
반항해 본 적이 없었다. 굴곡없이 비교적 평탄하게 안락한 인생을
영위해 왔으나 그것이 부모로부터 조율되고 계획되어진 삶이란
걸 감안하면 '평탄함' 보다는 '억눌림' 이 더 어울릴 만도. 게다가
배다른 형의 등장으로 인해, 어머니의 닦달과 기대는 더욱더 심각
해져 억눌림이 들들 볶는 수준이 된 지 이미 오래. 후계자 자리를

더욱 견고하게 해두어야 한다는 판단을 내린 그의 어머님은 숨도 제대로 쉬지 못할 만큼 타이트하게 시현을 옭죄었다. 잘하라는 채찍질은 더 잘하라는, 더더 잘하라는, 최고가 아니면 안 된다는 고문으로 바뀌었다. 그를 진정으로 사랑하고 아껴서 하는 충고가 아닌, 잘난 아들을 위한, 지지 않는 아들을 위한 강압과 압박이 시현을 끊임없이 괴롭히고 있었다.

[우리 쑥 여사 알면 난리난다. 알지? 쑥 여사 성미.]

"비밀 지키는 거야 어렵지 않지만. 나중에 아시게 되면 어쩌려고? 감당할 수 있겠어?"

[그러니까 모르게 해야지! 형한테 알바자리 부탁했다는 거 알면, 난 우리 쑥 여사한테 죽는다.]

수화기 저편에서 당연하다는 듯 시현이 소리쳤다. 나빈이 보기에 시현은 확고하게 결심이 선 것 같았다. 꼭 그 일을 하고야 말겠다는 결심. 쓸데없는 데 고집을 피우는 스타일이 아닌 시현의 성격으로 봤을 때, 꽤나 진지하게 생각하고 있는 모양이다. 나빈은 잠시 망설였다. 과연 이게 시현을 위해 좋은 일인지. 진짜 그의 부탁대로 눈을 감아줘야 하는 일인지. 괜히 나서서 도와줬다가 쑥 여사의 원망을 한 몸에 받게 되는 건 아닌지.

[어, 언제 들어왔어?]

잠시 갈등하며 대답을 망설이고 있을 때였다. 저쪽 편에서 시현의 식겁하는 숨소리가 들려왔다.

제2장. 운명이 작당하듯 나를 내몰다

"언제 들어오긴, 지금 들어왔지. 너 누구랑 통화해?"

절대 이 일에 대해 알아선 안 될 1人이 시현의 방으로 들어서며 묻고 있었다. 시현은 냉큼 전화기를 뒤춤에 숨기고는 한 발자국 물러섰다. 한 시간 전에 시우의 방을 급습한 것도 모자라, 이번엔 자신의 방까지 덮치다니. 아까 분명 주무시러 간다고 방에 들어가서 놓고 또 웬일이냐고요!

"아, 엄만 왜 남의 통화를 막 엿들어? 당황스럽게."

"엿들은 거 아니야. 네 방에 들어오려다가 우연히 들은 것뿐이지. 근데 도대체 알바자리를 구해달란 소린 뭐니? 네가 왜 시우한테 그런 부탁을 했다는 거야?"

"아, 나빈이야. 알바자리를 구한다고 해서, 내가 형한테 부탁해

놓았단 말이야."

"나빈이가 알바자리를 구한다고? 걔 공부한다고 하지 않았니? 도서관 다닌다던데?"

여전히 의심스러운 듯 쑥 여사가 인상을 찌푸리며 반문한다. 하여간 쑥 여사의 치밀함은 누구도 못 당하지. 그녀의 평소 성격상, 앞뒤가 정확히 맞지 않으면 절대로 의심을 풀지 않을 터이다.

"갖고 싶은 넷북이 있는데 용돈이 부족하다네. 한 달만 일하면 살 수 있을 것 같다는데. 걔 알잖아, 엄마도. 갖고 싶은 거 있으면 죽어라 용돈 모아서 꼭 사고야 마는 쇼핑 중독자라는 거. 공부고 뭐고, 알바라도 해서 꼭 사고 싶은가 봐."

"그래?"

"그렇다니까. 근데 내가 누구야? 또 나빈이의 베스트 프렌드, 절친 아니야. 일자리가 필요하다는데 내가 구해줘야지."

"알바자리가 필요하면 네 아버지한테 말을 하지. 왜 시우한테 부탁을 해?"

시현의 말이 대충 앞뒤가 맞는 정황이라고 여겼는지, 쑥 여사는 사뭇 누그러진 목소리로 중얼거렸다. 다행이다. 이대로 넘어가려는 모양. 휴우— 마음 속으로 안도의 한숨을 내쉬며 시현은 더욱 더 능청스럽게 너스레를 떨었다.

"아, 뭐 달랑 한 달 일할 알바자리를 아버지한테 부탁해? 오버스럽게. 됐어, 이미 형한테 부탁해 뒀으니까 엄만 신경 꺼."

"오버긴 뭐가 오버야. 나빈이니까 아버지가 나서셔도 되지. 핸드폰 이리 내봐. 내가 나빈이한테 직접 말할 테니까, 귀찮으면 너나 신경 꺼."

"됐다니까 그러네. 나빈이가 무슨 대~ 단한 일 한다고 페로스 화장품 회장님에 그 사모님까지 나서셔? 됐고요, 이건 내가 알아서 할 테니까 엄만 용건이나 빨리 말씀하고 나가세요. 도대체 왜 또 오셨어요, 제 방엔? 얘기라면 아까 지겹도록 했는데 무슨 할 얘기가 더 남아서?"

"넌 지겹도록 했는지 모르지만 난 아니야. 아직도 할 얘기가 산더미라고. 네 형 때문인데, 그건 됐고. 핸드폰이나 이리 줘. 내가 나빈이랑 얘기해서……."

"됐으면 그럼 나가주세요. 다 큰 아들 방에 왜 자꾸 들어오셔? 나 지금 나빈이랑 알콩달콩 얘기 중이니까 방해 마세요. 알았죠? 예?"

시현은 쑥 여사를 또다시 강제로 방에서 내쫓고, 쿵! 소리가 나도록 방문을 닫았다. 후아, 끈질기기 짝이 없는 어머니 때문에 이게 무슨 진땀이람. 아니, 왜 자꾸 이딴 걸 직접 해결해 주시겠다는 거냐고. 나빈이가 뭐라고. 하여튼 알 수 없는 어머니시라니까. 들키는 줄 알고 혼났네. 시현은 후텁지근한 이마를 훔치곤 손에 들고 있던 핸드폰을 귀에 바짝 갖다 대었다.

"야, 손나빈. 전화 끊었냐?"

[아니.]

속살거리는 그의 목소리완 정반대, 고고하기 짝이 없는 거만함 100％의 목소리가 수화기를 타고 흘러나왔다. 쑥 여사와의 실랑이를 죄다 들어버린 눈치이다. 시현은 또다시 한숨을 푹 내쉬며 침대에 털썩 걸터앉았다.

"내가 이러고 산다. 미쳐, 엄마 때문에."

[세상 다 산 노인네마냥 웬 한숨이냐? 하루 이틀 겪는 것도 아니면서.]

"내 인생이 한심스러워서 그래. 엄마 눈치 보면서 하고 싶은 일도 제대로 못하는 내 신세가 어처구니없고 기가 막혀서. 친구 녀석들은 돈 때문에, 집안 사정이 안 되어서 못하는 일들을 난 엄마 눈치 보느라고 못하잖아. 이 나이에도 엄마 때문에 알바 일 하나 마음대로 못하는 게 정상적이냐?"

[효자라서 그런다며. 네가 그랬잖아. 엄마 생각하면 마음이 짠해진다고.]

"그래. 어설프게 효자 흉내 낸답시고 엄마 말씀 죄다 들어드렸지. 생각해 보니, 그게 발단이었네. 내가 내 손에 수갑을 채웠던 거야."

[그래서 어쩔 건데? 거짓말까지 한 것 같은데 괜찮겠어? 다시 들킬 염려는 없고?]

"별일이야 있겠냐? 네가 알바한다는 소문이 네 엄마 귀에까지 들어가긴 하겠지만. 그거야 뭐, 지금 내 알바자리 맡아서 일하면 되는 거니까."

[그 일, 난 해주겠다고 약속한 적 없는데.]

"그게 무슨 말이야? 당연히 도와주는 거 아니었어?"

시현은 눈살을 확 찌푸리며 반문했다. 일이 이렇게까지 됐는데 나빈이 나 몰라라 한다면 그건 정말 큰일이었다. 다른 친구들은 이미 방학 중 연수다 뭐다, 집에 붙어 있질 않아 시간을 낼 수가 없었지만 나빈은 날마다 하는 일 없이 도서관 행이었다. 딴엔 미뤄두었던 공부를 한다고는 하지만, 애인도 없고 알바도 안 하고 같이 놀러 다닐 친구도 없는 그녀는 딱 백수 처지라 할 수 있겠다. 그런 그녀가 도와주지 않으면 누가 도와주겠는가. 게다가 이젠 쑥 여사까지 알게 된 마당이다. 빼도 박도 못하게 나빈과는 공범이 될 처지란 말이다.

[솔직히 말하자면 이번 일에는 별로 끼고 싶지 않아. 난 너희 엄마한테 찍히고 싶진 않거든. 괜히 너를 부추겨서 다른 일에 관심 쏟게 했다는 오해도 받고 싶은 생각 추호도 없고.]

"알바 대신 뛰어주는 게 무슨 오해 살 일이라고."

[들통나면 너희 엄마가 제일 먼저 누굴 탓하시겠냐? 나야. 내가 협조만 안 해줬어도 네가 마음 놓고 디자인을 배우겠다고 설치는 일은 없었을 거라 생각하실 게 빤하다고. 난 그게 싫어. 괜히 도와주고 욕먹는 거 아니야, 그거. 게다가 우린 지금 몸을 사려야 할 때야. 너랑 이런 식으로 계속 엮였다가는 어른들이 무슨 일을 저지르실지 모르는 일이라고.]

"어른들이 일을 저지르다니?"

"무슨 말이겠냐. 어른들께서 10년 동안 주야장천 읊으셨던 바로 그 얘기지."

잠자코 얘길 듣던 시현이 수화기 속에서 불쑥 물어오자, 나빈은 티꺼운 표정을 지으며 한껏 불퉁한 목소리로 중얼거렸다.

[설마 그, 우리 결혼시킨다는 얘기?]

처음 듣는 얘기도 아니라는 듯 시현이 픽 웃으며 물었다. 워낙 어릴 때부터 자주 듣던 소리라 그런지 별로 놀라지도 않은 듯. 사실 나빈도 별로 심각하게 여기진 않았다. 시현과의 결혼 얘긴 어른들이 평강공주 세뇌시키듯 늘, 항상 해왔던 거였으니까. 솔직히 요즘 세상이 어떤 세상인가. 어른들이 결정해서 결혼시키는 전통 따위 깨진 지 오래 아닌가? 자신 인생에 마음에도 없는 남자와 결혼하게 되는 일은 절대로 없을 거라고, 나빈은 믿어 의심치 않았다. 그렇기 때문에 이렇게 느긋할 수 있는 것이고. 그건 시현의 생각도 마찬가지일 것이다.

"우리 엄마가, 네가 최고의 신랑감이란다. 말이 되냐? 너한테 시집가면 완전 행복하게 잘살 수 있을 거래. 으웩."

[뭐야? 그 반응은. 내가 어디가 어때서?]

"몰라서 묻냐? 네 자신을 잘 좀 생각해 봐라. 최고의 신랑감이란 말이 나오냐? 내 눈 높아. 엄청 높아. 넌 턱도 없어."

[야, 입은 비뚤어져도 말은 바로 하자. 눈은 내가 높지. 넌 뭐, 만나는 애들마다 하나같이 다 그지깽깽이 같은 녀석들이었으면서 눈 높단 말이 나오냐?]

"뭐? 그지깽깽이?"

[왜? 맞잖아. 네가 찍은 애들 열의 아홉은 죄다 공부는 못하면서 싸움질만 엄청 잘하는 녀석들이었잖아. 아니야?]

아니라고! 강력하게 말하고 싶었지만…….

[차마 아니라곤 말 못하겠지? 양심이 있으면 절대로 말 못하지.

내가 응징해 준 그지깽깽이 같은 녀석들만 해도 몇 명이나 되는데. 아주 휘황찬란해요. 양다리 걸치는 놈, 바람피우는 놈, 여자한테 얻어먹으려고 연애하는 놈, 앞에선 좋아하는 척하고 뒤론 흉보고 돌아다니는 놈. 이햐, 진짜 어쩜 하나같이 그런 녀석들로만 골라서 좋아하냐. 하여간 남자 보는 눈 하난 참 끝내줘, 손나빈. 물론 나쁜 쪽으로.]

"그래도 전부 다 너보다는 잘생겼었거든?"

[잘생기면 찌질이어도 좋다는 거야?]

"뭐, 그건 아니지만……."

아이 씨. 할 말 없게 만드네. 솔직히 나빈도 자신이 남자를 외모 위주로 본다는 사실은 인정했다. 어려서부터 지금껏 잡음 하나 없이 학교를 다녔던 모범생에 똑순이인 나빈이 이상하게 남자문제만큼은 현실적이지 못하고 만화 주인공 같은 멋지고 잘생긴 남자를 꿈꾸는 망상종자라는 사실은 시현의 비웃음을 사기 충분했다. 하지만 어쩌라고. 잘생긴 남자가 눈에 들어오는걸. 어려서 그런 거라 비웃어도 어쩔 수 없는 부분이다, 그건.

"야! 잘생기고 진국인 사람도 있어. 찾아보면."

[애 인생 헛살았네. 세상이 그렇게 공평하고 만만한 줄 알아? 너 만날 나 같은 멀쩡한 애만 보니까, 세상 남자들이 다 최시현 같은 줄 아는 거야? 아서라. 착각하지 마. 난 그야말로 봉이야. 너. 봉을 아무나 잡냐?]

"어머머, 기막혀. 너, 네가 엄청 대단한 줄 아는 모양인데?"

[대단하지. 잘생기고 돈 많고 집안 좋고 머리까지 좋은데다 성

격까지 굿인, 그야말로 제대로 된 퍼펙트 맨이니까. 나 같은 사람 찾는 거라면 일찌감치 포기해라. 그게 네 건강에 이롭다. 알겠냐, 아가야?]

"웃기셔. 찾긴 왜 찾냐! 이미 만나고 있는데."

[뭐?]

헉. 이런 뻥을 마구 쳐도 되는 건가? 속으로 중얼거리며 나빈은 콧잔등을 옴쭉 찡그렸다. 시현에게 지기 싫어 그냥 지껄인 말이었는데, 하고 나니 급 후회가 되었다. 아놔. 하여간 이 자식이랑은 대화를 하면 안 돼요. 사람이 유치해져 가지고 밑도 끝도 없는 개드립을 무한 치게 된다니까.

[너 누구 만나? 언제부터?]

"아, 뭐 좀 됐어."

좀 되기는 개뿔. 원조 모태솔로가 바로 손나빈인걸.

[좀 됐어? 야. 그런데 왜 나한테 말을 안 해? 좋아하는 사람 생기면 나한테 먼저 보고하라고 했지? 내가 봐준다고. 네 눈은 못 믿으니까 내가 대신 필터링해서 평가해 준다고 했어, 안 했어?]

"무, 물어볼 필요 없었어. 너무나 완벽한 사람이라서. 보나마나 너도 오케이할 것 같았거든."

[보나마나 오케이? 그렇게 자신있냐?]

"어……."

나빈은 자신감없이 말끝을 흐렸다. 거짓말을 하려니, 이거야 원. 말이 제대로 나와야 말이지. 죽을 것 같은 얼굴로 입맛을 쩝쩝 다시며 나빈은 머리를 긁적거렸다. 그냥 사실대로 말해 버릴까?

[이거 봐라. 말도 제대로 못하고, 딱 보니까 견적 나오네. 너 또 이상한 놈한테 빠져서 허우적거리는 거냐?]

"무, 무슨 소리야? 아니야."

[아니긴 뭐가 아니야. 목소리가 기어들어 가는구만. 이번엔 또 뭐 하는 놈이냐? 설마 또 돈 빌려달라는 녀석은 아니지? 스킨십 밝히는 놈이냐? 바람둥이? 아니면…… 또 폭주족이냐?]

"아니거든!"

옛날 고릿적 일까지 쑤셔 파내서 적나라하게 비웃는 녀석의 말에, 나빈은 자신도 모르는 사이 버럭 고함을 내지르고 말았다. 아니, 왜 잠깐 짝사랑하고 말았던 일까지 들쑤셔서 사람 비참하게 만들어? 사귄 것도 아니고, 그냥 저 사람 좋다, 찍었던 사람들이잖아. 본격적으로 좋아해 본 적도 없는 사람들이란 말이다. 고백하고 사귈 새도 없이, 쪼로로 뒷조사 해가지고 와서 사람 정나미 뚝뚝 떨어지게 만들어 버린 주제에. 그래서 내가 지금까지 연애를 제대로 못 해본 거 아니야! 이 오지랖 100단아!

"그 사람은 완벽 그 자체거든! 흠을 찾아볼래야 찾아볼 수 없는 남자란 말이야."

[뻥 좀 치지 마. 그럴 리가 있냐? 네가 좋아하는 남자 타입을 내가 아는데.]

"진짜란 말이야. 내가 비록 예전엔 죄다 꽝인 남자들만 골라 좋아했었지만 지금은 아니라고. 내 눈이 얼마나 엄격해졌는데. 나도 이젠 원석을 알아보는 능력이 생겼단 말이지. 내가 아직도 그 옛날 순진한 손나빈으로 보인다면 그건 네 큰 오산이다, 최시현."

[아, 그래?]

최시현, 콧방귀를 뀌더니 피식 웃으며 빈정거린다. 누가 들어도 나빈의 말을 수긍하는 것 같진 않은 어투다. 나빈은 오기가 부글부글 끓어오르는 것을 느끼며 어금니를 질끈 깨물었다.

"그 남자, 물론 외모도 남신급이야. 소지섭, 강동원, 원빈, 고수를 합쳐 놓은 것보다도 더 잘생겼어. 키는 또 어찌나 큰지. 모델 뺨치게 늘씬하고 훤칠하다니까. 하지만 그게 다가 아니지. 그 사람의 매력은 단지 외모에서만 국한되지 않는다고. 사람이 아주 진국이야. 성실하고 착하고, 자기 일에는 어마어마하게 철저하다는 점이 바로 그 사람의 매력이야. 너, 이런 노래 들어봤니? 나에게는 관대하고, 남에게는 막 대하고. 딱 그것의 반대야. 자신에게는 막 대하고 남에게는 관대한 사람. 내가 그런 사람을 좋아하고 있어. 알아?"

[…….]

그녀의 재잘거림이 끝나자, 잠시 침묵이 감돌았다. 수화기 반대쪽의 시현은 아무런 반응이 없었다. 잠잠해진 반응을 보아하니 뭔가 이겼다는 느낌이 확 와 닿았다. 크— 속 시원하다. 사실이라고는 눈곱만큼도 없는 뻥이었지만 일단은 녀석의 입을 잠재우지 않았는가. 지금 나빈에겐 그게 중요했다. 뭐 어때? 설마 소개해 달라고 조르겠어? 어쩌겠어?

[혹시…….]

만족감에 입이 찢어질 것처럼 흐뭇하게 웃고 있는 나빈의 귓속으로 시현의 목소리가 나직하게 울렸다.

[혹시 말이야.]

"뭐. 말해."

[그 사람, 내가 아는 사람이야?]

엥? 이게 무슨 자다 남의 다리 긁는 소리냐. 웬 '아는 사람'? 나빈은 약간 얼이 나간 얼굴로 멍하게 반문했다.

"그게 무슨 말이야?"

[너, 설마…….]

영문을 몰라 멍 때리며 눈살을 찌푸리고 있는 나빈에게 시현이 조심스럽게 넌지시 중얼거렸다. 슬그머니 넘겨짚는 듯한 그의 말투에 나빈의 귀가 절로 쫑긋 섰다. 설마, 뭐 어쩐다는 건가? 뭘 의심하는 거지? '내가 아는 사람'이란 말은 대체 무슨 의미야?

수많은 의문들이 머릿속을 휙휙 지나가고 있을 때였다. 나빈의 호기심에 답하듯 시현의 목소리가 시원스럽게 들려왔다.

[우리 형 좋아하냐?]

"웬일이냐? 눈곱도 안 뗀 것 같구만."

다음 날 일찍, 나빈은 시현의 집을 찾았다. 어제 춘 여사한테 다이아몬드 반지를 빌려준 쑥 여사가 오늘 아침 갑자기 전화를 걸어 급하게 필요하게 됐으니 당장 가져오라고 해, 막 기상한 나빈이 얼떨결에 등 떠밀려서 온 것이었다. 잠결에 갔다 오라니, 멍한 정신으로 어머니가 손에 들려준 반지 케이스를 들고 시현네 집으로 온 나빈은 집 안으로 들어서서야 자신의 몰골이 말이 아니란 걸 깨달았다. 하지만 뭐 이런들 어떠하리, 저런들 어떠하리. 시현한 테는 이런 모습도 별로 부끄럽지 않다.

"엄마 심부름. 넌 오늘 별일 없나 보다? 알바 안 가?"

"오늘은 없어. 무슨 심부름인데 아침부터 행차야?"

"엄마가 어제 빌린 물건이 있었거든. 아줌마가 지금 필요하다고 하셔서. 근데 너네 형님은? 가셨어?"

그 순간, 자신이 왜 시현의 형님에 대해 물어본 건지 나빈도 몰랐다. 그냥 불쑥 내내 마음에 갖고 있던 궁금증이었던 듯 무의식 중에 튀어나온 말이었다. 너무나 뜬금없는 질문인지라 나빈은 스스로 물어놓고도 흠칫 놀랐다. 이딴 걸 내가 왜 묻지? 속으로 중얼거리며.

"너 진짜 우리 형 좋아하냐?"

"뭐?"

"우리 형, 좋아하는 거 맞냐고. 너 어제 내 질문에 대답 안 했잖아."

"그걸 꼭 말로 해야 알아듣니? 제정신이냐고, 그런 질문 하는 것 자체가 어처구니없다고, 말했잖아. 그게 무슨 뜻으로 한 말이라고 생각하는 거야, 넌?"

"딱 잘라 아니라곤 말 못했잖아."

"꼭 딱 잘라 말해야 하는 거야? 아~ 그렇구나, 그래야 하는구나. 그래. 지금이라도 딱 잘라 말해야겠다. 딱 잘라서, 아니야. 도대체 무슨 근거로 내가 네 형님을 좋아한다고 생각하는지 모르겠지만 아니야. 됐지?"

"지금 와서 아니라고 말하면 더 수상하지. 솔직히 네가 말한 남자, 잘생기고 집안 훌륭하고 사람 좋은 남자, 그거 우리 형이랑 딱 맞아떨어지잖아."

"잘생기고 집안 훌륭하고 사람 좋은 남자가 이 세상에 너희 형님뿐이냐?"

기막히게 우격다짐으로 우겨대는 시현을 째려보며 나빈은 퉁명스럽게 대꾸했다. 말이 되는 소릴 해야 웃으면서 받아주지. 이건 망상의 수준을 넘어서는 주장이었다. 물론 시현의 형님이 직업모델을 권유받을 정도로 멋진 몸의 소유자라는 건 알겠는데, 그렇다고 무조건 나빈이 그에게 반했을 거라 생각하는 건 오버지.

"네 주변 사람 중엔 그런 남자가 없을 거란 걸 아니까 하는 말이다. 네 주위에는 영양가 없는 쭉정이들만 구들구들하잖아. 하나같이 찌질이, 양아치 같은 녀석들뿐인데 사람 좋고 집안 훌륭한 녀석을 어떻게 좋아해?"

"이거 왜 이래? 아니거든? 내 주위에 괜찮은 남자들 째고 쌨어. 날 뭘로 보고!"

"아니면 누군지 말해보든지. 이름이 뭐냐? 어떻게 만났고, 지금은 어떤 사이야? 아니. 그 좋다는 집안이 어딘지나 말해봐라. 뒷조사 좀 해보게."

"그걸 너한테 왜 말해야 되는데?"

"말 못하겠지?"

"좋아하는 사람이 너희 형이라서 말 못하는 게 아니야. 너한테 말해야 할 필요성을 못 느껴서 말 안 하는 거라고.”

“아, 됐고. 너 방금 우리 형 찾았지? 그거, 우리 형한테 관심있다는 뜻 아니야?”

“그게 어떻게 그런 뜻이야? 난 그냥 들른 김에 인사나 하고 가려는 거였다고.”

말해놓고 보니, 맞는 말이란 생각이 들었다. 그래. 그거네. 집에 있으면 인사나 해야겠다는 마음에 그를 찾았던 것. 그보다 더 자연스럽고 확실한 계기가 또 어디 있을까. 안녕히 주무셨어요? 오늘은 집에서 주무셨네요? 어제 뒤통수 때린 건 정말 죄송합니다. 다시는 시현이랑 헷갈리는 만행을 저지르지 않을게요. 쏘리~ 라고 하고 싶었던 게다. 음, 분명해.

“네가 언제부터 우리 형을 챙겼는데. 한 번도 그런 적 없으면서. 너, 어제 우리 형 보고 반했냐?”

“이게 아주 이젠 루머를 만들고 있네. 아니거든? 어제 뵌 게 생각나서, 오늘도 뵈면 인사하려고 찾은 거야. 진짜 그런 것뿐이라고.”

“스읏, 아무리 생각해도 수상한데.”

시현이 턱을 슬슬 문지르며 미심쩍은 얼굴로 나빈을 흘겨보기 시작했다. 그 두 눈에 둥실둥실 장난기가 떠 있었지만, 내심 찔린 마음에 심경이 복잡한 상태인 나빈의 눈에 그게 보일 리가 없었다. 혼자 진지하게 받아들인 채로 나빈은 정색하며 말을 이어갔다.

“수상하긴 개뿔. 아니라면 아닌 줄 좀 알아라. 내가 무슨 영화를 보자고 그딴 걸 숨기겠냐? 죄를 지은 것도 아닌데. 그리고 솔까말 내가 형님 좋아하면 뭐? 그게 뭐 어떻다고. 그게 무슨 큰 죽을죄냐? 좋아할 수도 있는 거지.”

“야, 괜히 내숭 떨지 말고 말해. 나중에 집에 가서 대성통곡하지 말고. 실토하면 내가 형 전화번호 정도는 줄게.”

시현이 계속 빤질거리자 나빈은 참다못해 폭발하고 말았다. 내내 낮추어 말하던 목소리 볼륨을 한순간 확 키워 버리는 대실수를 하고 만 것이다.

“너희 형 전화번호를 내가 왜 받아?!”

“뭐? 그게 무슨 소리니?”

질문은 시현에게 했건만. 즉각 날아온 목소리는 날카롭고 낭랑한, 은쟁반의 옥구슬표. 장한숙 여사의 목소리였다. 막 욕실에서 나오던 쑥 여사가 하필 그때 터진 나빈의 큰소리를 듣고 만 것이었다. 헉, 놀란 나빈은 곧 짜증 섞인 얼굴로 시현을 야려 보았다. 하여간 쓸데없는 소리를 해가지고.

“시현이 너, 나빈이한테 시우 전화번호 주겠다고 했니?”

“예? 아, 뭐…… 예.”

시현이 대수롭지 않은 일인 양 어깨를 으쓱하며 쑥 여사를 마주했다. 두 집안이 평소 유지하고 있던 돈독한 사이를 감안한다면 서로 전화번호를 주고받는 것 자체가 이상한 일은 전혀 아니었지만, 누구나가 다 알고 있다시피 쑥 여사는 시우에 대해서만큼은 아주 예민하게 구는 사람이라는 게 문제다. 시우가 페로스화장품에 관련된 그 어떤 것에도 손을 뻗지 못하도록, 아예 관심조차 두지 못하도록 미리 손을 쓰는 사람이 쑥 여사다. 그녀는 아마 나빈이 시우와 친해지는 걸 바라지 않을 것이다. 손나빈은 페로스화장품의 주요기술인 IRP를 연구했던 다산대학 연구팀 박사, 손현욱의 딸이니까.

"안녕하세요, 아줌마."

"아니, 왜? 뭣 때문에?"

나빈이 고개를 잔뜩 숙여 예의 바르게 인사했지만, 인사받을 생각은 전혀 않고 쑥 여사는 날카롭게 시현을 향해 캐물었다. 역시 예상했던 대로 무서운 반응에 시현은 짜증이 솟구치는 것을 느꼈다. 정말이지, 이런 일이 일어날 때마다 잔뜩 반항해 튕겨져 나가고 싶다는 생각이 극심하게 치밀어 올라 너무나 괴로웠다. 하지만 어머니가 왜 이렇게까지 됐는지 모르지 않기에 또, 이렇게 참아내는 수밖에 다른 도리가 없었다. 시현은 한숨을 내쉬며 달래듯이 부드럽게 말했다.

"어제 말씀드렸잖아요, 아르바이트 건."

"아르바이트? 너 진짜 시우한테 부탁할 셈이니?"

"시우 형 아는 사람 중에 유명한 패션 디자이너가 있어서 그래. 나빈이 꿈이 공연무대 감독하는 거잖아. 옆에서 일하다 보면 패션쇼 구경할 기회도 생기고, 여러모로 도움이 될 것 같아서 내가 형한테 부탁 좀 했어. 왜? 안 돼? 나빈이가 형한테 부탁해서 아르바이트하면 안 되는 이유라도 있어?"

"아니, 뭐 꼭 그런 건 아니지만…… 근데 왜 시우 전화번호를 나빈이한테 주려는 건데? 네가 부탁했다면서, 네가 알아서 잘 처리

해 주면 될 것을.”

“그건, 부탁한 지 꽤 됐는데도 감감무소식이라서 그래. 이러다 방학 다 가는 거 아니냐고 나빈이가 걱정하니까. 그럼 직접 연락해 보는 게 어떻겠냐고 묻는 중이었고.”

“그랬단…… 말이지?”

얼추 앞뒤 맞는 설명으로 쑥 여사의 의심을 단숨에 제압하는 시현. 나빈은 웬일이니, 하는 얼굴로 시현을 흘낏 돌아봤다. 시현이 녀석, 제 엄마 말이라면 뭐든 재깍재깍 듣는 녀석인 줄 알았더니만. 웬걸? 거짓말이 꽤나 매끄럽다. 많이 해본 솜씨인데? 나빈은 나름 놀라며 빠르게 안도했다. 어쨌든 일단 순간의 위기는 모면했으니까. 나빈은 쑥 여사가 너무나 무서웠다. 쑥 여사의 블랙리스트에 오르는 일만큼은 무슨 일이 있어도 피하고 싶은 마음이다.

“시우, 어제 집에 왔었잖아. 네가 물어보지 그랬어.”

“나야 깜빡 잊었지. 나빈인 원래 형이랑 데면데면한 사이라 묻고 싶었어도 못 물어본 거고.”

“그 녀석, 아주 웃긴다? 그게 무슨 어려운 부탁이라고 사람을 이리 안달복달하게 만들어? 일자리 하나 얻어다 주는 게 그리 힘든 일이야? 능력이 없어서 못하겠으면, 못하겠다 말이라도 해주던지. 사람을 물로 보는 거야, 뭐야.”

“에이. 그건 아니지. 바쁜 일이 있어서 그랬겠지. 기다리면 어련히 알아서…….”

“어련히는 무슨 얼어죽을 어련히야? 당장 연락을 해서 알아봐 줘야지. 내, 이 녀석을 그냥! 전화기 이리 내봐!”

컥. 안도의 한숨이 채 사라지기도 전에 갑자기 돌발행동을 하시는 쑥 여사, 손을 불쑥 내밀어 시현의 주머니를 뒤지기 시작한다. 직접 자신이 시우에게 전화를 걸어 해결을 보려는 모양이었다. 식겁해서 시현을 돌아보니 훌쩍 키워 뜬 시야로, 시현의 일그러진 표정이 눈에 들어온다. 녀석은 엉덩이를 뒤로 내빼며 쑥 여사의 팔을 저지했다.

"아, 됐어. 엄마가 왜 끼어들려고 해? 이건 형이랑 나 사이에 일어난 일이야."

"네 말을 며칠째 무시했다면서 되긴 뭐가 돼? 전화기 이리 내. 지금 당장 따끔하게 한마디 해야겠으니까. 다른 사람은 몰라도 네 부탁이라면 당연히 재깍재깍 들어줘야 하는 거 아니야? 최소한 가타부타 대답이라도 해줘야지. 제가 뭔데 사람을 기다리게 해? 감히 제 주제에."

"됐다니까!"

아무래도 모자(母子)가 꽤나 심각하고 격렬하게 몸싸움(?)을 벌일 모양새였다. 시현은 도망치고 쑥 여사는 따라가고. 가운데서 어정쩡하고 애매하게 서 있던 나빈은 한참동안 갈등하다, 결국 슬그머니 자리를 뜨고 말았다. 물론 들고 갔던 다이아몬드 반지는 테이블 위에 잘 놓아두었다. 인사까지 예의 바르게 잘 챙겨서 했고. 비록 두 모자는 실랑이 아닌 실랑이를 벌이느라 나빈이 사라지는 걸 알아채지 못했지만.

평일 아침의 시끄럽고 난잡한 해프닝은 그렇게 끝이 나는 듯했다. 나빈은 쑥 여사와 시현의 일은 단지 그들의 일이라 치부하고 있었다. 핑계거리가 되어 언급되긴 했지만, 엄밀히 이번 일은 나빈과 손톱만큼도 관계가 없다는 게 팩트이니까. 때문에 그녀는 그날 이후, 그런 일이 있었다는 것조차 싹 잊고 자신있게, 씩씩하게, 손나빈답게 쭉 마이웨이, 열심히 도서관을 왕래하며 공부에 열중하고 있었다.

그렇게 이틀이 지났고, 오늘도 역시 나빈은 여느 때처럼 늦은 아침을 먹고 도서관으로 향하기 위해 집을 나서고 있었다.

"나는요, 오빠가 좋은 걸~"

막 신발을 신고 허리를 펴는데 주머니 속에 들어 있는 전화기가 시끄럽게 울렸다. 나빈은 아무 생각 없이 전화기를 들어 발신자를 확인했다. 모르는 전화번호. 누구지? 고개를 한 번 갸웃거렸지만, 역시 별다른 생각 없이 그녀는 해맑기 그지없는 목소리로 자신있게, 씩씩하게 손나빈답게! 전화를 받았다.

"네―"

[네가 손나빈이냐?]

하지만 곧이어 들려온 무섭도록 낮고 조용하고 어두운 목소리에 그녀의 자신감은 급격히 쪼그라들었다. 직감적으로 나빈은 알아챌 수 있었다. 이 사람이 바로…… 그 사람이라는 걸.

"누, 누구세요?"

[최시우.]

"……!"

[오늘 시간 있지?]

담백하고 군더더기 없는 목소리 그대로, 그는 전혀 망설임없고 단도직입적인 말투로 용건을 말해왔다. 똑딱, 초침이 한 칸 옆으로 지나가는 사이 수많은 생각들이 나빈의 머릿속으로 휘몰아치듯 떠올랐다. 이 사람이 왜 나에게 전화를 걸었나. 내 전화번호는 어떻게 알았지? 시간 있냐는 말은 왜 묻는 건가. 설마 만나자, 뭐 그런 소릴 하려는 건 아니겠지? 대체 용건이 뭔데?

[3시까지 김기헌 패션모자이크 앞으로 나와.]

머리에 김이 날 정도로 열심히 생각해 보고 있는데, 그가 불쑥 말했다. 김기헌? 심히 귀에 익은 이름이었다. 시현이 언급하던 바로 그, 유명한 패션 디자이너라는 사람 아닌가? 그 사람 샵으로 나오라고? 왜?

"아, 저기 무슨 일이신데……."

자초지종을 알고 싶어 다급히 말문을 열었지만 전화는 뚝 끊어지고 말았다.

"여보세요. 여, 여보세……!"

나빈은 너무나 황당해서 멍하게 서버렸다. 대체 이게 다 뭐야! 순식간에 약속을 정해 버렸잖아. 맙소사.

"누구냐?"

달칵. 수화기를 내려놓는 시우를 향해 동현이 물었다. 아침부터 시우에게 걸려온 전화 릴레이 때문에 단잠을 놓친 이후, 줄곧 그는 궁금했었다. 손나빈이란 여자가 대체 누구기에 최시우가 아침부터 지금까지 줄곧 전화를 붙들고 있는 것인지. 그가 알고 있는 시우는 절대로 누군가를 위해 이렇게 적극 나설 사람이 아니었다.

"그 여자 말이야. 엄청 챙기는 것 같은데."

"챙겨? 내가?"

시크하게 미소를 짓더니 금세 무표정이 된 얼굴로 시우가 자리에서 일어난다. 씻으려나 보다. 하긴 세 시까지 약속 장소로 나가려면 지금 움직여야겠군. 벌써 정오를 넘겼으니. 동현은 새벽까지 이어졌던 고된 작업과정을 떠올리며 자잘하게 치를 떨었다.

시우는 요즘 봄에 열리는 미술대전에 출품할 그림을 그리는 중. 동현은 그 그림의 모델이며, 애인인 미란도 함께 작업에 참여하고 있었다. 보수도 꽤 좋았고 특별히 준비할 거 없이 탈의만 하면 되는 일이라 끼얏호를 외치며 단박에 수락해 시작한 일이었지만, 움직이면 안 되고, 말을 해서도 안 되고, 화가가 원할 때는 언제라도 포즈를 취해줘야 한다는 건 의외로 상당한 중노동이었다. 오늘도 새벽까지 잠 못 자고 작업했던 탓에 정신 못 차리고 오전 내내 곯아떨어져 있었던 동현이다.

"김기헌한테까지 알아봐 달라고 부탁하는 것 같던데? 너 원래 그런 거 잘 못하잖아. 남의 비위 맞추고 아부하고 도와달라 애걸하고. 그딴 건 성미에 안 맞아서 못하는 게 너 아니야?"

"어머니 부탁이야. 들어드려야지."

"그러니까 왜 어머니가 너한테 그런 부탁을 했느냔 말이지. 아무 사이도 아닌 애를 위해 아침부터 널 닦달하진 않았을 거 아니야. 이름을 들어보니, 네 친동생은 아닌 거 같고. 먼 친척이냐?"

"……."

샤워를 하기 위해 욕실로 들어가려던 시우는 무슨 생각이 들었는지 잠깐 자리에 멈춰 섰다. 손잡이를 한 손으로 쥔 자세 그대로.

"아니면 혹시…… 약혼녀?"

조금 우습지만 동현은 왠지 그런 생각이 들었다. 직감적으로, 혹은 평소에 풍기는 최시우의 비밀스럽고 어두침침한 분위기상. 그 왜, 어마어마한 부잣집 아들인데 부모님의 강요가 싫어 집을 나온 도련님 있지 않나. 최시우에겐 딱 그런 뻴이 풍겼다. 어쩐지 그에게 집안끼리 강제로 혼약이 맺어진 약혼녀 한 명쯤 있을 것 같달까. 약혼녀쯤 되면 꽤 특별한 사이이고, 그 정도라면 아침부터 어머니가 전화를 걸어와 닦달할 만하다고 생각했다.

"아니야?"

"……."

"맞지? 약혼녀지? 네 여자지?"

"아니야."

그는 잠시 고요하게 있더니 무뚝뚝하게 딱 잘라 말했다. 하지만 동현이 그걸 믿을 리가. 이미 한 번 말문이 막힌 이상 아니란 말은 안 통한다. 그래, 그랬던 거야. 여자가 있었던 거지. 그러지 않고서야 천하의 최시우가 지금까지 솔로로 박제되어 있을 리가 없었다. 저 얼굴이면 CC가 되고도 벌써 남았지. 동현은 히쭉 웃으며 침대에서 벌떡 일어났다.

"아니긴 뭐가 아니냐. 딱 보니까 견적 나오는걸."

슥슥, 발바닥을 끌며 느릿느릿 걸어 주방 쪽으로 이동하며 동현은 두 팔을 쭉 위로 뻗어 기지개를 켰다. 특이하게 시우는 거실을 침실로 이용하는 대신 안방을 미술 작업실로 꾸며놓고 있었다. 덕분에 시우네 집은 일어나자마자 답답하게 닫힌 문을 보지 않아도 된다. 탁 트인 거실에서, 동현은 평소 시우에게 느꼈던 묘한 열등감을 유감없이 떨치며 신나게 떠들어댔다.

"내 별명이 개코다, 인마. 다른 사람은 속여도 난 못 속인단 말이지. 내가 비록 슬럼프라, 그림을 못 그리고 모델 노릇이나 하고 있지만. 내 천부적인 감각은 아직 건재하다, 이 말씀이지. 난 항상 네가 이상하다고 생각했었거든. 왜 저렇게 반반한 녀석이 밤낮 애인 없이 혼자 다닐까? 하고."

"……."

"소개팅을 시켜준다고 해도 싫다, 너 좋아하는 여자 있으니까 다리를 놔주겠다고 해도 싫다. 교수님 따님이 들이대도 싫다, 슈퍼 모델이 들이대도 싫다. 8등신 미녀에 유학파 인텔리에, 너 좋다는 여자들이 얼마나 많았는지 넌 알고나 있냐? 지금도 너만 좋다면 사귀자고 달려들 여자들이 셀 수도 없어. 그런데도 다 퇴짜를 놓은 게 너잖아. 오죽하면 게이라는 소문까지 났을까?"

"……."

"이젠 감이 좀 잡힌다. 넌 이미 임자가 있었던 거야. 손나빈, 그 여자 맞지? 너, 그 여자 좋아하지? 게이라는 말까지 들으면서도 여자를 만나지 않았던 게 바로 그 여자 때문 아니야? 그 여자……."

"제수야."

"뭐?"

동현이 열심히 추리를 더해 상상의 나래를 펼칠 때였다. 여지없이 시우가 싹둑 제동을 걸었다. 난데없는 말에 놀라 동현은 훌쩍 눈썹을 치뜨며 시우를 바라봤다.

"방금 너 뭐라고 했냐?"

잘못 들은 게 틀림없다고 확신하며 묻는 동현을, 시우는 한심하다는 듯 내려다보며 중얼거렸다. 매우 시크하게. 아무 감정이 묻어나지 않은 무덤덤한 어조로.

"그 여자, 내 동생 여자라고."

제3장. 동생의 여자인Girl

　　평소의 나빈이었다면 절대로 약속 장소에 나오지 않았을 것이다. 일단 약속이 너무 일방적으로 정해졌고, 실제로 알바자리를 원했던 것도 아니었기 때문에 그녀가 이곳에 와야 할 이유는 털끝만큼도 없었다.

　　솔직히 그 일자리는 시현이 원했던 거 아닌가? 어이없게 쑥 여사가 끼어든 바람에 일이 꼬이게 되었지만, 원래는 시현이 나가야 하는 자리였다. 그러니 당연히 나빈으로선 시현에게 전화를 걸어, 빨리 사태를 수습하라고 으름장을 놓을 수밖에 없었다. 하지만 허망하게도 시현은 어머니에게 꼼짝없이 잡혀 고리타분한 모임에 나가야 한다고 했다. 일명 후계자 모임이라나, 뭐라나. 로열 패밀리들끼리 모여 인맥을 넓히고 친분을 쌓아가는 모임이란다. 빌어

먹을 녀석, 친구를 불행의 구렁텅이로 밀어 넣고 갔다는 곳이 그
딴 쓸데없는 모임이라니.

　울분을 삭히며 뒤늦게 허둥지둥 시우에게 전화를 걸어보았지만
전화는 계속 불통. 휴대폰 번호는 아예 모르고, 시우의 휴대전화
번호를 알아내기 위해 또다시 시현에게 전화를 걸었지만 이번엔
시현이 부재중.

　결국 나빈은 어쩔 수 없이 약속 장소로 향할 수밖에 없었다. 약
속 시간은 점점 다가오는데, 시현과는 계속 연락은 안 되지. 시우
와의 약속은 취소가 안 되는 상황이지. 별수 있나? 일단 만나서 사
정 설명을 하면 시우도 충분히 이해해 줄 거라고, 나빈은 믿었다.
황당해하긴 하겠지만 어쩌겠나. 이게 다 자기 동생 때문인걸. 잘
빠진 스포츠카 한 대가 김기헌의 샵, '김기헌의 패션모자이크' 앞
에 멈춰 서는 걸 멍하게 바라보며 나빈은 입술을 삐쭉거렸다.

　그녀는 지금 패션 샵 옆 건물에 위치한 카페 창가에 자리 잡고
앉아 최시우를 기다리고 있었다. 다이렉트로 연락할 방법이 없으
니 자신이 먼저 샵에 도착해 그를 기다리기로 한 것이었다. 언제
쯤 오려나. 휴대폰으로 시간을 확인하며 나빈은 방금 도착한 자동
차를 주시했다. 꽤 비싼 차 같은데. 저게 혹시 최시우의 차인가?
테이블에 놓여 있는 카라멜 마끼아또를 양손으로 쥐어 들며, 나빈
은 깜깜한 자동차 창문을 뚫어져라 쳐다보았다.

　"맞는 거 같기도 하고, 아닌 거 같기도 하고."

　혼잣말을 중얼거리며 나빈은 고개를 쭉 뺐다. 어쩐지 긴장이 되
었다, 금세라도 차 안에서 최시우가 나올 것 같아서. 나빈은 꼴깍

침을 삼키고 초조한 동작으로 음료를 쭉, 한 모금 빨아올린 다음
혓바닥으로 입술을 축였다. 마음을 진정시키기 위해 한숨까지 폭
내쉬고 나니, 자동차 문이 열리고 운전자가 모습을 드러냈다.

"켁켁."

차 주인을 확인한 나빈은 헛기침을 신나게 해야만 했다. 진짜
최시우였다. 심장이 더욱 빠르게 두방망이질을 해댔다. 나빈은 머
뭇거릴 새도 없이 서둘러 가방과 음료를 챙겨 카페를 부리나케 나
섰다. 그리곤 텅 빈 거리에 혼자 우뚝 서 있는 그를 행여 놓칠세라
뚫어져라 노려보며 뛰는데, 갑자기 나빈의 손에 들려 있던 휴대폰
이 짱알짱알 울리기 시작했다. 나빈은 전화를 받기 위해 달리는
속도를 늦추곤 냉큼 휴대폰 통화 버튼을 눌렀다.

"여보세요."

[어디야?]

소름이 돋을 만큼 낮고 느린 억양의 목소리가 귓전을 파고들었
다. 저만치에서 그는 등을 보이고 서 있었다. 높고 넓은 어깨가 유
난히 위압적으로 느껴지는 그는 다리를 살짝 벌린 채 한 손은 핸
드폰을 쥐고 다른 한 손은 바지 주머니에 찔러 넣은 채였다. 저도
모르게 부르르, 아주 짧게 몸을 떨며 나빈은 입을 열었다.

"여기는…… 제가 오늘 좀 일찍 도착했거든요."

[벌써 도착했다고?]

묻는 그의 목소리는 별다른 감정이 느껴지지 않았다. 그가 이
상황을 어떻게 받아들이고 있는지 대충 음성으로나마 넘겨짚어
보려 했던 나빈은 콧잔등을 찌푸렸다.

"네. 근데 딱히 어디 서 있기가 어정쩡해서 근처 카페에서 기다리고 있다가, 지금은 제가⋯⋯."

[그래서 어디라는 소리야?]

"아⋯⋯ 예. 지, 지금은 뒤⋯⋯."

점점 가까워지는 그의 뒤통수를 뚫어져라 바라보며 나빈은 웅얼거렸다. 어째 그의 딱딱 끊어지는 경직된 어조를 듣고 있으니 죄인이 된 기분이었다. 평소 누구 앞에서 주눅 같은 거 들어본 적이 없는 똑순이 손나빈이거늘. 이상하게 자꾸 말꼬리가 실종되는 것 같았다. 왜 이러지? 뒤통수 때린 게 마음에 걸려서인가?

[뭐라는 거냐? 어디라고?]

"뒤, 뒤에 있다고요."

[뭐?]

"형님 뒤에 있다고요. 뒤를 돌아보세요!"

종종걸음에 탄력을 주어 성큼성큼 뛰기 시작하며 나빈이 소리쳤다. 이 정도 볼륨이면 핸드폰 음향이 아닌 실제의 음성으로도 충분히 들릴 법하다고 생각될 무렵, 그가 뒤를 돌아보았다. 드디어!

"아, 안녕⋯⋯."

안녕하세요, 라고 인사해야 하는데. 나빈은 그 자리에 우뚝 선 채 멍하게 얼이 나간 얼굴로 그를 바라보고만 있었다. 최시우 잘생긴 걸 기정사실로 받아들이고 있는 그녀였건만, 그런 그녀에게도 지금 그의 모습은 충격적일 만큼 멋있어 보였다. 옷발 때문인가? 아, 뭐 그럴 수도 있겠다. 저렇게 잘 차려입은 모습은 7년 만에 처음 보는 나빈이니까. 항상 집 안에서 봐왔기 때문에 이렇게 근사한 모습은 봐본 역사가 없었다.

그러고 보니 밖에서 이렇게 따로 만난 건 처음이네. 하여튼 멋지다. 잘나 보인다. 확실히 모델 간지가 난다. 폭간이란 말은 저런 사람한테 쓰는 말인가 싶다.

"안녕하세요!"

목구멍에서 탁 막혔던 인사말을 이번엔 씩씩하게 소리쳐 말하고, 나빈은 꾸벅 절을 하였다. 그리곤 답인사 들을 준비를 하며 훌쩍 고개를 들었다. 뭐, 맞절까진 아니더라도 '안녕' 정도의 인사는 해줄 거라고 굳게 믿고 있었으니까. 하지만 눈코입 훤히 열린 흥분된 표정의 나빈을 맞아준 것은 휘잉— 썰렁하기 그지없는 차가운 겨울바람뿐이었다. 그는 이미 저만치, 샵을 향해 걸어가고 있었다.

"저기요!"

라고 불러보았지만. 어찌나 걸음이 빠른지 그는 벌써 샵 반자동문 버튼을 쿡 누르고 있었다. 안 되는데. 샵에 들어가지 않고 어떻게든 밖에서 해결하려고 했었는데. 알바자리의 주인은 시현이고, 자신은 그저 부득이한 사정으로 어쩔 수 없이 이 자리에 대신 나오게 된 것뿐이니, 당연히 그녀는 저 안으로 들어가선 안 되는 것이었다. 한데, 이게 뭐야. 반쯤 넋 놓고 있는 사이 그는 이미 샵 안으로 들어가고 있지 않은가.

"헐퀴. 난 몰라."

왜 이래, 진짜. 왜 점점 일이 꼬이는 거야. 울상이 되었지만, 다음 순간 나빈은 울며 겨자 먹는 아이처럼 꾸역꾸역 샵 안으로 들어가고 있었다.

"저 아가씨야?"

막 가게 안으로 들어서는 나빈을 웬 남자가 턱으로 가리켰다. 한눈에도 그가 김기헌이란 것을 나빈은 알 수 있었다. 비주얼적으로는 별로였지만 입성이나 멋스러운 턱수염, 두터운 뿔테 안경 등, 전체적으로 범상치 않은 패션 코드는 온몸으로 외치고 있었다. 나는 특별한 사람이다! 하고.

"어."

뒤도 돌아보지 않고 시우가 중얼거리자, 김기헌이 나빈을 위아래로 쭉 훑어보았다.

"음. 뭐, 힘은 세 보이네."

컥. 힘은 세 보인다고? 내가? 불현듯 며칠 전 시현이 '힘 좋고 빠릿빠릿한' 어쩌고 했던 게 생각났다. 그땐 막연히 '거의 막노동에 가까운 일을 하겠구나' 하고 생각했었는데. 이러다가 그 막노동을 내가 옴팡 떠맡게 생겼잖아. 안 돼. 그럴 순 없어!

나빈은 절대 이 샵에서 일하는 것만큼은 막아야겠다는 일념으로 다급하게 외쳤다.

"저기요, 저는……!"

"주환아!"

하지만 타이밍도 절묘하게 김기헌이 우렁차고 통 넓게 누군가를 불렀고, 상대적으로 가느다란 그녀의 목소리를 금세 묻어버리고 말았다.

"네, 선생님!"

대답 소리와 함께 날렵하고 빼질빼질해 뵈는 한 남자가 달려왔다. 팔에 줄자를 걸치고 손목엔 시침핀이 꽂힌 바늘겨레를 달고 있는 그는 허여멀겋고 야들야들하게 생긴데다 자세히 보니 눈썹까지 정리해, 어쩐지 징그럽다는 느낌이 드는 남자였다.

"얘 오늘부터 새로 일하게 될 알바생인데. 이름이 뭐랬더라? 어떻게 되죠?"

"예? 소, 손나빈인데요."

갑작스레 날아온 질문에 나빈은 얼떨결에 이름을 대주었다.

"아, 손나빈 씨. 손나빈 씨한테 매장 안내해 주고 할 일 정해줘. 그리고 시우, 넌 기왕 여기까지 왔으니 나랑 얘기 좀 하자."

선생님이라 불리는 디자이너 김기헌은 시우를 잡아끌어 자신의 방으로 데리고 들어가기 시작했다. 나빈은 거의 눈 뜨고 코 베인 심정으로 멍하니 그들을 바라보고만 서 있었다. 사실을 말해야 하는데. 난 여기서 일할 생각 추호도 없다고, 일이 꼬여서 시현이 대신 여기로 오게 된 거라고 말해야 하는데…….

"손나빈 씨라고 했죠?"

주환이란 직원이 새침하기 그지없는 목소리로 물어왔다. 망연자실한 얼굴로 멍 때리고 있던 나빈은 속상한 마음에 퀭해진 눈으로 스윽, 그를 돌아보았다.

"네……."

"내 이름은 서주환. 나이가 어떻게 되죠?"

뜬금없이 자기소개를 하더니 대뜸 나이를 물어왔다. 나빈은 윽, 소리없이 신음을 흘리며 인상을 찌푸렸다.

"그 문제는 얘기 끝난 걸로 아는데. 생각 없어."

기헌의 개인 사무실 안으로 들어가며 시우는 말했다. 천하의 김기헌의 제안을 이렇게 쉽게 쓰레기통에 버릴 수 있는 이가 또 있을까? 한편으론 놀랍고 다른 한편으론 비웃음이 나왔다. 생각이란 게 아예 없는 게 아니면 절대로 나올 수 없는 대답이었다, 이건. 멍청한 건지, 대담한 건지. 무모한 건지, 개념이 없는 건지. 알 수가 없다니까. 기헌은 미간을 콱 주름 잡아 접으며, 쾅! 사무실 문을 세차게 힘주어 닫았다.

"생각이 왜 없어? 이런 기회가 얼마나 드문데. 너도 알다시피 이쪽 물을 조금이라도 먹은 애들, 어떻게든 대형 무대에 서서 최고의 모델이 되는 게 꿈이잖아. 잘만 되면 광고계까지 진출할 수 있고 거기에서 눈에 뜨이면 스타가 될 수도 있으니까. 사실 스타가 되기 위한 수단으로써 모델계에 발을 들여놓는 아이들도 꽤 있잖아?"

"그런가?"

"넌 충분히 가능성이 있어. 이대로 두기엔 아까워. 그냥 내 샵에서 카탈로그 찍고 피팅 모델이나 하고, 가끔씩 쇼에 서는 것에 만족하기엔 네 그릇이 너무 커."

"칭찬 고마워."

"고맙단 말 들으려고 한 말 아니다. 이게 장난 같아? 난 진지하게 네게 권유하는 거야. 사실 지금까진 말할 필요가 없어서 말하지 않았지만, 그동안 널 자기 쇼에 세우고 싶어했던 선생님들이 꽤 있었다고. 그만큼 네가 가지고 있는 매력이 상당하단 거지. 사실 너도 해보고 싶지 않아? 마음속으론 원하고 있을 텐데. 너 이일, 꽤 즐기고 있잖아. 아니야?"

"즐기기야 하지. 하지만 난……."

시우가 주저하듯 말끝을 흐리자, 기헌은 한쪽 눈썹을 치뜨며 집중했다. 본격적으로 모델 수업을 받으면서 직업 모델로의 길을 가보자는 기헌의 제안을 단칼에 싹둑 자른 두 주 전의 일 이후, 시우는 지금까지 단 한 번도 제대로 된 이유나 뜻을 밝히지 않고 있었다. 그저 막무가내로 '싫다' 혹은 '뜻이 없다'는 말뿐, 심지어 긍정적으로 검토해 본 적도 없는 듯했다. 말이 없는 편이긴 했지만 필요한 말은 아끼지 않았던 최시우의 평소 스타일을 떠올리자면 아무리 생각해도 이상한 경우였다.

기헌이 시우와 처음 안면을 튼 건 2년 전이었다. 쇼 중간에 일어난 돌발적이고 갑작스런 사고로 우연찮게 시우를 대타로 기용했던 기헌은 그 아슬아슬하고 불안했던 첫 무대에서 쇼킹한 경험을 하게 된다. 모델 경험이 거의 없던 일반인에 가까운 그에게서 엄청난 무대 포스를 발견한 것이다. 기헌은 당장 다음날 쇼에 다시 기용을 했고, 쇼가 끝난 이후에는 자신의 브랜드 카탈로그 모델이 되어달라 청하기에 이르렀다. 그 다음엔 피팅 모델로 기용하였고, 이후 그는 자신의 쇼 메인 모델로 시우를 선택하기에 이른다. 그 이후론 두말할 것 없이 쭉 같이 일하고 있고.

지금은 호형호제하는 꽤 절친한 사이이다. 가끔 술친구도 하고 이런저런 사적인 얘기까지도 나누는, 말 그대로 형과 아우 같은 사이. 시우의 진로를 이렇듯 심도있게 고민하는 이유도 모두 기헌이 그를 진심으로 아껴서였다. 그는 남들이 가지지 못한 재능이 있고, 자신은 그의 재능을 아낀다. 아낀 만큼 뒤를 봐줄 용의도 있다.

"혹시 집에서 반대하시냐? 그래, 반대하실 수도 있겠다. 아직까진 우리나라 사람들, 모델이란 직업에 편견을 갖고 있는 게 대부분이니까. 부모님이 모델 일 하는 거 싫어하시지?"

"안 물어봐서 모르겠는데."

"네가 모델 아르바이트 하는 거, 부모님이 모르시냐?"

"아마도."

"그럼 부모님 때문에 망설이는 건 아니란 소리네?"

"난 그냥 생각이 없다고 했지, 부모님 때문에 망설인다고 말한 적 없는데."

"난 부모님 반대가 아니면 못할 이유 없다고 생각하거든? 이 일이 싫은 게 아니라면, 지금까지 잘하고 있던 모델 일을 갑자기 못하겠다고 뻗댈 이유는 없잖아."

"모델 일이 싫은 게 아니고, 직업 모델이 싫은 거야. 말했잖아."

이쯤되니 녀석과 친한 사이라 여겼던 것도 실은 자신만의 착각이 아닌가 싶기도 했다. 자신만큼 시우를 많이 아는 사람도 드물다고, 자신이 그와 가장 가까운 사람이라고 늘 자신하던 기헌이었는데 지금은 그저 막막했다. 마치 거대한 벽에 부딪친 기분이다.

녀석이 무슨 생각으로 이러는지, 그 배경에 무엇이 있는지 전혀 모르고 예상할 수조차 없으니 답답한 마음뿐이었다. 혹시라도 부모님 쪽에서 반대하나 싶어서 물어본 건데 이것도 아니라니, 이거야 원. 대체 어디서부터 어떻게 설득해야 할지 갑갑하다. 기헌은 훅, 한숨을 내쉬곤 씁쓸한 입맛을 다시며 중얼거렸다.

"좋아, 그럼 생각할 시간을 좀 더 줄게. 다시 한 번 잘 생각해 봐."

"시간 낭비일 텐데."

"이건 네 미래가 달린 문제야. 제대로 숙고해 보지도 않고 결론 내리는 건 옳지 않아."

"숙고해 봤자 생각이 바뀔 리 없으니까."

"그건 모르는 거지. 바뀔 수도 있어. 아니, 바뀌어야 해. 누가 뭐래도 난 널 꼭 일류 모델로 만들고 말 테니까."

손으로 콕 시우의 가슴을 찍어 누르며 기헌은 결의에 찬 목소리로 말했다. 자신있었다. 나름 대한민국 패션계에서 먹어주는 인물인 자신이 아닌가. 자신이 스폰서가 된다면 화려한 스타성을 갖춘 시우가 성공 못할 리 없었다. 그러한 확신이 있으니 쉽게 포기가 안 되는 것이고. 하지만 기헌의 속을 아는지 모르는지, 시우는 히쭉 웃고는 소파에 털썩 주저앉으며 중얼거렸다.

"형의 능력을 의심하는 건 절대로 아니야."

척 긴 다리를 반대편 다리에 꼬아 얹으니 화보 속 모델처럼 근사한 그림이 나온다. 일상이 화보로군. 이러니 포기가 안 되는 게지. 아까워, 너무 아까워. 기헌은 속으로 중얼거리며 맞은편 좌석에 자리를 잡았다.

"넌 참 알다가도 모를 녀석이다. 어떻게 내 능력을 의심하지 않는다는 녀석이, 내 제안을 거절할 수가 있어? 도대체 뭐가 그리 복잡하냐? 돈 벌고 싶다며. 돈 벌 수 있는 일이라면 뭐든 하겠다면서. 너 이 일도 수입이 짭짤해서 시작한 거 아니야? 더 많이 벌 수 있게 해줄게, 내가. 대체 뭘 망설이는 거야?"

"그냥 하기 싫어서 안 하려나 보다, 하고 생각해. 그럼 간단하잖아."

"하기 싫어서 안 하려는 게 아니잖아. 너, 이 일 즐기면서 재미있게 하고 있잖아. 아니야? 좋아하는 일이고, 네가 원하는 대로 돈도 벌 수 있는 일이야. 뭘 망설여? 뭣 때문에 아까운 재능을 썩히려들어?"

"뭐가 그리 아까워? 내가 뭐 그리 대단한 존재라고."

"대단해! 충분히 넌 대단해. 대단하니까 내가 너한테 목을 매고 있는 거 아니야."

"형이 나한테 목을 매고 있다고?"

"몰랐냐? 나, 너한테 목매고 있어. 지금까지 내가 애들 여럿 봤지만 너처럼 완벽한 애는 없었거든. 너라면 최고가 될 수 있을 것 같아. 너라면, 내가 물심양면 최대한으로 지원해 줄 수 있어."

"……."

"아니, 생각해 보는 게 뭐 그리 어렵다고 그래. 어? 생각해 봐, 한 번만 더."

피식. 시우는 결국 빈 웃음을 흘리고 말았다. 양쪽 빈손을 내보이며 두 눈을 동그랗게 뜨는 기헌이 자신이 보기에도 안쓰러웠던 듯. 국내 최고의 디자이너가 일개 시간제 모델에게 매달려 제발 좀 일해보라며 안달복달하는 꼴이라니. 기헌은 자신이 왜 이렇게 된 건지 알 수가 없었다.

"기대는 마."

"생각은 해보겠다는 거지?"

"한 번만 더."

"좋아, 대신 아주 숙고해야 한다. 이것저것 모든 걸 다 재봐야 해."

"알았어."

일부러 기헌의 비위를 맞춰주기 위해 대충 대답한 것 같은, 성 의없는 대답이 시우의 입에서 흘러나왔다. 못내 찜찜했지만 그거라도 어디냐? 처음엔 억지춘향으로 시작한 일도 나중엔 좋은 결과를 가져올 수 있는 문제. 일단 한시름 놓자. 기헌은 어깨를 축 늘어뜨리고는 탁자 위에 놓인 커피 잔을 집어 들었다.

"그나저나 쟨 누구냐?"

"누구?"

"알바생 말이야."

"아."

아, 라니. 뭐라는 거야? 막 커피 잔을 입에 물던 기헌이 시우를 흘끗 바라봤다. 대수롭잖게 물은 질문이었는데, 대답이 시원찮으니 자동으로 관심이 쏠린 것이다.

"그 감탄사는 무슨 뜻이냐?"

“별로. 그냥 좀…… 아는 애야.”

“그냥 좀 어떻게 아는 앤데, 네가 아침부터 발 벗고 나서서 일자리까지 알아봐 줘? 너 원래 두루두루 남들한테 친절 베푸는 스타일은 아니잖아.”

“일자리 알아봐 준 게 무슨 대단한 친절이라고.”

“대단하지. 우리 샵이 어떤 곳인데. 난 아무나 부탁한다고 다 받아주는 사람 아니다. 너니까, 네 부탁이니까 들어준 거야.”

“그건 고맙게 생각해.”

시우가 입술 언저리를 살짝 끌어올리며 중얼거렸다. 정말 고마워서 고맙다는 건지, 대충 고맙다고 해야 할 것 같아서 그리 말하는 건지, 분간할 수 없는 대수롭잖은 목소리와 표정 변화였지만 기헌은 느낄 수 있다. 녀석의 눈동자 속에 감도는 따뜻함을. 표현의 스펙트럼이 좁은 시우에게 이 정도의 말과 표정은, 최상급으로 고맙다는 뜻이었다. 알고 지낸 지 수년이 지나니 이젠 말하지 않아도 대강 녀석의 마음쯤 쉽게 가늠할 수 있게 된 그였다. 기헌은 뭔가 뿌듯해지는 기분으로 히죽 웃었다.

“고맙단 인사 받자고 채용한 거 아니니까 인사는 이제 그만해. 어차피 사람 한 명 비어서, 조만간 채용하려고 했었어. 다만 난 정직원을 선호하는 편이라 학생 아르바이트는 받아주지 않으려고 했는데, 이젠 어쩔 수 없지. 한 달이지만 잘 데리고 있어봐야지. 데리고 있는 동안, 애프터서비스도 해주는 거냐?”

“애프터서비스?”

“네가 데리고 왔잖아. 책임도 네가 져야지. 일 시켜봐서 마음에 안 들면 너한테 반품한다?”

“성실하긴 할 거야. 그건 걱정 안 해도 돼.”

“좀 힘든 일도, 시켜도 되나? 어째 좀 눈치 보인다.”

“눈치를 왜 봐?”

“마음 놓고 부려먹어도 된다는 뜻이야?”

“어차피 그러려고 고용하는 거잖아. 마음대로 해.”

시우의 반응은 무표정에 무덤덤하니 시크했다. 부려먹든 말든 정말로 신경 쓰지 않는 듯. 정말 그런가? 갑자기 궁금해졌다. 녀석과 저 아가씨가 무슨 관계인지. 지금껏 시우는 친구랍시고 누군가를 소개하거나 샵으로 데리고 온 적이 단 한 번도 없었다. 더욱이 아르바이트 자리까지 부탁하는 경우라니, 보통 때라면 절대로 있을 수 없는 일이었다. 게다가 말투에서 은근히 배어 나오는 뉘앙스가 마치 유치원 입학식에 온 학부모 같다. 보호자 모드, 딱 그거다. 호기심이 생기지 않을 수 없는 상황. 기헌은 진한 커피 한 모금을 입술 사이로 밀어 넣으며 녀석을 찬찬히 뜯어보았다.

“그래? 그럼 뭐, 창고 일을 시키면 딱이겠다. 얼마 전에 맡아 하던 녀석이 그만뒀는데 마땅히 시킬 사람이 없어서 직원들이 돌아가면서 관리하고 있거든. 참고로 밝혀두면, 얼마 전에 그만둔 녀석은 사내자식이었어. 186cm에 92kg. 모델하기에는 헤비하지. 몸이 심한 근육질이었고 얼굴은 팍 삭았어. 하지만 힘은 좋았지. 모델시켜 달라고 하도 조르기에 창고 일하면서 6개월 동안 살을 빼라고 했어. 그럼 생각해 보마고. 그랬는데 2개월 만에 그만두더라. 살도 살이지만 우리 창고 일이 좀 고되거든.”

“…….”

“그래서 좀 걱정이 되네. 건장한 사내 녀석도 힘들다고 그만둔 일인데, 저 가냘픈 아가씨가 버틸 수 있을까 싶어서. 아무리 힘이 세고 깡이 있다지만 그래도 여잔데 해낼 수 있을까?”

“힘들겠다 싶으면 다른 일을 시키면 되잖아.”

퉁명스럽게 시우가 대꾸한다. 눈썹을 슬쩍 찌푸리며 말하는 억양이 범상치 않다. 평소 녀석의 어투가 밋밋한 일자 형태라면 지금은 위아래로 상당히 출렁이는 형태. 감정의 파장이 적지 않게 느껴지는 음성이었다. 이건 뭐지? 짜증인가? 웬만해선 감정을 드러내지 않는 녀석이 웬 짜증? 기헌은 의심스러운 시선으로 시우를 훑으며 천천히, 테이블 위로 커피 잔을 내려놓았다.

“아, 그런데…… 생각해 보니까 창고 일밖에 시킬 일이 없을 것 같다. 저 아이, 디자인 전공이 아니라고 했잖아. 우리 샵 직원들은 대부분 디자인 쪽 애들이라서 창고 정리에 써먹기는 좀 아깝거든. 그리고 재가 좀 더 힘이 세 보이기도 하고.”

“…….”

“하루 종일 먼지 냄새 맡으면서 창고에서 막노동에 가까운 일을 하려면, 힘도 좋고 깡도 어느 정도 있어야지. 덩치가 좀 작은 편이라 걱정스럽긴 한데, 보니까 눈빛이 살아 있더라. 뭐든 시키는 일은 다 잘해낼 것 같아. 뭐, 잘하겠지. 네가 소개해 준 아가씨인데 오죽하겠어.”

여기까지 주절거리니 잠자코 듣는 시우의 표정이 살짝 굳는 것도 같았다. 이런, 이거 대체 뭐야? 두 사람이 어떤 사이인데 시우가 저런 반응을 보이는 거지? 대충 그냥 좀 아는 사이라더니 아닌가? 수년을 알고 지내오는 동안 시우가 저렇게 신경 쓰는 모습은 본 적이 없는 것 같았다. 기헌은 호기심 어린 눈빛을 반짝반짝 빛내며 커피 잔을 입술 사이로 밀어 넣었다.

'여자친구라면 대박인데.'

최시우는 여기저기서 인기가 많은 녀석이다. 워낙 스타일이 좋고 외모 또한 빛나서, 여자라면 한 번쯤 흠모해 보았을 법한 그런 남자였다. 녀석에게 대시하는 여자들은 전부터 꾸준히 증가하는 추세. 하지만 그는 여자에게 관심이 없어 보였다. 사귀는 여자도 없는 것 같은데, 들이대는 여자들마다 하나같이 딱지를 놓았다. 오죽하면 게이가 아니냔 소문이 돌았을까. 그런 녀석에게 실은 애인이 있었다? 만약 진짜 그런 거라면, 한바탕 난리가 날 것은 자명한 일이었다. 녀석의 도도한 매력에 허우적거리고 있는 수많은 에디터, 디자이너, 모델들이 줄줄이 울겠지. 은서가 알면 울고불고, 아주 진상을 떨겠군. 쯧쯧.

"근데 진짜 두 사람, 무슨 사이냐? 네가 직접 매장까지 데리고 올 정도면 보통 사이는 아닌 것 같은데."

"아무 사이 아니라고 했잖아. 대화거리도 못 되는 관계니까, 신경 쓸 거 없어."

"에이, 그건 아니지. 별로 친하지도 않고 특별한 인연도 없는 아가씨를 위해 네가 여기까지 납시었을 리 없잖아. 네가 어떤 앤데. 항상 우리 일보다 학교, 그림이 먼저였던 너잖아. 넌 지금 그림 때문에 우리 가게 발길 끊은 지 오래인 거 아니야? 미술대전 준비 때문에 몇 달째 집 안에 틀어박혀 물감만 만지고 있잖아. 그런 녀석이 갑자기 이렇게 움직였는데, 당연히 놀라고 궁금해지지. 대체 저 아가씨가 뭐기에, 어떤 사람이기에 네가 직접 나서기까지 했나 싶고.”

“…….”

“누군데?”

기헌은 눈썹을 휙 치뜨며 넌지시 물었다. 씩 웃으며.

“애인이냐?”

“…….”

“애인이구나?”

대답이 없는 걸 보니 애인 맞네. 기헌은 입가를 씰룩거리며 두 눈을 크게 뜨고 고개를 연신 끄덕거렸다. 알 만하다는 듯. 시우에게 여자가 있다는 사실도, 그 여자가 저런 Girl타입 아가씨라는 것도, 기헌에겐 그저 놀랍고 신기할 따름이었다. 지금까진 도통 여자에 대해 이러쿵저러쿵 얘길 하지 않아서 녀석이 어떤 여자 취향인지 알 수가 없었던 거다. 소녀 취향이었다니, 의외인걸. 로리콤이냐? 기헌은 히쭉히쭉 웃으며 음흉한 눈으로 시우를 훑어보았다.

“자식, 그동안 쫓아다니는 여자들 죄다 걷어찬 이유가 있었구나? 확실히 귀엽긴 하다. 차은서처럼 섹시하거나 윤 기자처럼 인텔리한 매력은 좀 떨어지지만. 몇 살이랬지? 대학생이라면 스물 둘? 셋?”

“……아니야.”

본격적으로 녀석을 놀려볼 생각으로 신이 난 기헌을 향해, 시우가 무표정한 얼굴로 중얼거렸다. 기헌은 생긋 웃으며 되물었다.

"무슨 소리야? 아니라니, 뭐가?"

"저 애. 애인 아니라고."

"……?"

아니라고? 무슨 소리야. 그럼 누군데? 분위기상, 정황상 애인이 맞는 것 같은데 아니라니. 이해가 안 되었다. 이 녀석, 괜히 무안하니 오리발 내밀고 아무렇게나 둘러대려는 게 아니야? 슬그머니 의심을 하며 기헌은 시우의 매력적으로 굴곡 진 매끈한 입술을 날카롭게 찔러보았다.

"동생의…… 약혼녀야."

뜬금없는 말이 시우의 입에서 흘러나올 때였다. 갑자기 사무실 문이 벌컥 열렸다.

"아니에요!"

이 소리는 남의 얘길 엿듣고 있었다는 사실을 증명하면서 창피함도 모른 채 목소리도 우렁차게 외친 22살 서울 시민, 손나빈의 목소리입니다.

왜 그랬을까. 왜 그랬을까. 도대체 왜 그랬을까. 왜 그렇게 무식하게 고함을 치며 남의 사무실을 쳐들어갔을까. 얌전히 노크하고 양해를 구한 다음 들어가 상냥한 얼굴로 웃으며 말하는 게, 레알 배운 여자, 가정교육 쌈빡하게 받은 숙녀 손나빈의 진면목이거늘.

으으으, 그때 김기헌의 표정을 봤어야 했다. 어찌나 기겁을 하며 놀라던지. 그 모습 보고 더 놀래 꺄악, 비명까지 질러주신 나빈이다. 무려 자신이 쳐들어간 주제에. 뒤늦게 사태를 파악하고 쥐구멍이라도 찾아 숨어들어 가고 싶었지만 이미 물은 엎질러진 후. 나빈은 말 한마디도 제대로 못하고 서서 두 눈만 미친 듯이 깜빡거려야 했다. 그 숨 막히고 어색하기 짝이 없던 순간의 정적을 깨뜨린 건 최시우였다.

"잠깐만."

김기헌에게 양해를 구하는 말이었을까? 아니면 나빈에게 따라 나오란 말이었을까? 대뜸 한마디 내뱉고 그는 그냥 밖으로 나가 버렸다. 갑작스레 예고도 없이 방을 나가 버리는 시우 때문에 나빈은 순식간에 김기헌과 단둘이 남겨져 버렸다.
맙소사. 그 오글거리는 순간이란!
나빈은 두 볼이 벌겋게 달아오르는 것을 느끼며 냉큼 허리를 굽혀 인사를 하고 쌩하니 밖으로 도망쳐 나왔다. 쿡쿡, 박장대소를 꾹꾹 참아 누르는 듯한 김기헌의 웃음소리가 뒤통수를 찔렀지만 그게 무슨 대수랴. 더 이상 창피당할 일은 없어졌으니 그걸로 된 거지. 나빈은 생각만 해도 얼굴이 화끈거리는 1분 전의 상황을 획획 머릿속에서 날려 버리며, 앞장서서 걷고 있는 시우의 뒤를 졸졸졸 강아지마냥 따라갔다.
"뭐야?"
한참 뒤. 어느새 복도 끝까지 다다른 시우가 뒤를 획 돌아보며 말했다. 고개를 푹 숙이고 바닥만 뚫어져라 보며 걷고 있던 나빈은 멈칫 걸음을 멈추고 고개를 훌쩍 들었다. 시우는 마치 화가 난 듯 표정 없이 딱딱하기만 한 얼굴로 자신을 굽어보고 있었다.

"어…… 전 그냥 잠깐만, 이라고 하셔서."

"……."

"따라오란 말인 줄 알았는데요."

쭈뼛쭈뼛 주저하면서 나빈이 말했다. 하지만 대답해 놓고 그의 표정을 살피자니 뭔가 핀트가 맞지 않는 대답이었단 생각이 스멀스멀 들었다. 시우는 마치 덜떨어진 바보를 목격한 양 사알짝 기막힌 표정이었다. 나빈은 억지로 웃음을 지어 보이며 두 눈을 크게 떴다. 그, 그 말이 아닌가?

"나한테 하고 싶은 말이 있는 거 아니었어?"

"네?"

"중요한 얘기 같던데. 사무실 문을 박차고 들어올 정도로."

"아, 그건……."

두 볼이 후끈 달아오르는 것이 느껴졌다. 아, 창피해. 아, 죽고 싶어. 이 자리에서 당장 사라지고 싶다고!

"죄송합니다. 저도 모르게 그만."

"나한테 죄송할 건 없고."

"선생님께는 제가 따로 용서를 구할게요. 정말 진짜 죄송합니다……."

이렇게 쪽팔려서야. 나빈은 절로 고개를 수그리고 두 눈을 찔끔 감았다. 마음 같아선 당장 먼지가 되어 그의 눈앞에서 사라져 버리고 싶었지만 그럴 수 있을 리는 만무. 나빈은 온몸이 홍당무가 된 것 같은 착각에 빠져 콱, 나 죽었소, 하고 고개를 땅을 향해 박은 채 서 있었다.

"그래서. 하고 싶은 말이 뭐라는 거야?"

"예?"

"하고 싶은 말, 있다고 하지 않았어?"

"아, 네. 있어…… 요."

"2분 주지."

손목시계를 훑더니 그가 무심히 중얼거렸다. 2분 내에 할 얘기를 모조리 마치라는 뜻이라는 건 유치원생이 봐도 알 수 있었다. 100년 묵은 거북이 걸음마냥 느릿느릿 굴러가던 나빈의 뇌가 순식간에 파팟 정신이 들었다. 울상이던 얼굴에 군기가 확 돌고 두 눈이 훌쩍 커지더니, 180도 바뀐 빠릿빠릿한 입술을 술술 팍팍 좔좔 놀려 사건의 자초지종을 단번에 설명하였다.

"……그렇게 된 거예요."

"그러니까 시현이 때문에 벌어진 해프닝이란 얘기냐?"

"네."

대강의 이야기를 들은 후 시우의 반응은 의외로 덤덤했다. 별로 놀라는 것 같지도 황당해하는 것 같지도 않았다. 너무나 심심한 반응에 오히려 나빈이 다 민망할 지경이었다. 별일도 아닌 일에 너무 오버해서 떨었던 건 아닌지 스스로를 돌아보게 되었달까. 괜히 쫄았나? 하긴. 이쪽은 솔직히 잘못한 게 없으니까. 잘못이 있다면 사태를 이 지경까지 몰고 온 최시현에게 있었다.

"미리 말씀 못 드려서 죄송해요. 통화할 때 다 말하려고 했는데, 형님이 너무 빨리 전화를 끊으셔서."

"……."

"나중에 다시 전화를 드렸는데 안 받으시더라고요. 핸드폰 번호도 모르고 시현인 전화를 안 받고. 약속 시간은 점점 다가오는데 연락이 안 되니까 저로서는 다른 도리가 없었어요. 일단은 약속을 지켜야 할 것 같았거든요. 직접 만나 뵙고 사정 설명을 하면 되겠다 싶어서 나왔는데……."

"내가 네 말을 무시했지."

알긴 아네. 속으로 중얼거리며 나빈은 입술을 삐쭉거렸다. 그가 자신을 무시했다는 건 이미 인지하고 있었지만, 본인 스스로 저리 말하니 기분이 썩 좋지 않았다. 결국 그에게 무시당했다는 생각은 자신만의 착각이 아닌 '진짜'였다는 거니까. 내가 그렇게 싫은가?

이해할 수 없다. 스스로 이런 말하긴 좀 뭐하지만, 나빈은 자신이 꽤 훈녀라고 자부한다. 친구들과의 사이도 좋고, 남자들에게도 인기가 있는 편이고, 무엇보다 어른들이 입에 침이 마르도록 칭찬하는 모범생 스타일이었다. 공부도 잘하고 행동거지 단정하고 스타일도 깔끔해서, 무엇 하나 눈에 거스르는 부분이 없다는 게 어른들의 공통된 의견이다. 한마디로 누구에게든 미움을 받아본 전적이 없는 사람. 그런 나빈이니 왠지 자신을 미워하는 것 같은 시우가 무섭게 느껴지는 것이었다.

"괜찮아요. 여기까지 쓸데없이 나와서 시간만 버렸지만, 그건 형님께서도 마찬가지로 손해를 본 거니까. 시현이 녀석이 갑자기 저한테 떠넘기지만 않았어도 형님까지 끌어들이는 일은 생기지 않았을 텐데. 진짜 형님 뵐 면목이 없어요. 시현이 대신 제가 사과드릴게요. 시현인 정말 왜 그러는지 모르겠어요. 만날 충고해도 내 말은 들어먹질 않으니 진짜 답답해요. 형님께서 좀 따끔하게 한마디 해주셨으면 좋겠어요. 매사에 막무가내여서 주변 사람들 폐 끼치는 짓을 자주 하거든요. 이번에도 형님이랑 저한테 모든 걸 다 떠밀었잖아요. 자긴 지금 어머니 따라 파티를 즐기고 있을 걸요? 하여간 문제예요, 문제.”

“……..”

“아무튼 정말 죄송합니다. 저는 디자이너 선생님께 사과드릴 일도 있고 하니, 형님은 먼저 들어가세요. 이번 일은 제가 마무리하고 들어갈게요. 선생님께서도 황당해하시겠지만 사정을 잘 얘기하면 양해해 주실 거라고 믿어요. 그럼 저는 이만…….”

“너, 연예인 좋아하지?”

막 허리를 숙여 인사를 드리려는 찰나였다. 그가 갑자기 난데없는 질문을 날렸다. 나빈은 흠칫 놀라 두 눈을 둥그렇게 뜨고 그를 바라보았다. 연예인이라면 당근 나빈의 관심사.

“예?”

“여기 연예인들 많이 출입해.”

“아…… 예, 얘긴 많이 들었어요. 디자이너 선생님께서 협찬 같은 거 되게 많이 해주신다고.”

“방학 때 딱히 하는 일 없지?”

“에?”

"시현이 말론 거의 백수라고 하던데."

"시, 시현이가 그런 말을 했어요?"

이런 나쁜. 이 자식아, 내가 왜 딱히 할 일이 없어? 날마다 도서관 출근 도장 찍고 있는데. 토익 점수 올리려고 하루 일곱 시간씩 공부하고 있다는 걸 모르나? 일곱 시간씩 공부하는 게 어떻게 딱히 할 일이 없는 거야? 멀쩡히 공부에 올인한 학생을 완전 '잉여'로 만들고 있네.

"여기까지 왔는데. 달리 하는 일이 없다면, 여기서 일해보는 것도 나쁘지 않을 것 같아서."

"아……."

"싫어?"

당근 싫다. 원래 계획했던 일도 아니고, 남의 사정 봐주기 위해 떠밀려서 억지로 일하고 싶지도 않았다. 이건 완전 최시현이 벌인 일을 땜해주는 것이지 않나. 내가 미쳤어? 최시현을 위해 그런 희생까지 하게. 덩치 큰 장정도 힘들어서 포기한 일을 내가 왜 해? 나빈은 본의 아니게 엿들은 시우와 기헌의 대화를 떠올리며 부르르, 몸을 떨었다. 그런 일을 할 바엔 차라리 24시간 도서실에 앉아 공부만 하는 게 낫다고 그녀는 생각했다.

"전 별로. 방학 동안에 해야 할 공부가 있어서요."

"공부는 언제든지 할 수 있어. 이런 일을 해볼 수 있는 기회는 흔치 않고."

"알긴 아는데, 제가 사정이 있어서요. 다음 기회에 할게요."

"여기 아무나 받아주는 데 아니야. 나중엔 일하고 싶어도 어려울 거다. 지금 포기하면 다음 기회란 없다고 생각해야 해."

"아."

"옆에서 많은 걸 배울 수 있을 거다. 운이 좋으면 가까운 곳에서 쇼를 구경할 수도 있고. 무대 디자인에서부터 효과, 음향까지 하나하나 세세히 직접 챙기시는 분이니 따라다니면 보고 듣고, 배우는 게 꽤 많을 거야. 무대 연출자가 꿈인 사람에겐 아주 적절한 아르바이트 일이라고 생각하는데."

"잠깐만요. 무대라고요?"

솔깃한 말에 나빈은 두 눈을 커다랗게 뜨며 귀를 쫑긋 세웠다. 무대 연출은 그녀의 꿈이었다. 어려서부터 공연장이나 콘서트 홀을 많이 다녔는데, 어느 순간부터 수많은 관중들을 홀리는 엄청난 무대 장치, 완벽한 공연 내용 등을 자신이 직접 짜내고 형상화시키고 싶다는 생각이 들기 시작했었다. 엄청난 음향과 눈앞이 어지러울 정도로 현란한 조명에 홀릭되어 처음으로 꼭 해보고 싶다고 생각한 일. 처음엔 반대하시던 아버지도 지금은 조건부 허락을 해주신 상태였다. 강요에 가까웠던 부모님의 권유에 억지로 선택한 '화학' 공부를 끝까지 마치겠다는 조건이 있었다. 나빈은 약속대로 공부를 마치고 공연 기획에 관해 다시 공부할 계획이었다. 한마디로, 무대와 공연은 현재 그녀의 최대 관심분야라고 할 수 있었다.

나빈은 동그랗게 뜬 눈을 요리조리 굴리며 그를 향해 한껏 고개를 끌어올렸다. 실제로 무대를 만드는 과정을 곁에서 지켜볼 수만 있다면 뭐든 할 수 있을 것 같은 '열정'이 갑자기 마구마구, 불끈

불끈 치솟고 있었다.

"무슨 무대요? 혹시 패션쇼? 쇼 무대까지 디자이너가 직접 기획해요? 원래 그런가요?"

"김기헌 디자이너님은 본인 무대는 본인이 직접 기획해. 물론 기술적인 면은 전문 인력의 도움을 받지만 기본적인 스케치는 그 분 머리에서 직접 나와. 성격이시지. 기획 일도 오랫동안 해오셔서 이젠 그 분야에서도 전문가 못지않은 경력을 자랑해."

"와."

놀라운 애기를 들은 나빈은 입이 저절로 떡 벌어지는 것 같았다. 디자이너가 디자인만 잘하는 줄 알았더니만 무대까지! 엄청나게 대단하게 느껴지는 것은 어쩔 수 없었다. 놓치기 아까운 기회이긴 했다, 확실히. 분명 최시현 때문에 벌어진 이번 일을 떠맡고 싶은 생각은 없는데 공연 일을 직접 가까이서 모니터할 수 있는 기회가 주어진다는 사실에는 혹하지 않을 수가 없었다. 공연 기획자가 꿈인 나빈이 패션업계의 젊은 피, 선두 주자, 트렌드 메이커 김기헌과 안면을 트면 앞으로 도움이 될 거란 건 당연한 이치 아니겠는가. 요즘 같은 때에 그만 한 인맥이 어디 보통이겠냐고.

한번, 해볼까?

"싫으면 거절해도 돼."

나빈의 얼굴에서 고심한 흔적을 발견했나 보다. 그가 차갑게 중얼거렸다. 딱히 강요하고 싶은 생각도, 그럴 이유도 없어 보이는 모습이다. 사실, 그래서 더 불안한 나빈이다. 진짜 지금이 다시없이 귀중한 기회일 것만 같아서. 저절로 굴러 들어온 복을 걷어차는 케이스가 될까 봐 확실히 거절할 수가 없었다.

"꼭 지금…… 대답해야 하나요?"

"거절하기 곤란해서 망설이는 거냐?"

"그, 그건 아니에요!"

"내 눈치 보는 거라면 그럴 거 없어. 하기 싫다는 사람, 억지로 일시킬 생각 없으니까."

"그게 아니라 전…….."

"너 아니어도 빈자리는 충분히 채울 수 있다니까. 그러니까 쓸데없이 남 걱정하고 인생에 하등 도움 안 되는 투철한 희생정신 발휘해, 하기 싫은 일까지 억지로 떠맡을 필요 없다고."

"희, 희생정신이라고요……?"

언중유골(言中有骨). 왜 갑자기 이 단어가 생각나는 걸까. 말에 뼈가 있는 것 같다, 진심. 쓸데없이 남 걱정, 인생에 하등 도움 안 되는 투철한 희생정신이라니. 오지랖 넓어 늘 손해 보는 그녀에게는 딱 제격인 수식어가 아닌가 말이다. 만날 그것 때문에 어머니한테 잔소리 듣고, 시현이한테 쪼이는 게 바로 손나빈이었다. 심지어 시우를 만나게 된 것도 바로 이 쓸데없이 남 일에 신경 쓰는 습성 때문이었고, 남 일에 뭣하러 신경 썼다가 비 오는 날 병원과 경찰을 왔다갔다 생쇼를 하느냐고 어머니한테 욕을 바가지로 얻어먹었었는데…….

"그만 가봐. 선생님한테는 내가 따로 얘기할 테니까."

"어, 저기……!"

뭐라고 제대로 대꾸해 보지도 못했는데, 시우는 뒤도 돌아보지 않고 나빈을 차갑게 스쳐 지나가 버렸다. 당황해 나빈은 냉큼 그를 돌아보았다. 생각해 보겠다고 했을 뿐인데, 뭔가 일이 묘하게 꼬이는 기분이었다. 일을 할 건가 말 건가, 고민하는 건 절대로 희생정신 차원이 아니란 말이지. 그녀는 무대를 직접 볼 수 있을 거란 말에 혹했던 거지, 절대로 쓸데없이 남 걱정하느라 망설이는 게 아니었다. 게다가 그의 말투에서 느껴지는 뉘앙스는, 마치 그녀를 걱정해 주는 것 같다. 오지랖 넓게 남 걱정해 주느라 손해 보는 짓 하지 말라는, 어머니 잔소리를 들을 때와 비슷한 느낌. 절대 그가 그럴 리 없는데, 정말 이상하지?

"저기요!"

그가 모퉁이를 돌아갈 무렵, 나빈은 겨우 정신을 차리고 그를 불렀다. 제법 빠르게 걷고 있던 시우는 즉각 걸음을 멈추었다. 경직된 등판을 보아하니 아직까지 볼일이 남아 있는 나빈이 여간 귀찮은 게 아닌 듯. 나빈은 결심을 굳힌 채 씩씩하게 그에게 다가갔다.

"결정했어요."

천천히 고개를 돌리는 시우를 향해, 나빈은 똑똑 여문 목소리로 힘있게 말했다. 이건 단순히 남 걱정하는 차원에서 결정한 게 아님을 알리기 위해, 더 또릿또릿하고 똘망똘망한 눈으로 그를 바라보았다.

그래, 이왕 이렇게 된 거 제대로 해보지 뭐. 이번 기회에 이쪽 계통 일도 경험해 보고 좋잖아? 지식이란 직접 경험해 보고 체득해야 진짜 자신의 것이 되는 거라잖아. 뭐든 부딪쳐 보고 체험하는 건 좋은 거야. 그럼, 그렇고말고. 긍정적으로 생각하자고, 긍정적으로.

"그 일, 할래요."

보란 듯이 밝게 웃으며 쐐기를 박자, 시우의 미간이 꿈틀거리며 찌푸려졌다.

"쓸데없이 남 걱정하느라……."

"다른 사람 때문에 결정한 거 아닌데요."

"……."

"제가 무대감독 해보는 게 꿈이거든요. 형님 말씀대로 일하면서 곁눈으로 보고 배우는 게 꽤 될 것 같아서, 그래서 해보겠다고 결심한 거예요. 시현이 도와주고 싶어서 하겠다는 거 아니니까 염려 마세요."

"그렇다면 해보든지."

뭣 때문인지 심히 떨떠름한 얼굴로 그가 중얼거렸다. 별로 그녀에겐 일을 주고 싶지 않은데 억지로 하겠다고 우겨대서 어쩔 수 없이 일을 줄 수밖에 없는 상황인 양, 표정이 매우 리얼하게 께적지근했다. 하지만 뭐 그래 봤자, 이 일은 이미 나의 것. 나빈은 실실 웃으며 그 어느 때보다도 씩씩하고 경쾌하게 소리쳤다.

"열심히 하겠습니다! 감사합니다!"

 제4장. 위풍당당 알바생

　포부도 당당하게 시작한 아르바이트. 하지만 일을 시작한 지 일주일도 지나지 않아 나빈은 깨달았다. 세상에 쉽게 돈 벌 수 있는 일은 없음을. 쇼 기획과정 같은 기밀 사항은 아무나 볼 수 있는 게 아님을.

　기획 관련 일은 실장님도 대략적인 그림만 알고 있을 정도로 보안이 철저한 프로젝트였다. 자신처럼 뭣도 아닌 알바생이 구경할 수 있는 일이 아닌 것이다. 결국 나빈의 알바 일지는 청소, 영업, 허드렛일이 전부가 되고 말았다. 막노동에 가깝다는 창고 일이 아닌 것은 천만다행이었지만, 졸지에 서열 맨 꼴찌의 '곁꾼'으로 매장의 개장과 폐장을 책임지게 되었으니 좋은 건지, 나쁜 건지. 덕분에 나빈은 항상 혼자 매장에 남아 가게 뒷정리를 끝내고 퇴근해야 했다. 오늘도 평소처럼 혼자서 매장을 지키는 중. 나빈은 청소 도중에 걸려온 전화를 받느라 푹신한 소파에 축 늘어져 누워 있었다.

"여기 일 진짜 장난없어. 하는 일이라곤 매장 청소에 선생님들 심부름하는 게 다인데. 신경을 잔뜩 곤두세우고 있어서 그런지, 일 끝나면 온몸이 마구 욱신거려. 집에 돌아오면 아무것도 못한다니까. 넉 다운되어서 쓰러지기가 일쑤야. 눈 뜨고 나면 아침이고. 남의 돈 버는 게 이렇게 힘든 줄 몰랐다. 새삼 우리 아빠가 존경스러워져. 원래도 존경했지만 더더더더, 존경하기로 했다."

[그렇게 힘들어? 괜히 미안해지네.]

"힘들어. 힘들어 죽겠어. 하루 두세 시간 잠깐씩 하는 알바만 하다가 온종일 죽어라, 일만 하니까 진짜 죽을 것 같아. 시간은 왜 이렇게 안 가니? 하루가 240시간인 것 같다니까. 아— 어쩌다 이 일을 하겠다고 해서는. 진짜 사서 고생을 하고 있는 기분이야. 가끔은, 내가 여기서 뭐 하는 거지? 하게 된다니까."

[그러게 왜 한다고 나섰냐? 못한다고 하지. 넌 똑똑한 척하면서 은근히 바보 같을 때가 있더라.]

한껏 시무룩해진 말투로 시현이 중얼거렸다. 엄청 미안한 모양이었다. 다행이다. 일말의 양심은 살아 있는 것 같으니. 나빈은 피식 웃으며 여유 만만한 목소리로 외려 그를 위로했다.

"걱정 마. 힘들긴 힘든데, 그 힘듦을 만회하고도 남을 만큼 흥미진진한 곳이 바로 이곳이니까. 진짜 대단해! 쭉쭉빵빵 잘 빠진 남녀 모델들이 수시로 드나들고 TV에서만 보던 연예인들도 원없이 봤어. 무엇보다도 아름답고 호화로운 의상들을 마음껏 구경할 수가 있어. 그거, 생각 외로 기분 좋은 일이다? 나도 어쩔 수 없는 여자인가 봐. 예쁜 옷들을 보고 있노라면 마음이 그냥 환~ 해져."

거기에 하나 더 첨가하자면? 유능한 디자이너들과 샵 내부의 분위기. 겉으로 보기엔 평화롭고 부드럽고 잔잔한 물결 같은 매장 이면에는 엄청난 노력과 준비, 옷에 대한 열정적인 자세가 있었다. 곳곳에서 청소와 심부름을 도맡아 하는, 매장의 겉절이나 다름없는 나빈의 눈으로 봤을 때 디자이너란 사람들은 정말 경외심을 불러일으키는 존재였다. 그들은 끊임없이 움직이고 생각하고 탄생시켰다. 창조자란 말이 딱 어울리는 집단이 바로 이 디자이너들이라고, 나빈은 생각했다.

"아무튼 이거, 다 너 때문에 하는 고생이니까 알아서 해. 나중에 크게 한턱 쏜다던 약속 잊지 말고. 알았지?"

[이건 뭔가요? 협박인가요? 지금 알바자리 소개해 준 친구한테 한턱내라고 협박하는 건가요?]

"야! 약속한 걸 지키라고 말하는 게 어떻게 협박이야? 네가 먼저 쏜다고 했잖아. 그리고 툭 까놓고 말해서. 네가 날 생각해서 소개해 줬어? 어머니한테 혼나기 싫어서 내 핑계 대다가 어쩔 수 없이 이렇게 된 거지."

[어쨌든 일자리 소개해 준 건 맞잖아. 덕분에 일도 배우고 돈도 벌고, 일석이조네 뭐.]

어쩐지 녀석답지 않게 양심적이더라니. 아주 빨리도 본색을 드러내시는구나. 나빈은 엎드려 있던 몸을 풀쩍 끌어올려 사뿐히 몸을 바로 하곤 가느다랗지만 심히 짧은 두 다리를 응접 탁자에 척, 올려 발목을 꼬았다. 랜덤으로 틀어놓은 오디오에서 가벼운 팝송이 흘러나오기 시작했다. 아, 이거 내가 좋아하는 노랜데. 외국의 한 피겨 선수가 갈라 음악으로 사용해서 유명해지기 전부터 지금까지 쭉 그녀의 MP3에 담겨져 있던 음악이었다.

'기분 좋구나~'

마치 따사로운 햇살을 받으며 한들한들 부는 봄바람에 몸을 맡긴 것 같다. 나빈은 씨익 미소를 지어 올리며 후욱, 폐가 공기 중에 퍼진 향기로운 청량제 기운을 가득 머금을 때까지 숨을 들이쉬었다. 좋은 노래에 좋은 옷, 좋은 향기, 좋은 분위기. 여기에 좋은 남자까지 있으면 퍼펙트인데. 현실은 최시현일 뿐이고.

화나는구만. 빠직.

"시끄럽거든요. 아까 내가 한 말은 뭘로 들었냐. 힘들다고, 너무 힘들어서 콱 죽고 싶다고 했던 것 같은데. 어디서 생색이심?"

[그 힘듦을 다 참을 수 있을 만큼 굉장한 곳이라며. 제 입으로 그렇게 말해놓고선. 그리고 솔직히 말해서, 충분히 고사할 수도 있었잖아. 형이 그랬다며, 하기 싫으면 안 해도 된다고. 근데 하겠다고 바득바득 우겼던 건 너 아니야? 내가 잘못 들었나? 네 입으로 직접 그리 말했던 것 같은데.]

"그래서 어쩌라고. 네 책임이 아니라는 거야?"

발뺌하려는 시현의 말투에 나빈은 발끈했다. 느긋하게 뉘고 있던 허리를 번쩍 들어 상체를 숙이니 저절로 꼬아놓았던 발목이 풀렸다. 나빈은 두르고 있던 앞치마 밑으로 한쪽 다리를 바닥으로 끌어내리곤 눈썹을 치켜떴다.

[그게 아니라 힘들어 죽겠다는 말을 아주 버릇처럼 해대니 하는 소리야. 정 못 견디겠으면 말하라고. 우리 형한테 말해줄게.]

"그럼? 네 형님이 해결해 준대?"

말도 안 된다는 듯 말하곤 나빈은 헛웃음을 터트렸다. 가끔씩 시현은 자신의 형을 너무 과하게 평가할 때가 있었다. 마치 어린 애가 슈퍼맨을 바라보는 것 같다고나 할까. 뭐든 다 잘하고 이겨 내는 강한 존재인 양 말하곤 했다. 나빈의 눈엔 전혀 안 그런데. 오히려 상처받기 쉬운 존재처럼 보이는데. 시현의 눈엔 형의 등에 난 상처가 보이지 않는가 보다.

"넌 왜 자꾸 네 형님한테 기대려고만 하냐? 네 스스로 해결해. 네가 벌인 일이잖아."

[동생이 형한테 기대는 게 뭐? 잘못됐냐?]

"너 때문에 형님이 힘들잖아. 아닌 말로, 너 도와주다가 괜히 너희 어머니한테……! 됐다. 말을 말자. 아무튼 난 괜찮아. 그럭저럭 참을 만해. 보고 배우는 것도 많고, 일단은 눈이 즐거우니까."

[잘생기고 몸매 잘 빠진 남정네들 보니까 아주 신이 나셨구나. 하라는 일은 안 하고 잘하는 짓이다.]

혀를 쯧쯧 차며 시현이 말했다. 평소 연예인에 관심 많고 잘생기고 멋진 남자들에 대해서는 한없이 관대한 나빈의 성향을 아주 잘 알기에 나올 수 있는 반응이었다. 사람, 혹은 이성을 볼 때 내적인 면보다 외적인 면을 먼저 본다는 건 분명 부끄러운 일이 아닐 수 없지만. 솔직히 잘생긴 남자한테 관심이 먼저 가는 건 당연한 거 아닌가? 나빈은 자신의 성향을 부끄럽게 생각하지 않는다.

"왜? 질투 생기냐?"

[뭐? 질투?]

"솔직히 너, 몸매는 별로잖아. 키만 꺽다리처럼 커가지고 삐쩍 말랐으면서. 어떻게 같은 형제인데 그렇게 다르냐. 네 형님은 안 그러잖아. 내 눈이 삐었었지. 형님 몸매를 보고 너인 줄 알았다니. 넌 좀 운동을 해야겠어, 아무리 봐도. 알바자리 찾을 생각 말고 헬스클럽이나 다녀라. 남자라면 근육이 있어야지. 울퉁불퉁한 건 좀 징그럽고 잔근육 정도는 좀 나와줘야 하는 거지, 인간적으로. 안 그래?"

[나 참. 야, 내 근육 걱정할 생각 말고 네 똥배나 넣을 생각하셔. 너 지난번에 보니까 삼겹이 장난 아니더라? 움직일 때마다 출렁거려서 보는 사람이 다 민망하더구만. 살 좀 빼. 그래가지고 어디 여름에 수영복이나 입겠냐?]

"그놈의 똥배드립. 이게 아주 소녀시대, 애프터 스쿨만 보더니 눈에 뵈는 게 없지? 여자들 중에 이 정도 똥배 안 나온 여자가 어디 있는 줄 아니? 여자라면 조금씩 갖고 있는 게 똥배야. 다 옷 속에 숨겨놓고 있는 거라고. 뭘 알고나 말해야 수긍을 하지."

[너 진짜 문제다. 아직도 네 뱃살의 심각성을 모르는 거냐? 내가 그렇게 경각심을 불러일으켜 줬는데도? 큰일이네, 이거.]

"큰일은 무슨 큰일? 너나 말라깽이 같은 몸 좀 어떻게 해보라고, 좀. 응? 네 갈비씨 같은 몸은 옷으로도 커버가 안 된다니까. 네 형님을 봐. 그냥 가만히 서 있기만 해도 간지가 줄줄 흐르잖아. 아무거나 입어도, 심지어 트레이닝 복을 입혀놔도 그냥 모델 포스가 나잖아. 그게 왜 그러겠어? 적당한 근육량, 이것 때문 아니야? 운동 좀 해, 인마. 내가 꼭 이렇게까지 말해야 되겠냐? 적당한 근육은 멋진 남자의 필수 조건이잖아."

[그딴 거 없어도 나, 충분히 멋지거든? 내가 얼마나 학교에서 인기가 많은데.]

"너의 그, 짝사랑도 그렇게 생각할까 모르겠다. 연상이라며. 누나를 공략하려면 남자다움으로 승부수를 띄워야지. TV에 나오는 짐승돌들 못 봤냐? 그 정도 근육쯤은 키워줘야지 누님께서 널 남자로 볼 거 아니야."

[야, 넌 날 뭘로 보는 거냐? 그 정도는 지금도 되거든?]

"웃기시네, 말라깽이 같은 게."

[아— 지금 손나빈, 또 친구 무시하나요? 그러나요? 서운하게 이러긴가요?]

"그럼 벗어보든지. 난 절대로 보지 않고선 못 믿겠으니까."

나빈의 목소리는 자신도 모르는 사이 점점 커지고 있었다. 도무지 못 믿을 소리를 해대니 점잖게 대응할 수가 없었다. 솔직히 말이 되나? 올 여름까지만 해도 근육도 없고 깡말라서 뼈밖에 없던 녀석이었는데, 그사이에 운동을 한 것도 아니면서 근육질이라 우겨대다니. 근육이란 게 갑자기 붙었다 떨어졌다 하는 것도 아니고. 뻥을 쳐도 웬만한 뻥을 쳐야지 믿어주지. 흥이다, 이 녀석아.

[벗으라면 못 벗을 줄 알았냐?]

"그래. 벗어봐. 그렇게 자신있으면 벗어보라고. 내가 봐줄게.

얼마나 대단한지 봐야 알 거 아니야? 봐줄게. 벗어봐, 어디.”

비웃음을 잔뜩 단 얼굴로 말하고 있는데, 그사이 팔랑팔랑 달콤한 선율 사이로 지잉— 자동문 열리는 소리가 들려왔다. 허공을 향해 치켜 올려져 있던 나빈의 턱이 자동으로 꺾어졌다. 손님인가? 이 밤중에 웬일이지? 영업도 다 끝났는데……?

[야, 네가 그런 소리 하니까 웃긴다. 남들이 들으면 오해하겠네.]

귀에 대놓고 있던 휴대폰 안에서 시현이 샐샐 웃으며 중얼거렸다. 하지만 웃기지 말라며 맞받아쳐야 할 나빈은 꽁꽁 얼어붙은 얼음 조각마냥 꼼짝하지 못한 채 멍하게 출입구를 바라보고 있었다. 엄마야. 이건 또 무슨 일이야?

공교롭게도 최시우가 매장 안으로 들어오고 있었다.

테이블에 올려놓고 있던 다리를 바로 하고 나빈은 벌떡 일어나 자동 반사적으로 허리를 굽혔다.

“아, 안녕하세요!”

너무 뜻밖의 상황이라 정신이 없었다. 긴장 따위 다 풀어놓고 느슨하게 친구와 수다 떨고 있다가 들킨 거라 당연히 허둥지둥하게 되는 상황인데, 하필 습격자가 최시우다. 자고로 최시우와 있을 때는 항상 실수를 하게 되는 나빈이 아닌가. 그래선지 이젠 최시우의 머리카락만 봐도 저절로 긴장이 되었다. 대체 이 시간에 저 사람이 웬일이야? 나빈은 인상을 찡그리며 잠시 귀에서 떼어놓았던 전화기를 다시 귀에 붙이곤 속삭였다.

“야, 최시현. 끊어, 나중에 전화해.”

[뭐야? 왜 그래? 누구 왔어?]

얼른 끊을 것이지, 눈치없게 연타로 질문을 퍼붓는 시현이다. 나빈은 매장 안으로 성큼성큼 들어오는 시우를 멍하니 바라보며 꼴깍 마른침을 삼켰다. 그냥 단순히 걸어 들어오고 있는 것뿐인데, 아주 그냥 죽여준다. 이래서 모델모델 하는구나. 이러니 남자는 기럭지란 말이 나오는 건가 봐. 레알 런웨이네, 런웨이. 침이라도 흘릴 것처럼 넋을 놓고 바라보며 나빈은 반쯤 혼이 나간 목소리로 속삭였다.

"어, 니네 형님."

[우리 형? 우리 형이 거기 갔어? 왜 갔는데? 너 만나러?]

"제정신이냐? 너네 형님이 날 왜 만나러 와?"

[그럼 왜 갔는데? 너희 선생님인가 뭔가, 그 디자이너 만나러 갔나? 오— 어쨌든 좋네. 만날 출퇴근 힘들다고 불평하지 말고 오늘은 형한테 바래다 달라고 해. 내가 말해줄까?]

"나도 입 있거든? 됐어. 신소리 말고 얼른 끊어. 일해야 되니까."

[일은 무슨. 방금까지 나랑 신나게 수다 떨고 있었으면서. 갑자기 왜 그래? 설마 너, 우리 형 앞이라고 내숭 떠는 거냐? 이거이거, 너 진짜 우리 형 좋아하는 거 아니야? 좀 의심스러운데?]

최시현이 나빈의 귀 언저리에서 짱알짱알 잡설을 늘어놓고 있는 사이, 눈앞의 모델씨는 매장을 한 번 슥 훑어보고 있었다. 텅 빈 가게 안은 누가 봐도 폐장 분위기. 아무도 없다는 것을 알아챈 그가 매장에 존재하는 유일한 생물체, 손나빈을 목표로 천천히 걸어오기 시작했다.

쿵! 심장이 내려앉았다. 지진이 일어나도 이렇게 놀라진 않으리. 나빈은 충격에 벌컥거리는 심장에 심호흡을 하며 거칠게 선언했다.

"끊는다."

[야, 손나빈. 손나……!]

소리치는 시현을 무시하고 나빈은 가차없이 통화종료 버튼을 쿡 눌렀다. 그리곤 어색하기 짝이 없는 웃음을 얼굴 가득 지은 채 다가오는 시우를 향해 먼저 말을 거는, 간덩이 큰 짓을 하고야 말았다.

"선생님 뵈러 오셨어요?"

"……."

"지금 안 계시는데요. 외근 가셨다가 바로 퇴근하신다고……."

"다시 이곳으로 나오실 거다. 연락 못 받았어?"

"못 받았는데요. 그럼 선생님과 이곳에서 만나시기로 약속하신…… 거세요?"

헐. 그런 줄도 모르고 느긋느긋 음악이나 들으면서 친구랑 통화하고 있었네. 완전 큰일 날 뻔했다. 나빈은 혓바닥을 쭉 내밀며 가슴을 쓸어내렸다. 최시우에게 들킨 게 차라리 낫지, 선생님한테 들켰으면 그날로 끽이지 않은가. 나빈은 휴, 안도의 한숨을 내쉬며 넌지시 물었다.

"마실 거, 한잔 드릴까요?"

"됐어."

"아, 예……."

딱히 그가 살갑게 대해줄 거란 생각은 하지 않았지만. 차갑고 냉정하기 짝이 없이 '됐어'라니. 귀찮으니까 말도 시키지 말라는 거야, 뭐야. 안면몰수가 따로 없다. 아무리 상대하기 귀찮은 사람이라지만 너무 대놓고 무시하는 거 아니야? 얼음 왕자네, 완전. 나빈은 속으로 구시렁거리며 푹 고개를 숙이곤 슬그머니 꽁무니를 뺐다.

이제부터는 진짜 빛의 속도로 움직여 청소를 끝마칠 셈이었다. 기헌이 언제 도착할지는 모르겠지만, 그가 오기 전까진 청소를 싹 마쳐 놓아야 했다. 어쨌든 최대한의 속도를 내야 한다는 뜻. 아, 뼈 빠져. 내가 이게 뭔 꼴이야. 왜 하필 두 사람은 가게에서 약속을 잡아서는. 남자 둘이 만나서 뭐 하려고? 지지리도 궁상이네, 쯧. 나빈은 잔뜩 울상을 지으며 아무렇게나 세워놓았던 밀걸레를 착 손안에 쥐어 넣었다.

청소, 시작!

멀쩡한 두 남자가 왜 하필 오늘 만나기로 약속했는지는 곧, 얼마 지나지 않아 알게 되었다. 미친 듯이 고개를 처박고 열심히 걸레질을 하던 나빈이 문득, 전면 유리 너머로 나풀나풀 눈발이 날리고 있음을 깨달은 것이다.

올해는 유난히 눈이 없는 겨울이었는데 웬일인지 눈이 내리고 있었다. 그것도 정말 운치있게 곱고 조용히 소복소복 쌓이는 눈이. 바람 한 점 없는 겨울밤에 새하얀 눈송이가 고요히 떨어지는 광경은 정말 감동적이랄 만큼 멋졌다. 빨리 청소를 마치고 퇴근할 생각에 혈안이 되어 있던 나빈마저도 유리벽에 두 손바닥을 대고 멍하니 한참이나 바라보았을 정도였다. 역시 이렇게 운치있는 날은 좋은 사람과 좋은 분위기를 즐기는 게 짱이지. 그래서 두 사람도 급하게 약속을 잡은 게 틀림없었다.

음, 근데 김기헌도 최시우도 여자친구가 없나? 우중충하게 왜 이런 날 남자들끼리만 만나는지. 멀쩡하게 생겨서는.

나빈은 슬그머니 고개를 돌려 최시우를 돌아보았다. 그는 로비의 절반을 차지하고 있는 응접 세트에 거의 눕다시피 푹 기대어 앉아 있었다. 가슴 근처에 팔짱을 끼고 긴 다리는 가볍게 비틀어 교차시킨 자세로 보아, 많이 피곤해 뵈는 모습이었다.

'자는 건가?'

자연스럽게 흐트러져 흘러내린 머리카락 사이로 감은 눈이 보였다. 짙은 속눈썹 사이가 아주 조금 열려 있다는 건 멀찌감치 서 있는 나빈의 눈에는 보이지 않았다. 그냥 자나 보다, 결론을 내린 나빈은 맥 빠진 숨을 밭으며 어깨를 축 늘어뜨렸다. 지금 누굴 걱정하리오. 몇 년째 옆구리 썰렁하게 수녀님 같은 인생을 보내고 있는 자신도 있는 걸. 음악도 좋고 눈도 내리는데 어깨를 빌려줄 늑대 한 마리가 없다니. 그저 한숨만 나올 따름이었다. 에혀, 신경질적인 한숨을 내쉬며 나빈은 잠시 놓았던 일손을 다시 다잡았다.

한 시간쯤 지났을까? 열심히 바닥을 닦고, 흐트러진 의상들을 정리, 재배치하고 어질러진 창고도 대충 치우고 나니 허리가 뻐근해져 왔다. 평소엔 쉬엄쉬엄 천천히 하던 일을 한꺼번에 죽자 사자 미친 듯이 달려들어 매진했으니 아프지 않으면 그게 더 이상한 일. 뱃가죽까지 등가죽에 찰싹 붙어 꼬르륵 소리를 내자, 나빈은 퇴근 준비를 서둘렀다. 그리고 막 사무실에서 홀 쪽으로 나오는데…….

"못 온다고? 눈 때문에?"

그가 전화를 받고 있는 모습이 눈에 들어왔다. 그냥 지나쳐 나가려던 나빈은 슬그머니 걸음을 멈추었다. 김기헌과 통화 중인가 본데, 눈 때문에 차가 막혀서 못 온다는 모양이었다. 뭐야, 한 시간이나 기다리게 해놓고서 못 온다니. 취소할 거면 진즉 했어야지. 이제 와서 못 오겠다면, 기다린 사람은 뭐가 되는데?

나빈은 괜한 짜증이 솟구치는 걸 느끼며 콧잔등을 찡그렸다. 아무래도 문단속은 나빈이 해야 할 것 같았다.

"어딘데 막혀서 못 오겠다는 거야?"

기껏 기다리게 해놓고서 약속을 펑크 내려는 기헌의 태도에 화가 나기보다는 황당한 나머지, 시우는 인상을 쓰며 캐물었다. 허리를 세우고 유리벽 너머를 훑어보았지만 교통이 마비될 정도로 눈이 많이 오는 것 같진 않았다. 게다가 움직이기 시작한 게 한 시간 전쯤이면, 서울 어디서 출발했든 지금쯤 거의 도착할 시간 아닌가?

[아직 한참 멀었어. 우리 집 근처야.]

"형 집 근처?"

[그래, 인마. 매장으로 가는 도중에, 그냥 집으로 들어오게 됐

어. 갑자기 도로가 막히기 시작하는데 오늘 안으론 도저히 도착 못할 것 같더라. 이렇게 멋지게 눈 내리는 날, 집에 처박히는 거 정말 우스운 일이란 거 아는데. 길거리에서 꽉 막힌 교통 체증에 오도 가도 못하느니 차라리 집에 가서 발 뻗고 편안하게 DVD나 보는 게 낫겠다 싶었어. 아무튼 난 못 가니까 기다리지 마. 아! 대신 은서는 갈 거야.]

"누구?"

[은서 말이야, 차은서.]

"차은서?"

은서라면 요 근래 모델계에서 가장 주목받고 있는 신예. 지난달 기헌이 출연 중인 모 케이블 방송에 패널로 나와 특유의 쿨한 멘트로 대박을 친 후, 본격적인 인지도 쌓기에 들어간 그녀는 조만간 국내 최고 패션 디자이너 클라라 박의 무대에 서기로 되어 있어 더 큰 성공이 예고된 모델이기도 하다. 시우와는 6개월 전쯤 기헌의 패션쇼에서 처음 만났었는데, 시우를 만나자마자 반했다며 대시해 왔었다. 시우는 언제나처럼 쿨하게 거절했었지만, 어찌나 자신감이 넘치고 적극적인지 그녀는 6개월이 지난 지금까지도 줄기차게 도전하고 있었다.

"그 애가 여길 왜 와?"

[내가 초대했으니까. 조만간 도착할 거다. 방금 연락 왔어, 매장 근처라고. 예쁜 눈 보면서 와인 한잔 마시자고 불렀는데 일이 이 렇게 되어서 미안하네. 네가 내 대신 맛있는 거 좀 사줘라.]

"은서도 불렀다는 사실은 얘기 안 했었잖아."

[얘기했으면 네가 오겠다고 했겠냐? 은서라면 치를 떠는 넌데.]

"그럼 일부러 날 속였단 말이야?"

어이가 없어 찬웃음이 흘러나왔다. 그러니까 이 모든 게 김기헌의 계략이란 얘기였다. 이 아름다운 날, 은서를 시우와 묶어놓을 요량으로 같은 장소, 같은 시간에 둘을 불러 모은 것이었다. 어째 이상하다 했다. 갑자기 전화해서 혼자인 게 쓸쓸하다는 둥, 외로워 몸서리가 쳐진다는 둥, 오늘 밤은 밤새 마셔보자는 둥, 기헌답지 않은 감상적인 말을 늘어놓더니만. 이렇게 발칙하게 속여주시는군.

[오죽하면 내가 그랬겠냐. 은서가 아주 날 붙들고 매달리더라. 마지막으로 한 번만 도와달라고. 그 예쁜 애가 매달리는데 낸들 도리 있냐?]

"그러니까 내가 형 체면 봐서 은서를 만나줘야 한다, 그 얘기야?"

[에이. 무슨 소릴 그렇게 하냐? 누가 내 체면 봐달랬어? 걜 봐줘야지, 내가 아니라. 너 좋다고 정신 못 차리는 애는 차은서다. 나, 아니야.]

"그 얘기가 그 얘기 같은데."

[아니지. 엄밀히 다른 얘기지. 내가 은서 만나달라고 빌기를 했어, 협박을 했어? 난 그냥 이런 아가씨가 있으니까 한번 만나보는 게 어떨까, 하고 권유해 보는 거야. 한마디로 추천하는 거지.]

"아무리 추천이래도 이런 식은 곤란해."

시우는 천천히 뻗었던 다리를 모아 접어, 자리를 털고 일어났다. 너무 황당한 일이라 화가 나지도 않았다. 이 얼마나 유치한 짓인가 말이다. 이걸, 나름 아끼는 동생을 위한답시고 계획하고 머리 짜내 작전 짰을 김기헌을 생각하니 그저 웃음밖에 안 나왔다. 김기헌과 차은서는 대체 무슨 근거로 이런 깜찍한 계획이 먹힐 거라고 생각한 걸까?

[그래. 널 속이고 이런 자리 마련한 건 미안해. 내 생각이 짧았어. 진짜 미안하게 됐다. 그렇지만 이렇게까지 하지 않으면 네가 은서를 아예 만나주지도 않으니까…….]

"싫은 사람, 만나지 않는 건 당연해. 하지만 싫다는 사람 억지로 만나게 하는 건 부당하지."

[은서가 뭐가 어때서 싫다는 건지, 이해가 안 되니까 그렇지. 걔가 솔직히 꿀리는 게 뭐 있냐? 예쁘지, 섹시하지, 잘나가지. 게다가 너만 오매불망 좋다고 쫓아다니지. 솔직히 나도 은서가 이해 안 돼. 너처럼 무뚝뚝하고 차가운 녀석이 뭐가 그리 좋다고 정신 못 차리는지. 은서 정도면 너보다 스펙 좋은 남자 충분히 고르고 골라 만날 수 있어. 뭐 하나 빠지는 구석이 있어야지.]

"잘됐네. 그런 사람 만나면 되겠군."

[나도 그러라고 충고해 줬다. 근데 그 바보가 너만 좋다잖아. 네 녀석이 뭐가 좋냐고, 그냥 쿨하게 버리라고 해도 싫다는데 어떡해? 까칠한 네 성격, 남자다워서 좋단다. 다정한 말 한마디 못 건네는 무심한 성격, 속정은 깊을 것 같아서 설렌대. 내가 그 얘길 듣고 감탄을 했다. 널 진짜 많이 좋아하나 보다 싶어 탄복이 되더라. 진정한 사랑이란 게 이런 거지. 감싸주고 덮어주고 이해해 주

고. 안 그래?]

"잘 알지도 못하는 사람을 혼자 마음대로 상상해서 좋아하는 게, 진정한 사랑이야?"

[너 진짜 그렇게 은서가 싫어?]

수화기 속에서 기헌이 한숨을 푹 내쉬며 물어왔다. 또다시 원점. 도대체 이 질문에 몇 번이나 더 대답을 해야 이런 일이 생기지 않을까. 슬슬 짜증이 솟구치는 걸 느끼며 시우는 딱딱한 어조로 중얼거렸다.

"아무 감정 없어. 안 생겨. 그러니까 형도 이제 그만해."

[앞으로 생길 가능성도 없는 거야?]

"없어."

[왜 안 생기는 건데?]

안타까워 죽겠다는 듯 기헌이 울상이 된 음성으로 물어왔다. 은서나 시우를 둘 다 아끼는 기헌의 입장에선 두 사람이 어떻게든 잘돼 커플이 되었으면 좋겠나 보다. 비주얼적으로 보았을 때 두 사람보다 더 나이스한 조합은 없다고 생각하는 그이니 오죽하겠는가. 기헌은 지금도 두 사람을 '눈보신 커플'이라는 커플명까지 지어 부르고 있었다. 하지만 시우는 타인의 기대에 부응하기 위해 마음에도 없는 이성과 사귀고 싶은 생각이 추호도 없었다. 남의 눈 보신시키기 위해 은서를 사귀지는 않을 것이다.

[너 혹시……?]

시우가 침묵을 지키는 가운데, 갑자기 뭔가 짚이는 구석이 있는 듯 기헌이 넌지시 입을 열 때였다. 둔탁하게 무언가 부딪치는 소리가 들리더니 여자의 작은 비명 소리가 들렸다. 생각보다 가까운 곳에서 들려오는 소리라, 시우는 휙 거칠게 뒤를 돌아보았다.

"아, 아……! 죄, 죄송해요."

"……."

멀지 않은 곳에서 나빈이 무릎을 열심히 문지르며 머리를 긁적거리고 있었다. 지나가다 매장 의자에 부딪친 모양이었다. 꼴까닥, 목구멍으로 침이 넘어가는 듯 새하얗고 나약한 그녀의 목울대가 자그맣게 출렁거렸다. 긴장한 게 역력한 그녀의 얼굴을 시우는 날카롭고 험상궂은 눈빛으로 노려보며 수화기에 입술을 붙이고 중얼거렸다.

"끊어."

화난 사람처럼 매서운 동작으로 전화를 끊는 그의 모습을 바라보며, 나빈은 침을 꼴깍 삼켰다. 오금이 저렸다. 괜히 무서워 죽겠다. 아, 어쩌다가 그에게 들켜서는. 조심히 살짝 지나가려고 했었는데 사람 구실 제대로 못하는 부실한 발님께서 하필 의자 다리에 걸려 꼬꾸라져 가지고.

"여, 엿들으려고 했던 건 절대 아니에요. 그냥 들렸어요. 선생님께서 눈 때문에 못 오신다고 하신 거. 엿들은 거 진짜 아닌데……."

나빈은 눈동자를 이리저리 굴리며 열심히 해명할 건더기를 찾아보았다. 잘못 말했다가는 뼈도 못 추릴 것 같은 분위기 때문에 어떻게든 결백을 주장해야만 할 것 같았다. 평소엔 무엇에도 관심 없는 듯 무심하고 시크한 최시우가 지금은 누구 하나 걸리면 아주

작살을 내버릴 것 같아서 말이다. 난 오래 살고 싶다고. 난 아무 잘못 없다고. 그냥 퇴근 좀 일찍 해보려고 발버둥 쳐 본 죄밖에 없다고!

속으로 마구 소리치며 안절부절못하고 있는데,

"퇴근할 거냐?"

날아온 말은 의외로 '작살'과는 상당히 거리가 먼 평범한 말이었다. 예상 못했던 질문이라 나빈은 멍하니 큰 눈을 깜빡거리며 되물었다.

"네?"

"퇴근할 거냐고."

"네……."

"가자."

가잔다. 어딜? 같이 나가자고? 함께 가자고?

'무슨 소리야?'

화난 거 아니었나? 나빈은 뭐가 뭔지 알 길이 없는 상황에 벙쩌 맹하니 서 있었다. 그러는 동안 시우는 소파에 놓아두었던 짐과 옷가지를 들었고, 뒤도 돌아보지 않고 밖으로 나가기 시작했다. 정말 같이…… 나가자는 거였나?

나빈은 더욱 두 눈을 휘둥그레 뜨고 그의 뒷모습을 쳐다보았다. 이게 대체 어떻게 되어가는 시추에이션인지 도무지 알 길이 없었지만, 지금 이 순간에 필요한 것은 뭐? 스피드.

나빈은 최대한 빨리 매장 단속을 하고는 빠르게 그의 뒤를 따랐다.

최시우는 길 한복판에 서 있었다. 어두운 밤거리에 한 마리의 하이에나처럼, 캬~ 멋지다. 그림도 저런 그림이 없다. 내 남자는 아니지만 멋진 남자를 보면 감탄을 해주는 게 여자의 도리. 나빈은 만족스런 그림을 제공해 준—본의는 아니었겠지만—최시우에게 감사해하며 짝짝짝, 혼자 박수까지 치고 있었다. 그리고 씩씩하게 그에게 다가가려는데.

"어?"

시우는 혼자 그림을 만들고 있었던 게 아니었다. 웬 여자와 서서 얘기 중이었다. 약간 거리를 두고 서 있었기 때문에 나빈이 단박에 알아차리지 못했을 뿐. 누구지? 여자는 꽤나 키가 컸다. 원래도 키가 큰 것 같은데 힐까지 신어 눈높이가 거의 시우와 비슷한 지경. 나빈은 잠시 고민했다. 두 사람 사이에 끼어야 되나, 말아야 되나. 대화를 방해해야 되나, 말아야 되나.

"뭐야."

둘을 뚫어져라 보았기 때문인가. 시우는 곧 나빈의 시선을 느끼고 정확히 나빈을 찾아 고개를 척 꺾었다. 각도기로 재도 저리 정확하진 않겠다 싶어 나빈은 입까지 벌리고 흠칫 놀랐다.

"저, 저요?"

"그럼 너지 누구야?"

"저는 그냥…… 얘기 중이신 것 같아서……."

옹알거리듯 입술을 오므리고 종알거리는데, 여자도 따라 고개를 돌려 나빈을 보았다. 멀리서도 그녀의 표정은 심상찮아 보였다. 독 오른 뱀마냥 잔뜩 열이 받은 여자의 섬뜩한 눈빛에 나빈은 꼴까닥 침을 삼켰다. 나, 나도 두 사람 방해하고 싶은 생각 없다고요. 이거 왜 이러냐고요.

"얘기 끝났어. 빨리 가자."

원래부터 일행이었다는 듯 그가 나빈을 챙겼다. 뭐 딱히 행동으로 보여준 거 없이, 말만 덜렁 던져 놓고 쌩하니 뒤를 돌아 저벅저벅 걸어가기 시작해 버렸지만. 이걸 뭐라고 설명해야 하나? '빨리 가자' 라는 말 한마디가 나빈의 기분을 조물닥조물닥거리고 있었다.

마음이 말랑말랑 흐물흐물 보드라워지는 기분이다. 이건 남자로부터 사랑 고백을 받는 거와는 또 다른 느낌이었다. '사랑해' 가 직설적이지만 애틋한 고백의 말이라면 이런 유형의 말은 뭔가 에두르면서도 딱딱하고, 하지만 직설적인 표현보다도 더 깊은, 곰국 같은 매력이 있는 말 같았다. '운수 좋은 날' 의 인력거쟁이 김첨지 스타일의 사랑 고백 같달까. 아, 물론 최시우에게 고백받았다고 느끼는 건 절대 아님. 난 망상가가 아니니까. 그냥 그의 '빨리 가자' 란 말 한마디에 마음이 살짝 흔들렸다는 말이다.

삽질이 될 가능성이 농후한 자신의 생각을 서둘러 정리하며, 나빈은 조신한 종종걸음으로 냉큼 그의 뒤를 따르기 시작했다. 자신을 죽일 듯이 노려보는 여자의 매서운 시선이 뒤통수로 찌릿찌릿 느껴졌지만 그게 무에 대수. 마음이 싱숭생숭 두 근 반 세 근 반 뛰어대서 여자의 살벌한 반응은 신경조차 쓰이지 않았다.

"잠깐만요."

신나게 팔랑거리며 시우의 뒤를 쫓는데, 차가운 여자의 목소리가 갑자기 나빈의 발목을 잡았다. 무시하고 싶은데 차마 무시할 수 없을 만큼 감정이 잔뜩 들어가 있는 목소리였다. 나빈은 걸음을 멈추고 뒤를 돌아보았다. 여자는 노려보는 자세로 나빈을 뚫어져라 바라보고 서 있었다.

"실례지만 시우랑 어떻게 되는 사이예요?"

"저…… 요?"

"네. 댁 말이에요. 사귀는 사이예요? 애인이세요?"

"……."

난감하다. 입장 난처하게 본능적으로 상황이 파악되어 버렸다. 이럴 땐 둔한 게 최곤데. 왜 머릿속으로 이미 교통정리를 끝내고 있는 거냐, 손나빈? 넌 머리가 너무 좋아서 탈이다. 쯧쯧.

이 여자는 시우를 좋아하고 있는 게 분명하다. 시우는 무턱대고 들이대는 이 여자를 거절했겠지. 뭐, 개인적인 의견이지만 딱 봐도 최시우가 좋아할 타입은 아닌 것 같다. 그림상 어울리긴 기똥차게 어울리는데 성격으론 상극인 것 같았다. 일단 여자는 겉만으로도 표독스럽고 욕심 많고 이기적으로 보였다. 비단 최시우가 아니라도 이런 여자는 남자들이 대부분 부담스럽게 느끼기 마련. 물론 섹시하고 예쁘니 그녀에게 홀딱 반할 남자들은 많을 거다. 하지만 왠지 최시우는 아닐 것 같다.

아무튼 이 여잔 나빈을 시우의 여자친구쯤으로 여기고 있었다. 나빈 때문에 시우가 자신을 거절했다고 생각하는 거다. 그러니 지금 저렇게 잡아먹을 듯 나빈을 노려보는 것이겠지.

"아니죠? 그런 사이."

"그런 건 왜 묻는 건데요?"

"묻는 말에만 대답해요. 예, 아니오로. 아니죠?"

당연히 아니라고 말해야 맞거늘. 예의라곤 눈곱만큼도 찾아볼 수 없는 태도에 살짝 삐딱해지는 나빈이었다. 솔직히 자기랑 나랑 언제 봤다고 이런 개인적인 사안을 막 물어? 하여간 예의없는 것들은 어딜 가도 있어. 박멸하고 싶다, 진심.

"별로 말하고 싶지 않은데요. 꼭 말해 드려야 되나요?"

"흥! 그럼 그렇지."

"예?"

"말하지 않아도 대충 알겠네요. 고마워요, 대답해 줘서."

이 전혀 고맙지 않은 어투는 뭐지. 네가지가 제대로 없다. 희미하게 코웃음까지 치는 그녀의 얼굴에는 거만함이 물씬 떠올라 있었다. 마치 '내가 겨우 네까짓 것한테 밀렸을 리 없지' 라는 듯. 나빈은 미간을 확 찡그렸다. 다른 건 다 참아도 이건 도무지 참아지지가 않았다. 아니, 자기가 뭔데 남을 업신여겨? 뭘 믿고 이리 당당해? 예쁘고 늘씬하니까 눈에 뵈는 게 없냐? 그래 봤자 최시우한테 거절당한 주제에. 나빈은 욱하는 다혈질이 정의감이란 명목 하에 끓어오르는 것을 느끼며 눈썹을 휙 치켜 올려 떴다.

"저기요. 뭘 착각하신 모양인데. 대답하지 않은 게 꼭 긍정인 것만은 아니거든요? 그리고 실례라는 거 아시면, 이런 질문은 처음부터 안 하셔야죠. 처음 보는 사람한테 그런 질문, 너무 무례한 거 아닌가요?"

"뭐요?"

"난 초면인 사람한테 사생활까지 털어놓을 생각 없는 사람이에요. 그래서 노코멘트한 거니까, 지레 넘겨짚고 오버하지 마시기 바랍니다. 아시겠어요?"

"진짜 시우 여자친구라도 된다는 소리예요?"

은서는 절로 날이 서는 날카로운 목소리로 물으며 보잘것없이 평범한 여자를 깔아 보았다. 화장기 거의 없는 민낯에 목도리와 코트, 털장갑으로 온몸을 돌돌 말고 있는 여자는 행색으로 보아 매장에 새로 들어온 직원 같았다.

이런 여자가 최시우의 여자라니, 믿어지지가 않았다. 최시우가 이런 저급한 취향일 리 없었다. 촌스럽고 못생기고 섹시한 구석도 하나 없는 소녀 타입 아가씨가 뭐가 좋다고? 자신을 걷어찬 게 이 여자 때문이라고 생각하니 은서는 화가 불같이 나 참을 수가 없었다. 안 믿어. 못 믿어. 두 사람이 그렇고 그런 사이란 거, 절대로 믿을 수 없어! 다른 건 몰라도, 이 여자한테 밀렸다는 사실은 절대 인정 못해!

"이것 보세요. 아직도 이해를 못하시는 모양인데요. 우리가 어떤 사이냐고 물어보시기 전에, 자신이 누군지 먼저 밝히셔야 한다고요. 그게 예의라고요. 초면이면 예의 좀 지켜주시죠? 그쪽은 이런 방식이 일상일지 모르겠지만, 난 노멀한 사람이라 많이 불쾌하거든요?"

나빈이 제법 똑똑히 카랑카랑한 목소리로 말했다. 처음과는 달리 전혀 주눅이 들지 않은 모습에 은서는 점점 더 초조해졌다. 믿는 구석이 있어서 저러지 싶은 게, 안달이 났다. 아닐 거라고 스스로를 다독여 보았지만 실패. 은서는 험악하게 눈을 부라리며 여자를 표독스럽게 째려보았다.

"말 함부로 하지 말아요. 우리라니요?"

"……."

"두 사람이 어떤 사이인지는 모르겠지만 적어도 우리란 말을 쓸 정도로 가까워 보이지는 않거든요? 웬만하면 그런 단어는 좀 듣는 사람 위해 자제하는 게 좋을 것 같네요. 그리고 굳이 누군지 밝히라고 하는데, 나 이런 거 물어볼 자격은 되는 사람이에요. 시우 근처의 여자들 상관할 권리 정도는 되는, 그만큼 시우와는 가까운 사이란 말이에요. 그러니까 쓸데없는 걸로 태클 걸지 마시고 아무 사이 아니면 그냥 갈 길 가세요. 내 기분도 썩 유쾌하진 않거든요?"

"별로 가까워 뵈지 않는데요."

"뭐라고요?"

"시우 씨랑 가까워 뵈지 않는다고요. 제가 착각한 건가요? 제 눈엔 시우 씨가 그쪽, 별로 반가워하는 것 같지도 않던데요."

"이봐요!"

"네, 말씀하세요."

나빈이 싱글벙글 웃으며 대답했다. 일부러 상대방 약을 올리는 듯 빙글거리는 그녀의 모습에 은서는 주먹을 꽉 쥐었다. 잘 다듬어진 손톱이 손바닥을 파고들었다. 엄청난 키 차이에도 불구하고 전혀 기죽지 않는 이 여자가 얄미워 죽을 것 같았다. 뭐가 이렇게 당당한 거야? 이 기죽지 않는 당당함의 근본이 뭔데?

"손나빈. 거기서 뭐해?"

이를 바득바득 갈고 있는 은서의 귀에 무뚝뚝한 시우의 목소리가 들려온 건 그때다. 저만치 걷고 있던 그가 멈춰 선 채 이쪽을 향해 외치고 있었다. 나빈은 펄쩍 뛰며 뒤를 돌아보더니 냉큼 소리쳤다.

"네! 갈게요."

그러더니 어쩔 수 없다는 듯이 배시시 웃으며 어깨를 으쓱한다.

"전 가봐야 할 것 같네요. 그럼 이만."

나빈은 악감정 따윈 전혀 없다는 듯 방긋 웃으며 인사를 건넸다. 그리곤 종종걸음을 쳐 시우의 곁으로 한달음에 달려가 버렸다.

은서는 부글부글 끓는 얼굴로 두 사람을 노려보며 하염없이 서 있었다. 흘낏 그녀의 동향을 살피러 잠깐 뒤를 돌아보았던 나빈은 복수의 여신처럼 활활 타오르는 눈으로 계속해서 자신을 노려보고 있는 은서를 발견하곤, 부르르 몸을 떨었다. 내가 좀 심했나? 시우를 엄청 좋아하는 것 같은데.

'우씨. 좋아하면 단가. 그러게 왜 사람을 무시해?'

그래, 나빈이 약을 올려준 건 다 그래서였다. 자신을 무시하지만 않았어도, 예의 바르게 공손히 물어보기만 했어도 그렇게까지 바짝 약을 올리진 않았을 터다. 오히려 잘해봐라, 난 아무 사이 아니다, 친구 형이다, 뭐 이런 말로 위로해 줬을지도. 일단 뭐 표면적으론 예쁘니까. 기럭지도 넘사벽이고 몸매도 쭉쭉빵빵이니 시우와는 환상적인 커플이 아니겠는가. 두 사람이 나란히 서 있으면 패션 잡지 카탈로그 보는 듯하겠지. 호빗족 같은 자신과는 절대로 나올 수 없는 그림이실 터. 팍팍 밀어줬을 수도 있었는데!

결정적으로 심성이 못돼먹었다. 자고로 여자는 마음씨가 비단결이어야지. 하여간 얼굴 예쁜 애들은 꼭 이래서 문제야. 쯧쯧!

"저는 그럼 이만 가볼게요."

정차되어 있는 그의 자동차가 보이자 나빈은 한 발자국 정도 앞서서 걷고 있는 시우를 향해 말을 걸었다. 시우가 조용히 고개를 꺾어 나빈을 돌아보았다. 아무 말도 하지 않고 자신을 내려다보았을 뿐인데 나빈은 그가 자신에게 이유를 묻고 있음을 알아냈다. 말은 하지 않았지만, 고개를 꺾는 동작 하나에서 그의 뜻이 느껴졌다.

"요 앞에서 전철 타면 되거든요, 저는."

"타."

자동차의 락을 풀며 그가 심드렁하니 말했다. 그리곤 조수석 문을 열었다. 나빈은 두 눈을 깜빡거리며 냉큼 말했다.

"안 데려다 주셔도 되는데요. 지하철역이 엎어지면 코 닿을 덴데 무슨."

"찬바람 들어가. 빨리 타."

조수석 문을 훌쩍 연 채로 그가 무뚝뚝하게 말했다. 집까지 태워다 주겠다는 뜻인가?

"진짜 괜찮아요. 귀찮으실 텐데 그냥 가세요."

"……"

"안 데려다 주셔도 되는데…… 진짠데…….."

말끝을 흐리며 나빈은 쭈뼛쭈뼛 차에 올라탔다. 아무 말도 하지 않고 자신을 가만히 내려다보고 있는 시우의 태도로 보아, 그는 나빈이 차에 올라타기 전까진 꼼짝도 하지 않을 것 같았다. 날씨도 춥고, 몸도 피곤한데 뭐 까짓것. 그래, 합승하지 뭐. 친절을 베푸는 사람한테 거절을 날리는 것도 예의는 아니니까.

하지만 곧, 차에 오르자마자 나빈은 깨달았다. 시우가 자신에게 귀찮게스리 친절을 베푼 이유가 뭔지. 쭉쭉빵빵이 아직 사라지지 않고 서서 이쪽을 뚫어져라 관찰하고 있었다. 마치 둘 사이가 아무 사이도 아니란 걸 제 눈으로 똑똑히 확인하고야 말겠다는 듯. 매의 눈이다. 무섭네.

아무래도 시우는 저 독점력 장난 아니게 많은 여인네에게 보여주고 싶은 모양이다. 자신에겐 다른 여자가 있음을. 내겐 너보단 손나빈이니까 꿈 깨, 라는 메시지를 전달하려는 거다. 물론 여기서 '손나빈'이란 여자를 쫓아내기 위한 부적, 혹은 그 대체물이란 걸 나빈은 잘 알았다. 잘 알고 있는 사실인데 곱씹자니 기분이 썩 좋진 않다. 왜인지는 모르지만.

'왜일까?'

멍하게 생각하며 나빈은 그가 운전석에 올라타는 것을 가만히 지켜보았다. 척 봐도, 아니, 여러 번 봐도 그는 잘생겼다. 그것도 아주 환상적으로. 외적 조건만 놓고 보면 그 누구에게도 뒤지지 않는 완벽한 사람이다. 남자는 무조건 잘생겨야 하고 키가 커야 한다, 라는 초딩 때의 기준을 여직 간직하고 있는 나빈에게 제대로 적합한 사람이긴 하다. 주관적으로 보면 웬만한 남자 배우를 모두 발라 버리고도 남을 정도라 생각하니까.

하지만 그래 봤자, 그는 지구상에 존재하는 수많은 잘생긴 남자들 중 하나일 뿐이었다. 전부터 잘생기고 멋진 사람이라고 인식하고 있었을 뿐, 그를 좋아하거나 특별하게 여긴 적은 단 한 차례도 없었다. 없었다고 생각했다. 그런데…… 왜 이런 기분이 드는 거야? 심란하게.

"저쪽 모퉁이 돌아서 바로 내려주시면 돼요. 거기서 지하철 타면 금방이에요."

그가 자동차에 시동을 걸자 나빈은 밝게 웃으며 말했다. 하지만 그 즉시 날아온 시우의 말에 그녀의 밝고 맑은 미소는 그대로 꽁꽁 얼어붙어 버렸다.

"갈아타야 되지."

"가, 갈아타는 건 어떻게 아셨어요?"

"나도 서울 시민이니까."

"자가용만 타고 다니시는 줄 알았더니……."

"……."

"근데 집으로 가시는 거예요? 어…… 원래 다른 데 사시잖아요. 독립하신 걸로 아는데. 저 때문에 괜히 집으로 가시는 거면……."

"입 좀 다물어줄래?"

"에?"

자신이 잘못 들은 게 아닌가 싶어 나빈은 어색하게나마 방긋 웃고 있던 채로 멍하니 물었다. 이 상황에 셧더마우스, 라니. 아무리 생각해 봐도 이해가 안 됐다. 말실수를 했나. 예의없이 굴기를 했나. 누구처럼 주제넘게 간섭하길 했나. 난 그저 그가 나 때문에 괜히 가기 싫은 집을 억지로 가는 걸까 봐 걱정이 되어서 물은 것뿐이라고!

라고 생각했지만, 날아온 대답은……?

"시끄러워서 운전에 집중이 안 돼."

차내는 곧 무서운 침묵에 휩싸였다.

제5장. 엄친아 vs 엄친아 형님

"다녀왔습니다."

인사를 하며 집 안으로 들어서는 나빈의 목소리는 힘이 없었다. 차를 타는 내내 어찌나 졸았던지. 차가 정지하는 걸 용케 알아채고 정신을 차렸을 땐 이미 더럽게, 입가에 침까지 흘리고 있었다. 아, 진짜 그 순간 쪽팔렸던 걸 생각하면. 지금이라도 쥐구멍이 있으면 숨어들어 가고 싶을 지경이다.

"어, 왔니? 식사해야지?"

TV 앞에 앉아 저녁 드라마를 시청하고 있던 어머니, 유춘자 여사가 고개를 쑥 내밀고 알은체를 했다. 저녁 식사는 원래 밖에서 하고 들어오는 편인데, 일이 힘들다 보니 퇴근 후 밤에 갖가지 야식을 챙겨 먹게 되는 건 다반사. 매번 그러니 이젠 자동 코스가 되어버린 느낌이다. 나빈은 당연히 오늘도 딸이 뭔가를 챙겨 먹고 잘 거라 여기며 묻는 춘 여사를 향해 한숨을 내쉬었다.

"별로 생각없어."

남자 앞에서 침까지 흘리며 졸아놓고서, 밥이 목구멍으로 넘어가겠나. 먹던 음식도 토해낼 판이구만. 마음만은 그 어떤 결심보다도 굳건했지만 이내 뱃가죽은 아우성쳤다. 꼬로록.

"주방에 밥 차려놨어. 들어가, 얼른."

춘자 여사는 '그럴 줄 알았다'는 듯 히쭉 웃으며 고갯짓을 했다. 나빈은 하는 수 없이 어깨를 축 늘어뜨리고 주방으로 들어갔다. 주방에는 춘 여사의 말대로 이미 밥상이 모두 놔져 있었다. 국만 데우면 되게끔. 이게 대체 웬일이야? 해가 서쪽에서 뜨겠네. 저녁 간식은 알아서 챙겨 먹으라며 늘 신경도 쓰지 않던 춘 여사가. 나빈은 눈을 둥그렇게 뜨곤 냉큼 가방을 내려놓고 가스레인지에 불을 켰다.

"어머, 얘. 엄마가 해줄게. 그냥 앉아 있어."

뒤늦게 주방으로 들어온 춘 여사가 이번엔 밥통을 열어 김이 모락모락 나는 밥을 밥그릇에 곱게 담아냈다. 어라, 드라마까지 포기하고 밥상을 챙겨주네. 진짜 웬일? 무슨 날인가?

"일하는 거 많이 힘들지?"

"어? 어, 뭐. 힘들지. 너무 힘들어서 돌아가시겠어."

"도저히 못하겠다 싶으면 그만둬. 괜히 멍청하게 참고 일하지 말고. 돈도 좋고, 경험 쌓는 것도 중요하지만 그것도 다 건강하다는 전제하에서잖니. 체력이 따라와 줘야 일도 하는 거지."

“웬일이야? 이 정돈 일 축에도 못 낀다고 하시던 분이?”

“그 생각은 변함없어. 내 보기엔 네가 지금 하는 일은 일 축에도 못 낀다. 뭐가 힘들어? 샵 분위기도 좋고, 다들 너한테 잘해준다면서. 창고 일 같은 힘든 노동도 아니고, 허드렛일에 심부름이 전부라면서. 그게 힘든 일이라면 세상에 안 힘든 일이 어디 있어? 남의 돈 벌어먹는 일이 그렇게 호락호락하니?”

“그런데? 왜 갑자기 힘들면 관두래?”

오늘따라 유난히 다정하게 말하는 춘 여사가 심히 이상해 나빈은 조심스럽게 물었다. 춘 여사는 밥그릇을 나빈의 앞에 놓아주곤 그녀의 앞에 자리를 잡고 앉았다. 거실에선 아직도 드라마가 한창 진행 중인데. 나빈은 미간을 팍 찡그리며 춘 여사를 빤히 바라보았다. 이분이 정녕 ‘드라마 할 땐 개도 안 건드린다’는 정체 모를 속담까지 지어내시던 드라마 페인 춘 여사 맞아?

“그냥, 너한테는 무진장 힘든 일이겠구나 싶어서. 지금까지 공부밖에 모르고 자라온 넌데. 그 흔한 아르바이트 한번 혹독하게 안 하고 그저, 가만히 앉아서 공부만 하던 네가 이렇게 일이랍시고 하는 모습 보니까 대견하기도 하고 안쓰럽기도 하고. 만감이 교차해서 그래.”

“새삼스럽게 무슨. 일한 지 벌써 2주째인데 안쓰럽단 생각이 이제 겨우 드셨단 말이야?”

“난 네가 금세 나가떨어질 줄 알았지. 힘들다고 앓는 소리 해도, 그만두겠다는 말 한 번 안 하고 버틸 줄은 몰랐어.”

“엄만 날 그렇게 띄엄띄엄 봤었어? 내가 누구 딸인데 중도에 일을 포기해?”

숟가락을 들며 나빈은 두 눈을 크게 뜨고 춘 여사를 보았다. 춘 여사는 부드럽게 웃으며 팔짱 낀 팔을 식탁 위에 걸치곤, 딸이 식사를 시작하는 모습을 자애롭게 바라보았다.

“하긴. 네 아버지 닮아서 똥고집 하난 끝내주지.”

“그거 칭찬 맞아?”

“칭찬이지 않고. 네 아버지가 살림 말아먹으면서까지 연구에 몰두할 때는 정말 이혼하고 싶을 만큼 지긋지긋하고 밉더라만, 이젠 그 고생 다 보상받고 있잖니. 똥고집이라고 하지만 그거 아니었으면 네 아버지가 연구에 성공하지도 못했을 거고, 그럼 지금과 같은 명예도 없었을 거야. 난 그 점은 높이 사주고 싶다. 네가 닮았으면 좋겠다고 생각하는 점이기도 하고. 그런 의미에서 우리 딸, 고맙고 자랑스럽다. 지금까지 잘해주었고 앞으로도 잘해줄 거라 믿어.”

“뭐야? 갑자기. 왜 이렇게 진지해?”

“애는. 나는 뭐, 진지하면 안 되니? 만날 너랑 네 아버지, 달달 볶고 잔소리해야만 해?”

“그건 아니지만. 갑자기 이러니까 적응이 안 되잖아. 무슨 일인데 그래? 뭐, 나한테 잘못한 거 있어?”

“아니라니까 애는. 자꾸 왜 이러니? 사람 말을 못 믿고.”

펄쩍 뛰며 부인하는 춘 여사는 아무리 봐도 이상했다. 뭔가 잔뜩 뒤에 숨겨놓고 아닌 척하는 모양새랄까. 아버지 몰래 일을 벌이실 때 쓰시던 나긋나긋 수법과 똑 닮았다. 이런 작전을 그녀에게 쓴다는 건, 그녀 몰래 일을 벌이고 있다는 뜻이었다. 생각이 거기까지 미치니 갑자기 기분이 확 다운되는 나빈이었다. 나빈은 인상을 팍 쓰며 춘 여사를 바라봤다. 계속. 쭉. 춘 여사가 머쓱해할 때까지 지속적으로.

"아, 뭐. 그래! 까짓것 얘기하지 뭐. 어차피 숨긴다고 해서 숨겨지는 것도 아니고. 조만간 시현이네 집에 초대되어 가면 다 알게 될 텐데."

"시현이네 집에 초대되어 가? 누가?"

"누구긴 누구야? 우리지. 곧 있으면 시현이 생일이잖아. 몰랐니?"

"시현이 생일?"

아차! 그러고 보니 시현이 생일이 이맘때였지. 일이 힘들다 보니 녀석 생일이 다가온 것도 몰랐었네. 다른 건 몰라도 이건 좀 미안해지는 나빈이다. 하나밖에 없는 절친한 친구 생일까지 잊어버리다니. 내가 원래 이런 거 잘 챙기는 스타일인데. 요샌 너무 정신이 없었다. 핑계라고 할지 모르지만, 사실은 사실. 지금이라도 알아서 다행이다.

"근데 시현이 생일에 왜 엄마가 초대돼? 나야 그런다 치지만."

"시현 엄마가 우리 가족 모두 저녁 식사에 초대한댄다. 두 집안끼리 나눌 얘기도 있고 하니까 겸사겸사 자릴 마련하는 거지. 너도 꼭 자리해야 하니까 미리 샵에 말해둬. 그날은 일찍 퇴근할 수 있도록. 알겠니?"

"두 집안끼리 나눌 이야기라니?"

나빈은 의심 가득한 눈으로 춘 여사를 빤히 바라보았다. 심히 구린내 나는 소리였다. 아무리 털어내고 들어보려 해도 의구심이 떨쳐지지 않았다. 설마. 아니겠지? 시현과 날 나란히 불러다 놓고 '며느리'네 '사위'네 하는 우스갯소리를 하실 속셈들은 정말 아니시겠지? 아닐 거야. 그건, 진짜진짜 아닐 거야. 아니길 빈다.

"몰라서 묻니? 시현네랑 우리가 만나서 나눌 얘기가 뭐겠어?"

춘 여사, 의뭉한 웃음을 띤 채 톡 쏘듯 말한다. 나빈의 인상이 심하게 쭈그러뜨려졌다.

"모르니까 묻지. 뭔데?"

"모르긴 뭘 몰라? 눈치 바싹한 애가. 내숭 떨지 말고, 마음 준비나 단단히 해둬. 중요한 자리이니까 그쪽 집안에 실례가 되지 않도록 시간 약속 잘 지키고, 구질구질하니 일하다 왔다는 티 내지 말고, 옷도 좀 제대로 갖춰 입고 가고~"

"……."

"그쪽에선 두 사람이 빨리 결혼했으면 하더라. 유학 문제도 걸려 있고 후계자 확정 문제도 있으니까. 여러 모로 빨리 결혼해서 가정을 꾸리고, 가능하다면 아기도 일찍 낳는 것이 유리하다고 판단한 모양이야. 어차피 해야 할 일이라면 빨리 해치우는 게 일찍 자리 잡는 길이라고 생각하는 것 같아."

"그게 무슨 말이야? 지금 그 얘기, 시현이랑 내 얘기야?"

"네 얘기지, 그럼 누구 얘기라고 생각하는 거야?"

"헐. 엄마 지금 제정신이야?"

나빈은 당장이라도 튀어나올 것처럼 크게 두 눈을 떴다. 숟가락질하던 손은 이미 허공에 Pause된 상태. 진심 '헐' 이란 말밖에 안 나온다. 마른하늘에 날벼락도 유분수지. 이게 무슨 말도 안 되는 소리냐고!

"시현이랑 난 아무 감정 없어. 나한테 최시현은 남자가 아니라 그냥 친구야. 이성의 감정 따위 안 생겨. 생길 수가 없어, 걔랑은. 걔도 그렇고 나도 그렇고, 절대로 서로를 이성으로 보지 않아. 근데 갑자기 무슨 결혼 얘기야?"

"또 그 얘기니? 그놈의 친구 타령. 못 말린다, 진짜."

춘 여사가 가벼운 웃음을 흘리며 고개를 가로저었다. 아무리 봐도 딸의 의견을 심각하게 받아들이는 제스처 같진 않다. 나빈은 가슴을 크게 들썩이며 숨을 들이마시고는 진지한 시선으로 똑바로 어머니를 바라봤다.

"나 지금 진지해, 엄마. 장난 아니라고. 결혼은 내 인생에서 가장 중요한 사건이야. 그걸 어떻게 이렇게 급하게 결정해? 난 사랑하는 사람이랑 결혼할 거야. 아직 사랑도 제대로 못해본 난데 코 찔찔이 때부터 알아왔던, 그래서 사랑이란 감정 따위 전혀 안 생기는 죽마고우랑 굳이 이 나이에 서둘러 결혼해야겠어?"

"손나빈, 나도 진지해. 나도 장난 아니야. 시현이가 너랑 딱 어울리는 짝이라고 생각하니까 이렇게 밀어붙이는 거라고."

"무슨 소리야? 걔가 어떻게 내 짝이야?"

"시현이랑 널 어렸을 때부터 봐왔어. 어떻게 모를 수 있니? 딱 보면 답 나오는 게 너희 둘 사이야."

"엄마!"

“두 사람 아주 잘 어울려. 어릴 때부터 지금까지 단 한 번 크게 싸운 적이 없잖니. 이렇게 지금까지 단짝으로 붙어 다니는 걸 보면 서로 성격이 잘 맞는 거 아니니? 좋아하는 건 당연할 테고. 게다가 걘 페로스화장품의 후계자야. 네 아버지 연구 실적을 높이 사서 크게 후원하고 제품까지 출시해 준 회사가 아니니. 서로 집안끼리도 이리 잘 맞는데, 결혼을 미룰 필요 뭐 있어?”

“내가 아빠와 우리 집안을 위해서 정략결혼이라도 해야 한단 소리야?”

“무슨 말을 그렇게 하니? 정략결혼이라니.”

“아니야? 지금 말씀하시는 게 딱 그거잖아.”

“아무렴 내가 하나밖에 없는 딸을 정략결혼시키겠니.”

억울하다는 듯 춘 여사가 눈을 흘기며 짐짓 강력하게 항의했다. 하지만 나빈의 귀에는 그렇게 들렸다. 아니라는데, 시현인 절대 사랑할 수 없다는데 자꾸만 엮으려고 하니 의심하지 않을 수 없는 거 아닌가.

“아닌데 왜 자꾸 시현이랑 날 연결시켜? 시현이 생일날 생일 축하만 해주면 되는 거지. 걔네 집엔 왜 몰려가서 결혼 얘길 하자는 거야? 대체 개랑 내가 왜 결혼해야 하는데? 왜 우릴 자꾸 결혼 못 시켜서 안달인 건데.”

“그거야 너희 둘이 너무나도 잘 어울리니까 그렇지. 다른 뜻은 전혀 없어, 진짜야.”

“뭐가 어울린다는 거야? 당사자들인 우린 전혀 그런 감정 없는데.”

"글쎄, 그건 너희들 생각이고 어른들 생각은 다르다고. 우린 너희 둘이 서로 좋아하고 있다고, 확신해."

"우리가…… 서로 좋아하고 있다고?"

너무나 어처구니없는 말에 나빈은 멍하게 중얼거렸다. 어쩌다 사태가 이 지경까지 오게 되었는지 기가 막히고 코가 막혔다. 어른들이 이렇게까지 착각하고 있었을 줄이야. 시현 어머니가 '우리 며느리'라며 자신을 볼 때마다 살갑게 굴 때도, 최 회장님이 '우리 손자도 너 닮아 똑똑했으면 좋겠다'와 같은 농담을 흘릴 때도, 그냥 넘어갔던 게 화근이었다. 아니라고 못 박아 말했어야 했는데. 살살 웃으며 '네~' 하고 넘어갈 게 아니라 '그럴 일은 없다'고 딱 잡아뗐어야 했는데. 그랬다면 진정 이런 지경까진 오지 않았을 것이다.

"시현일 봐. 잘생겼지, 공부 잘하지, 키 크지, 집안 좋지, 부모님 다 살아계시고. 뭐 하나 빠지는 구석이 있어야지. 완벽 그 자체네. 엄친아는 이럴 때 쓰는 말 맞지?"

"걔가 무슨 엄친아야? 말이 되는 말씀을 하세요."

"넌 부인하고 싶겠지만 솔직히 맞잖아. 아니야?"

"아, 그래. 그건 그렇다 치고, 시현이가 엄친아인 게 나랑 무슨 상관인데?"

"시현이 같은 애를 쭉 몇 년 동안 옆에서 봐왔으니 네 눈이 높아진 거라, 이 말이야. 머리 꼭대기에 달린 네 눈, 맞춰줄 사람은 시현이밖에 없어. 너도 지금은 아니라고 말하겠지만 결국엔 인정할 수밖에 없을 거다. 시현이가 네 이상형이라는 거."

“뭐? 이상형? 시, 시현이가 내, 내, 내 뭐라고?”

“이상형.”

“엄마! 제발 억지 좀 그만 부려!”

“지금은 네가 철이 없어서 모르는 거야. 시현이랑은 항상 친구처럼 지내와서 느끼지 못하는 것뿐이라고. 너야 지금은 아니라고 우기고 싶겠지. 어떻게든 이 결혼을 피하고 싶을 테니까. 하지만 가슴에 손을 얹고 잘 생각해 봐. 정말로 시현이를 남자로 느껴본 적이 단 한 번도 없는지. 아닐걸? 세상에 어떤 남녀가 처음부터 끝까지 우정이야? 말도 안 되지. 너희 둘이 어려서부터 너무 허물없이 친구로 지내와서 지금은 깨닫지 못하는 거야. 서로가 얼마나 필요로 하고 좋아하고 있는지. 너흰 깨닫지 못하겠지만, 우리 어른들 눈엔 다 보여. 인생의 선배로서 충고하는 거니까 좋은 말할 때 들어라. 내 말만 믿고, 시현이랑 결혼하란 말이야.”

“엄마!”

나빈은 도저히 참지 못하고 꽥 소리를 지르며 자리에서 일어나고 말았다. 자신을 마냥 어린애로만 여기며, 자꾸 시현과의 결혼을 강요하는 것 같아서 나빈도 이젠 참을 수가 없었다. 아무리 어려도 ‘친구’와 ‘이성’도 구분 못할까 봐. 봐도 두근거리지 않고 떨리지 않는데 뭘 어쩌라는 거야? 이성으로 느꼈다면 지금까지 친구로 지냈을 것 같아? 무슨 일이 일어나도 진즉에 일어났지.

“아, 깜짝이야.”

“억지 그만 부리랬지?”

“얘는. 무슨 여자애 목소리가 이렇게 커? 기차 화통을 삶아 먹었나."

"아니야. 아니라니까. 난 진짜 걔 안 좋아해. 이상형도 아니야!"

"아니면 다른 남자를 데리고 와보든지!"

"뭐어?"

"너 아까 말했지? 지금까지 남자 하나 제대로 사귀어본 적 없다고."

"없을 수도 있지. 내 나이에 꼭 남자를 사귀어봤어야 해?"

"못 사귀어본 것도 문제 있지. 네가 어디가 어때서 남자친구 하나 없이 솔로로 지내야 하니? 한창 나이에."

"엄마, 입은 비뚤어졌어도 말은 바로 해야지. 못 사귄 게 아니고 안 사귄 거거든? 내 눈에 차는 남자가 없으니까 지금까지 솔로로 지낸 거 아니야. 내 눈이 좀 높거든요?"

"그러게. 네 눈이 그리 높아진 이유가 시현이 때문이란 얘기야, 내 말은. 아직도 모르겠니? 넌 시현이 아니면 안 된다니까."

"아, 엄만 왜 자꾸 시현이 아니면 안 된다는 건데?! 내가 아니라는데 왜?"

"내가 말했잖아. 그건……!"

"아, 몰라 몰라. 됐고요! 난 분명히 내 의사 밝혔어. 나중에 딴소리하지 마! 시현이 부모님 앞에서 결혼의 'ㄱ' 자도 꺼내지 말라고. 알았지?!"

분기탱천한 나빈은 큰소리로 단호하게 선언하고 거친 발걸음으로 주방을 나가 버렸다. 갑작스레 고함을 치는 딸의 행동에 화들짝 놀라 넋 놓고 두 눈만 껌벅거리고 있던 유춘자는 그제야 헛웃음을 치며 피식 웃음을 흘렸다.

"계집애, 성질머리하고는."

딸이 올라간 이층 쪽을 흘깃 올려다보며 입술을 삐쭉거리던 춘자는 막 보글거리며 넘치기 시작하는 냄비 뚜껑을 열고 가스레인지 불을 껐다. 하나밖에 없는 딸래미가 하필 닮은 게 남편 성격이라니. 이게 바로 재앙이지 않고 뭔가 싶었다. 쥐뿔도 없이 고집만 세서 자존심만 내세우고 실리는 전혀 챙길 줄을 모르니 속이 다 탄다.

'아니, 내 말이 뭐가 틀려?'

시현과 나빈이 알콩달콩, 티격태격 보내온 세월이 얼마인가. 초등학교 2학년 때부터 알아왔으니 햇수로 13년째다. 그 긴 세월 동안 나빈이 남자 하나 제대로 못 사귀어봤다는 게 무엇을 뜻하겠나. 제 깐엔 남자로 보이지 않는다, 이성으로 느껴지지 않으니 사랑이 아니다, 우린 언제까지나 친구로밖에 지낼 수 없다, 등등 우겨대고 있지만 춘자의 눈엔 그저 '웃기시네' 다. 이성 간에 친구란 있을 수 없다는 것이 춘자의 생각이며, 멀쩡하게 어디 한 군데 빠지는 구석 없이 번듯한 나빈이 지금까지 남자친구를 사귀지 않고 있는 이유는 아무리 생각해도 딱 한 가지였다.

"지금이야 어색하고 이상하겠지. 십 년 넘게 친구로 지냈는데 갑자기 결혼 상대자가 되었으니. 그치만 어쩔 거야? 부인한다고 해서 사실이, 사실이 아닌 게 되나?"

시간이 약이었다. 아무리 우겨대도 결국엔 인정하게 되겠지. 자신이 시현일 좋아하고 있다는 것을. 그게 언제가 될지는 모르겠지

만, 저놈의 성질머리를 죽이고 사실을 사실 그대로 인정하는 날이
바로 그날이 될 것이다.

✳

　"넌 어떻게 애를 그렇게 돌려보내? 내 얼굴을 봐서라도 좀 참아
줘야 하는 거 아니야?"
　"차은서와 만나기로 약속한 사람은 내가 아니라 형이잖아? 참
아줘야 할 의무감을 내가 왜 느껴야 해?"
　호통 아닌 호통을 치는 기헌이 무섭지도 않은지, 시우는 너무나
도 멀쩡한 얼굴로 대답하고는 방금 전 기헌이 건네준 서류에 시선
을 꽂았다. 1년 전부터 꼼꼼히 준비해 왔던 자선 패션쇼에 관련된
계약 서류였는데, 매우 급하다는 핑계를 댄 기헌은 아침 일찍부터
시우를 호출했다. 물론 이 계약 건은 시간 제약이 없는 만큼 절대
로 급한 게 아니었다. 녀석을 일찍 부른 건 온전히 '어떤 사실에
관한 확인' 차원이었다.
　"내가 왜 은서를 불렀는데?"
　"나 때문이라고 말하지 마. 약속해서 은서를 불러낸 사람은 형
이니까."
　"내가 괜히 그런 짓을 했냐? 너희 두 사람 이어주려고 그런 거
아니야."
　"난 은서랑 이어달란 적 없어."
　"그래, 넌 그런 적 없지. 은서는 많지만. 많아도 보통 많은 게 아

니었지. 내가 이러다 아주 볶여서 죽을 판이다.”

“…….”

“이게 무슨 짓인지 몰라. 단순히 선남선녀, 두 사람이 잘 어울리겠다 싶어 좋은 취지로 시작한 매파 노릇이었는데. 이젠 피곤해죽겠다. 괜히 나서서 일만 부풀려 놓아버린 꼴이라 이제 그만 손 놓아버리고 싶어. 다시는 남의 연애사엔 끼어들지 말아야지 원. 내 앞가림도 제대로 못하는 판국에 이게 대체 무슨 일이야? 은서 녀석은 어젯밤 내내 내게 전화해서 질질 짜고, 네 녀석은 이렇게 시큰둥하고. 내가 아주 속이 썩지, 썩어.”

“속 썩는 일, 그만해. 그럼 되잖아.”

눈조차 들지 않은 채 서류를 들여다보며 시우가 중얼거렸다. 기헌은 눈매를 가늘게 좁히며 시우의 무심하기 짝이 없는 표정을 뚫어져라 노려보았다. 은서가 어젯밤 질질 짰다는데도 녀석은 아무렇지도 않은 듯 눈 하나 꿈쩍하지 않고 있었다. 조금이라도 은서가 걱정되어 안절부절못해야 정상인데. 은서에게 약간이라도 마음이 있다면, 조금쯤 흔들려야 맞는 건데. 녀석에겐 전혀, 단 한 조각의 낌새도 보이질 않는다. 정말 저 녀석, 은서 말대로 다른 여자한테 마음이 있는 거……?

“선생님! 정말 시우한테 여자친구 없는 거 맞아요? 선생님께서 모르시는 거 아니에요? 어제 시우, 여자랑 같이 나갔어요.”

어젯밤 전화해 울며불며 칭얼대던 은서의 말을 떠올리며 기헌은 눈살을 찌푸렸다. 여자가 있는 것 같다는 그녀의 말에, 기헌은 처음엔 말도 안 된다며 푸하핫, 웃어넘겼다. 기헌이 알고 있는 한 시우에겐 여자친구가 없었으니까. 몇 달 전까진 확실히 없었다. 물론 지금도 없을 것이다. 최근 시우는 미술대전을 앞두고 거의 모든 사생활을 포기한 채 그림에 매달리고 있었기 때문에. 작업실이나 마찬가지인 집에 틀어박혀 나오지 않은 게 거의 수개월 째였다. 그런 그가 여자를 사귈 여유가 있을 리 있나. 웃기는 추측이라 생각했었다.

한데, 여자와 나란히 차를 타고 가는 걸 목격했다는 말에는 기헌도 웃으며 넘길 수 없었다. 여자라. 대체 누굴까, 기헌은 나름 골똘히 생각해 보았다. 샵. 여자. 최시우. 어제 샵을 마지막까지 지키고 있던 직원이 손나빈이란 건 의심할 여지가 없었다. 그렇다면 시우와 함께 차를 타고 간 묘령의 아가씨는 손나빈일 것이고, 은서가 시우의 여자친구라 믿고 있는 이도 나빈이었다. 하지만 손나빈은 시우의 제수…….

갑자기 생각의 물꼬가 다른 방향으로 흐르기 시작한 것은 그 즈음이었다. 손나빈이 시우의 제수라는 사실을 떠올리자마자, 불쑥 시우가 그녀를 취직시켜 달라며 전화했던 때가 떠올랐다. 남에게 손 벌리는 짓은 절대로 못하는 주변머리 제로의 최시우가 그런 부탁을 해와 기헌은 당시 매우 놀랐었다. 얼마나 대단한 사이이기에 이렇게까지 나서나 싶어 의아해하다가 이내 '여자친구인가 보다' 하고 산뜻하게 결론을 내렸던 기억이 난다. 물론 그 결론은 단번에 뒤집혔다. 시우는 그녀가 동생의 약혼녀라고 했고, 기헌은 철석같이 그 얘길 믿었다. 믿지 않을 이유가 없었으니까.

"도대체 차은서가 왜 싫은 거냐? 이유나 알자."

"이유 같은 게 꼭 있어야 해? 그냥 싫어."

"그게 말이 돼? 은서처럼 괜찮은 애를 거절하려면 적어도 '좋아하는 여자가 있다' 라든가, '사귀는 사람이 있다' 라든가, 그에 합당한 이유를 대줘야지. 아무 이유도 없이 그냥 싫다고만 말하면, 은서는 뭐가 되냐?"

"……."

"너 진짜 좋아하는 사람 있는 거 아니야?"

"뭐?"

시우가 내내 서류에 박고 있던 시선을 딱 들어 기헌을 보았다. 평소 그대로 그의 눈빛에는 아무 감정이 떠올라 있지 않았고, 당연히 그가 무슨 생각을 하는지 가늠할 길이 없었음에도 기헌은 그 순간 웃음이 비어져 나오는 걸 느꼈다. 은서 얘기 할 땐 단 한 번도 눈을 들지 않던 녀석이 좋아하는 사람 있느냐는 질문 한 방에 시선을 들었다는 것은, 뭔가 찔리는 구석이 있다는 뜻이었으니까. 이건 직간접적인 수긍이었다. 인정한 거나 다름없는 행동이었다. 기헌은 본능적으로 캐치했다. 이 녀석이 누굴 좋아하고 있는지. 누구 때문에 은서를 거부하고 있는지.

샵에 오면 그녀를 볼 수 있기 때문에, 핑계거리가 생기자마자 정신없이 달려온 게 틀림없었다. 아직까지 녀석의 몸에 배어 있는 짙은 물감 냄새가 그 증거였다. 씻을 생각도 못하고, 다급하게 내달려 온 게 분명했다. 모델 일보다 항상 그림을 더 중요하게 생각하던 녀석이, 놀리던 붓을 내던지고 한달음에 여기까지 찾아온 이유는 딱 하나였다. 바로 손나빈.

녀석은 나빈을 좋아하고 있는 것이다.

"얘기해 봐, 그 사람이 누군지."

"난 좋아하는 사람이 있다고 얘기한 적 없는데."

"따로 좋아하고 있는 사람이 없다는 얘기냐?"

"그걸 왜 묻는 건지 모르겠지만, 별로 대답하고 싶지 않아."

"그건 좋아하는 사람이 있다는 뜻인데?"

"노코멘트의 뜻이 뭔지 몰라?"

더 이상은 이 문제에 대해 왈가왈부하고 싶지 않은 듯 날카롭게 대꾸하고, 시우는 계약서를 책상 위에 탁 내려놓았다. 사인을 하려는 모양이었다. 정말로 무대에 서려나 보다. 그림 작업은 대체 어쩌려고? 기헌은 식겁한 얼굴로 뚫어져라 녀석의 손을 노려보았다.

펜을 손에 쥔 시우는 거침없이 사인을 해나갔다. 손나빈 때문에, 손나빈 한 번 보기 위해 샵에 와서, 절대 할 수 없는 일을 하겠다고 사인까지 하는 녀석을 보니 등골이 오싹해지는 것 같았다. 좋아해도 이건 보통 좋아하는 수준이 아니었다. 이 기세라면, 절대 하지 않겠다던 모델 일도 하겠다고 나설 것 같지 않은가. 기헌은 엊그제 에이전시로부터 제의받았던 전속 계약 건을 떠올리며 슬그머니 아랫입술을 핥았다. 당연히 시우 녀석이 거절할 거라 여겨 얘기조차 꺼내보지도 않았던 화장품 모델 건이 슬슬 욕심나기 시작했다. 날리기엔 너무 아까운 기회라 아직 붙들고 있었는데,

손나빈을 이용해서 한 번……?

'아니지. 아직은 아니야.'

돌다리도 두들기고 건너라고 하지 않았던가. 아직은 시우가 손나빈을 좋아하고 있다는 확신이 없었다. 의심은 무진장 가는 상태지만, 결정적인 한 방이 아직 부족했다. 기헌은 가만히 시우를 지켜보다, 천천히 고개를 꺾어 뒤쪽을 보았다. 매장 안쪽에는 밝은 얼굴, 상냥한 태도로 단 2주일 만에 샵의 귀염둥이로 자리 잡은 손나빈이 열심히 황 선생의 지시에 따르고 있었다. 기헌은 다분히 충동적으로 오른손을 번쩍 들고 똑똑, 손가락을 튕기며 나빈을 불렀다.

"나빈 씨!"

"네!"

밝고 맑은 나빈의 목소리가 귀신처럼 자신을 찾는 목소리를 찾아듣고 대답해 왔다. 슥슥 부드럽고 거침없는 속도로 펜을 놀리던 시우의 손길이 그 움직임을 딱 멈추었다. 눈에 절로 힘이 들어갔다. 기헌이 왜 갑자기 나빈을 부른 거지? 기분이 묘하게 나빠지자 시우는 미간을 잔뜩 찌푸리고 휙, 두 눈을 치켜떴다. 순간 토끼처럼 목을 쭉 늘인 채로 이쪽을 내다보던 나빈과 눈이 마주쳤다.

갑자기 눈이 마주치자, 나빈이 흠칫 몸을 떨며 두 눈을 동그랗게 떴다. 그러더니 냉큼 손에 들고 있던 물건을 반대편 의자에 내려놓고 이쪽을 향해 종종걸음으로 다가오기 시작했다. 시우는 안쓰러울 정도로 잔뜩 긴장한 채 달려오는 나빈에게서 겨우 시선을 떼, 기헌을 돌아보았다. 기헌은 뭐가 그리 흥미로운지 두 눈을 반짝반짝 빛내며 시우를 빤히, 뚫어져라 바라보고 있었다. 히죽히죽 웃는 모양새가 여간 수상쩍은 게 아니다. 시우는 인상을 팍 찡그리며 퉁명스럽게 불쑥 물었다.

"저 앤 왜 불러?"

"심부름시키려고. 왜?"

하늘을 우러러 한 점 부끄럼 없다는 듯 태연하게 기헌이 말했다. 하지만 시우는 여전히 의심이 풀리지 않은 날카로운 눈빛으로 기헌을 빤히 바라보았다. 그때, 토끼처럼 경중거리며 달려온 나빈이 두 사람이 마주하고 앉은 탁자 옆으로 다가와 섰다. 기헌과 시우가 서로 견제하듯 노려보는 야릇한 분위기와는 전혀 어울리지 않는 밝음으로 중무장한 채였다.

"부르셨어요, 선생님?"

씩씩하게 소리치는 나빈을, 기헌은 미소를 머금은 편안한 얼굴로 올려다보았다. 이렇게 보니 손나빈도 꽤 매력적인 구석이 있는 것 같다. 특별히 튈 것 없는 외모였지만 단정하고 깔끔한 것이 수수하고 순수해 보였다. 싹싹하고 성실하고, 활기있고 씩씩한 것도 매력이라면 매력. 어딜 가나 튀고 사람들 시선을 끌어모으는 시우와는 절대로 어울리지 않을 것 같은데, 기대는 되었다. 어떤 조합이 나올지, 아주 심히.

"음, 심부름 좀 다녀오라고."

"네! 얼마든지 시키십시오."

나빈은 힘차고 깜찍하게 대답하곤 웃었다. 보는 사람도 기분이 상큼해져 웃음이 절로 나올 만큼 싹싹한 모습. 기헌은 느긋하기 짝이 없는 얼굴로 슥, 눈동자를 굴려 시우를 돌아보았다. 시우는 무뚝뚝한 얼굴로 잠자코 책상 위의 서류를 쏘아보는 중이었다. 언 뜻 나빈과 기헌의 대화엔 전혀 관심이 없어 보이는 것 같았지만 기헌은 알았다. 녀석의 온 신경이 둘의 대화에 집중되어 있을 거 란 걸. 녀석은 지금 어미 닭 모드였다.

기헌은 히죽 웃으며 바지 뒷주머니에서 지갑을 꺼내 들며 주문 했다.

"요 앞 커피 전문점에서 에스프레소 한 잔 뽑아와. 내가 마시는 브랜드, 알지?"

"네, 그럼요. 잘 알고 있습니다. 아동 노동력 착취 반대! 그 브랜 드 말씀이시죠?"

"기억하고 있네?"

"당연하죠. 선생님 취향이신데. 형님께서는 뭘로……?"

티 없는 얼굴로 나빈이 시우를 돌아보며 말했다. 커피숍 직원이 었다면 흠 잡을 데 없이 깔끔한 태도라 칭찬해 주고도 남을 만큼 자세나 말투가 깍듯했다. 분명 상대방의 기분을 즐겁게 만드는 '좋은 예'임에도 불구하고 시우의 기분은 끝없이 바닥으로 추락 하고 있었다. 살벌한 기운마저 느껴지는 그의 시선에 놀랐는지, 나빈이 일순 입가를 굳혔다. 웃고 있는 얼굴은 그대로인데 밝은 기색이 싹 가셔 버린 모습이었다. 그리고 이내 꼴깍, 그녀의 작은 목구멍으로 침이 넘어갔다. 시우는 죽일 듯한 눈으로 그녀의 새하 얀 목선을 노려보았다.

"얜 됐어. 안 마신대. 내 것만 사와. 가게 어딘지 알아?"

"예? 아, 예……."

시우를 뚫어져라 바라보고 있던 나빈이 기헌을 돌아보며 어색하게 웃었다. 남들에게 미움받는 게 익숙지 않은 듯 나빈은 열심히 자신이 뭘 잘못했는지 되짚어보는 모양새였다. 그 모습이 꽤 귀여워, 보고 있던 기헌의 입가에 빙그레 미소가 떠올랐다. 하지만 곧 표정을 굳히고 그는 손가락 두 개를 곧게 펴 허공에 내보였다.

"두 정거장. 알고 있지?"

"네! 압니다."

"빨리 갔다와. 커피는 식으면 맛없다."

"옛설! 선생님께서 뜨거운 커피 사랑하시는 거, 잘 알고 있습니다. 바람돌이 소닉보다도 더 빨리 쌩, 다녀올게요."

기헌이 내미는 카드를 받아 들며 큰 소리로 대답하더니만 이내 나빈은 허리를 크게 굽혀 인사를 하곤 잽싸게 사라졌다. 옷을 챙겨 입고 나가려는 듯 빠르게 움직이는 그녀를 보며 기헌은 만족스럽게 씩 웃었다. 하여간 빠릿한 건 알아줘야 해. 저렇게 매사가 열심인데 안 귀여워할 수가 있나. 애들 데리고 일하는 게 원 데이 투 데이도 아니고, 일하는 애가 저렇게 싹싹하고 활기차고 긍정적이면 부리는 사람 입장에서도 자연히 예뻐할 수밖에 없다. 편애란 그래서 생기는 거다. 물론 이번 경우는 약간 다르겠지만.

"무슨 짓이야?"

예상대로 시우의 반응은 험악했다. 오늘처럼 날씨가 추운 날 두 정거장이나 걸어서 커피를 사오란 주문은 기헌이 생각하기에도 너무 독했다. 매장에 성능 좋은 고급 에스프레소 기계가 있는데, 프랜차이즈 커피를 마시겠다고 나서는 것부터 시우의 눈엔 이상하게 보일 것이다. 가끔 커피숍 커피를 이용하긴 하지만 그건 어디까지나 아동 인권 운동에 동참하기 위한 일환이었고, 항상 기헌이 직접 나가서 사와 마셨다는 것을 알고 있는 시우로서는 지금 이 상황이 말도 안 되는 억지처럼 보일 게 빤했다. 아마도 기헌이 작정하고 나빈을 골탕 먹이고 있는 걸로 보이겠지.

"무슨 짓이냐니. 내가 뭘?"

"몰라서 물어?"

"모르겠는데, 난. 내가 뭐 잘못했어?"

"정말 모르겠단 말이야? 날씨가 이런데 애를……!"

"애? 누구? 혹시 나빈 씨 말하는 거냐?"

"……."

"설마, 커피 심부름 시켰다고 이러는 건 아니겠지?"

기헌은 히죽 웃으며 의뭉스럽기 짝이 없는 말투로 넌지시 물었다. 점점 더 흥미진진해지는군. 생각 외로 일이 쉽게 풀리겠는걸. 기헌은 여유있게 만면에 웃음을 띤 채로 천천히 의자 등받이에 몸을 뉘었다. 이제부턴 차분히, 느긋하게 시우의 행동을 지켜볼 생각이었다.

"오버하지 마, 최시우. 난 그냥 내 직원한테 커피 심부름을 시킨 것뿐이야. 너도 알다시피 그런 심부름은 줄곧 샵 직원 중 막내가 도맡아 해왔던 거잖아. 지금은 손나빈 씨가 우리 샵 막내고, 커피 심부름이 바로 손나빈 씨의 일이야. 알겠어? 너도 내게 마음껏 부려먹으라고 했잖아. 기억 안 나?”

“이 심부름이 단순히 커피 심부름이라고, 말할 수 있어?”

“단순한 심부름이 아니면 뭐라는 거야?”

“…….”

“뭐야? 내가 일부러 손나빈 씨를 골탕 먹이려고 이러는 것 같아? 왜 그런 생각을 해? 두 정거장이나 걸어갔다 오라고 해서? 그건 원래 내가 마시던 브랜드가 두 정거장이나 떨어져 있으니까 그런 거 아니야.”

“…….”

“이거 왜 이래? 내가 나빈 씨를 얼마나 아끼는데. 나빈 씨가 우리 매장에서 일한 이후로, 매장 매출이 엄청 올랐어. 밝고 씩씩해서 손님들이 굉장히 좋아하신다고. 매출에 지대한 영향을 미치고, 내 기분까지 상쾌하게 해주는 아가씬데 내가 어떻게 싫어해? 예뻐했으면 예뻐했지 절대 미워할 순 없는 존재가 바로 손나빈 씨야. 커피는 그냥, 지금 내가 그게 먹고 싶어서 심부름시킨 거야. 다른 뜻은 전혀 없어. 진짜야!”

“그렇다면 다행이고.”

여전히 못마땅한 듯 비꼬인 말투로 중얼거리는 시우의 표정은 참으로 살벌했다. 기헌은 더욱 은밀하게 깊어지는 미소를 가까스로 숨기며 척, 가슴 앞으로 팔짱을 꼈다. 이제 그는 시우가 손나빈을 좋아하고 있을지도 모른다는 추측을 거의 확신으로 바꿔가고 있었다. 이 기세를 몰아, 모델 계약 건을 얘기하면? 모든 게 만사형통으로 잘 풀릴 것만 같아, 기헌은 낯낯한 얼굴로 넌지시 아주 조심스럽게 입을 열었다.

"근데, 엊그제 말이야. 모델 에이전트 쪽에서 연락이 왔거든. 그게…….."

"심부름 다녀오겠습니다!"

경쾌한 리듬의 목소리가 기헌의 말을 삼켰다. 막 사물함에서 코트와 장갑, 목도리까지 챙겨 온몸을 칭칭 감고 나온 나빈이 특유의 밝고 명랑한 음성으로 디자이너 선생님들을 향해 두루두루 고개를 수그려 인사를 하고 있었다. 저절로 돌아보고 시선을 빼앗기게 돼 기헌은 나빈을 돌아보았다. 흘낏 시우의 눈치를 보니, 그 역시 절로 가는 시선을 어쩌지 못한 듯 나빈을 빤히 바라보고 있었다.

아주 홀딱 반했구나, 홀딱. 저러니 차은서가 눈에 들어올 리가 없지. 쯧쯧, 혀를 차며 기헌은 마저 하던 얘기를 계속 이어 나아갔다.

"CF 쪽 일이 너한테 들어왔대. 페로스화장품이라고 알지? 그 회사에서 남성 화장품을 새로 출시하는데, 새로운 얼굴이 필요하다나 봐. 회사 측에서 굳이 널 콕 찍어서 계약하고 싶어한다던데…….."

하지만 그때였다. 기헌의 말이 채 끝나기도 전에 시우가 벌떡 자리에서 일어났다. 기헌은 갑작스런 그의 움직임에 놀라 휙 고개를 들어 그를 올려다보았다.

"뭐야? 어디 가? 아직 얘기 안 끝났어."

"안 해."

“뭐?”

“안 한다고.”

“얘기 다 끝나지도 않았는데 무슨 소리야? 더 들어봐. 페로스화장품이라면 업계에선 꽤 유력한 회사야. 그런 회사에서 널 지목했다는 건…….”

“관심없어.”

길어질 것 같은 기헌의 말을 뚝 잘라내며 그가 무뚝뚝하게 중얼거렸다. 그사이, 샵 직원들에게 일일이 인사를 다 마친 나빈이 쏜살같이 밖으로 나가고 있었다. 쭉 그녀에게 시선을 둔 채 가만히 서 있던 시우는 재빠른 동작으로 의자 위에 걸쳐 놓은 코트를 휙 낚아챘다. 당장이라도 떠날 태세였다. 당황한 기헌은 서둘러 녀석을 막으며 소리쳤다.

“최시우. 너, 이게 얼마나 좋은 기회인지 알아? 이런 행운은 아무한테나 찾아오는 게 아니야. 페로스 같은 곳에서 너를 선택했다는 건 그동안 널 눈여겨보았다는 뜻인데. 그건 그만큼 너한테서 무한한 가능성을 보았다는 증거 아니야?”

“형이 말한 행운이란 게, 겨우 페로스야?”

“뭐? 겨우 페로스?”

이런 황당한 경우가 다 있을까. 국내에서 페로스화장품의 입지가 얼마나 견고한데 이딴 망발을? 아무나 그런 대기업에서 모델 제의를 받는 줄 아나? 기업 쪽에서 무명의 모델을 콕 찍어 계약을 제안하는 일은 결코 흔치 않다. 일개 모델이 대기업 쪽의 일을 맡게 되는 경우는 대부분 에이전트의 추천이 있거나 동종 업계에서 눈에 뜨이는 활약상이 있었을 때이므로, 이 일을 최초로 기헌에게 알려온 모델 에이전트 측에서는 꽤나 놀라는 눈치였다. 한데 이 두근거리고 설레는 섭외를 두고 '겨우'라니. 페로스의 모델이 되는 일이 '겨우'라는 단어와 함께할 만큼 비루한 것인가?

"너. 페로스가 어떤 곳인지 몰라서 하는 말이야?"

"알아. 너무 잘 알아서 탈이지."

매장 출입문 쪽을 뚫어져라 바라보며 그가 중얼거렸다. 전면 유리문으로 되어 있는 매장 출입문 너머로 손나빈의 뒷모습이 보였다. 추운 날씨 때문인지 선뜻 길을 나서지 못하고 그녀는 목도리와 코트 깃을 더 꽁꽁 여미고 있었다. 어지간히 걱정이 되는 모양이로군. 기헌은 혼이 쑥 나간 녀석을 향해 더욱 목소리를 높였다.

"그럼 페로스가 우리나라 화장품업계의 지분을 얼마나 많이 갖고 있는지도 알겠네? 그 메인 모델이 되는 게 얼마나 영광스러운 일인지도?"

"지향하는 바가 어떠냐에 따라 다르겠지."

"무슨 소리야? 모델에 뜻이 없으니 그런 제의마저도 전혀 달갑지 않다는 말이냐?"

"형이 아무리 설득하려 해도 내 결심은 변함없어. 난 안 해."

"진짜 진심으로 하는 소리야? 정말 이런 기회를 그냥 놓겠다고? 너, 그게 얼마나 바보 같은 짓인지……!"

"더 이상 할 말 없으면, 이만 가볼게."

도저히 이해할 수 없다는 듯 황당해하는 기헌을 두고 시우는 저벅저벅 걸어 샵을 나가기 시작했다. 기헌은 기가 탁 막힌 얼굴로 멍하니 녀석의 뒷모습을 지켜보았다. 쉽게 수락할 거란 생각은 안 했지만, 이렇게 직접 거절의 말을 듣고 나니 황망하기 짝이 없었다. 아무나 그런 제의를 받는 게 아니라고 몇 번을 얘기했거늘. 겨우 페로스란 소리나 해대고, 정말 알다가도 모를 놈이었다. 손나빈한테 한눈팔고 있을 때 얘길 꺼내면 혹시나 실수로라도 수락할까, 생각했던 내가 바보 놈이지. 고개를 가로저으며 기헌은 자리에서 일어나 출입문 쪽으로 다가갔다.

유리 벽 너머로 시우가 보였다. 덩치가 커서 그가 누구와 얘기하는 중인지 잘 보이진 않았지만, 누군지는 이미 답이 나와 있는 상황. 나빈이겠지. 추운 날씨에 심부름 가는 나빈이 안쓰러워 서둘러 저리 나가는 거란 건 유치원생 꼬맹이도 알아챌 수 있을 것이다.

"소득이 아예 없는 건 아니로군."

한숨을 푹 내쉬며 기헌이 중얼거렸다. 어쨌든 녀석의 약점이 손나빈이란 걸 알아낸 건 대단한 일이라 할 수 있으니까. 앞으로 그 사실은 아주 유용하게 써먹을 수 있을 것이다.

제6장. 사랑하는 것 같은 스멜♡

오늘도 날이 차다. 한창 겨울비에 비교적 따뜻한 날씨가 이어지
더니 지난주부터 몇십 년만의 한파라는 추위가 찾아와 저절로 어
깨가 움츠러들고 종종걸음을 치게 되는 요즘이었다. 이런 날씨에
두 정거장이나 되는 거리를 걸어가 커피를 사와야 한다는 사실에
나빈은 거의 분노에 가까운 절망감을 느끼고 있었다.

아, 싫어. 가기 싫어. 가기 싫어 죽겠다고! 속으로 외치고 또 외
쳤지만 심부름을 피할 길은 없었다. 왜냐하면 나빈은 샵에서 막내
니까.

"2주일만 참자, 손나빈. 딱 2주야. 2주일만 지나면 넌 프리가
되는 거라고, 프리."

중얼중얼, 자신을 향해 주문 아닌 주문을 열심히 걸고 있는 나

빈의 뒤로 작지도, 크지도 않은 남자의 목소리가 울려왔다.

"야."

멈칫, 나빈은 걸음을 멈추었다. 그리고 즉각 목소리의 주인공을 알아챘다. 어떻게 못 알아들을 수가 있겠는가. 최시우의 목소리는 지옥의 문턱에서도 단박에 알아챌 수 있었다. 낮고 시크하고, 그러면서도 어딘지 모르게 그윽하고, 또⋯⋯.

나빈은 손으로 냉큼 입술을 짓누르곤 눈살을 찌푸렸다. 그리고 자신이 무의식중에 최시우를 찬양했다는 낯부끄러운 깨달음이 찾아들기 전에 냉큼, 뒤를 돌아 그와 마주했다. 그는 멀지 않은 곳에 서 있었다. 여느 때처럼 늘씬하고 잘생긴 모습 그대로. 언제 봐도 멋진 그 모습이 자신을 뚫어져라 바라보고 있었다. 어쩐지 긴장이 되는 것 같아 나빈은 꼴깍 마른침을 삼켰다.

"절 부르셨어요?"

"그래, 너."

"무슨 일이신데요?"

"가는 데까지 태워줄게. 타."

"⋯⋯네?"

뭐? 태워주겠다고? 뜻밖의 말에 나빈은 놀랐다. 왜 놀랐는지는 그녀도 알 수 없었다. 충분히 태워다 주겠다고 말할 수 있는 상황이지만, 그럼에도 그녀는 놀라웠다. 기분이 아주아주 이상해져서 웃고 있어도 얼굴이 절로 일그러졌다. 이 묘한 기분은 대체 뭐지? 어젯밤 그의 차를 탔을 때도 이런 기분은 아니었는데. 자꾸만⋯⋯ 자꾸만 맘이 간질간질해졌다. 에이— 설마 아니겠지. 최시우가 무슨 딴 맘이 있겠어? 그냥 친절을 베푸는 거겠지. 날씨가 혹한이니까.

"심부름 가는 거 아니야?"

"맞아요. 요 앞에 커피 사러……."

"걸어가야 된다며. 태워주겠다고."

"괘, 괜찮은데……."

"……."

"괜찮아요. 바쁘실 텐데 전 신경 쓰지 마세요."

차마 감사하다는 말이 안 나왔다. 마음 같아선 얼굴에 철판 깔고 넙죽 차를 얻어 타고 싶은데. 이 추운 날씨에 두 정거장이나 걸어갈 생각을 하니 까마득한데. 온몸을 두꺼운 외투와 모자, 장갑으로 중무장하긴 했지만 샵을 나온 지 몇 분 만에 벌써 사지가 꽁꽁 얼어붙는 것 같은데. 그런데도 망설여졌다. 이게 무슨 조홧속인지 모를 일이다. 너답지 않게 웬 내숭이니, 손나빈? 어젯밤 그의 옆자리에서 침을 질질 흘리며 졸았던 사람은 너잖아.

"다른 곳에 가시던 길이잖아요. 괜히 저 때문에 번거롭게 해드리고 싶지 않아요. 전 괜찮거든요? 산책 삼아 걸으면 되요. 몇 분 안 걸릴 텐데요, 뭘."

"산책?"

"네. 좀 춥긴 해도 바람이 참 상쾌하잖아요. 매일 매장 안에 갇혀 지내다 보니까 요샌 온몸이 찌뿌듯해요. 운동 부족이란 걸 새삼 느끼고 있다니까요. 이참에 간만에 다리 운동한다 생각하고 좀 걸으려고요. 하하하……!"

제 입술 사이로 새하얀 입김이 폴폴 뿜어 나오는 것도 의식하지 못한 채 나빈은 애써 웃어 보였다. 그의 눈에 자신의 모습이 얼마나 안습으로 비칠지 알 게 뭔가. 나빈은 그저 이 어색하고 부담스러운 자리를 어떻게 하면 빨리 벗어날 수 있을까에 집중하고 있었다.

"얼어 죽겠다."

물끄러미 나빈을 바라보던 그가 무뚝뚝하게 중얼거린 건 그때였다. 억지춘향으로 웃고 있던 나빈의 입가는 단박에 얼어붙어 버렸다.

"예?"

"운동하다 얼어 죽을 일 있어? 쓸데없이 자존심 세우다가 괜히 감기나 들지 말고 타랄 때 타. 차로 5분도 안 걸리는 거리를 걷느라 시간 낭비, 체력 낭비하지 말고. 그것처럼 멍청한 짓 없다."

"아, 전 그냥……."

"그리고 괜히 쓸데없는 착각하지 마. 지나가는 길에 잠깐 멈춰 내려주려는 것뿐이니까. 날씨가 이렇게 춥지만 않아도, 귀찮은 짓 나도 안 해. 아니, 내가 이 샵에서 일하길 권하지만 않았어도 안 해."

"아…… 네. 지나가는 길이시구나……."

기어들어 가는 목소리로 나빈은 중얼거렸다. 이런 '개. 망. 신'이 다 있나. 두 볼로 온몸의 피가 빠른 속도로 몰리는 기분이었다. 이건 딱, 떡 줄 사람은 생각지도 않는데 김칫국을 통째로 들이마신 상황이 아닌가.

“탈 거냐, 말 거냐?”

“에……?”

“태워주겠다는데도 ‘굳이’ 꼭 그렇게 칼바람 맞고 산책하고 싶다면야. 나도 ‘굳이’ 말리고 싶진 않다.”

“아, 아니에요. 탈게요!”

반사적으로 나온 외침. 나빈은 꽤나 우렁차게 들리는 제 목소리에 놀라 두 눈을 빠르게 끔뻑거렸다. 시우의 한쪽 눈썹이 휙 솟아올랐다. 아마도 그는 나빈이 끝까지 고집을 피울 것이라 여겼나 보다. 뭐, 마음이야 그러고 싶었지만 지금 상황에서 끝까지 걷겠다고 우기는 것도 엄청 우스운지라. 나빈은 최대한 환하게 웃으며 넉살 좋게 중얼거렸다.

“생각해 보니까 타는 게 좋을 거 같아요. 역시 이 추위에 산책은 무리수죠, 네. 태워주신다니 감사히 얻어 타겠습니다.”

“……”

최시우의 시선이 두 볼에 따갑게 와 닿았다. 나빈이 갑자기 마음을 바꾼 이유가 뭔지 궁금한 듯, 나빈의 표정에서 그 원인을 찾아보려는 듯, 그는 아주 빤히 그녀를 응시하고 있었다. 덕분에 아까보다 한층 더 어색해진 나빈은 본격적으로 철판을 깔기로 작정을 하곤, 쪼르르 그의 코앞으로 다가가 방긋방긋 가식적인 웃음을 지었다.

“앞에 탈까요, 뒤에 탈까요?”

특유의 뻔뻔함과 자신감, 혹은 손톱만큼의 도전 정신을 발휘해

시우의 옆자리에 올라타게 된 나빈은 그러나, 차에 오른 지 1분도
지나지 않아 엄청난 난관에 부딪치고 말았다.

"오늘은 무슨 일 때문에 오셨어요? 아침 일찍부터 샵에 오신 걸
보면 상당히 중요한 일 같은데."

"……."

"김기헌 디자이너님이랑은 엄청 친하신가 봐요. 같이 일하신
지 오래됐어요?"

"……."

"언뜻 들으니까 디자이너님께서 형님을 연예계로 진출시키고
싶어하신다던데. 진짜예요?"

"……."

"아까도 그럼, 그 일 때문에 만나셨어요? 우와—"

무슨 말을 해도 그는 대답이 없었다. 아무리 그녀가 밝게 웃어
도, 말을 걸어도 그는 꾹 입을 다물고 아무런 반응도 내보이지 않
았다. 이런, 공포의 침묵이 다 있나. 아까보다도 더 심한 어색함과
오글거림이 찾아들어 나빈은 점점 더 엉덩이가 따가워지는 것 같
았다. 세상에 이런 가시방석은 또 없을 거다. 마음 같아선 당장이
라도 차에서 뛰어내리고 싶은데 그럴 순 없고. 진심 답답해 죽을
지경이었다.

"아, 아닌가? 하긴. 연예계 진출이 말처럼 쉬운 게 아니지……."

"……."

"아, 참. 그거 아세요? 며칠 뒤에 시현이 생일인 거. 저희 집 식
구 모두 초대받았거든요. 형님도 참석하세요? 생일 파티 말이에

요. 시현이 생일날 가족들이 모일 모양이던데. 당연히 형님도 오시는 거죠?"

느닷없는 질문에 시우는 슬쩍 미간을 찌푸렸다. 며칠 뒤가 시현의 생일이라는 건 그도 당연히 알고 있는 사실이고, 그날 가족 모두 모여 저녁 식사를 할 거라는 것도 이미 알고 있었지만. 그 자리에 참석할 의향은 전혀 없는 시우였다.

"생일 선물, 뭘로 사실 거예요? 전 작년까진 책이나 CD 같은 가벼운 걸로 때웠는데 올해는 그럼 안 될 것 같아서 좀 걱정이에요. 아무래도 그 녀석 덕분에 알바 일도 하게 됐으니, 뭔가 더 근사한 걸로 선물해 줘야 할 것 같아서요. 뭐 괜찮은 거 없을까요? 돈이 좀 들더라도 의미있는 걸로다가."

"……."

"아, 그냥 아무 거나 사야겠다. 매년 오는 게 생일인데, 뭐. 근데 형님은 생일이 언제세요? 제가 기념일 같은 건 기똥차게 외우는데, 형님 생일은 기억이 안 나네요. 한 번도 쉰 걸 본 적이 없어서 그런가? 얼핏 겨울이라고 들은 것도 같은데. 이미…… 지났나?"

횡설수설 끝 간 데 없이 종알종알 중얼거리는 그녀를 시우가 스윽, 눈동자를 굴려 쏘아보았다. 입을 열면 헛소리가 줄줄 소시지 엮이듯 나오니 어이가 없는 것이었다. 사실 나빈도 주책없이 종알거리는 자신이 죽을 만큼 싫었다. 상대가 반응을 보여주지도 않는데 신소리 주절대는 자신이 얼마나 어처구니없어 보일지 너무나도 빤히 알겠으니. 당장 이 웃기지도 않는 개드립을 멈추고 싶었지만. 하나, 그럴 수가 없다. 입을 다물었을 때 찾아오는 그 엄청

난 침묵과 어색함을 이겨낼 자신이 없었으니까.

"아아— 지났구나? 지났죠? 아하하하! 지나 버렸네."

자신을 싸한 시선으로 쏘아보고 있는 시우를 바라보며 나빈은 미친 애처럼 소리를 쳤다. 진심 안구에 습기가 찬다, 손나빈. 시원하게 망했구나, 너.

"에이— 말씀하시지. 생일인 거 알았으면 저도 선물 드리는 건데. 늦었지만 생일 축하드려요. 제가 다음엔 꼭 생일 챙겨드릴게요……."

뭐라는 거야, 손나빈. 제발 그냥 입 다물어 버려. 어떻게든 되겠지! 열심히 자신을 향해 꾸짖고 있을 때였다. 시우의 낮고 싸늘한 뇌까림이 나빈의 입을 틀어막았다.

"넌 그 입을 벌리지 않고선 숨을 못 쉬나?"

"에?"

나빈은 놀란 눈을 훌쩍 키우며 그를 돌아봤다.

"숨 쉬는 것보다 더 열심히 떠드는 것 같아서."

"아, 아…… 네……."

결국 나빈의 그칠 줄 모르던 헛소리는 이것으로 끝이 났다. 이후 그가 차를 세울 때까지 나빈은 끽소리도 하지 않고 조용히 앉아 있어야 했다.

"감사합니다!"

얼마 지나지 않아 목적지에 다다르자, 나빈은 눈매를 부드럽게 휘며 예의 바르게 인사를 건네었다. 차 문을 닫기 전에 한 번 더 깍듯이 인사를 하고 내린 나빈은 씩씩하게 휙 뒤를 돌아 기헌이 죽고 못 사는 브랜드의 커피 전문점 간판과 마주했다.

휘이이잉—

칼바람이 옷깃을 파고들어 온다. 나빈은 온몸을 부르르 떨며 날름 옷가지를 더욱 단단히 여미고 종종걸음으로 빙판길을 걷기 시작했다. 그리곤 막 커피 전문점 안으로 들어가려는 찰나였다. 예민한 그녀의 귓가로, 자동차 문이 열리는 소리가 들려왔다. 어라? 저절로 온몸이 굳어지는 것을 느끼며 나빈은 슬그머니 뒤를 돌아보았다.

더헉! 놀랍게도 시우가 차에서 나오고 있었다. 왜 가던 길을 안 가고? 나한테 볼 일이 있는 건가? 무슨 할 말이 있어서? 아무리 생각해도 그가 자신에게 용무가 있을 것 같지 않은데.

기막히게도 그는 검정색 터틀넥 스웨터에, 블랙진, 쥐색 두터운 재킷 차림으로 극강의 비주얼을 자랑하며 이쪽으로 걸어오기 시작했다. 엄마야. 대체 뭐야. 그림이 걸어온다. 하고 싶은 말이 있으면 거기서 하지, 왜 다가오고 난리인데. 떨리게시리. 괜스레 가슴이 퉁퉁 뛰기 시작하자 나빈은 숨을 헐떡이며 꼴깍 침을 삼켰다. 그리고 용기를 내서 먼저 그에게 말을 걸었다.

"아, 아직 무슨 다른 용무가 남았……?"

하지만 그는 슥— 빠른 속도로 나빈의 코앞을 스치고 지나가 버렸다. 한순간 얼음이 되어버린 채 꼼짝 못하고 서 있던 나빈은 얼굴이 홍당무가 되어갈 때 즈음 휙, 고개를 돌려 그의 목적지를 확인했다. 이런 맙소사, 그는 커피 전문점 옆에 나란히 붙어 있는 편의점으로 들어가고 있었다.

"아이 씨잉."

나빈은 쪽팔려 죽을 것 같은 얼굴로 후다닥 커피 전문점 안으로 뛰어들어 갔다.

혼자만의 삽질을 끝내고, 부끄러움에 온몸을 달궜던 홍조도 거의 사라질 때쯤. 나빈은 기헌의 커피를 한 손에 들고 가게를 나왔다. 나오자마자 그녀의 눈에 들어온 건, 우월한 기럭지의 최시우. 어딘가를 하염없이 바라보고 서 있는 그의 우수에 젖은 뒷모습은 그녀의 발걸음을 콱 잡아 붙들어 맸다. 무슨 생각을 저리 골똘히 하지? 말을 걸까? 그냥 갈까?

한순간 고민이 됐다. 원래 그녀의 성격대로라면 당연히 인사를 하고, 어쩐 일이냐고 물어봐야 했지만. 아까와 같은 무안한 상황을 겪고 난 직후라서 그런지 이번엔 좀 망설여졌다. 분명 반갑다고 인사하면 무서운 얼굴로 무안이나 줄 게 뻔하지 않은가.

나 : 하이, 안녕~ 여기서 뭐하세요?
그 : 네가 알아서 뭐하게.

이젠 상상도 자동 완성이 되는 나빈이다. 결국 나빈은 그냥 시크하게 지나치기로 결정했다. 예의 지키는 것보다 그 앞에서 굴욕 당하지 않는 게 더 중요하니까. 그냥 예의없는 아이가 되련다.

"샀냐?"

하지만 막 그를 스쳐 지나갈 때쯤이었다. 그가 그녀의 뒤통수에 대고 질문을 날렸다. 나빈은 즉시, 걸음을 멈추고 그를 돌아봤다. 최시우는 고개만 슬쩍 꺾은 채 나빈을 돌아보고 있었다. 매혹적인 까만 눈동자가 직선으로 꽂혀 오자 당황한 나머지 나빈은 저도 모르게 세상에서 제일 맹한 얼굴을 하고 중얼거렸다.

“뭐, 뭘요?”

“커피 말이야.”

“아.”

이런 멍청이. 정신줄을 왜 놓고 있어? 멍 때리지 마!

“예, 샀어요. 이제 가려고요. 형님은 여기서 뭐……?”

막 가출한 정신을 수습하고 정상적인 질문을 날리는 순간이었다. 그가 몸을 슬쩍 비틀자 생각지도 못했던 물건이 눈에 들어왔다. 저게 뭐야? 나빈의 멍한 얼굴이 순식간에 주름졌다.

“술 마시는…… 중이시네요…….”

그의 손에 맥주 캔이 들려 있었다. 뚜껑이 따진 상태였고, 그건 누가 뭐래도 그가 알코올을 섭취했다는 의미가 되었다. 나빈은 자신도 모르는 사이 고개를 휙 돌려 그가 한쪽에 주차해 놓은 자동차를 확인했다. 차를 몰고 온 주제에 웬 술이냐 싶은 거였다. 시우는 비웃듯 차갑게 입술 끝을 비틀어 올리며 멍하게 서 있는 나빈을 향해 불쑥 물었다.

“운전할 줄 알지?”

“네? 아, 네…….”

당황한 듯 나빈은 어벙한 얼굴로 대답하였다. 여전히 그녀의 얼굴은 ‘이해 못함’ 이란 푯말을 달고 있었다. 당장이라도 음주 운전의 폐해에 관한 일장 연설을 쏟아낼 것만 같은 얼굴이다. 어쩌면 지금도 전공인 오지랖 기질을 발휘해 설교 신공을 펼치고 싶은 걸 꾹 참고 있을지도. 시우는 주머니에 손을 집어넣어 자동차 키를 꺼냈다.

짤랑.

쇳소리와 함께 물건이 딸려 나오자 나빈은 두 눈을 더 크게 뜨고 집중해 왔다.

"받아."

휙 열쇠를 던지자 나빈이 허둥지둥 손을 뻗는다. 나이스 캐치. 잘 조련된 강아지처럼 쪼르르 달려가 열쇠를 단번에 받아내더니 그녀는 두 눈을 순진하게 깜빡거리며 시우를 올려다보았다.

"잘 받네."

강아지 훈련시키는 조련사처럼, 피식 웃으며 그가 말했다. 기가 막힌 심정으로 나빈은 얼굴을 있는 대로 구겼다.

"이게 뭐예요?"

"자동차 열쇠."

"그건 저도 아는데. 이걸 왜 저한테 주시는 건지……?"

"보다시피 난 술 마시는 중이니까."

"설마, 저더러 형님 차를 운전하라…… 는 말씀이세요?"

나빈은 반쯤 얼이 나간 듯 힘없이 중얼거려 물었다. 머릿속으론 시우를 옆에 싣고 운전기사 노릇을 하고 있는 자신의 모습이 두둥 실 떠돌아다니고 있었다. 그럴 리는 없겠지만, 설사 기헌의 허락 이 떨어져 시우의 차를 대신 운전할 수 있게 된다고 해도 절대로 내키지 않는 일이었다.

그와는 이젠 뭘 해도 어색하다. 아무리 봐도 그는 자신을 별로 좋아하지 않는 것 같았고, 어울리고 싶은 생각은 더더욱 없는 것 같았다. 심지어 말 섞는 것조차 싫은 듯 그녀의 질문은 죄다 씹어 주시는 최시우인데. 그런 그와 또다시 한 공간에 있게 된다는 건 정말 죽기보다도 싫은 일이었다.

"집 앞에 갖다 놔. 나중에 찾으러 갈 거니까."

"예?"

"차 말이야. 퇴근할 때 몰고 가서, 집 앞에 주차해 놓으라고. 할 수 있지?"

"아…… 그거야……."

할 수는 있지만 이걸 왜 나한테 맡기는 거냐고, 막 물으려는 찰나였다. 시우가 그녀의 말은 별로 듣고 싶지 않다는 듯 휙 몸을 돌려 저만치 걸어가기 시작했다. 뭐야, 왜 마음대로 명령하고 그냥 가버리는 건데. 아직 얘기가 끝나지도 않았구만. 난 어쩌라고. 나빈은 잔뜩 찌푸린 얼굴로 멀어져 가는 시우의 뒷모습을 물끄러미 바라보았다.

아무리 생각해도 이해가 안 되었다. 자동차라는 게 막 함부로 빌려주고, 빌려 탈 수 있는 물건이 아니란 건 누구라도 인지하고 있는 사실 아닌가? 한두 푼 하는 물건도 아니고. 사고라도 나면 목돈이 깨지기 마련인데다가, 운전자가 사고를 내도 사고의 책임은 차주에게 돌아가는 게 이쪽 원리인데. 나빈은 얼마 전 학과 친구 둘이 자동차 문제로 대판 싸워 두 달 가까이 말도 섞지 않았던 일을 떠올리며 고개를 가로저었다.

재차 생각해 봐도 이건 이상했다. 자신이라면 평소 인사조차 잘 나누지 않던 옆집 여자아이에겐 절대 자동차를 맡기지 않았을 것이다. 저리 비싼 차를…….

"나 참. 미치겠네."

헛웃음을 흘리며 나빈은 제 손바닥을 내려다보았다. 자동차 키는 차갑게 웅크린 채로 덩그러니 놓여 있었다. 나빈은 열쇠 꾸러미가 시우인 양 내려다보며 긴 한숨을 내쉬었다. 아리송하다, 진짜.

✳

"무슨 말이야, 그게? 복잡하게 말하지 말고 좀 알아듣게 얘기해."

"야, 좀 잘 들어봐. 좋아하는 사람이 있어. 근데 좋아하는 티를 내고 싶진 않아. 숨기고 싶어, 막."

"그러니까 왜 숨기냐고, 글쎄. 좋아하면 떳떳이 당당하게 좋아한다고 말하면 될 것을. 무슨 죄지은 거 있냐?"

"말 못할 사정이 있는 거지. 시끄럽고, 요는 그거야. 자기 마음은 숨기고 싶은데 안타까워서 도와주고 싶은 거. 막 안쓰럽고 안돼 보이는 거야, 상대방이. 그래서 아닌 척하면서 은근슬쩍 도와주는 거지."

"복잡해 죽겠네. 그래서 묻고 싶은 게 뭐야? 뭐가 어떻다는 거야? 너 좋아하는 사람한테 말 못하고 끙끙거리고 있냐? 바보같이?"

"내 얘기가 아니라니까!"

이러고 있다. 다람쥐 쳇바퀴 돌듯 뱅뱅, 아까부터 진전없이 같은 얘기만 반복하고 있는 중. 나빈은 답답한 마음에 사람 많은 길가에서 버럭 소리를 지르고 말았다. 고함 소리가 제대로 시현의 고막을 강타한 듯 녀석은 재빠르게 양손을 들어 귓구멍을 막고 눈살을 찌푸렸다.

"아, 시끄러."

"좀 진지하게 들어주면 안 돼? 난 심각하단 말이야."

"진지하게 듣고 있거든? 이보다 더 어떻게 진지하냐?"

"네 입장에서 좀 생각해 보란 말이야. 좋아하는데, 말 못하고 끙끙거리면서 상대방을 걱정하는 마음."

"난 좋아하면 좋아한다고 얘기한다. 끙끙거리고 스트레스받느니, 차라리 다 털어놓고 상대방의 처분을 기다리는 게 나아."

"그런 건 사람마다 다 다른 거잖아. 너야 털어놓고 기다리는 게 나을지 모르겠지만, 안 그런 사람도 있어. 피치 못할 사정이란 것도 있고."

"그러게, 그 사정이란 게 뭐냔 말이야?"

"나도 모른다니까?"

알면 이렇게 답답해하겠나? 이렇게 머리 아프게, 가정의 가정을 거듭하며 골머리 썩을 일도 없겠다. 솔직히 말해 나빈도 시현의 말에 백배 공감한다. 누군가를 좋아한다면 당연히 곧장 고백하고 상대방의 대답을 기다리는 게 자신의 스타일이었고, 또 그게 가장 현명한 연애 방식이라 생각하기 때문에 바보처럼 속마음 표현 못하고 끙끙거리는 사람의 마음 따위 이해될 리가 없었다. 하지만 그렇다고 마냥 답답하다, 멍청하다, 이해 안 된다는 말로 치부해 버릴 수도 없는 노릇이다. 사람이란 게 원래 각자 처한 상황과 사정이 다르고, 취향도 성향도 제각각 아니겠는가. 그에게도 나름대로 사정이 있겠지 싶었다. 그게 뭔지는 모르겠지만 확실한 건, 그가 자신을 좋아하고 있다는 것이었다.

아침나절의 알 수 없는 그의 행동을 두고 지속적으로, 하루 종일 머리가 빠개지도록 열심히 생각해 봤지만 결론은 하나였다.

'나를 좋아해.'

아무리 생각해 봐도 그 이유밖에 없었다. 추운 날 바깥으로 심부름 가는 자신을 데려다 주고, 다시 돌아올 때 자동차를 이용할 수 있도록 키를 내어준 그의 행동들을 꼼꼼히 따져 봤을 때 가장 딱 들어맞는 연결 고리. 동기와 인과관계가 정확하게 맞아떨어지는 단 하나의 '가정'은 바로 '최시우는 손나빈을 좋아하고 있다'였다.

"답답해 죽겠네. 도대체 알고 싶은 게 뭐냐? 질문의 요지가 뭐야?"

"잘 들어. 여자가 추위에 덜덜 떨고 있어. 먼 곳까지 걸어가야 돼. 너 같으면 어떻게 도와줄래?"

"차에 태워주겠지."

"여자가 네 마음을 눈치챌 가능성이 있는데도?"

"아, 뭐야— 그럼 영원히 속마음 숨기고 살아야 되는 거야? 뭐 그런 게 다 있어? 그럼 그 사람은 좋아하는 여자를 영영 포기할 거래?"

"그거야······."

"말이 안 되잖아, 상식적으로. 포기할 게 아니라면 자기 마음을 드러내야지. 어떻게든. 말 못할 사정이 있는 거라며. 그럼 말 안 하면 되겠네. 고백하지 말라 그래. 대신 상대방 여자가 알아채도록 언질을 주면 되는 거 아니야? 말없이 차에 태워주면, 그 여자도 눈치채겠지. 자기를 좋아하는 걸."

딴엔 말이 되네. 그럼 최시우의 오늘 행동은 일종의 신호인가? 자기 마음을 알아봐 달라는? 나빈은 인상을 잔뜩 썼다. 머릿속이 엄청 복잡해지는 것 같았다. 뭐가 어떻게 돌아가는지 몰라 멍했던 오전과는 다른 이유로 심란하기 짝이 없었다. 정말로 그가 자신을 좋아하는 거라면? 그래서 시현의 말처럼 알게 모르게 조금씩 자신의 마음을 내비치고 있었던 거라면?

도대체 어떻게 해야 할지 모르겠다. 좋아해야 하는 건지, 화를 내야 하는 건지. 아, 답답해. 확실한 물증이 있다면 대놓고 물어보기라도 하지. 심증만 있는 지금 상태로는 아무것도 못하는 실정이지 않은가.

막말로 최시우가 정말 아침부터 술이 당긴 걸 수도 있다. 세상에는 이상한 부류의 사람들이 많고 많질 않은가. 각양각색의 사람들이 모여 사는 세상에, 해장술 마시는 게 무슨 대수? 술이 당겼고, 술을 마신 상태로는 차를 가지고 갈 수 없었고, 그렇다고 차를 버려두고 가고 싶진 않고. 그럼 당연히 안면있는 나빈에게 맡길 수밖에 없었을 거 아닌가. 이런 가능성이 아주 없는 것도 아닌데, 불확실한 심증만으로 시우에게 '저 좋아하시죠?' 라고 묻는다는 건 그냥 '미친 짓'이었다.

"뭐야? 누가 너 좋아한대?"

생각에 잠겨 있는 나빈의 옆구리를 시현이 쿡, 찌르며 물었다. 번쩍 정신을 차린 나빈은 냉큼 정색하며 고개를 좌우로 흔들어댔다.

"아, 아니야."

"아니긴 뭐가 아니야. 얼굴에 딱 써있구만."

"아니라고 글쎄."

"그 녀석이냐? 접때 말했던 그, 남신급 외모에 성실하고 착하다는 그 녀석. 아, 왜. 자신에겐 막 대하고 남에겐 관대하다는 그 남자 말이야. 걔가 너 좋대? 야야. 진짜 그렇게 괜찮은 놈인지 어쩐지는 모르겠지만 너 좋다는 남자면 그냥 꽉 잡아라. 어디서 그런 눈먼 남자 구하기 힘들어. 알아?"

"뭐? 눈먼 남자?"

"네 말이 맞다면, 진짜 넌 봉 잡은 거야. 외모에 사람 됨됨이까지 좋은 남자가 어디 흔하냐? 네 옆에 '괜찮은 남자'의 샘플인 내가 떡 하니 있으니 세상 남자 다 괜찮은 줄 아는 모양인데. 아니다. 진짜 드물다. 찾기 힘들어. 그러니까 그 남자, 꽉 잡아라. 놓치면 안 된다?"

"잠깐만. 네가 뭐라고? 무슨 샘플? 괜찮은 남자의 샘플?"

"물론 넌 아니라고 말하고 싶겠지. 내, 네 마음 다 안다. 하지만 강한 부정은 강한 긍정이랬어. 너무 그렇게 강력하게 부정하지 마. 속마음 들키니까."

"너에 대한 내 부정적인 마음은 강한 긍정이 아니라 그냥 강한 부정이거든? 네가 괜찮은 남자면 이 세상에 안 괜찮은 남자가 없겠다, 이 녀석아. 좀팽이 같은 게, 어디서 괜찮은 남자래. 야, 네가 네 입으로 괜찮다고만 하면 다냐? 남이 칭찬해 줘야 진정한 칭찬이지. 하여간 자뻑은."

"뭐? 자뻑? 야, 내 자부심을 그런 식으로 매도하지 마! 자뻑은 자기만 뻑간 거잖아. 난 엄밀히 여자들한테서 검증받은 몸이거든? 너만 그렇지, 내 주위 여자들은 다 나보고 괜찮다 그래."

"아, 몰라, 몰라, 몰라. 나한테 넌 그냥 좀팽이야."

시현이 본격적으로 실랑이를 벌일 자세를 취하자 나빈은 두 손으로 귀를 막고 마구 도리질을 하며 빠르게 걸어나아가기 시작했다. 쓸데없는 논쟁 따위 벌이고 싶지 않은 게 지금의 솔직한 심정이었다. 하루 종일 눈앞에 어른거리던 최시우의 얼굴, 그 알쏭달쏭 의미가 불분명한 태도와 표정만으로도 그녀의 머릿속은 충분히 복잡했다. 게다가 무슨 상사병이라도 난 사람마냥 온종일 가슴이 두근두근. 전에도 그를 볼 때마다 긴장되고 조금씩 떨리긴 했었지만, 그가 자신을 좋아하고 있을지도 모른다고 생각하니 그 증상이 더욱 심해졌다.

아— 진짜 왜 이러는 걸까? 진정해야 하는데. 진정이 되질 않는다. 아무것도 확인된 바가 없는데도, 그가 자신을 좋아하는지 어쩐지도 아직 확실치 않은데도, 막 떨린다. 진짜 그의 짝사랑을 받고 있는 기분이 되어 둥실둥실 구름 위를 걷는 기분이다.

"휴—"

뒤따라오는 시현을 빠른 걸음으로 따돌리며, 나빈은 한숨을 길게 내쉬었다. 이런 상태는 오래 지속되면 안 된다고 생각했다. 오래가면 갈수록 더 깊어지는 게 이런 착각병이란 말이지. 빨리 어떤 식으로든 종결을 봐야 했다. 그에게 어떻게 물어보지? 어떻게 확인하지?

나빈은 심란한 마음에 더욱더 빨리 걷기 시작했다.

✳

"페로스라고요?"

다음 날, 김기헌 디자이너에게 불려간 나빈은 난데없는 질문을 받고 심히 당황해 버렸다. 대한민국 대표 디자이너, 김기헌이 아르바이트생 나빈을 사무실로 따로 불러 건넨 질문은 '페로스화장품에 대해 어떻게 생각해?' 였다.

"그, 글쎄요. 화장품에 대해서는 제가 잘 몰라서……. 그런데 성분은 꽤 좋다고 들었어요."

그 '꽤 좋은' 성분을 개발한 사람이 자신의 아버지란 말은 쏙 빼고 나빈은 대충 얼버무렸다. 물론 머릿속에선 몇 단계의 인지 과정을 훌쩍 건너뛰고 최시우의 얼굴이 뿌잉뿌잉 떠올라 아른거리고 있었다. 단지 페로스화장품에 대해 질문을 받은 것뿐인데 왜 최시우가 떠오르는 거냐, 왜. 진짜 미쳐도 단단히 미쳤나 보다.

단 하룻밤이지만, 그사이 나빈은 수만 가지의 추측과 가설을 세웠다 지우는 삽질을 무한 반복하고 있었다. 덕분에 아침에 일어나자마자 떠오른 얼굴이 최시우의 잘생긴 얼굴이었고 길 가다 키 큰 남자의 뒷모습을 보고 최시우의 뒷모습인 줄 착각해 펄쩍 뛰었다. 밥숟가락의 움푹 파인 웅덩이 속에 시우의 시크한 미소가 들어 있는 걸 발견하곤 흠칫하고, 지하철역에 붙어 있는 영화 포스터 속 남자 배우의 얼굴이 최시우의 섹시하고 터프한 옆모습과 겹쳐 보여 식겁했다. 흡사 상사병 걸린 애마냥 머릿속이 온통 최시우뿐이었다. 확실히 이건 미치기 일보 직전, 심각한 증세였다.

"업계 1위이기도 하지."

어딘지 모르게 퀭한 그녀의 얼굴을 빤히 바라보며 김기헌이 산뜻하게 결론을 내렸다. 페로스가 국내업계 1위란 말이렷다.

"밀려드는 해외 브랜드, 수입 명품 사이에서 악전고투하며 악착같이 1위를 지켜내고 있는 기업이야. 그래서 기업 이미지도 꽤 좋지. 최근 개발한 명품 라인의 호응도도 높고."

"네. 그 라인, 저희 어머니께서도 쓰고 계세요."

역시, 아버지의 영향 탓에 어머니도 자신도 페로스화장품을 쓰고 있다는 건 쏙 빼고 나빈이 말했다. 도대체 의상 디자이너 김기헌이 왜 이런 말을 자신에게 하고 있는지 심히 궁금했지만 그 문제에 대해선 현명하게 꾹 입을 다물었다.

"만약에 말이야. 어떤, 얼굴도 잘 알려지지 않은 신인 모델에게 페로스화장품의 메인 모델을 할 수 있는 기회가 생겼다면? 그 모델은 어떤 선택을 해야 마땅할까?"

"제 의견을 물으시는 건가요?"

검지를 들어 제 가슴을 콕 찌르며 나빈이 물었다. 긴가민가해서 말이다. 이런 걸 왜, 도대체 무슨 이유로 자신에게 묻는 건지 그녀는 이해가 잘 안 갔다. 혹시 아버지가 페로스화장품 개발원이라는 걸 아는 건가? 나빈은 조심스럽게 입술을 다물며 김기헌의 눈치를 살폈다.

"그래."

그녀의 미심쩍어하는 모습을 보며 기헌은 흔쾌히 고개를 끄덕이며 상쾌하게 대답해 주었다. 의혹이 둥실둥실 떠다니는 그녀의 눈빛은 참으로 순진해 보였다. 자신이 왜 여기로 불려왔는지, 기헌이 왜 이런 질문을 하는지, 전혀 눈치채지 못하는 모습이다. 기헌은 호기심 가득한 눈으로 그녀를 슥, 단번에 위아래로 훑어보며 중얼거리듯 말하였다.

"나빈 씨 생각이 궁금해서."

"제 생각이 중요한가요?"

"그럴 수도 있고, 아닐 수도 있고."

애매모호한 기헌의 대답에 나빈의 미간이 훌쩍 가운데로 접혔다. 표정으로 보아 도무지 기헌의 속내를 모르겠는 모양이다. 기헌은 입술을 실룩실룩, 가볍게 웃으며 부드럽게 채근했다.

"왜인지는 나중에 설명해 줄 테니 일단 대답이나 해보지. 어떻게 해야 옳을까? 그 친구는."

"어…… 제가 그 모델 당사자 입장이 아니라서 딱 잘라 말하긴 곤란하지만, 결론적으론 당연히 그 기회를 잡아야 한다고 생각합니다."

"왜 그런다고 생각하나?"

"그만한 기회가 쉽게 오진 않을 테니까요. 무명 모델한테 페로스화장품과 같은 대기업의 메인 모델이라는 건 어마어마한 거잖아요. 분명히 그 기회를 발판 삼아 더 큰 무대로 나갈 수 있을 거라고 생각해요. 정말로 모델로 성공하고 싶다면 당연히 그 기회를 놓치지 말아야죠."

"그런가?"

"그럼요. 페로스가 어떤 기업인데요. 제가 알기론, 지금까지 페로스의 메인 모델은 모두 슈퍼스타급이었어요. 이름만 대면 대한민국 사람들 99%는 알 만한, 유명 한류 스타들이었죠. 웬만한 비주얼이 아니면 절대로 무명 모델 따위 쓰지 않는 회사가 페로스잖아요. 아마 전속 모델이 되면 꽤 여러 곳에서 주목받을 걸요? 계약 조건은 다를지 몰라도, 일단 겉으론 내로라하는 한류 스타들과 어깨를 나란히 하는 거니까요. 단번에 스타가 되는 거죠, 뭐."

속으로 '하지만 페로스는 절대 무명 모델 따위 쓰지 않을 걸요?'를 중얼거리며 나빈은 가볍게 말을 마쳤다. 어쨌든 페로스 모델이 되면 스타급 대우를 받게 되는 것은 자명하니까.

메인 모델 제안을 받은 모델이 정말로 무명인 상태라면 정말 대박 행운을 거머쥔 거나 다름이 없었다. 물론 그만큼의 재능과 스타성, 무한한 가능성을 가진 사람이니 행운도 돌아오는 것이겠지만. 도대체 얼마나 괜찮은 사람이기에? 하는 의구심과 궁금증을 안 가질 수가 없었다. 원래 광고업계가 네임 밸류를 무진장 따지는 바닥이 아닌가. 한 회사의 이미지를 책임지는 '대표 얼굴'이기에 메인 모델은 깨끗하고 고급스러운 이미지의 스타를 골라 골라 발탁하기 마련이다. 국내 화장품업계 1위라는 페로스가 메인 모델을 무명에게 제의했을 리 전혀 없다고 생각하는 건 바로 그 때문이었다.

"그렇군, 역시. 그렇다면 가까운 지인 중 한 명이 페로스로부터 메인 모델 제의를 받았다면, 나빈 씨는 당연히 찬성 쪽이겠군."

"네. 해보라고 적극 권할 것 같습니다."

"적극? 그냥도 아니고 적극 권한다?"

"흔하게 오는 기회가 아니니까요. 아까도 말씀드렸지만."

"친구가 싫다고 말한다면 설득할 수도 있겠네."

"그야 물론이죠. 그런데 그런 걸 왜 저한테 물으시는 거예요?"

"심부름 좀 시켜볼까 하고."

기헌은 중얼거리며 손에 들고 있던 서류 봉투를 책상 건너편을 향해 내던졌다. 툭. 제법 묵직한 봉투가 제 앞으로 떨어지자 나빈의 고개도 함께 뚝 떨어졌다. 이게 뭐지? 나빈은 어리둥절한 얼굴로 다시 고개를 들어 기헌을 바라봤다. 눈썹이 휙 위로 치켜떠진 채인 그녀의 눈동자는 여전히 상황파악이 전혀 안 된 듯 멀뚱거리고 있었다.

"페로스화장품 모델 전속 계약서야."

"계약서요? 이걸 왜 제게?"

"그거, 나빈 씨가 시우한테 좀 갖다줘야겠어."

"누구라고요?"

"시우 말이야, 최시우."

최시우라고? 나빈은 손가락으로 귓구멍을 후벼 파고 싶은 충동을 느끼며 미간을 훅 찡그렸다. 시우한테 페로스화장품 모델 전속 계약서를 전해주고 오라니. 맙소사, 이게 대체 무슨 소리야? 최시우가 누군데. 바로 페로스화장품 오너, 최 회장의 장남이잖아. 그런 그에게 모델 제의를 했다고? 누가? 페로스에서? 미친.

"가능하다면 방금 나빈 씨가 나한테 했던 말을 덧붙여서 설득도 해줬으면 좋겠는데. 어때? 해줄 수 있지?"

"정말 페로스화장품에서 형님을 모델로 채용하고 싶다 했단 말이에요? 진짜요?"

그 회사, 진짜 제정신인가? 어떻게 회사 홍보팀에선 오너의 아들이 누군지도 파악 못하고 모델 계약을 하자 제의할 수가 있어? 아무리 후계자 구도에서 떨려나간, 말뿐인 아들이라지만 이건 정말 너무한 처사 아니야? 완전 어이없어. 어이없어서 눈 튀어나오겠네.

"그렇다니까. 얼마 전, 모델 에이전트 사를 통해 정식으로 제의해 왔어. 누구나 오케이할 법한 그 대단한 기회를 녀석은 단박에 걷어찼고. 생각해 보는 척이라도 좀 할 것이지. 정말 1초의 망설임도 없이 거절하더군."

"거절, 하셨어요?"

"아무 이유 없이."

아무 이유가 없었던 게 아니라, 이유는 있지만 차마 말할 수 없었던 거겠지. 보아하니 주위 사람들에게 자신이 누구인지를 숨기고 있었던 모양인데. 아무것도 모르는 사람들에게 '사실 난 페로스화장품 아들이야' 라고 말할 수는 없었을 게 아닌가.

"이유가 있었겠죠. 그렇게 좋은 제의를 뿌리쳤을 땐 그럴 만한 사정이 있지 않았겠어요?"

"예를 들면?"

"그거야…… 저는 잘 모르죠. 본인이 아니니까요."

그녀의 태도가 어딘지 미심쩍단 생각이 들었을까. 기헌이 날카로운 눈으로 그녀를 살폈다. 가만히, 아무 말도 없이 훑어보는 그의 눈빛은 꽤나 예리한 구석이 있었다. 그녀의 머릿속을 낱낱이 꿰뚫어 보는 듯한, 혹은 진실을 추궁하려는 듯 날이 잔뜩 선 그의 시선 때문에 나빈의 온몸은 굳어버렸다.

그녀는 합죽이가 된 듯 꾹 다물고 잔뜩 긴장한 얼굴로 기헌을 똑바로 바라봤다. 어쩐지 지금은 그의 시선을 회피하면 안 될 것 같았다. 피하지 않고 똑바로 바라봐 주는 것이 시우를 위하는 길이 될 것만 같아, 그녀는 두 눈에 굳게 힘을 주고 기헌을 마주 보고 서 있었다.

"어쨌든 난, 나빈 씨가 이걸 전해줬으면 해. 해줄 수 있겠지?"

한참동안 나빈을 가만히 바라보고만 있던 기헌이 문득 입을 열었다. 더 이상의 추궁은 하지 않으려는 듯 말투가 매우 산뜻하고 가벼웠다. 바짝 긴장 타고 있던 나빈은 소리없이 한숨을 내쉬고는 고개를 끄덕였다.

"네."

전해주기만 하면 되는 일이니 어려울 것 없었다. 그냥 가서 '이거 김기헌 디자이너 선생님께서 전해달래요' 하면 되는 거 아닌가. 그 정도의 심부름쯤이야. 나빈은 편안한 마음으로 빙긋 웃으며 기헌을 내려다보았다. 하지만 피식 소리와 함께 기헌의 한쪽 입술 언저리가 위로 슬쩍 말려 올라가자 나빈의 얼굴에 빠르게 먹구름이 끼기 시작했다.

"지금 좀 갔다 올래? 시우, 집에 있을 텐데."

기헌의 반듯하게 그려진 눈썹이 훌쩍 위로 떠올랐다. 마치 앞으로의 일이 매우 기대된다는 듯 입가에는 은밀한 미소가 떠있다. 식겁한 채로 나빈은 되물었다.

"집에요?"

나빈의 얼굴은 당장이라도 호우가 내릴 것 같은, 장마철 하늘처럼 칙칙해지고 있었다.

제7장. Reason is U

딩동, 딩동…….

초인종 소리가 무의식 속을 헤매는 시우를 자꾸만 의식 밖으로 끌어내려 했다. 아까는 전화벨 소리가 한참이나 울리는 것 같더니 이번엔 초인종 소리인가.

"귀찮아."

몽롱한 의식을 뚫고 허무하고 허스키한 목소리로 중얼거리며 시우는 가만히 두 눈을 떴다. 희고도 푸르른 천장의 문양이 그로 테스크하게 일그러지고 파도처럼 일렁이며 초점 없는 그의 시야를 덮쳐 왔다. 자신이 누구인지, 이곳이 어디이고 자신은 무엇을 하고 있는지, 그는 잠시 생각했다. 흐트러지는 정신을 가다듬으며 두 눈을 천천히 감았다 떴다. 하지만 집중을 시도한 지 채 1초도 되지 않아 또다시 찢어질 듯한 소음이 몽롱한 정신을 쳐댔다.

딩동, 딩동!

미간을 찌푸리며 시우는 세차게 두 눈을 감았다. 또다시 새까매진 시야로, 정신 놓고 맹렬히 술을 퍼부어댔던 어젯밤의 기억이 떠올랐다. 엉망이 되어버린 그림을 내동댕이치고, 작품의 모델이 되어주었던 친구들마저 쫓아 보낸 후 그는 집에서 혼자 마치 전쟁을 치르듯이 치열하게 술을 마셨었다. 술이라도 마시지 않으면 당장이라도 죽을 것처럼 미친 듯이.

그땐 정말로 죽어도 좋다고 생각했었던 것 같다. 악착같이 살고 싶다는 의지 따윈 원래부터 없었던 그였지만. 술을 마시면 마실수록 삶에 대한 애착은 현저하게 뚝뚝 떨어져 나가, 굳이 힘겨워하며 목숨을 지탱할 이유가 없다고 생각하게 되었다. 삶의 목표가 없는 무덤덤하고 무의미한 인생이 바로 자신, 최시우의 인생이었다. 그런데…….

살아나 버렸군. 죽어도 좋다고 생각하며, 죽을 만큼 무자비하게, 무책임하게 알코올을 쏟아부었는데도.

'빌어먹을.'

시우는 속으로 중얼거리며 두 눈을 천천히 떴다. 딩동, 딩동……. 초인종 소리가 쉴 새 없이 울리며 여전히 알코올에 절어 알딸딸한 그의 머리를 쪼아댔다. 누굴까. 몇 시지? 뭣 때문에 집까지 찾아온 걸까? 자잘한 의문들이 꼬리를 물고 일었다. 시우는 느리게 두 눈을 감았다 뜨고는, 힘겹게 허리를 일으켜 세웠다. 침대에 두 팔을 뒤로 기대고 앉은 그는 두 눈을 가늘게 뜬 채 벽 쪽에

붙은 시계를 노려보았다.

일곱 시 반.

굳이 창가를 둘러보지 않아도, 결코 아침이 아니라는 것쯤은 알 수 있었다. 저녁 일곱 시 반. 멍한 머리로 이 시간에 자신을 찾아올 사람이 누구누구인지 생각해 보며, 그는 천천히 자리에서 일어났다. 겨우 침대 밖으로 두 다리를 끌어내고, 자리에서 일어나 실내 슬리퍼에 두 발을 집어넣고, 그것을 슥슥 끌며 걸어가는 와중에도 초인종은 쉬지 않고 울려댔다. 누군지 모르지만 정말 심하게 집요한 사람이었다. 시우는 초인종이 울릴 때마다 아파오는 머리를 한 손으로 꽉 쥐어틀었다. 당장 저 초인종 누르는 손목을 비틀어 버리지 않으면 머리가 깨져 버리고 말 것 같았다. 딩동, 딩동…….

벌컥. 뇌 속까지 댕댕 울리는 초인종 소리를 한시라도 빨리 끊어놓고 싶은 마음에, 그는 찾아온 손님이 누군지 확인할 생각조차 하지 않고 거칠게 현관문을 열었다. 살을 에는 듯 차가운 공기가 훅 맨살을 핥아왔다. 펄럭. 기세 좋게 쳐들어오는 찬바람에 흔들려 흰 셔츠 자락이 나풀거렸다. 한 팔을 집 안 벽에 기대고 몸을 바깥쪽으로 기울인 채로, 시우는 느릿느릿 두 눈을 감았다 떴다. 눈꺼풀 아래로 사라졌다 서서히 떠오르는 그의 눈동자가 카메라 렌즈처럼 자동으로 초점을 맞추었다.

“너…….”

아직 초인종 근처에 손을 올려놓은 채 두 눈을 훌쩍 크게 뜨고 멍하니 그를 올려다보고 있는 사람은 다름 아닌 손나빈이었다. 기계적으로 초인종을 누르다가 갑자기 현관문이 열리는 바람에 깜짝 놀란 모양새였다.

손나빈이…… 대체 여긴 웬일이지? 시우는 몽롱한 정신을 가누며 인상을 찌푸렸다. 그러는 사이 나빈이 더듬더듬 입을 열었다.

"아, 안녕하세요?"

발그레한 볼과 푸르스름하게 질린 입술, 그리고 입술 사이로 흐르는 하얀 입김. 척 보기에도 얼어 죽기 일보 직전이다. 꽤 오랫동안 밖에 서 있었던 모양. 시우는 손을 들어 이마 아래까지 흘러내린 머리카락 사이로 손가락을 쑤셔 넣었다. 차가운 공기에 둘러싸여 있자니 서서히 가물거리던 정신이 제자리로 되돌아오는 기분이었다. 시우는 흐릿한 눈동자로 손나빈을 내려다보며 가만히 읊조렸다.

"여긴 네가 어쩐 일이야?"

"아, 아…… 네."

나빈은 멍하니 속삭이듯 중얼거렸다. 100만 볼트를 넘나드는 충격을 받아버려서, 이 이상은 그 어떤 말도 할 수가 없었다.

놀랐다, 정말. 너무 놀라 석고상처럼 굳어버리고 말았다. 집에 없는 게 아닐까 생각했던 그가 갑자기 문을 열고 나와서? 자다 일어난 것처럼 잔뜩 흐트러진 모습을 하고 있어서? 셔츠의 단추가 서너 개나 풀어져 단단하고 넓은 가슴팍이 적나라하게 드러나 있어서? 아니다. 나빈이 놀란 건 그래서가 아니었다.

"여긴 어떻게 알고 왔지?"

반쯤 감긴 눈꺼풀 아래로 긴 속눈썹이 드리워져 유난히 새까맣고 커다란 눈동자에 그늘이 졌다. 어슴푸레하니 붉은 불빛을 받고 서서 힘없고 애잔한 눈빛으로 자신을 내려다보고 있는 그를 보고 있자니, 가슴이 두근거리는 것 같았다. 터져 버릴 것 같았다. 멈춰 숨이 막혀 버릴 것만 같았다. 나빈이 놀란 건, 바로 그래서였다. 그가 치명적으로 섹시해 보여서. 그래서 일순 심장이 제 기능을 상실해 버렸기 때문에. 세상에 이런 사람이 있을까? 깔끔하게 잘 차려입고 멀쩡히 돌아다닐 때보다, 잠자리에서 막 일어난 듯 완벽히 흐트러져 있는 지저분한 모습이 더더 멋졌다.

머리카락은 새가 집을 지어놓은 것처럼 마구잡이로 헝클어져 있었다. 눈 밑엔 거뭇거뭇 다크서클이 두텁게 내려앉아 있었고 수염도 까칠까칠 나 있었다. 흰 드레스 셔츠는 잔뜩 구겨져 있었고 단추는 가슴 아래쪽에 겨우 하나 달랑 붙어 있었다. 거의 헤진 낡은 청바지는 골반 근처까지 내려와 있었고 발은 심지어 맨발이었다. 이런 그를 한마디로 표현하자면, 폐인. 딱 폐인 모드인데……그런데도 보는 여자, 녹아내리게 잘생겼다. 잘 다듬어진 다이아몬드가 아니라 거친 원석을 발견한 기분이 이럴까 섹시하고 매력적이었다.

아, 이런. 넋을 잃었구나, 손나빈. 완전히 제정신이 아니야. 최시우가 자신을 좋아하고 있는 게 아닐까, 하는 바보 멍충이 같은 착각에 빠진 것도 모자라 이젠 이 남자한테 빠지기라도 할 셈이니? 어쩌려고 이래. 정신 차려, 제발!

나빈은 여전히 허공에서 꼼지락거리는 손가락을 냉큼 구부려 주먹을 쥐었다. 알딸딸하니 상대의 매력 속에 풍덩 빠져 헤어나지 못하고 있는 자신을 상기시키기라도 하듯. 그리곤 냉큼 아래로 끌어내리곤 배시시 웃었다.

"선생님께서 뭐 좀 갖다 드리라고 해서요. 심부름 왔어요."

"선생님?"

"네. 이거요."

한쪽 옆구리에 끼고 있던 서류 봉투를 날름 내밀며 나빈은 그를 올려다보았다. 그가 손가락으로 긁어 올린 머리카락이 천천히 흘러내려 눈가를 덮고 있었다. 그는 무표정한 얼굴로 그녀가 내민 서류를 내려다보고 있었다. 커다란 서류 봉투에는 '김기헌의 패션 모자이크'라는 문구가 진하게 박혀 있었다. 그것을 쥔 나빈의 맨손은 당장이라도 깨질 것처럼 새빨갛게 얼어 있었다. 맨손으로 서류를 든 채로 오랫동안 바깥을 배회한 증거였다.

그는 천천히 팔을 뻗어 서류 봉투를 쥐었다. 그의 손가락이 봉투를 받아든 걸 확인한 나빈은 얼른 손을 떼곤 그것을 입가로 가져갔다. 호, 작고 따뜻한 입김을 불자 거의 감각이 느껴지지 않을 정도로 꽁꽁 얼어붙어 있던 손가락이 슬금슬금 녹아내리기 시작했다.

"이것뿐이야?"

무거운 어조로 그가 물었다. 머리카락이 눈 밑까지 흘러내려 그의 눈을 볼 수가 없었다. 나빈은 연신 뜨거운 입김을 불며 고개를 끄덕였다. 따뜻한 코코아 한 잔이 엄청 간절한 지금이었지만, 차마 잠시 들어가서 몸 좀 녹이고 가면 안 되겠냐고 물을 수는 없었다. 당장이라도 집 안으로 뛰어들고 싶은 충동은 넣어둬, 손나빈.

남자 혼자 사는 집에 들어가서 뭘 어쩌겠다는 거야.

"설마, 지금 이 자리에서 답을 줘야 하는 건 아니겠지?"

한참 서류 봉투를 물끄러미 내려다보던 그가 눈동자를 스륵, 굴려 곁눈으로 그녀를 보며 중얼거렸다. 숱 많은 머리카락 사이로 보이는 그의 눈동자가 유난히 새까맣게 빛났다. 뭔가 뜨끔하게 돼 나빈은 움찔했다.

"그런 지시는 없었는데요. 선생님께서 그냥 형님께 전해주기만 하면 된다고 했어요."

"그럼 안 가고 뭐해?"

"에?"

"가봐."

꼼짝하지 않은 채로 그가 불쑥 명령했다. 버러지만도 못한, 하찮은 존재 깔아보는 듯한 시선 그대로. 일순 나빈의 두 볼로 훅 화기가 올라왔다. 길가에 굴러다니는 돌덩이도 이보다는 더 나은 대접을 받을 거란 생각이 들어, 욱한 감정이 치밀기까지. 하지만 이내 나빈은 입가를 찢어 올렸다. 그에게 어떤 '대접'을 받으려고 했다는 것 자체가 모순이란 생각이 들었다. 그에겐 자신에게 친절하게 굴어야 할 그 어떤 의무도 없었다. 심부름을 했으면 재빨리 꺼져 주는 게 당연한 처신이었다.

"그럼 가보겠습니다."

고개를 깊게, 힘차게 수그리며 나빈은 씩씩하게 외쳤다. 과하달 정도로 밝은 웃음을 얼굴에 띤 채였다. 하지만 그녀의 활기찬 웃음은 금세 사라졌다. 훌쩍 고개를 든 그녀의 눈앞에서 쿵, 커다란 소리를 내며 문이 닫혔기 때문이었다. 만면에 넘실거리듯 방긋거리고 있던 그녀의 표정은 곧바로 썩을 듯 굳어버렸다.

"인사도 안 해주네."

잘 가라고 말해주면 어디가 덧나나. 진짜 너무한다. 벼룩한테도 이렇게 매정하게 대하진 않겠네. 괜히 속상하고 화가 나 나빈은 입술을 꽉 깨물며, 원망 가득한 눈으로 호수가 적힌 현관문을 째려보았다. 하지만 그게 다다. 원망스러워도, 얄미워도, 속상해도 나빈이 할 수 있는 건 없었다. 그냥 뒤돌아 너털너털 되돌아가는 수밖에.

나빈은 한숨을 푹 내쉬며 몸을 돌렸다. 고개를 푹 숙이고 어깨를 늘어뜨리고 그녀는 무겁기만 한 걸음을 재촉했다.

"어머. 이게 누구야?"

막 두어 걸음 내디뎠을 때였다. 고개를 숙인 시야로 화려한 뱀 가죽 문양의 사파이어블루 컬러 부츠 코가 들어왔다. 그녀의 앞에 우뚝 멈춰 선 부츠의 주인은 차고 날카롭고 도도한 자태로 서서 나빈을 찍어 내려다보고 있었다. 나빈은 저도 모르게 번쩍 고개를 들었다.

"우리 구면이죠?"

지난주, 샵 앞에서 만난 적이 있는 퀸카 아가씨였다. 원수는 외나무다리에서 만난다고 하더니. 왜 하필 지금 시우의 아파트 앞에서 만난 사람이 이 여자야? 180㎝에 가까운 키에 10㎝를 훌쩍 넘는 부츠를 신고 있는 그녀는 그때처럼 어마어마한 장신을 자랑하며 자신만만한 얼굴로 나빈을 깔보고 서 있었다.

"······안녕하세요?"

"여긴 웬일이에요? 시우 만나러 왔어요?"

뭔가 김새를 눈치챈 듯 흥미진진한 미소를 입가에 띤 채 그녀가 물었다. 말투도 어쩜 이리 얄미울까. 마치 시우가 어떤 식으로 나빈을 쫓아냈는지 모두 목격한 사람 같다. 얼굴 가득 자신만만함과 상대를 깔보는 비웃음이 퍼져 있었다. 손엔 맥주 캔이 잔뜩 들어 있는 커다란 비닐봉지를 들고 있는 걸 보니 아무래도 이 여자, 시우와 술 한잔 걸칠 목적으로 왔나보다. 시우와 약속이 되어 있는 걸까?

"돌아가는 거 보니 용무가 다 끝났나 봐요? 난 이제부터 시우랑 술 마실 건데. 같이 마실래요?"

"아니요. 됐습니다."

"왜요? 잘 아는 사이끼리 함께 마셔요. 시우도 좋아할 거예요."

"아직 퇴근 전이거든요. 전 이만 들어가 봐야 해서요."

거짓말. 은서는 속으로 중얼거리며 생긋 웃었다.

일을 핑계로 자리를 뜨려는 이 여자는 분명 거짓말을 하고 있었다. 여자가 시우에게 차갑게 내쳐지는 모습을 두 눈으로 똑똑히 목격한 은서는 확신하고 있었다. 시우와 이 여자는 이제 아무 사이도 아니라는 것을. 한때 사귀었을지는 몰라도 이젠 두 사람 사이에는 아무것도 남아 있지 않은 것이다. 여자의 면전에서 쾅, 커다란 소음을 내며 문을 닫고 집 안으로 들어가 버린 시우를 떠올리며 은서는 다시 한 번 쾌재를 불렀다.

꼴좋군. 내 앞에서 그렇게나 기세등등 당당하게 굴더니. 시우가 영원히 제 차지라도 되는 양 큰소리치더니만 결국 버림받고 만 거 잖아.

"이 시간이면 퇴근해도 되지 않나? 그러지 말고 웬만하면 함께 해요. 시우도 그러길 바랄 텐데."

"아니요. 전 그냥 가는 게……."

가는 게 낫겠다고 말하려는 찰나였다. 은서가 빠르게 나빈의 코앞을 가로질러 걸어가 현관문 앞 초인종을 꾹 눌렀다. 딩동, 딩동. 나빈이 놀랠 틈도 없이 벨소리가 울려 퍼졌다. 여자의 돌발적인 행동에 놀라 나빈은 두 눈을 크게 뜨고 은서를 돌아봤다.

"뭐 하는 거예요?"

"그러지 말고 여기까지 왔는데 같이 놀아요. 뭐 어때요? 서로 다 아는 처진데."

"시간이 안 된다니까요. 진짜 가봐야 해요."

"오래 머물기 뭣하면, 잠깐만 들어왔다 가요. 이대로 헤어지기는 아쉽잖아요? 이렇게 셋이 만나는 일도 쉽지 않은데."

차은서가 생글 웃으며 아무렇지도 않게 나빈의 말을 씹었다. 나빈은 식겁한 얼굴로 은서를 빤히 바라보았다. 대체 이 여자 왜 이러는 거야? 가겠다는 사람을 굳이 붙들고. 참 많이 당황스러웠다.

"아무래도 전 별로 내키지 않네요. 신경 쓰지 말고, 그쪽이나 잘 놀다 가세요. 그럼 난 이만."

나빈은 똑똑 여문 목소리로 말하곤 획, 뒤를 돌았다. 주저없이 자리를 뜨기 위함이었으나, 그때 차은서의 힘센 손아귀가 나빈의 손목을 거머쥐었다. 키가 크니 힘도 센 건가. 감히 저항할 수도 없을 만큼 굳건한 힘으로 붙드는 그녀에 의해 나빈은 빙그르르 몸이 돌려지고 말았다. 그리고 아앗, 짧은 비명 소리를 내지르던 그 순간. 쭉 닫혀 있던 현관문이 쾅 소리를 내며 열렸다.

"또 뭐……."

나빈이 재차 초인종을 누른 줄 알고 거칠게 문을 열었던 시우가 은서를 목격하고 멈칫했다. 초췌해 보이는 그의 눈가로 흘러내린 머리카락이 찬바람에 휙 흩날렸다가 모양 좋게 선 콧날 위로 내려 앉았고, 때마침 찾아든 주위의 고요함과 함께 세 사람은 서로를 바라보며 가만히 서 있었다.

이윽고 차갑고 무감각해 보이는 그의 눈동자가 천천히 아래로 굴러떨어졌을 때는 영원처럼 길게 느껴진 수초가 흐른 후였다. 은 서의 깡마르고 억세 보이는 손이 나빈의 손목을 틀어쥐고 있었다. 힘을 얼마나 주고 붙든 것인지, 은서의 손아귀에 잡힌 부분이 허 옇게 핏기를 잃어가고 있음이 선명하게 보였다. 시우는 살며시 다 물려 있던 입술을 꿈틀 움직여 중얼거렸다.

"무슨 일이지?"

"이거."

은서는 생기 가득한 얼굴로 웃으며 한 손에 들고 있던 비닐봉지 를 들어 올렸다. 부스럭거리는 소리와 함께 맥주 캔들이 눈앞에 떠올랐다 내려갔다. 시우는 두 눈을 가늘게 좁혀 뜨며 은서를 뚫 어져라 바라보았다.

"난 널 초대한 기억이 없는데."

"뭐 어때? 친구 집인데. 꼭 초대해야만 올 수 있나? 그냥 간만에 술 생각도 나고 너한테 할 얘기도 있고. 그래서 찾아왔어.”

은서는 전혀 거리낌이 느껴지지 않은 경쾌한 음성으로 대답했다. 마치 평소에도 늘 이런 식으로 드나들었다는 듯 대수롭지 않은 말투였다. 시우는 잠시 무표정한 얼굴로 은서와 그녀의 갈퀴 같은 손이 억세게 붙들고 있는 나빈의 손목을 번갈아 보았다. 나빈은 지금도 충분히 꽉 조여져 고문당하고 있는 제 손목을 세차게 비틀어대고 있었다. 은서의 손에서 빠져나가기 위해 발버둥 치고 있는 것이었다.

“근데 집 앞에 이 친구가 있더라고. 너 만나고 돌아가는 길인가 봐? 구면이고, 이렇게 다시 만난 것도 인연인데 그냥 헤어지기 아쉽단 생각이 들었어. 그래서 시간 되면 같이 놀자고 했는데, 괜찮지? 이쪽은 동의했어.”

“예?”

꽉 붙들려 있는 손목을 요란하게 비틀던 나빈은 일순 동작을 멈추며 눈살을 확 찌푸렸다. 동의했다니. 이 무슨 어이없는 거짓말?

“이봐요. 내가 언제 동의했다고……!”

“할 얘기란 게 뭐야?”

나빈이 막 항의의 말을 꺼내려는 순간, 시우가 불쑥 은서를 향해 물었다. 안중에도 없다는 듯 나빈은 쳐다보지도 않은 채였다. 나빈은 괜스레 부아가 치밀어 오르는 기분을 느끼며 신경질적으로 손목을 잡아챘다. 물론 이 사소한 동작 하나로 징그럽게도 힘이 센 은서의 손에서 빠져나올 수 있을 리는 없었다.

“몰라서 물어? 내가 무슨 얘길 하려고 여기까지 왔겠어?”

왕성한 악력으로 나빈의 손목을 틀어쥐고 있는 와중에도 생긋 웃는 차은서. 아주 여유가 넘쳐흐른다. 깡마른 주제에 무슨 힘이 이렇게나 세? 나빈은 넝쿨처럼 엉켜 떨어지지 않는 차은서의 손을 떨어내기 위해 짜증스레 흔들었다.

"이미 얘기 끝난 거 아니었어?"

시우는 차갑기 그지없는 목소리로 중얼거렸다. 이 상황이, 몹시도 마음에 들지 않은 듯 불쾌한 기운이 잔뜩 묻어나는 얼굴이었다. 나빈의 앞에서 이런 대화를 나누고 있어야 하는 지금의 상황이 몹시도 불편한 거였다. 하지만 은서는 오히려 잘된 일이라고 생각했다. 이참에 두 사람의 관계를 제대로 확인해 두고 싶었다. 이제 아무 사이도 아님을 확실히 해두어야 앞으로도 탈이 나지 않을 테니까. 은서는 아무렇지도 않은 양 생긋 웃으며 천연덕스럽게 대답했다.

"누구 마음대로 끝내? 난 아직 그대론데."

"그건 네 사정이고. 난 더 이상 할 말 없으니까, 가."

"할 말 있을 것 같은데? 네 사정도 그때완 달라졌잖아."

"뭐?"

"너, 얘랑 헤어진 거 맞지?"

은서가 싱긋 웃으며 나빈의 팔목을 더욱 세게 틀어쥐고 위로 끌어당겼다. 아얏, 작은 비명 소리가 나빈의 입에서 터져 나왔다. 그 광경을 조용히 지켜보는 시우의 두 눈이 가늘게 좁혀졌다. 혈색이 돌지 않은 어두운 얼굴에 잔뜩 흐트러져 눈 밑까지 늘어뜨려진 머리카락, 그 사이로 어둡게 반짝이는 눈빛이 더욱 매섭게 날이 섰다.

"내 대답을 원해?"

훗, 소리와 함께 시우의 입가로 싸늘한 미소가 떠올랐다. 아파서 변명이고 뭐고 아무 소리도 못하고 인상만 찌푸리고 있던 나빈의 눈에도 그가 꽤, 아주 많이 화가 난 것처럼 보였다. 뭔가 알 수 없는 불길한 예감에 나빈은 조용히 입을 다물었다.

바로 그때였다. 시우가 갑자기 손을 뻗어 나빈의 손목을 거머쥐었다.

"엇."

순식간에 나빈은 은서의 손아귀에서 벗어나 시우의 옆구리로 딸려 들어갔다. 내내 꿈쩍하지 않던 은서의 손이 너무나도 순순히 풀어졌다. 시우의 돌발행동에 놀라 자신도 모르는 사이에 나빈을 놓아버린 것이었다. 나빈은 그의 품에 안겨 휘둥그레 떠진 눈으로 시우와 은서를 번갈아 보았다.

"이, 이게 무슨 짓이야?"

정색해 분개하는 얼굴로 은서가 시우를 향해 말했다. 시우는 나빈을 한 팔로 감싸 안은 자세 그대로 씩 웃었다. 최상급 빈정거림이 그의 입술 언저리에 떠올랐다. 그는 천천히 입술을 열어 허스키하고 낮은 목소리로 중얼거렸다.

"이게 내 답이야."

쾅. 은서의 눈앞에서 현관문이 닫혔다. 시우가 마치 제 물건인 양 나빈을 챙겨 집 안으로 사라진 이후였다.

"있다가 가라. 눈치없이 너무 빨리 나가서 들키지 말고."

감정이 잔뜩 들어간 굉음을 내며 문을 닫더니 감싸고 있던 나빈을 거의 내팽개치다시피 안으로 밀어 넣으며, 그가 말했다. 잠시 집에 머물렀다 은서가 사라질 때쯤 돌아가란 뜻이었다. 이번에도 시우는 나빈을 이용해 은서를 걷어찬 것이었다. 덕분에 은서 앞에서 자존심은 좀 살릴 수 있었지만 점점 더 상황은 어지러워지는 것 같았다.

왠지 앞으로도 두 사람과 계속 얽히게 될 것 같은 불길한 예감이 들었다. 저 불쾌하기 짝이 없는 여자와 다시는 만나고 싶지 않은데. 다른 건 몰라도 그 부분에 대해서는 확실히 해둬야 할 것 같았다. 앞으론 날 이용하지 마세요. 불쾌합니다. 저 여자와 다시는 만나고 싶지 않아요! 라고, 자신의 입장을 확실히 전달하고자 나빈은 휙 그를 향해 몸을 돌렸다.

"저기요."

하지만 막 뒤를 돈 그녀의 망막을 습격한 것은 다름 아닌 남자의 맨살. 헉! 이런 젠장.

그가 아슬아슬 걸치고 있던 흰 와이셔츠를 벗고 있었다. 너무나 놀란 나머지 나빈의 머릿속은 한순간에 백지가 되어버렸다. 이, 이 사람이! 대체 오, 옷은 왜 벗는 거야?

"왜."

그가 고개를 휙 꺾어 나빈을 보며 묻는다. 엄마야. 어찌나 눈빛이 쌩한지. 그와 두 눈이 마주치는 것만으로도 꽁꽁 얼어버릴 것 같다.

"아…… 그, 그러니까…….."

"……."

"바, 밖에 계신 저분……."

"차은서가 뭐."

"아, 아니에요! 별로 중요한 말 아니에요. 신경 쓰지 마시고 하던 거…… 마저 하세요."

차마 '샤워'란 말은 못하고 나빈은 욕실로 소심히 손가락질을 하며 빙글빙글 웃었다. 상대가 웃고 있는데도 불구하고, 시우의 표정은 더욱더 싸늘하게 굳어졌다. 나빈은 심장이 오그라들 것만 같은 착각에 휩싸여 웃음을 띠고 있던 입술에 힘을 주었다. 손발이 절로 차가워지는 느낌이다. 쫄 대로 쫄아 나빈은 두 눈을 끔뻑거리며 공손히 두 손을 배꼽에 두고 시선을 아래로 내려떴다.

쿵.

잠시 후, 그가 욕실 안으로 사라지자 나빈은 그제야 잔뜩 힘주고 있던 온몸을 편안하게 놓았다. 휴— 안도의 한숨을 내쉬는 것도 물론. 정말 한심스럽지 뭔가. 대체 왜 이렇게 오금을 못 펴는 건지 알다가도 모를 일이었다. 평소엔 할 말 다 하고, 남 눈 의식하지 않는 똑똑한 아가씨이거늘. 최시우만 봤다 하면, 교회 오빠 짝사랑하는 사춘기 소녀처럼 안절부절 꼼짝을 못하겠다. 말을 더듬지를 않나. 할 말 못하고 말끝을 흐리질 않나. 내가 답답해서 못 살겠다! 왜 이러니? 갑자기.

나빈은 머리를 쥐어뜯으며 괴로움에 몸부림을 쳤다.

진짜 이러다가 상사병 나는 게 아닐까? 멍하게 생각하며, 나빈은 집 안을 천천히 훑었다. 공간이 넓지도 인테리어가 화려하지도 않은데도 불구하고 어딘지 모르게 스케일이 크게 느껴지는 거실이었다. 치렁치렁 길고 무겁게 보이는 흰 커튼. 거실을 희미하고 음산하게 밝히고 있는 조명. 달빛이 교교히 비치는 넓고 외로워 뵈는 거대한 침대. 하얗지만 무거우며 고풍스러우면서도 빈티지스러운 공간. 어딘지 신비스럽게 느껴져서 나빈은 잠시 답답함을 잊은 채 넋을 잃고 구경했다.

쏴아— 욕실 안의 물소리는 유난히 크게 들려왔다. 주위가 무덤 속처럼 고요해서인가. 덕분에 저절로 욕실 쪽으로 신경을 곤두세워지는 것 같았다. 갑자기 왜 이렇게 덥냐. 아오!

남세스럽게 점점 머릿속으로 상상까지 되어지자, 나빈은 손바닥으로 마구 부채질을 하며 이리저리 서성대기 시작하였다. 복도를 내다보기도, 베란다 쪽으로 다가가 차은서를 찾아보기도, 독특한 집 안 인테리어를 구경해 보기도. 이 집에 작업실이 있다는 사실은 그렇게 설레발치며 기웃거리다 아주 우연히 알게 된 것이었다.

"이젤이잖아?"

작업실 안에는 커다란 화폭이 하얀 방 안에 덩그러니 서 있었다. 새하얀 천에 덮인 채로. 바닥엔 얼룩덜룩 덜 씻긴 붓들과 물감, 팔레트 등이 정돈되지 않은 상태로 뒹굴고 있었고 그의 작업물인 듯한 그림들이 이젤에 끼워진 채로 빙, 작업실을 둘러 진열되어 있었다. 미술을 전공한다더니, 진짜 그림이란 걸 그리는구나 싶었다. 신기하다. 화가란 나빈에겐 늘 멀고도 낯선 존재였기 때문에 더.

‘뭘 그렸을까?’

갑자기 거대한 화폭에 그가 무엇을 담아냈는지 무진장 궁금해지자, 특유의 왕성한 호기심이 발동하는 걸 느끼며 나빈은 천천히 문을 열었다. 한 발자국 안으로 들어가자 콧속으로 물감 냄새가 훅 쳐들어왔다. 왠지 모르게 기분이 좋아져 나빈은 가만히 씩 웃었다. 끼이익, 문을 좀 더 밀고 두어 발자국 안으로 들어서자 코너의 작은 책상 위에 놓여 있는 스케치북이 눈에 들어왔다. 무언가가 그려져 있었다. 여자인가? 길게 늘어뜨려진 머리카락이 보였다.

누굴까? 최시우가 그린 여자.

가끔 무료할 때 그냥 손 가는 대로 슥슥 대충 그린 스케치작인 것 같은데, 그래서인지 더욱 궁금해졌다. 그의 무의식을 점령하고 있는 여자라면 분명 꽤나 중요한 사람일 테니까. 혹 저 스케치의 주인공이 지금 최시우가 좋아하는 여자가 아닐까? 그녀 때문에 쭉쭉빵빵 아름다운 모델을 거절하고 있는 것인지도 모른다.

꼴깍, 침을 삼키며 나빈은 한 발자국 더 나아갔다. 긴 머리의 여자가 스케치된 흰 도화지에 온 신경을 끌어모아 시선을 집중시킨 채였다. 그리고 조금씩 드러나는 스케치의 윤곽에 몰입해 있는 순간이었다. 익숙한 남자의 목소리가 뒤통수를 후려갈겼다.

“뭐 하는 거야?”

헉, 숨을 들이키며 나빈은 우뚝 멈춰 서고 말았다. 확인해 보지 않아도 그가 누군지 너무나도 잘 알 수 있었기에. 아, 이게 뭐야.

도둑고양이처럼 몰래 집 안을 돌아다니다 들킨 꼴이잖아. 나빈은 억지웃음을 내지으며 잘 움직여지지 않는 고개를 가까스로 꺾어 뒤를 돌아보았다.

"아, 저 그냥 심심해서 구경하다가……."

시우는 젖은 머리에 타월을 얹어 비비고 서 있었다. 상반신은 아예 웃통을 벗은 채였고, 하반신은 청바지를 간신히 골반에 걸친 모양새였다. 안면으로 훅, 뜨거운 기운이 몰려들면서 숨이 턱 막혀와 나빈은 하던 말을 중단하고 말았다. 이러면 안 되는데. 남자의 벗은 상반신을 처음 보는 것도 아니니 부끄러울 것도 없어야 맞는데. 그런데도 자꾸만 얼굴이 화끈거려 왔다. 심장이 쿵덕쿵덕 방아를 찧고 다리는 힘이 빠져 후들거렸다.

"나와."

우물쭈물 말도 제대로 못 꺼내고 덜덜 떨고 있는 그녀를 향해, 그는 냉랭하기 그지없는 목소리로 불쑥 짤없는 명령어를 읊조렸다. 아, 쪽팔려. 나빈은 잔뜩 어깨를 움츠린 채로 빠르게 방을 빠져나왔다. 그리곤 민망함에 북북 한 손으로 얼굴을 마구 문지르는데, 그가 쾅! 작업실 문을 닫고 슥 그녀에게로 다가왔다.

"심심하냐?"

"네?"

"그럼 저거라도 읽어보든지."

시우는 턱짓으로 작은 테이블을 가리켰다. 테이블 위에는 그녀가 방금 전 시우에게 건네준 문제의 서류 봉투가 아무렇게나 떨어져 있었다. 나빈은 왜 저걸 자신에게 읽으라는지 도통 모르겠다는 듯 멍한 얼굴로 그를 올려다보았다.

"저걸 읽으라고요? 제가요?"

"여기 너 말고 누가 있어?"

"어, 없죠."

"딱히 할 일도 없고, 가만히 있으려니 몸은 근질근질하고. 그래서 이리 기웃, 저리 기웃하는 거 아니야?"

"그, 그건 문이 안 잠겨져 있기에 들어가도 괜찮은 곳인 줄 알고……."

"할 거 너무 없어 미치기 일보 직전인 거 같은데, 저거나 읽고 요점 정리해."

"요점…… 정리요?"

"다 읽고 보고하라고."

무뚝뚝하게 말하고 시우는 젖은 머리카락을 타월로 비벼 털며 안쪽 코너에 있는 드레스 룸으로 걸어갔다. 잠시 머뭇거리는가 싶더니 손나빈은 읽으란 서류는 읽을 생각 하지 않고, 졸랑졸랑 그를 따라오기 시작했다. 등 뒤로 나빈의 섬세하지 못한 움직임을 고스란히 느끼며 시우는 넓은 옷걸이와 선반들이 위치해 있는 드레스 룸 한가운데에 섰다. 자연스레 느껴지는 그녀의 시선과 움직임을 무시하기 위해 시우는 눈앞에 걸려 있는 옷가지들에 집중했다. 하지만…….

"저기요."

나빈이 말을 걸어왔다. 시우는 절로 굳어지는 표정 그대로 고개를 돌려 그녀를 보았다. 차갑게 식은 그의 시선이 안면에 곧바로 꽂히자, 나빈은 흠칫 놀라 어깨를 움츠렸다. 손에 들고 있던 서류 봉투가 마치 방패라도 되는 양 얼굴 아래쪽까지 끌어올린 채였다. 커다랗게 떠진 나빈의 눈망울을 똑바로 내려다보며 시우는 시니컬하게 입술을 비틀었다.

"안 읽고 뭐해? 글자 몰라?"

"아는데요."

"그럼 가서 읽어."

긴 팔을 뻗어 셔츠를 집어 들며 그가 무뚝뚝하게 중얼거렸다. 나빈은 시우가 익숙한 동작으로 셔츠에 머리를 끼워 넣는 모습을 지켜보며 힘없이 속삭이듯 말했다.

"저기, 읽는 건 어렵지 않은데…… 근데 이건 직접 읽으시는 게 나을 것 같은데요."

"왜? 읽기 싫어?"

"그게 아니라 계약서잖아요."

"……뭐?"

"계약서요. CF 모델 건이라던데. 이런 거, 남한테 함부로 보여 주면 안 되잖아요. 계약 당사자들만 알고 있어야 하는 사항이 있을 수도 있고, 남이 알면 안 되는 개인 정보가 들어가 있을 수도 있고, 또…….."

"그게, 계약서라는 걸 어떻게 알았지?"

그가 나빈의 말을 막았다. 느릿느릿 단어 하나하나 곱씹듯 나직이 중얼거리는 그의 목소리는 섬뜩함마저 느껴질 정도로 차갑고 어두웠다. 비스듬히 내려떠진 눈꺼풀 끝에 달린 눈초리도 너무나 매서워 나빈은 흠칫 놀라고 말았다.

"네?"

"어떻게 알았냐고, 그게 계약서인지."

뭐지, 이건? 어째 도둑으로 몰리는 기분이다. 나빈은 짤없는 시선으로 자신을 노려보는 시우를 똑바로 마주 보며 두 눈을 미친 듯이 깜빡거렸다.

"저, 저기요. 무슨 오해가 있는 거 같은데요. 전 이거 손도 대지 않았거든요? 절대로 훔쳐보거나, 하지 않았어요. 선생님께서 주신 그대로 가져왔다고요. 보세요. 테이핑도 되어 있고 뜯은 흔적 같은 것도 전혀 없잖아요. 전 정말 훔쳐보지 않았어요. 진짜예요. 믿어주세요!"

"그럼 봉투 안을 투시라도 했단 말이야?"

"……에?"

"어떻게 알았냐고. 그게 계약서인지."

"서, 선생님께서 알려주셨는데요. 진짜예요. 선생님께서 직접 말해주셨어요, 계약서라고. 확인해 보세요. 진짜 전 뜯어보지 않고 고대로 갖고 온 거예요."

나빈이 서류 봉투를 내밀며 더욱 목소리를 높였다. 이 상황이 잔뜩 억울한 모양으로 표정이 거의 울상이었다.

역시, 그런 거였어.

시우는 속으로 중얼거리며 짜증스럽게 휙 고개를 틀었다. 그 맹렬한 기세에 놀라는 것 같았지만 나빈은 뒤로 물러서거나 움찔하진 않았다. 다만 커다란 눈을 더욱 커다랗게 뜰 뿐. 그녀의 눈꺼풀

이 파르르 연약하게 흔들리는 것을 찌르듯 날카롭게 노려보며 시우는 차갑게 물었다.

"넌 시키는 일은, 뭐든 해? 자존심 없어?"

"네? 그게 무, 무슨……."

왜 그가 갑자기 화를 내는지 전혀 이해 못하는 듯, 그녀는 말을 더듬으며 두 눈을 미친 듯이 깜빡거렸다. 겁에 질린 그녀의 모습에도 아랑곳 않고 시우는 무겁고 서슬 퍼런 말투로 살벌하게 뇌까렸다.

"꺼져. 당장."

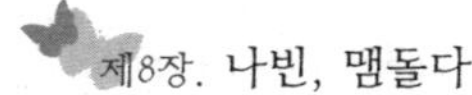

제8장. 나빈, 맴돌다

[나빈 씨가 말해? 나한테서 들었다고?]

수화기 속의 기헌이 재미있다는 듯 웃으며 유쾌하게 물었다. 일순 훅 끓어오르는 분노 때문에 시우는 꾹, 모양 좋은 입술을 사리물어야 했다. 기분이 정말 최악이었다. 나빈이 계약서를 들고 왔다는 사실을 알아챈 후부터 쭉 이런 상태였다. 한도 끝도 없는 아득한 바닥으로 추락하고 있는 기분이었다. 멍청하게 다른 이에 의해 휘둘리고 있으면서도 아무것도 눈치채지 못하는 나빈에게 화가 났다. 이 상황의 빌미를 제공한 자신에게도 화가 났고, 꼭두각시 조종하는 재미에 푹 빠진 듯 즐거움을 만끽하는 기헌에게도 화가 났다.

어디에서 빈틈이 생겼던 건지 모르겠지만, 기헌이 모든 걸 알아버린 것만큼은 틀림없었다. 그 누구에게도 들키지 않았던 자신의 참모습을 기헌에게 꿰뚫리고 만 것이었다. 어떻게 그럴 수 있었던 건지, 시우는 아무리 생각해 봐도 알 수가 없었다. 7년 동안 그 누구도 눈치채지 못한 것을 기헌은 어떻게 알아낼 수 있었던 걸까? 역시 함께 일하게 했던 게 문제였던가?

어쨌든 김기헌은 이 상황을 아주 적절히 이용하고 있는 중이다. 철벽처럼 단단한 것만 같았던 시우의 심장이 사실은 여리디여림을, 유일하게 한 여자에게만큼은 더더욱 한없이 말랑말랑해짐을, 그녀가 손가락 하나 까딱하기만 해도 미친 듯이 달려갈 것임을, 그곳이 지구 끝이라 해도 망설이지 않을 것임을, 모두 꿰뚫어 보았을 테니 어쩌면 당연한지도. 이렇게 스스로 제어가 안 될 만큼 화가 나는 것은, 그럼에도 불구하고 할 수 있는 일이 아무것도 없기 때문일 것이다. 이렇게 부인하는 것 외엔, 아무것도.

"그 계약 건은 내가 이미 거절한 거 아니야? 일단락된 얘기잖아. 그런데 그걸 왜 손나빈에게 들려 보내?"

[김기헌은 왜 계약서를 하필, 손나빈에게 들려서 나에게 보냈을까? 넌 지금 그 생각으로 머리가 터질 지경이겠지? 혹시라도 꽁꽁 숨겨놓았던 마음, 들킨 건 아닐까 전전긍긍하면서.]

"계약 얘기 중이야. 나빈이 이야긴 빼지?"

[별로. 내가 왜 그래야 하는데? 난 빼고 싶지 않아. 솔직히 말하면, 이번 계약과 손나빈을 아예 하나로 묶어버리고 싶은 심정이야. 효과가 아주 그만이잖아. 이렇게 직접 네가 전화까지 해주는 걸 보면 직방도 이런 직방이 없지 싶어. 앞으로도 이런 효과를 계

속 보려면, 나빈 씨를 쭉~ 이용해 보고 싶은데. 결과가 어떻게 될지 궁금하지 않아?]

"형, 아주 큰 착각을 하고 있는 거 같은데? 난 지금 그 계약을 수락하기 위해 전화 건 게 아니야."

[수락이 아니라 협박이겠지. 나빈 씨 괴롭히지 말라는. 너, 나빈 씨 좋아하잖아. 나빈 씨를 보기 위해서라면 그리던 그림도 내팽개치고 우리 샵으로 달려올 만큼, 아주 많이.]

"뭐라고?"

[여자라면 결벽증 걸린 애처럼 질색팔색하는 최시우가 실은 금단의 열매에 취해 정신 못 차리고 있는 거라니. 참, 쇼킹도 이런 쇼킹이 없다. 은서가 알면 절대로 가만히 있지 않을 거야. 그건 알고 있지?]

"상상이 지나친 거 아니야? 무슨 근거로 그런 소릴 하는 건지 모르겠는데. 아니야, 그런 거."

[아니라고 말하고 싶겠지. 부인해야 네 마음이 편해질 테니까. 하지만 동생의 여자를 좋아하는 것 자체가 결코 속 편한 짓은 못 되지. 충고하건대, 그냥 인정하는 게 오히려 네 정신 건강에 도움이 될 거다.]

"아니라고, 했을 텐데."

시우가 차갑고 무겁게 중얼거렸다. 딱딱 끊어지는 억양에는 더 이상의 공격은 참을 수 없다는 일종의 경고가 녹아 있었다. 무언가 폭발할 것처럼 끓는 감정을 꾹꾹 내리누르고 있는 듯 이까지 악문 그의 말에, 수화기 반대편에선 잠시 아무 말도 들려오지 않았다. 수초 동안 두 남자의 숨소리만이 보이지 않는 공간에서 서로 얽혔다.

[이미 게임은 시작됐어.]

기헌이 묵직한 목소리로 운을 뗐을 때는, 시우가 막 쐐기 박을 말을 내뱉기 위해 입술을 떼기 직전이었다.

[난 또 나빈 씨를 보낼 거야. 네가 페로스화장품과 계약하겠다고 나올 때까지. 네가 어디까지 참아낼 수 있을지, 사뭇 기대가 된다.]

"아무리 설득해도 난 그 일 안 해. 나빈일 몇 번이나 보내도 내 마음은 변하지 않을 거야. 왜 그러는지는 형이 더 잘 알겠지?"

[끝까지 외면하겠다, 이거냐? 그런 식으로 네 자신을 괴롭혀서 얻는 게 뭔데?]

"형이 잘못 짚은 거야. 난 동생 약혼녀 따위 좋아하지 않아. 그러니 내 마음을 외면할 필요도 없고, 내 자신을 괴롭히는 것도 아니야. 더불어 나빈이의 설득이 내게 지대한 영향을 미칠 거라는 형의 추측도 틀렸어."

[누가 이기나, 한번 해보자는 거냐?]

기헌이 히죽 웃으며 조용히 물어왔다. 상대방 간담을 서늘하게 하는 음성이다. 시우의 말을 믿지도, 계획을 바꾸지도 않을 거란 결심이 고스란히 녹아 있는 말이니까. 그것은 또다시 나빈을 보내 시우를 흔들 거란 의미였다. 묵직하게, 빡빡하게 심장이 눌리는 기분을 느끼며 시우는 아랫입술을 지그시 깨물었다.

[불쌍한 자식. 생긴 건 강철도 씹어 먹을 것처럼 차갑게 생겨놓

고서, 그깟 여자 때문에 안절부절못하는 모양새라니. 누가 상상이라도 했을까. 이 시대 최고의 차도남 최시우가 여자 때문에 끙끙 앓고 있다는 걸. 널 꽤 잘 알고 있다고 자부하는 나조차도 이런 네가 낯설다. 너, 이렇게 소극적인 녀석 아니었잖아. 왜 좋아한다고 말을 못해? 동생 때문에? 삼각관계 만들기 싫어서?]

"……."

[그건 너무 진부하다 못해 낡아빠진 구시대적 핑계 아니야? 요즘 세상에도, 여자를 양보하는 남자가 있나? 우정? 형제애? 그딴 게 무슨 소용이야? 내가 살고 봐야지. 내가 좋아하는 여자, 내가 갖고 봐야지.]

"누가 누굴 양보했다는 거야? 헛소리 그만해."

[가져.]

장난처럼 가볍게 말을 건네던 기헌이 갑자기 정색했다. 무뚝뚝하면서도 냉철한 목소리로 명령하듯 불쑥 내뱉는 그의 말에 시우는 우뚝 숨을 멈추었다. 가슴이, 여태 멀쩡했던 심장이 일순 욱신거렸다. 뼛속 깊은 곳까지 스며들어 정신을, 신경을, 온 마음을 검게 물들였던 욕구가 한순간 가눌 수 없을 만큼 급격히 끓어올랐다.

기헌의 말 한마디로 인해 주체하지 못할 만큼, 자기 자신을 컨트롤하기 힘들어질 만큼 강한 갈망이 솟구쳤다. 스스로에게 최면을 걸고, 자신을 회유하고, 윽박지르고 자위해 왔던 지난 7년의 시간들이 빠르게 뇌리를 지나쳐 갔다. 그녀는 가지고 싶어도 가질 수 없는, 가져서는 안 되는 존재였기 때문에, 그녀를 탐내는 일은 애초부터 가당찮은 일임을 너무나도 잘 알고 있었기 때문에, 단념해야 했던 순간 순간들이 눈앞으로 스쳐 지나갔다.

가져.

그것은 시우의 무의식과 근본적 욕구, 본능이 지난 7년 동안 줄기차게 종용해 왔던 말이었다. 그녀를 가지라고. 손나빈을 쟁취하라고. 억지로라도 빼앗으라고. 그 마약보다도 더 강렬한 유혹을 참아내기 위해 시우는 이를 악물고 버텨내 왔다. 지금까지 햇수로 7년이라는 세월 동안, 감정을 끊어내기 위해 보지 않고 느끼지 않고 관심조차 돌리지 않았었다. 수다쟁이 시현이 구구절절 쏟아내는 나빈에 대한 정보들을 취하지 않기 위해 귀를 막고 마음을 닫았다. 그랬는데도 그는 또다시 이런 감정에 휩싸이게 되어버렸다.

[잊지 못할 정도로 깊이 빠져 있다면 별수 없잖아? 가져야지.]

"형."

[나만 참으면 만사오케이니까 모두의 평안을 위해 희생하자, 뭐 그런 생각인가 본데. 사랑하는 여자, 태평양 마음으로 남한테 양보하고 평생 잊지 못하고 사는 거. 추천 못해. 도시락 싸들고 다니면서 말릴 거다. 그냥 잊고 사는 거, 그게 제일 쉽고 간단한 일 같지만 아니다. 평생 속 썩는 짓이야. 옆에서 보는 사람마저도 괴롭게 하는 멍청한 짓이니까, 그냥 가져. 가질 수 있으면 네가 가져버리란 말이야. 그래서, 행복해져.]

혼란스러움에 아무 말 못하고 있는 사이, 기헌이 살살 타이르는 말을 중얼거렸다. 그리곤 휴우— 깊은 한숨을 내쉬더니 분위기를 바꾸려는 듯 강하게 기합을 넣으며 말했다.

[기다려라. 내일 또 나빈 씨, 네 집으로 보낼 테니까. 또다시 윽박질러 애 겁먹게 해서 쫓아내지 말고 이번엔 오붓하게 앉아 차라도 한잔 마셔. 그래도 되니까. 더불어 계약서도 작성하고.]

"걜 또 보내겠다는 거야? 일 안 시켜?"

시우는 음산하리만치 어둡게 중얼거렸다.

[내 직원이야. 무슨 일을 시킬지는 내 마음이지.]

"그 계약서를 작성할 일은 없어. 아무리 나빈일 보내봤자 헛수고라고."

[웬만하면 귀기울여 줘라. 애쓰는 거 안쓰럽지도 않아?]

"애쓰는 건 형이겠지. 나빈인……."

[끊는다. 손님이 몰려와서.]

"형!"

수화기를 향해 거칠게 소리를 질렀지만 기헌은 전화를 끊고 말았다. 뚜뚜뚜— 통화가 끊긴 전화기를 내려다보며 시우는 나지막이 욕설을 내뱉었다.

요 며칠 사이 오늘처럼 이리 추운 날이 있었던가. 도대체 왜 하필 오늘, 몇십 년 만의 강추위가 찾아왔다는 오늘, 이런 별스런 심부름을 하고 있는 것인지. 나빈은 아파트 통로 한복판에 쪼그리고 앉아 오들오들 떨며 자신의 재수없는 일진을 탓하고 있었다. 그래, 일진. 일진 탓이다. 절대로 이건 일진 탓이지, 그 무엇의 탓도

아니라고 나빈은 스멀스멀 피어오르는 의구심을 얄짤없이 내쳤
다.

"네? 또 제가요?"

"왜? 싫어? 가기 싫긴 하겠네. 날씨도 춥고 왔다갔다 번거롭기
도 하고. 또 시우 녀석이 좀~ 쌀쌀맞게 구나. 나 같아도 이런 심
부름 싫겠다."

"아, 아니에요. 가기 싫진 않습니다. 단지 저는……."

늦게 출근해도 된다는 소리에 신나서 오전 내내 뒹굴뒹굴하며
꾸무럭거리다 겨우 이불을 박차고 샵에 나갔더니만, 날아온 일감
은 어처구니없게도 전날과 똑같은 심부름이었다. 이번엔 최시우
에게 포트폴리오도 계약서와 함께 갖다 주란다. 미션 내용을 듣는
순간 나빈은 기묘한 기분에 빠져 버렸다. 딱 꼬집어 얘기할 순 없
지만 뭔가가 이상했다. 아주 많이. 매우 흥미진진한 듯 싱글싱글
웃는 김기헌도 이상하고, 자신을 지목해 또다시 시우의 집까지 갔
다 오라는 말도 이상하고, '시우 녀석이 좀~ 쌀쌀맞게 구나' 하고
말하는 그의 말투와 뉘앙스도 이상했다. 마음속에 숨겨놓은 꿍꿍
이가 따로 있는 것 같았다. 남들은 모르는 크나큰 비밀을 심중에
숨겨놓은 사람처럼 그의 모든 게 이중적으로 보였다.

"왜 매번 저한테 심부름을 시키시는지 궁금해서요."

"궁금해?"

"네. 사실 그분과는 친분이 별로 없거든요. 그분 소개로 일하게
되긴 했지만 제가 친한 건 그분 동생이에요. 절친한 친구라서 부

탁도 하게 된 거거든요.”

“친구? 애인인가?”

“그냥 친구예요. 초등학교 때부터 친했던.”

“그냥 친구? 애인 사이 아니고? 저번에 듣기론 시우 동생과 결혼할 사이라고 했던 것 같은데. 시우가 나빈 씨더러 제수라고 하지 않았나?”

“아, 그건……!”

순간 욱하고 치받치는 성미를 내리누르느라 나빈은 한 템포 쉬어가야 했다. 아, 짜증나. 누가 누구의 제수라는 거야. 끔찍하게시리. 아무래도 시현이네 가족들은 착각착각 열매를 단체로 복용하셨나 보다. 왜들 그렇게 근거없는 단순 가정을 실제라 철석같이 믿어 의심치 않는 것인지. 남의 자식, 혼삿길을 막아도 유분수지 말이야. 하긴 누굴 탓해. 내 엄마까지 그런 착각을 했는데.

“오햅니다. 그때도 말씀드리려고 했는데, 경황이 없어서 말씀 못 드렸네요.”

“오해라고? 그럼 정말 단순히 친구 사이란 말이야?”

“그럼요. 어릴 때부터 티격태격하면서 자라온 절친한 사이, 그 이상도 그 이하도 아닙니다. 결혼할 사이라뇨. 당치도 않아요.”

“음. 그래?”

무슨 생각인지 기헌은 고개를 끄덕이며 빙그레 웃었다. 생각대로 일이 잘 풀리고 있을 때나 짓는 표정이라, 나빈은 더욱 기분이 이상해졌다. 대체 무슨 생각을 하면 저런 표정이 되는 걸까? 김기헌의 머릿속엔 뭐가 들어가 있는지 나빈은 궁금해 미칠 지경이었다.

"내가 시우 일을 굳이 나빈 씨한테 심부름시키는 이유가 궁금하다고 했지?"

"네……."

"이유는 간단해, 나빈 씨."

"뭔데요?"

나빈은 호기심 가득한 눈으로 기헌을 바라보며 조심스럽게 물었다. 뭔가 엄청나게 대단한 탑 시크릿이 터질 것만 같아 저절로 긴장이 되었다. 입이 스르르 벌어지고 두 눈은 훌쩍 치켜떠져 기헌의 입술을 잡아먹을 듯 빤히 바라보는 나빈을 향해, 그는 여유 자적한 웃음을 내비치며 대답했다.

"나빈 씨가 우리 샵 막내니까."

불과 몇 시간 전의 일을 떠올리는 나빈의 표정은 순식간에 일그러지고 있었다. 나긋나긋하며 자애롭기까지 한 기헌의 음성은 떠올리는 것만으로도 불길하고 소름이 돋았다. 뭐냐고. 도대체 왜 이렇게 기분이 이상한 거냐고. 그의 말대로 자신은 샵의 막내. 이것저것 닥치는 대로 잔심부름이나 하는 알바생이었다. 매장의 오너인 김기헌 디자이너의 지극히 개인적인 심부름 따위는 그녀와 같은 알바생이 맡는 게 관행이었고, 또 그런 일을 하기 위해 그녀가 채용된 것이기도 했다. 하지만 자꾸 뭔가 다른 속내가 있을 거라는, 특별한 이유가 있을 거라는 생각이 들었다. 시현과 단순히 친구 사이일 뿐이냐고 묻는 것도 그렇고, 그 애매모호한 분위기를 마구마구 풍기던 야릇한 미소도 그렇고. 김기헌에게 다른 뜻이 있는 것 같아 마구 혼란스러웠다.

"솔직히 나더러 설득하라고 한 것도 이상해. 내가 무슨 힘이 있어? 내가 설득한다고 그 사람이 내 말을 들어줄 것 같아? 아니지, 그럴 사람이 절대로 아니지."

나빈은 혼잣말을 중얼거리며 힐끔 고개를 쳐들어 아파트 문을 노려보았다. 지금 그녀는 거의 두 시간 가까이 문 앞에 쪼그리고 앉아 그가 나오기를 기다리고 있었다. 이 엄동설한에 두 시간이라니, 오 마이 갓. 버티고 있는 자신이 참으로 용하다는 생각이 들 만큼 추운 날씨였다. 손발이 꽁꽁 얼어붙고 입술은 푸르스름해져 이젠 더 이상 버티고 싶어도 버틸 수도 없을 지경이었다.

안에 있는 최시우는 한가로이 차나 마시고 앉아 있겠지. 아니면 작업 중이던 스케치를 마저 하고 있거나. 독한 남자 같으니라고. 사람이 이렇게 벌벌 떨고 있는데 코빼기도 안 비치고 말이야. 나빈은 이를 아드득 갈며 시간을 확인했다.

조금만 더 기다려 보고 일어날 거다. 이젠 아주 오기가 생겨서 꼭 그 잘난 면상을 한 번이라도 보고 가야겠단 생각이 들었다. 나빈은 선명하게 떠오르는 두 시간 전의 상황을 다시금 되새김질하며 분노 게이지를 끌어올렸다.

[왜 왔어?]

벨을 누르자마자 그가 다짜고짜 건넨 말이었다. 인터폰을 통해 그녀의 얼굴을 확인한 듯했다. 당연히 나빈은 방긋 웃으며 손에 들고 있던 파일을 인터폰 화면에 갖다 댔다.

"선생님 심부름 왔어요. 이번엔 이걸 갖다 드리라고 해서요."

[됐어. 필요없어.]

"아, 저기……!"

뭐라고 말도 건네보기 전에 인터폰이 뚝 끊어졌다. 너무나 황당한 나머지 나빈은 그 후로 정확히 3초 동안 정지해 있어야 했다. 아니, 뭘 가져온 것인지 묻지도 않고 필요없다고 말하는 건 어느 나라 법이래. 그리고 아무리 필요가 없는 물건이라도 그렇지. 면전에서 쫓아내는 건 또 뭐람. 빚쟁이 취급하는 것도 아니고. 빚쟁이라도 이런 대접은 안 하겠음. 아니, 신문 아저씨, 우유 아줌마도 이런 취급은 안 하지. 우이씨. 괜히 서럽고 오기가 생겨 나빈은 또다시 벨을 눌렀다.

[또 뭐야?]

"선생님이 이걸 꼭 전해 드리라고 했어요. 받아주세요."

[필요없다는 말, 못 들었어?]

"필요없으셔도 일단은 받아주시라고요. 저는 전달해야 할 책임이 있으니까."

[받았다고 쳐. 내가 훑어보고 돌려보낸 거라고 해. 됐지?]

"안 받으셨잖아요. 이게 무슨 파일인지도 모르시면서. 그리고 이걸 다시 가져가면 선생님께선 아마 또 절 보내실 걸요? 제가 자꾸 오는 거 귀찮으신 것 같은데, 귀찮으시면 이거 받으세요. 받으시면 저도 다시 올 일 없을 것 같으니까요."

똑 부러지는 나빈의 음성은 자신이 듣기에도 뾰로통하니 뿔이

나 있었다. 솔직히 이게 무슨 웃기지도 않는 일인가 말이다. 심부름 온 사람이 무슨 죄야? 확실하게 거절 못한 최시우 잘못이지. 이렇게 기헌이 적극적으로 자료까지 제공하면서 매달린다는 건 쉽게 포기할 생각이 없다는 뜻 아닌가? 그럼 더 확고하게 쐐기를 박아 이런 심부름 보내지 않도록 조처해야 맞는 것이다. 정 기헌을 설득 못하겠다면 솔직하게 털어놓든지. 실은 내가 페로스 오너의 아들이다, 라고.

[너 바보야? 이 상황, 이해 못해?]

"무슨 말씀이세요?"

[가서 선생님께 전해. 아무리 그래도 안 되는 건 안 되는 거라고.]

그와의 대화는 그것으로 끝이었다. 다시 벨을 눌러도 그는 인터폰조차 받아주지 않았다. 그냥 돌아갈까 생각도 해보고, 기헌에게 전화를 걸어 상황을 설명한 후 양해를 구해볼까 궁리도 해보았지만. 아무리 생각해도 그냥 이대로 물러서는 건 억울했다.

문전박대라니, 왠지 서럽지 아니한가. 어떻게 사람을 만나주지도 않고 쫓아내나. 그렇게까지 꼴 보기 싫은 건가 싶으니 '너무하다. 내가 뭘 얼마나 잘못해서. 왜 나만 갖고 이래?' 하는 터무니없는 서러움이 북받쳤다. 게다가 덜렁 파일 하나 들려 보내며 배웅까지 해주던 김기헌을 떠올리니…….

"꼭 직접 얼굴 보고 파일 전달 완료하길 바라. 간 김에 차라도 한

잔 얻어 마시면서 천천히 오고. 마침 오늘은 한가하니까. 그동안 고생 많이 했으니 오늘 하루는 좀 쉬어도 좋아."

마지막까지 미스터리한 말을 남기던 김기헌의 태도로 보아, 얼굴은커녕 파일 전달도 제대로 못했다고 하면 또다시 다녀오라 말할 게 분명했다. 왔다 갔다, 이게 도대체 무슨 생고생이야? 이놈의 파일, 뭔지 모르지만 이메일 같은 걸로 전송하면 안 되나? 꼭 번거롭게 인편을 통해야만 하는 건가? 잔뜩 인상을 찌푸린 채로 나빈은 고개를 끌어내려 바닥을 노려보았다. 쪼그리고 앉아 무릎을 두 팔로 끌어안고 있으니 그나마 추위를 덜 느끼고는 있으나, 조만간 얼어 죽을 것 같다. 아무래도 다시 돌아가야 할까 보다. 아니면 근처 커피숍에 들러 몸을 좀 녹이고 다시 오든가.

삐리릭.

99.9%쯤은 포기하며 낙담하고 있을 때였다. 뒤통수로 작은 신호음이 들리는가 싶더니 덜컹거리며 현관문이 열리기 시작했다. 안에서 사람이 나오는 것이었다. 우중충했던 표정을 활짝 펴며 나빈은 그 자리에서 벌떡 일어섰다. 막 턴하여 최시우를 마주하려는데, 무릎과 가슴 사이에 끼워졌던 파일이 바닥으로 쿵 떨어졌다. 너무 반가웠던 나머지 파일의 존재유무를 깜빡 잊고 있었던 거다. 나빈은 냉큼 다시 쭈그리고 앉아 파일을 챙겼다.

"너, 여기서 뭐하고 있어?"

꽤 무거운 파일 더미를 막 집어 챙겨 일어나는 그녀에게 시우가 추궁하듯 물었다. 외출하려던 참이었는지, 머리카락이 깔끔하고 반듯하게 넘겨져 있었다. 흰색 터틀넥 스웨터와 갈색 코듀로이 바지, 두터운 코트를 입은 그에게서는 예의 바르고 정중한 분위기가 풍겼다. 어디를 가려는 중이었는지 일순 궁금해하며 나빈은 두 눈을 훌쩍 키우고 그를 올려다봤다.

"저, 이거……."

"아까부터 지금까지 줄곧 여기서 기다리고 있었던 거냐?"

비난하는 말투로 그가 재차 물었다. 찔리기는 하나 보다. 표정이 험악하게 굳어가는 걸 보면. 나빈은 내심 통쾌하다 생각하며 태연히 중얼거렸다.

"어쩔 수 없잖아요. 전달할 때까진 절대 돌아오지 말라고 하셨는데."

"기헌이 형이 그렇게 말했단 말이야?"

물론 아니다. 하지만 이때껏 문 앞에서 쭈그리고 앉아 그를 기다린 게, 오기가 생겨서라고 사실대로 말할 수는 없었다. 차갑게 대하는 그의 태도에 서러웠다는 말은 더더욱. 그건 그에게 뭔가를 기대하고 있다는 뜻이니까. 사실, 그녀가 그에게서 따스한 말이나 다정한 행동을 기대하는 것 자체가 웃기는 것이었다. 그와 나빈은 진짜 아무 사이도 아니니까.

"그렇게 말씀하시진 않았지만, 비슷하게 말씀하셨어요."

대충 얼버무리며 말하는 찰나, 그의 날렵하면서도 남성적으로 길게 뻗은 손가락들이 휙 움직이며 그녀의 손에 들린 파일을 낚아채 갔다. 짜증이 배어 있는 그의 힘찬 손길에 나빈은 흠칫 놀랐다. 뭐라 잔소리나 가혹한 멘트가 날아올 줄 알았는데. 그러나 그는 아무 말 없이 현관문을 다시 열고 들어가 버렸다.

"……."

나빈은 꿀 먹은 벙어리마냥 멍하니 굳게 닫힌 현관문을 바라보았다. 썩을 것처럼 얼굴을 찡그린 채로. 아니, 지금까지 추위에 덜덜 떨며 기다렸는데 어떻게 이럴 수 있어? 따뜻한 차라도 한잔 대접하겠다고 나와야 맞는 거 아니야? 자기 때문에 사람이 얼어 죽을 뻔했는데. 독하다, 진짜. 나빈은 이를 악물고는 바닥으로 길게 늘어뜨려진 백을 훌쩍 끌어올렸다.

"아, 손 시려."

동그랗게 주먹을 쥔 손을 입가로 가져가 호, 불며 나빈은 중얼거렸다. 짜증나고 서럽고, 그래서 눈물이 나올 것만 같았다. 어쩌다 자신이 이 지경에까지 내몰렸는지 화나고 싫었다. 바보처럼 왜 자꾸 최시우가 자신을 걱정해 줄 거라고 생각했는지 정말 모르겠어서 답답하고 또 답답했다. 그가 자신을 좋아하는 게 아닐까 하고 삽질하다, 이젠 반대로 자신이 그를 좋아하게 되었나 보다. 그렇지 않고서야 지금 이 상황에서 눈물이 나올 게 뭔가? 제정신이 아니야, 진짜.

"어딜 가?"

찡해진 코끝을 문지르며 뚜벅뚜벅 두어 걸음 내디뎠을 때였다. 갑자기 문이 열리더니 그의 목소리가 뒤통수를 때려왔다.

"들어와."

"네?"

나빈은 튀어나올 것처럼 부릅뜬 눈으로 휙 뒤를 돌아봤다. 하지만 이미 그는 집 안으로 모습을 감춘 후였다. 스리슬쩍 열린 문틈을 뚫어져라 바라보며 나빈은 두 눈을 깜빡깜빡 깜빡였다. 꺾여버렸던 기대감이 슬그머니 다시 되살아나는 걸 느끼며 나빈은 천천히 현관문을 향해 다가갔다.

가습기만이 고요히 제 기능을 다하고 있는 집 안은 조용하고 아늑했다. 어제도 와봤지만, 그때와 지금은 분위기가 많이 달라 보였다. 어젠 눅눅하고 어둡고 탁해서 음습한 분위기마저 느껴졌었는데 오늘은 환기가 제대로 되어선지, 대낮이기 때문인지, 그것도 아님 그녀가 잔뜩 얼어 있어서인지 꽤 밝고 따스하게 느껴졌다. 기분 좋은 미소를 띤 채 천장을, 유별나게 넓어 보이는 침대를, 누구도 볼 수 없게끔 꽉 닫힌 작업실 문을 바라보고 있자니 또각, 탁자 위로 흰 머그컵이 내려앉았다.

"안 잡아먹어. 코트 벗고 편하게 앉아."

그가 내온 건 달콤한 핫초콜릿이었다. 따뜻한 음료로 몸을 녹이라는 뜻이 담긴 것 같아 자연스레 미소가 지어졌다. 나빈은 두 손을 내밀어 머그잔을 감싸고 고개를 들어 그를 보며 꾸벅 인사를 건넸다.

"괜찮아요. 고맙습니다."

"……."

무엇이 그리 마음에 안 드는지 찡찡한 얼굴로 그는 잠시 나빈을 내려다보았다. 정장차림도 엄청 근사하더니만 흰 스웨터는 더 기막히게 어울린다고 생각하며 그녀는 컵을 들어 입술에 대고 뜨거운 핫초콜릿을 홀짝였다. 아무래도 최시우는 어머니를 닮은 모양이다. 최 회장님도 풍채가 좋고 잘생긴 편이고 시현도 그만하면 어디다 내놓아도 꿀리지 않는 외모인데, 시우는 그들과는 또 다른 포스가 있었다. 사람을 끌어당기는 매력 같은 것? 등장함과 동시에 모든 사람들의 시선을 빨아들이는, 카리스마와도 같은 무언가가 최시우에겐 있었다.

나빈은 갑자기 그의 어머니가 궁금해졌다. 어떤 분이었을까? 언뜻 듣기론 연예계 쪽 사람이었다는 것 같던데.

"작업, 안 하세요?"

시선 한 번 싸늘하게 주곤 뒤돌아 창가로 가버리는 시우의 뒷모습을 바라보며 나빈은 조심스럽게 물었다. 딱히 궁금해서 물은 건 아니었다. 분위기가 너무 차분해서 어색해질까 봐 쓸데없는 질문을 건네었을 뿐.

그는 창가에 몸을 기댄 채 흘낏 이쪽을 쏘아보았다. 그냥 눈동자만 돌렸을 뿐인데 눈빛이 너무 날카로워 나빈은 일순 흠칫 놀랐다.

"어제 보니까 무슨 그림을 그리고 계시는 것 같기에."

"훔쳐봤냐?"

"아, 아니요! 보진 않았어요. 이젤이 서 있는 게 언뜻 보여서……."

미심쩍은 듯 묻는 그의 질문에, 즉각 나빈은 도리도리 고개를 맹렬히 내저으며 강하게 부인했다. 뭘 또 의심하고 묻는 건지. 자세히 들여다보기도 전에 나타났으면서.

"근데 이 파일은 안 보세요? 이거 포트폴리오랑 계약서라고 들었는데."

그림을 보지 않았다는 그녀의 말을 믿는 듯 무심히 다시 고개를 창문가로 트는 그에게, 나빈은 또 조심히 물었다. 그녀가 샵에서부터 가지고 온 파일 철은 탁자 위에 떡하니 놓여 있었다. 그걸 받아든 이후 한 번도 들춰보지 않은 듯 굳건히 닫힌 채로.

"선생님께선 이 일을 꼭 형님께서 맡아주셨으면 하나 봐요. 이런 기회가 흔하게 오는 게 아니잖아요. 형님께서 모델 쪽으로 화려한 경력을 갖고 있는 것도 아니고, 인지도가 엄청 높은 것도 아니고. 거의 무명에 가까운 평범한 모델인데, 아! 기분 나쁘게 듣지 마세요. 경력 면에서 평범하다는 말이지, 실력이 없다는 말은 아니니까요."

"……."

"아무튼 대기업 쪽에서 제안이 들어올 만큼 대단한 모델은 아니잖아요? 그런데도 이런 기회가 저절로 굴러들어 왔으니 선생님께서 흥분하지 않을 수 없었겠죠. 가만 보면 선생님이 형님을 엄청 챙기시던데. 많이 아끼는 모델이니까 더 그런 반응이지 싶어요. 하지만…… 형님 입장도 전 이해해요. 제가 형님 입장이라도, 승낙하기 쉽지 않을 것 같아요."

머뭇거리면서도 제 할 말은 모조리 다 하는 나빈을, 시우는 슥 돌아보았다. 두 시간 동안 꽁꽁 얼어붙었다가 막 녹아들기 시작하는 듯 두 볼이 새빨갛게 달아올라 있는 그녀는 양손으로 컵을 쥐고 김이 모락모락 나는 핫초콜릿을 홀짝거리고 있었다. 장갑만 겨우 벗었을 뿐 목도리에 코트까지 죄다 착용하고 있어서 온기가 더욱 빨리 퍼지고 있음이라. 빨개진 코를 훌쩍거리고 말간 눈망울을 초롱초롱 빛내며 이쪽을 바라보고 있는 나빈에게는 당장이라도 흐트러뜨리고 싶은 깨끗함이 있었다.

"아직 말씀 못 드렸죠?"

"……?"

"본인이 페로스 최 회장님 아들이라는 거요. 아직 선생님께선 모르시죠? 선생님뿐만 아니라, 이쪽 관계자분들 전부 다 모르는 것 같던데. 맞죠?"

오지랖을 필요 이상으로 넓히는 그녀인데, 그 모습이 또 귀엽다. 할 수만 있다면 그를 위해 이 사람 저 사람 붙들고 설득하고 해명해 줄 기세인 그녀가 예쁘다. 그래, 원래 손나빈은 이런 애지. 시현의 입을 통해 전해들은 이야기들과 직접 눈으로 확인했었던 수많은 에피소드들을 종합해 보자면 손나빈은 누구에게든 친절을 베풀지 못해 안달인 사람이었다. 상대방이 그 친절을 흔쾌히 받아들일지 아닐지조차 생각지 않는다. 그녀에게서 동정심이란 거의 본능과도 같은 것이었다.

"그럴 줄 알았어요. 어쩐지 선생님께서 자꾸 무리하게 밀어붙이신다, 했네요. 형님이 누구라는 걸 안다면 이 상황이 얼마나 터무니없다는 걸 잘 알 텐데. 제가 도와드릴까요?"

"……."

"제 주제에 형님을 도와드린다는 게 좀 웃기긴 하지만, 그래도 어느 집 자제분이라는 것 정도는 제가 슬쩍 흘려드릴 수 있을 것 같아서요. 선생님께서 그 사실만 아셔도 이렇게 귀찮게 굴진 않으실 거 아니에요. 그럼 제가 이렇게 뻔질나게 찾아오지 않아도 되는 거고."

"넌 내가 누구라고 생각하는 거냐?"

힘이 들어간 두 눈동자를 가늘게 쏘아보는 그의 입가에 냉소가 슬며시 떠올라 있었다. 상대를 비웃는 것 같은 그 모습에 나빈의 얼굴에 피어 있던 웃음꽃은 순식간에 사그라졌다.

"무슨 말씀이세요?"

"페로스화장품 최민석 회장의 장남. 그게 나인가?"

"맞잖아요."

그녀의 당차고 확신에 찬 목소리에 그가 작은 코웃음을 흘렸다. 다분히 비꼬는 듯한 부정적인 반응. 나빈은 이해할 수 없는 그의 반응에 의아해져 그를 빤히 바라보았다. 뭔가 적당한 설명을 해주길 바라는 의미였지만, 그는 별로 설명 따위 해줄 의향이 없는 듯 금세 싸늘히 시선을 거두었다.

"다 마셨으면 나가."

"……."

"가서 네 선생님께 말해줘. 자꾸 이런 식으로 나오면 나도 가만히 안 있겠다고. 그리고 너."

"네!"

"머리가 모자라 사태파악 못했으면 눈치라도 있어봐."

나빈을 들이 삼킬 것처럼 격렬한 시선으로 그가 잔인하게 씹어 뱉는다. 머리가 모자라? 눈치라도……? 둔하게 돌아가던 머릿속

으로 그가 뱉은 단어들이 느리게 입력되자 나빈의 얼굴은 빠르게
일그러졌다.

"이용당하면서 사는 게 좋아? 편리해?"

"이용당하다니요? 그게 도대체 무슨 말씀이세요?"

제법 호기있는 눈으로 그를 쏘아보며 그녀가 물었다. 똑똑하고
야무진 목소리였으나 시우의 눈에 손나빈은 그저 어리석고 연약
한 소녀에 불과했다. 남에게 멋대로 휘둘리면서 자신이 휘둘리는
것조차 자각하지 못하는 주제에, 아무에게나 동정심을 퍼주기나
하는. 그 싸구려 동정심 때문에 자신이 어떤 곤경에 빠졌는지는
안중에도 없는 모양이었다. 착해 빠진 건지, 바보 같은 건지.

"다신 여기 오지 마."

시우는 더 이상 차가울 수 없을 정도로 냉랭한 얼굴로 그녀를
쏘아보았다.

"또다시 겁없이 찾아오면 그땐 가만두지 않을 테다."

제9장. Smooth & Sweet

이용당하고 있다느니 머리가 모자란다느니, 별 이상한 말을 다 듣고도 나빈은 또다시 그를 찾았다. 마음 같아선 다시는 그를 만나고 싶지 않았지만 김기헌의 막무가내식 심부름에는 나빈도 당해낼 재간이 없었다. 아, 글쎄 무작정 뭔가를 하나씩 맡기며 갖다주란다. 꼭 그를 만나야 하고 얼굴 도장을 콱 찍은 후 인증 사인까지 받아와야 한단다. 도저히 이해 안 되는 미션이었다. 차라리 두 정거장 떨어져 있는 커피숍에 걸어가 커피 사 오는 일이 덜 난해하겠다. 이건 뭐, 왜 해야 되는 건지도 모른 채 왔다갔다. 뭐, 그렇다고 김기헌이 시키는 대로 무작정 아무 말 없이 심부름한 건 아니었다.

"선생님, 수아 언니가 대신 다녀오겠다는데요. 꼭 계약서에 사인받아 오시겠대요. 자신있다고 하는데……."

매장 스텝 중 한명인 김수아는 전부터 시우를 짝사랑해 왔던 게 틀림없었다. 무슨 일이기에 날이면 날마다 외근을 하느냐고 묻는 그녀에게 사정 얘길 했더니 수아는 당장 자신이 그 일을 맡아야 한다며 온 매장을 들쑤셔 댔고, 결국 나빈은 그 일을 수아에게 넘기기로 잠정 결정을 내려야 했다. 적극적이고 외향적이면서도 애교 충만 성격인 수아이니, 자신이 못다 이룬 미션을 이룰 수 있을 것 같기도 했다. 그래서 넌지시 꺼냈던 얘기였는데, 그에 대한 기헌의 대답은 얄짤이 없었다.

"안 돼."

"에? 왜요?"

"못할 테니까."

무조건 안 된다, 못한다, 말하는 그의 반응에 나빈은 의문을 가질 수밖에 없었다. 두 번이나 연달아 실패만 하고 돌아온 자신을 뭘 믿고 계속 보내겠다는 건지? 나빈이 못하는 일, 수아가 할 수도 있는 거 아닐까? 평소 뭐든 똑 부러지게 잘하는 사람이니까, 일 잘할 때의 수완을 발휘해 철옹성처럼 앞뒤 꽉 막힌 최시우의 마음을 녹여 버릴 수도…… 있을 거라고 생각하니 기분이 조금 언짢아지네.

어쨌든 또다시 그의 앞에서 굴욕적인 일을 당하지 않을 수 있는 절호의 기회로 삼고, 나빈은 다시 한 번 잘 설득해 보았다. 열심히 최선을 다해. 하지만 끝끝내 기헌의 마음은 되돌려지지 않았다.

"이번 일은 나빈 씨만 할 수 있어. 아무리 수아 씨가 척척박사 만물박사여도 시우 설득하는 건 못해."

라는 뜻 모를 멘트만 날아왔을 뿐이었다. 이 대목에서 나빈은 또다시 머리를 싸맬 수밖에 없었다. 나만 할 수 있다니, 대체 뭘? 계약서 작성하도록 설득하는 것? 김기헌이 하달한 물건을 전달하는 것? 두 가지 다 난 이미 실패했는걸. 대체 선생님은 뭘 믿고 내가 이 일을 꼭 성공해 낼 거라 믿는 거야?

삽질의 시작은 이때부터였다. 최시우가 날 좋아하는 거 아닐까, 하는 가당찮은 의심과 추측으로 열심히 땅을 팠던 지난날의 시행착오가 아직도 뼛속 깊이 각인되어 있었거늘. 또다시 그때와 다름없는 의심이 고개를 쳐든 것이었다. 정말 자기 스스로에게 이렇게까지 말하고 싶지 않지만, 딱 공주병 말기 환자 증세가 아닌가 싶었다. 아무 물증도 없이 심증만으로, 그것도 기헌의 말 몇 마디만으로 이런 삽질을 또 하게 되었다는 사실에 나빈은 통탄을 금치 못할 지경이었다. 하지만 어떡하나. '최시우는 손나빈을 좋아해'란 가설만 딱 끼워 맞추면 모든 의문이 스르르 풀리는걸.

'이번 일은 나빈 씨만 할 수 있어.'

왜 꼭 나여야만 된다는 거냐는 의문점에 걸맞은 단 하나의 정답은 '최시우는 손나빈을 좋아하니까' 였다.

'가서 차라도 마시고 천천히 쉬었다 와. 그래도 괜찮으니까.'

외근이나 마찬가지인 심부름을 시키면서 왜 천천히 쉬었다가 오라는지 도무지 이해할 수 없었지만, 그것 역시 유추된 정답을 넣으면 의문이 풀렸다. 기헌은 시우가 나빈을 좋아하고 있음을 아는 것이다. 그래서 나빈이 시우를 설득할 수 있을 거라 생각하는 거고, 쉬면서 천천히 시우의 마음도 움직여 달라는 주문을 한 것이었다.

'이용당하는 게 좋아? 다신 여기 오지 마.'

오지 말라며 협박에 가까운 말로 자신을 위협했던 최시우의 알 수 없는 행동도 해결 가능이다. 시우는 기헌이 나빈을 이용한다고 생각한 게 틀림없었다. 그리고 그게 몹시 못마땅한 것이고. 왜냐고? 그야…… 그는 날 좋아하니까.

'미친.'

상상력도 풍부하지. 무슨 근거로 그런 생각을 했었던 건지. 도대체 최시우가 자신을 좋아하고 있다는 게 말이 돼? 좋아하면 그렇게 까칠하게 굴 이유도 없겠지. 문전박대와 다신 찾아오지 말라는 협박을 밥 먹듯이 당해와 놓고도 그런 생각을 할 수 있었다는 게 나빈은 신기해 죽을 판이었다. 한심하구나. 혼자 삽질하는 것도 모자라 그를 슬그머니 좋아하기 시작하더니, 이젠 아주 공상과 망상의 세계를 넘나드는구나. 이러다 상상 속에서 최시우와 결혼도 하겠다.

대체 어쩔 셈이냐, 손나빈? 이제 와서 짝사랑이라도 하겠다는 거야? 왜 계속 그딴 착각의 늪에서 헤어나질 못해? 그는 널 좋아하지 않아. 전혀 신경 쓰지 않는다고.

지난 일주일 동안, 그는 택배 직원 대하듯 사무적으로 물건을 받아 챙기고 사인을 해주었다. 물론 처음 이틀 동안은, 아예 나빈을 만나주지도 않으려는 듯 집을 비우거나 집 안에서 아예 인기척을 하지 않기도 했다. 하지만 그도 양심은 있었는지, 아님 밤이 되도록 자리를 뜨지 않고 기다리는 그녀의 근성에 탄복했는지, 결국엔 포기한 듯 물건을 받아주었다. 그렇지만 딱 거기까지일 뿐. 전처럼 나빈을 집에 들인다거나 특별히 말을 건네는 일은 단 한 번도 없었다. 마치 처음 보는 사람인 양 철저히 안면몰수해 주어, 그녀가 착각에서 벗어나는 데에 지대한 공헌을 해주셨다. 어찌나 감사한지.

"그런데 왜 아직도 그딴 착각에서 벗어나질 못하는 거야, 손나빈?"

한숨을 푹 내쉬며 나빈은 터벅터벅 시우네 아파트 통로를 걸었다. 오늘은 대망의 최시현 생일이고, 기헌에게 미리 조퇴 허락을 받아놓은 터라 시우에게 물건만 전달해 주고 나면 곧바로 퇴근인데. 룰루랄라~ 즐거워야 할 기분이 전혀 그렇지 못했다. 오늘도 알쏭달쏭한 시우의 태도에 심란할 것을 생각하니 맥이 탁 풀리는 것이, 도무지 신명이 나질 않았다. 직접 물어볼 수 있으면 딱 좋은데. '날 좋아하죠? 그렇죠?'라고, 철판 깔고 들이댈 수 있으면 짱좋을 텐데. 차마 그럴 용기가 나지 않는 게 문제였다.

"또 만나네요."

차가운 여자의 목소리에 발길을 멈춘 건 바로 그때였다. 고개를 들어보니 어느새 시우의 아파트 복도였다. 뒤에서 걷고 있던 여자가 나빈을 바라본 채, 어이없다는 듯 코웃음을 치고 있었다. 쭉쭉
빵빵女잖아?

높은 힐의 부츠를 신은 그녀는 허벅지를 거의 다 드러내는 짧은 스커트에 가는 허리를 강조한 붉은 계열 코트를 입고 있었다. 볼 때마다 느끼는 거지만 참 늘씬하니 잘 빠졌다. 대한민국 표준 키인 자신이 이 여자 앞에만 서면 난쟁이 똥자루가 된 기분이 되니 이거야 원. 없던 열등감이 생길 판이다. 나빈은 떨떠름한 얼굴로 대차게 응수했다.

"그러네요."

"이쯤 되면 우리도 인연은 인연인가 봐요."

"아, 뭐. 글쎄요."

나빈이 못마땅한 티를 적나라하게 내며 입술을 삐쭉거렸다. 그러자 여자는 픳 가볍게 웃으며 다가와 손을 내밀었다. 형광에 가까운 농도 짙은 연두색 매니큐어가 손톱마다 가지런히 칠해져 있는 손. 일하느라 다듬지 않은 지 오래인 투박한 제 손을 떠올리며 나빈은 슬그머니 장갑을 벗었다. 아이씨, 악수하기 싫은데.

"차은서라고 해요. 모델이죠. 나름 유명하고 시우하고도 친해요."

"손나빈이에요."

"패션모자이크 직원이시죠? 아! 아니다. 실수. 정식 직원이 아니라 알바생이니까 직원이란 표현을 쓰면 안 되겠다. 그렇죠? 음— 그럼 뭐라고 해야 하나? 청소부? 심부름꾼? 아, 이건 좀 너무했나? 그냥 시간제 직원이라고 해야겠네요."

간단히 맞잡은, 악수 아닌 악수를 끝내고 은서가 비꼬듯 말했다. 살살 약을 올리는 듯한 말투는 아무리 좋게 들어주려고 해도 고깝게 들렸다. 지금 이거 선전포고하는 건가? 한바탕 붙자는 거야, 뭐야?

"남 신상 파는 게 취미세요?"

"너무 겁먹지 마세요. 아가씨가 하도 내 눈앞에 어른거려서 좀 알아봤을 뿐이니까. 내 레이더망에 자꾸 걸리지 마요. 그래 봤자 귀찮은 건 그쪽이에요."

"당신이 뭔데 남의 뒤를 캐요? 그거 범죄라는 거 모르세요?"

"아. 뭐, 아직 사람까지 써서 알아본 건 아니에요. 그냥 가볍게 샵 직원들한테 몇 가지 물어본 거뿐이니까 긴장할 건 없어요. 대충 들어보니 생각보다 대단한 존재는 아닌 것 같던데. 시우와는 어떻게 알게 됐어요?"

목 주위로 빙 둘러쳐진 복슬복슬한 토끼 털 사이로 은서가 빈정거리듯 웃으며 물었다. 질문받는 사람이 대답하고 싶은 마음이 싹 가시게 만드는 것도 능력인가. 참 싸가지없게도 묻는다. 나빈은 굳세게 미간을 찡그리곤 은서를 맹렬히 노려보았다.

"지금, 내가 대답해 줄 거라 생각하고 묻는 거예요?"

"대답 못할 것도 없지 않나요? 대단할 것도 없어 보이는데. 말해봐요, 어떤 인연으로 시우를 알게 된 건지. 가게에서 일하게 된 것도 시우 부탁 때문이라면서요?"

"……."

"솔직히 얘기 듣고 놀라긴 했어요. 시우가 원래 남에게 부탁 같은 거 할 성격이 못 되거든요. 딱히 여자친구라서 취직시켜 준 건 아닌 것 같고, 뭔가 다른 사연이 있었을 거라 생각되는데. 그게 뭔지 궁금해요. 도대체 두 사람 어떤 사이예요?"

"우리가 무슨 사이인 건 알아서 뭐하게요? 알 필요 없잖아요, 그쪽은."

"나, 시우 좋아해요. 관심이 아주 많죠. 그거면 충분히 권리있는 거 아닌가?"

뭐래, 이 여자.

"관심있다고 간섭해도 되는 건 아니죠. 남 일이잖아요. 당신이 시우 씰 좋아하든 말든, 어쨌든 남 아니에요? 시우 씨가 누굴 만나든 누구를 사귀고 사랑하든, 당신이랑은 하등 상관없잖아요. 관심 끄세요. 뒷조사까지 하는 수고 해봤자 남자 마음 못 돌려요."

"당신이 뭘 안다고 충고질이야? 좋아하는 사람한테 꼴같잖은 계집애가 자꾸 따라붙는데 어떤 여자가 신경 꺼?"

"꼬, 꼴같잖은 계집애라고요?"

나빈은 기막혀 황당한 얼굴로 은서를 바라보며 중얼거렸다. 아니, 뭐 이런 여자가 다 있어? 자기가 날 알면 얼마나 안다고 저, 저런 망발을? 식겁한 그녀의 표정을 보고도 찔리는 게 없는지 은서는 아예 작정을 하고, 매서운 눈빛과 독기 가득한 어투로 쏘아붙이듯 말하기 시작했다.

"꼴같잖지, 그럼. 생긴 것도 그저 그렇고, 하고 다니는 꼬락서니도 우습고. 나이 어린 것 빼곤 나보다 잘난 구석이 하나도 없는 것 같은데. 그런 당신이 시우 앞에서 오락가락하는 걸 꼴같잖다고 하지 않으면 뭐라고 해야 해?"

"오, 오락가락이라고요?"

"아니야? 맞잖아. 벌써 이번이 세 번째야. 샵 앞에서도 보고, 바로 여기 집 앞에서도 봤었잖아? 왜 자꾸 시우 앞에 얼쩡거리는 건데? 꺼지라는 말 못 들었어? 시우가 당신더러 가라고 했잖아. 찾아오지 말라고 말했잖아. 그럼 나타나지 말아야지. 자존심 없어? 사랑을 구걸하는 게 당신 특기니? 왜 이러는데? 이렇게까지 매달려서 시우 옆에 붙어 있으려는 이유가 뭔데?"

"이봐요, 차은서 씨. 말조심해요."

"내가 왜? 자기 것은 자기가 지켜야지. 시우는 내 거야. 네깟 것이 나타나 알짱거리기 전부터 내가 찜해놓은, 내 남자라고. 어디 할 짓이 없어서 남의 남자를 넘봐? 그게 같은 여자로서 할 짓이니? 너 꽃뱀이야? 시우한테 들러붙어서 원조교제라도 해볼 셈이니? 아주 쥐방울만 한 게 못된 것만 배워서는."

"말 다했어요, 지금?!"

울컥 치미는 화기를 누르지 못하고 나빈은 발끈하며 되물었다. 꽤 큰 목소리였고 신경이 잔뜩 곤두선 어투였다. 쩌렁쩌렁 복도를 울리는 자신의 목소리에도 아랑곳하지 않으며 나빈은 은서를 찌를 듯 노려보았다. 기가 막혀서. 뭐? 원조교제? 들러붙어?

와, 내가 진짜. 누군 입이 없어서 말을 안 하고 있나. 그러는 넌 왜 자꾸 싫다는 남자한테 마구 들이대는데? 그리고 누구 마음대로 최시우가 자기 것이래? 내가 나타나기 전부터 찜해놨다니, 이건 또 무슨 신소리냐고. 이거 왜 이래? 나, 중학생 때부터 최시우를 알아왔던 여자야. 바로 코앞의 사람도 분간할 수 없을 만큼 억세게 내리는 빗줄기 사이에서 그를 발견한 사람도 나고, 교통사고

당한 그를 병원까지 데리고 간 사람도 나라고. 내가 그런 여자라고. 최시우의 생명의 은인이란 말이야, 내가!

"다 안 했으면 어쩔 건데? 내 앞에서, 시우가 네 남자라고 공표라도 할 셈이니?"

"······!"

차은서는 절대로 물러서지 않으려는 듯 위협적으로 다가오며 두 눈을 부릅떴다. 마치 상대를 죽이기라도 할 것처럼 살기가 절절 흐르는 얼굴. 그 예쁘고 섹시한 얼굴이 한순간 악마처럼 보이자, 나빈은 정신이 번쩍 들었다. 이 여자, 정말 시우를 좋아하는 거 맞을까? 정말 진심으로 사랑하고 있는 걸까?

너무나 사랑해서, 그의 곁에 다른 여자가 머무는 걸 못 견뎌하는 거라고 생각했다. 충분히 그럴 수 있는 문제라고, 이해 못하는 거 아니라고 생각했었다. 자신도 만약 목숨만큼이나 사랑하고, 갖고 싶어 미칠 것 같고, 손에 넣지 못하면 당장이라도 숨이 넘어갈 것 같은, 그런 사랑이 있다면 충분히 차은서처럼 죽기 살기로 달려들 수도 있을 것 같았으니까. 하지만 이건 아니다. 이젠 의심스럽다. 정말 시우를 사랑하는 것인지, 아니면 단순히 집착하는 것인지, 남에게 빼앗기기 싫은 마음에 발악하는 것은 아닌지 상당히 많이 의심스러웠다.

"눈에 보이는 게 곧 진실이라고는 생각지 마요. 불쌍해 보이니까."

나빈은 이쪽을 죽일 듯 노려보며 다가오는 거대한 여자를 지지 않고 똑바로 노려보며 대응했다. 굽이 거의 없는 어그부츠를 신고 있는 덕에 키 차이가 많이 났지만 나빈은 전혀 위축되지 않았다. 이 순간만큼은 최시우의 수호자가 된 기분이었다. '제멋대로인 악녀, 차은서를 정의의 이름으로 가만두지 않겠다!'의 심정이랄까.

"흥. 뭐래니? 지금 내 말이 틀렸다는 거니?"

빈정거리는 예의 웃음을 달고 은서는 나빈을 찍어 내려다보았다. 자신이 더 우월하다고 주장함과 동시에 상대의 기를 납작하게 눌러 버리려는 의도가 다분히 보이는 행동이었다. 하지만 차은서가 이렇게 나올수록 나빈의 전투력은 상승할 뿐.

나빈은 두 눈에 불끈 힘을 주고 레이저가 나올 것처럼 이글거리는 눈으로 은서를 노려보았다. 제 등 뒤에서 아파트 현관문이 열리고 있다는 사실조차 눈치채지 못한 채로.

"나와 시우 씨가 어떤 사이인지도 모른다면서 마음대로 지껄이고 있잖아요, 지금. 아무것도 모르면 입 다물어요. 제 멋대로 편집하고 짜깁기해서 소설 쓰지 말고요. 나뿐만 아니라 시우 씨까지 욕보이는 거니까. 그리고 듣다 보니 너무 웃음이 나와서 충고하는데요. '내 남자'라는 말, 함부로 하는 거 아니에요. 당신 감정이 곧 상대방 감정이라는 생각은 버리세요, 이제 그만. 그런 오만함이 나중엔 다 부메랑으로 되돌아갈 거란 걸 명심하고요."

"조그만 게 어디서 충고질이야? 야, 너!"

"시우 씨가 어떤 사람인지 알아요? 그 사람이 어떤 환경에서 어떻게 살아왔는지 알고 있어요? 시우 씨 가족은요? 시우 씨가 마음에 품고 있는 여자에 대해서는 알아요? 시우 씨 몸에 난 흉터에 얽힌 사연은 아세요? 그거 다 시우 씨에게서 들었어요?"

"너 지금 네가 시우랑 특별한 사이라고 말하고 싶은 거니?"

두 눈을 부라리며 은서가 매섭게 물었다. 얇은 눈 밑이 꿈틀거리고 날렵하게 자리한 입술이 뒤틀렸다. 분해서 기절하기 일보 직전 상태라는 게 한눈에도 보였다. 아닌 척하고는 있지만 충격받았을 게 분명했다. 왜냐하면 그녀는 나빈이 물었던 것 중 어느 것 하나 알지 못할 테니까.

"특별한 사이든 뭐든. 당신보다는 더 가까운 사이예요."

"허세 부리지 마. 시우가 너 같은 애한테 그런 사적인 얘길 털어놓았을 리 없어."

"허세를 부리는 사람이 누군지 정말 모르겠어요?"

"시우는 너 같은 애 좋아하지 않아!"

더 이상 할 말이 없는지 궁지에 몰린 사람처럼 차은서가 바락바락 고함을 질러대기 시작했다. 분노와 경쟁심, 다혈질 성미와 열등감이 똘똘 뭉쳐 꼭지가 뒤틀릴 대로 뒤틀린 상태. 이성이 사라져 가고 있는 덕에 그녀 역시 현관문이 열리고, 그 안에서 누군가가 나오고 있음을 전혀 눈치채지 못하고 있었다. 나빈은 불처럼 활활 타오르고 있는 차은서를 향해 얄밉게, 시크하게 웃으며 사뿐히 기름통을 투척해 주었다.

"내 보기엔 너 같은 애도 좋아하지 않을 것 같은데."

"뭐, 뭐, 뭐야?!"

"막무가내에 욕심 많고 배려가 뭔지 모르는 너 같은 애 말이야. 시우 씨도 싫어하는 것 같던데. 지난번에도 코앞에서 거절당하지 않았던가? 너랑 나랑 둘 중, 나만 선택했잖아. 가만 있자. 그럼 최시우는 내 남자네? 최시우 옆에 들러붙어 남의 남자를 넘보고 있는 여잔 너고. 네 이론대로라면, 맞지?”

나빈은 살살 웃어가며, 빙글빙글 고개까지 돌려대며 상대방을 몰아붙였다. 당한 만큼 되돌려 줘야 하니까. 그게 바로 손나빈의 방식이니까.

“너 꽃뱀이구나? 시우 씨한테 들러붙어 원조교제라도 할 셈인가? 어디 할 짓이 없어서 남의 남자를 넘보니? 그게 같은 여자로서 할 짓은 아닌데. 그렇지?”

“너, 너……!”

“최시우는 내 남잡니다. 당신이 시우 씨 앞에 나타나 찜하기 전부터, 내가 이미 찜해놓았었거든요. 벌써 7년이나 됐는데 몰랐군요?”

“닥쳐!”

그 순간, 간당간당 위험 수위를 넘나들고 있던 차은서의 화기가 폭발했다. 말꼬리 싹둑 잘라 반말하는 것도, 가까운 사이인 양 허세 떠는 것도, 방금 전 그녀가 한 말을 고대로 되돌려 주고 있는 것도 다 참을 수 있었지만. ‘내 남자’라 뻐기듯 말하는 나빈의 당당한 모습은 절대로 참아줄 수가 없는 은서였다.

7년 전부터 찜해놨다는 말을 도대체 어떻게 믿으란 말이야? 그때라면 둘 다 아주 어렸을 때인데. 그때부터 사귀었다는 말을 어떻게 믿어? 거짓말이다. 밑도 끝도 없는 말로 자신을 교란시키려는 손나빈의 작전이었다. 이런 말에 휘둘릴 줄 알고? 내가 그리 호락호락한 사람인 줄 알아?

믿고 싶지 않은 사실을 허공 속에 날려 버리고, 은서는 불끈거리는 팔을 가차없이 휘둘렀다.

'짝!'

소리가 나야 정상이었다. 차은서의 가느다랗지만 강단있어 뵈는 팔은 예상치 못한 타이밍에 날아들었고 여유롭게 상대를 조롱하는 맛에 심취해 있던 나빈은 피하지도 못하고 고스란히 당할 사태에 직면해 있었으니까. 하지만 나빈은 아무 소리도 들을 수가 없었다. 뺨을 덮칠 차은서의 손길을 예상해 두 눈을 반사적으로 찔끔 감고 있던 나빈은 서서히 눈을 뜨기 시작했다.

"이게 뭐 하는 짓이야?"

그러나 채 두 눈을 다 뜨기도 전에 머리 위에서 시우의 음성이 들려왔다.

"이거 놔! 안 놔?"

"뭐 하는 짓이냐고 물었잖아."

"놔! 놔! 놓으라고! 이거 놓으란 말이야!"

"그만해."

팔을 휘두르며 발악하는 차은서의 손목은 시우의 손에 잡혀 있었다. 갈퀴처럼 커다랗고 앙상한 은서의 손이 나빈의 뺨으로 날아드는 순간, 시우가 끼어든 것이었다. 나빈은 놀란 눈으로 시우를 올려다보았다. 어디서부터 어디까지 들었을까 싶으니 겁이 덜컹 났다. 설마 7년 전부터 찜했다는 말까지 다 들어버린 건 아니겠지?

"내가 왜 그만해야 하는데? 저 계집애가 나한테 하는 말 못 들었어? 날 어떻게 대하는지 못 봤냐고.”

시우가 자신의 편을 들어주지 않아 속이 상한 걸까? 어느새 차
은서의 눈에는 눈물이 고이고 있었다. 동네 아이에게 싸움 걸다
되레 얻어맞은 후 엄마에게 이르는 애처럼 유치하기 짝이 없는 모
습에 나빈은 입이 딱 벌어졌다. 정말 약한 척 장난 아니다. 독한
말 먼저 꺼낸 사람이 누구니? 꽃뱀, 원조교제 들먹인 사람이 누구
냐고요. 먼저 독설 내뱉어 사람 비참하게 만든 주제에 똑같은 말
로 되갚아주었다고 징징대는 꼴이라니.

“쟤가 뭔데 나한테 그렇게 말해? 쟤가 뭔데?”

“…….”

“마치 네가 자기 거라도 되는 양 말했어. 어려서부터 알아왔다
면서 가족들과도 친하다고 거짓말 치고, 두 사람이 가까운 사이인
것처럼 꾸며댔다고. 이게 말이 돼? 화 안 나? 진실 아니잖아. 두
사람, 아무 사이도 아닌 거 다 안다고.”

시우는 눈물을 주룩주룩 흘리는 차은서를 가만히 바라보고 서
있었다. 고삐 풀린 망아지 관리하듯 은서의 손목을 꼭 붙든 채였
다. 그가 어떤 반응을 보여줄지 궁금해 나빈은 주시했다. 억지 부
리지 말라고 따끔하게 충고해 줄까? 그딴 쓸데없는 고집 부리는
대신, 마음에 맞는 상대 찾아가라고 부드럽게 권고할까? 아니면
네 말이 다 맞다고 편들어줄까?

‘설마.’

눈살을 찌푸리며 고개를 가로저었지만, 이미 머릿속으론 차은
서를 살포시 안아주는 최시우의 모습이 그려지고 있었다. 대부분

의 남자들은 여자의 눈물에 약해지기 마련이니까. 질질 짜며 불쌍한 척하는 차은서를 보고 조금은 마음이 흔들릴 수도 있었다. 그렇게 되면 비난의 화살은 의외로 나빈에게 돌아올 가능성도 배제 못했다.

나빈은 꼭 어금니를 사리물었다. 그가 은서의 편에 서서 자신을 타박하게 될지도 모른다고 생각하니 괜히 울컥했다. 만약 그런다면 너무 억울할 것 같았다. 너무 분해서 빡이 돌아버릴 지도. 이런 말하면 나쁜 애라고 욕할지도 모르겠지만 지금 같아선 그가 확고하게 차은서를 뿌리쳐 주었으면 싶었다. 매정하게, 똑 부러지게, 완벽하게 떨쳐 주길 바랐다. 이 자리에서 다시는 그의 곁에 얼씬거리지 못하게 못을 박아주면, 더 바랄 게 없을 것 같았다.

"아니잖아. 저 볼품없고 형편없는 계집애랑은 진짜 아무 사이도 아닌 거잖아. 나 웬만큼은 알고 있어. 네가 저 여자 일자리도 알아봐 줬다는 것도 알아. 그렇지만 그런 건 별 의미 없다고 생각해. 그럴 수도 있지 뭐. 불쌍한 고학생 알바자리 알아봐 주는 게 어려운 일도 아니잖아. 평소 안 하던 부탁도, 불쌍한 애를 위해서라면 충분히 할 수도 있는 거지. 난 그딴 거 개의치 않아."

"……."

"두 사람이 특별한 사이일지도 모른다는 소문도 상관없어. 그거야 사정 모르는 사람들이라면 누구나 지어낼 수 있는 말이니까. 난 네 말만 믿을 거야. 네가 해주는 말만 믿을 거라고. 두 사람 아무 사이도 아니지? 저 계집애 혼자서 널 좋아하고 쫓아다니는 거지? 그렇지?"

“도대체 내게서 듣고 싶은 말이 뭐야?”

조르듯 소리치며 칭얼거리는 은서를 가만히 응시하며 시우가 차갑게 입을 열었다. 현기증에 호흡마저 흐트러진 채 멍하니 서 있던 나빈은 흠칫 놀랐다. 심장 한가운데가 아릿해지면서 더욱 가열차게 뛰기 시작했다.

“사실대로 말해줘.”

“…….”

“진실을 말해주면 돼. 저 여자, 너와 아무 사이도 아니라고. 자꾸 귀찮게 쫓아다녀서 피하는 중이라고 말하면 돼. 짜증나서 차갑게 떨쳐 내는데도, 죽자 사자 쫓아다니는 애라고 그렇게 말해.”

“진실.”

조용히, 섬뜩할 정도로 부드럽게 그가 중얼거렸다. 비단결처럼 다정한 목소리인 것만은 틀림없는 사실인데, 왜 듣는 나빈은 오싹해지는 것인가. 나빈은 그의 목소리에서 단 한 톨의 호의도 느낄 수 없었다. 나빈은 저도 모르게 입을 벌리며 그를 뚫어져라 바라보았다. 심장의 울림이 더욱 커졌다.

“진실을 알고 싶단 말이지?”

그가 씩 웃으며 중얼거렸다.

“내 앞에서, 이 여자 앞에서 확실히 말해줘. 해줄 거지?”

근거를 알 수 없는 승리감에 취해 은서는 애교있게 말하며 시우를 향해 방긋 웃었다. 세상 어느 남자도 거절할 수 없을 것 같은 달콤한 미소를 그는 잠시 가만히 내려다보았다. 특유의 무덤덤한 시선과 기계처럼 감정없는 무표정으로 점철된 그의 얼굴은 감히 그 뜻을 가늠해 볼 수도 없을 만큼 심오해 보였다. 부드러운 목소리에 무표정한 얼굴, 그것에서 흘러나오는 차가운 냉기. 나빈은 그의 입술에 집중하며 천천히 아랫입술을 깨물었다. 지금 이 순간 그녀의 온몸 곳곳 신경세포는 최시우에게 몰입하고 있었다.

이윽고 그가 움직였다. 무언가 말을 할 거라 예측하고 있던 나빈은 눈을 크게 뜨고 성큼성큼 움직이는 시우를 멍하게 바라봤다. 걸어오고 있었다. 이쪽으로. 한 발자국, 두 발자국…… 나에게로.

저 사람이 왜 내게 오는 거지?

일순 나빈은 진공상태 속에 갇혀 버린 듯 몽롱해져 버렸다. 현실인지 망상인지 구분할 수 없을 만큼 정신이 흐릿해졌다. 나빈은 더 크게 눈을 뜨고 집중하려 했지만, 다음 순간 시우가 손을 뻗었다. 어깨가 잡혔다. 어깨가 잡힐 만큼 그가 가까이 다가왔다는 사실을 자각하고 놀랐으나, 그 순간 차가운 두 볼이 따뜻한 그의 손에 감싸였다. 그리고 순식간에 나빈은 숨결을 빼앗겼다.

"흡!"

털썩.

은서의 손에서 뭔가가 떨어졌다. 들고 있던 가방인가 보다, 희뿌연 안개 속을 거닐며 나빈은 막연히 생각했다. 은서의 부츠가 불규칙적인 마찰음을 만들어내며 뒷걸음질을 쳤다. 자신의 눈앞에서 펼쳐지고 있는 장면이 도무지 믿기지 않은 거다. 어떻게 이런 일이 벌어지게 된 것인지 당황하고 놀란 게 틀림없었다.

가물거리는 현실감을 꽉 붙잡으며 나빈은 밀려들어 오는 시우의 혀를 버겁게 맞았다. 희미한 커피 향이 입안 가득 침투해 왔다.

아찔할 만큼 육감적인 남성적 체취도 함께 밀려온다. 저돌적인 입술이 거침없이 밀려들어 와 나빈의 것을 유린하고 농락했다. 깊게 파고들어 옭아매다가 애달프게 할짝거리고 붉게 달아오른 내벽을 거칠게 쓰다듬다가 부드럽기 짝이 없는 움직임으로 더듬더듬 문지르는 행위가 느리게 혹은 빠르게 이어졌다.

뒷걸음질을 치지 않기 위해 다리에 힘을 주면서도 나빈은 그가 안겨주는 흥분감에 대책없이 휩쓸렸다. 키스 이외에는 그 어떤 것도 생각할 수 없을 만큼 미친 듯이 몰입했다. 망설임을 전혀 감지할 수 없는 그의 깊은 키스는 나빈을 과도한 흥분 상태로 밀어 넣었다. 그녀의 온몸 세포가 사방에서 날뛰었고 신경은 예민하게 곤두섰으며, 피는 거꾸로 솟구쳐 심박수를 수직 상승시켰다.

타액의 찰딱거리는 소리. 보드라운 입술과 입술이 뒤엉켜 뭉클거리는 느낌. 흥분제인 양 뜨겁고 달콤한 그의 혀가 제 집인 양 그녀의 입안을 헤집고 다니는 움직임.

모든 것이 나빈을 끓어오르게 했다. 정신 못 차리게 했다. 굳건하던 다리가 힘이 풀리게, 허우적거리던 손발이 그를 꽉 붙들게, 멋모르고 벌린 입술을 더욱 벌려 그를 집어 삼키게. 아무것도 모르는 나빈을 허덕이게 만들었다.

"아…… 으음……!"

마침내 나빈의 입에서 희미한 신음이 흘러나오자, 넋을 놓고 두 사람이 엉킨 장면을 바라보고 있던 은서는 획 뒤를 돌았다.

마음으로 의심하고 수상쩍게 생각했던 것의 진실을 두 눈으로 확인한 그녀는 경악을 금치 못하고 있었다. 정말, 최시우가 손나빈을 좋아하고 있었던 거라니. 믿어지지 않는다. 믿을 수가 없다.

'말도 안 돼!'

은서는 자존심이 회복 불능의 상태로까지 짓뭉개어지는 것을 느끼며 미친 듯이 복도를 내달리기 시작했다.

"아."

반대쪽에서 걸어오는 행인과 부딪쳤지만 은서는 미안해할 여유도 없었다. 그녀는 달리기를 멈추지 않고 곧바로 계단을 향해 뛰었다. 그녀의 뒷모습을 눈살 찌푸리며 바라보던 행인은 그녀와 부딪친 덕분에 어깨 아래로 흘러내린 가방을 훌쩍 잡아 올리며 천천히 고개를 돌렸다.

"뭐야."

짜증스레 중얼거리며 막 고개를 튼 그는, 그 순간 우뚝 걸음을 멈추었다. 난감하게도 먼발치에서 두 남녀가 뒤엉켜 키스를 하고 있었다. 그것도 자신의 목적지 바로 코앞에서. 이런 공개적인 곳에서 뭣들 하는 짓이야? 쯧쯧, 혀를 차며 세상의 모든 커플 종자들을 저주하고 있던 그는, 그러나 다음 순간 한 가지 놀라운 사실을 발견하고 말았다.

"……저 둘은?"

공교롭게도 둘 다 시현이 아는 사람들이었다.

"형! 손나빈!"

부드러운 입술의 감촉, 혀의 움직임을 좀 더 느끼기 위해서 슬그머니 눈을 감고 있던 나빈은 난데없이 귓속을 파고드는 자신의 이름을 듣고 번쩍 눈을 떴다. 달콤한 사탕인 양 그녀의 입술을 아낌없이 게걸스레 빨고 있던 그의 눈도 동시에 똑 뜨였다. 나빈의 커다란 눈망울이 상대의 짙고 흐린 눈동자를 단박에 캐치했다.

'최시우!'

잠시 실종됐었던 현실감이 빠르게 수면 위로 떠올랐다. 진공상태였던 뇌속으로 여기가 어디고, 자신은 누구며, 누구와 뭘 하고 있는지, 빠르게 스며들어 왔다. 그녀는 시현의 형님인 최시우와 키스하고 있었던 것이다. 만나면 늘 싸늘한 시선만을 주고 무표정한 얼굴에 묻는 질문마저 씹어대시는 냉미남. 가혹하리만치 혹독한 말들로 사람 괜히 서럽게 만들고 눈물 뽑게 하던, 바로 그 최시우와!

"헉."

나빈은 그의 어깨를 밀어내며 격하게 숨을 들이마셨다. 그의 키스에 자신이 얼마나 정신없이 휘둘렸냐는 문제보다, 그가 자신에게 키스를 해왔다는 사실이 더 충격적이고 혼란스러웠다. 아무리 찰거머리 같은 차은서를 떼어내기 위해서였다지만 키스까지 할 필요는 분명 없었다. 꼭 필요한 퍼포먼스였다면 살짝 입술만 대면 되는 거였다. 적어도 차은서가 충격을 먹고 달아나는 순간엔 떼었어야 했다.

하지만 그는 그러지 않았다. 나빈 역시 그리 못했다. 그럴 수가 없었다. 그러기엔 그의 키스가 너무 유혹적이었고, 키스를 그만두고 싶다는 의지가 약했다. 아니, 아예 실종됐었다.

"두 사람 뭐야? 벌건 대낮에 이게 뭐 하는 짓이야?"

어느새 둘의 곁으로 다가온 시현이 두 눈을 동그랗게 뜨고 시현과 나빈을 번갈아 보았다. 나빈은 귀까지 벌겋게 달아오른 얼굴로 두 눈을 미친 듯이 깜빡거렸다. 무슨 말을 어떻게 해야 할지, 당황스러워 어찌해야 할 바를 모르고 있었다.

"어떻게 된 거야? 나빈이 넌 여기 어쩐 일이야? 우리 형 만나러 왔어? 집을 어떻게 알고? 아니, 언제부터 집까지 왔다 갔다 하는 사이가 된 거야? 둘이 사귀어?"

"……."

뭐라고 말할 수 있을까. 진정 이 상황은 그녀로선 설명이 불가능한 상황이었다. 그냥 우발적으로 일어난 일이라고 설명하기엔 너무나도 엄청나서. 방금 전의 키스는 나빈에겐 '강탈'이었다. 남자로부터 느낄 수 있는 수만 가지의 감정을 옴팡 그에게 빼앗겨버린 기분. 온 신경과 감정이 그를 향해 열린 기분. 그래서 멍해질 수밖에 없는 상태.

아— 이 기분은 도대체 뭐지? 가슴이 너무 격하게 두근거린다. 숨결이 거칠어 산소호흡기라도 달고 있어야 할 것 같다. 너무 부끄럽고 민망해서 그와 눈도 마주칠 수 없었다. 그런데도 정말 좋다. 좋아 미치겠다. 할 수 있으면 또 해보고 싶다. 또다시 방금 전의 흥분감을 경험해 보고 싶다. 신세계에 도달한 듯한 경이로운 기분을 다시 느껴보고 싶다. 내게 도대체 무슨 일이 일어난 거지?

"여긴 어쩐 일이야?"

꽉 잠긴 목소리로 시우가 말했다. 방금 전까지 적나라하게 발현되던 욕구와 갈망의 느낌이 희미하게 남아 있는 음성이었다. 일순 심장이 뜨겁게 들썩이자 나빈은 숨을 멈추고 꾹 입을 다물었다.

"지금 그게 중요해? 내 앞에서 내 형과 내 베프가 키스를 했는데?"

"……."

할 말이 딱히 없는 듯 시우는 아무 반응도 내보이지 않았다. 나빈은 더욱 초조해졌다. 도대체 무슨 생각인 걸까? 키스는 왜 했고, 왜 지금은 아무 말도 하지 않는 걸까? 정말 그냥 단순히 우발적인 해프닝에 불과한 건가? 그래서 이렇게 꾹 입을 다물고 있는 거야? 나빈은 절망적인 눈으로 시우를 쳐다보았다. 말간 그녀의 눈망울에 시우의 굳은 얼굴이 또렷이 맺혔다.

"야, 손나빈. 뭐라고 말 좀 해봐라. 뭐야, 너? 진짜 우리 형 좋아하고 있었던 거야? 네가 좋아한다던 그 남자가 우리 형이야? 비, 강동원보다도 더 잘났다던 그 남자가 형이었어?"

"너……."

뭐라고 말할 셈이었는지 시우가 입을 열었다. 하지만 방정맞은 시현이 그의 말을 냉큼 막는다. 여전히 이 상황이 놀라운 듯 휘둥그레 눈을 뜬 채로.

"진짜 형이었어? 형이, 나빈이 혼을 쏙 빼놓은 그 남자야?"

"……."

"야— 이거 소름 돋네. 어떻게 나도 모르게 일을 여기까지 진전시켜 놔? 나 왕따당한 거야? 그런 거야? 아무나 말 좀 해봐. 어떻게 된 건지. 굼벵이도 구르는 재주가 있다더니. 야, 손나빈. 너 제법이다? 어떻게 우리 형을 사로잡았어?"

이번엔 나빈의 어깨를 툭 치며 그녀를 돌아본다. 굼벵이라니. 저걸 그냥 콱. 나빈은 짜증나는 10년 지기 친구를 쪽 째려봤다. 하나, 눈치없게 시현은 여전히 싱글벙글거리며 나빈과 시우를 번갈아 보고 있었다. 히죽히죽 웃는 그의 눈에는 '이 상황이 너무나 뜻밖이라 그저 웃을 수밖에……' 의 심정이 떠올라 있었다.

"난 순식간에 약혼자에서 시동생이 되는 거네. 야, 도련님이라고 불러봐. 도련님, 한 번 가나요? 가나요?"

하여간 눈치도 코치도 없는 녀석. 지금 이 썰렁한 분위기에 농담이 나올까. 여기서 '가나요' 가 왜 나오니. 최시우 얼굴 안 보여? 저 떨떠름한 표정 안 보이냐고. 딱 후회하는 빛이잖아. 일이 이 지경이 된 게 싫은 얼굴이잖아. 난 키스가 좋았는데. 너무 좋아 기절할 것만 같았는데. 이 사람은 아니잖아, 이 멍청아!

"야, 불러보라니까. 네가 우리 형이랑 사귀면 난 네 시동생, 도련님이 되는 거라고."

"……."

"형이 한번 말해봐. 언제부터 나빈이랑 이런 사이였어? 지난번 퇴근하면서 차에 태워줬을 때? 아니면, 알바자리 알아봐 줄 때부터? 설마 처음부터 마음에 있었던 건 아니지? 이야— 그렇담 두 사람, 그동안 많이 불편했겠네. 두 집안 사람들, 자꾸 나빈이랑 날 결혼시키겠다고 농담 삼아 말했었잖아. 질투 좀 했겠는데?"

"조용히 좀 해, 최시현."

나빈은 주먹을 불끈 쥐고 시현의 말을 끊었다. 시현이 하던 말을 중단하고 나빈을 돌아봤다. 한심스러울 정도로 방긋 웃은 채로. 아직도 사태파악이 안 되어 있는 모양이었다. 소리없이 한숨을 내쉬고 나빈은 시우를 훌쩍 올려다보았다.

그는 속내를 전혀 가늠할 수 없는 무표정한 얼굴로 나빈을 뚫어져라 응시하고 있었다. 깊은 생각에 빠져 있음을 나빈은 즉각 알아챘다. 그 깊은 생각이란 게 뭔지 꼭 알아내고야 말겠다고, 다시금 다짐하며 나빈은 척 팔을 뻗어 시우의 손을 잡았다.

"나 좀 봐요."

"오!"

주책없는 최시현. 입을 닭똥집마냥 동그랗게 오므리더니 띠용, 두 눈을 크게 뜬다. 자신의 앞에 있는 이 적극적인 여성이 손나빈 맞나? 하는 얼굴이다.

"넌 여기 있어."

나빈은 시현을 쪽 째리며 말하곤 시우를 이끌고 시현이 들어왔던 복도로 걸어나가기 시작했다. 거칠게 덥석 손을 잡아오는 나빈의 행동에 약간 당황한 듯했던 시우도 곧 평정심을 되찾고 차분히 그녀가 이끄는 대로 따라갔다. 터벅터벅 씩씩하게 걸어가는 나빈과 초월한 듯 느긋하지만, 그러면서도 나빈의 걸음에 은근히 보조를 맞춰주고 있는 시우를 바라보며 시현은 두 팔을 허리에 척 얹었다.

"야, 이거 진짜 재미있어지는데."

빙그레 웃고 있는 시현의 눈빛은 총총 빛나고 있었다. 앞으로 펼쳐질 상황들을 머릿속에 쫙 늘어놓으니 이건 뭐, 한 편의 드라마가 아닌가 말이다. 딱 안성맞춤이다. 해답을 찾은 기분. 흩어지고 깨어졌던 퍼즐 조각들이 모두 제자리를 찾아가 즐거운 해피엔딩을 완성해 가는 것이다. 물론 그중 가장 없어서는 안 될 소중한 두 조각이 바로 최시우와 손나빈이다.

페로스화장품의 어엿한 장남이지만 태생적 한계 때문에 회사와 가문에 배척당하고 있는 최시우. 페로스화장품의 거의 모든 주요 핵심 기술을 개발 보유하고 있는 손 박사의 외동딸, 손나빈. 이 얼마나 환상적인 조합인가. 손나빈이야말로 시우의 불확실한 미래를 완성시킬 가장 중요한 퍼즐 조각이었다. 사업에 취미도 관심도 없는 시현을 어머니의 압박과 시달림에서 벗어날 수 있도록 해줄 구세주이기도 하고.

"파이팅이다, 손나빈."

시현은 혼잣말을 중얼거리며 얼굴 가득 즐거운 미소를 띠었다. 그리고 한마디 더 덧붙였다.

"난 이제 너만 믿는다, 소꿉친구."

제10장. 네 마음대로 좋아하세요

"설명해 주세요."

계단 구석으로 시우를 끌고 간 나빈이 맨 처음 당돌하게 한 말이었다. 그녀의 말에는 수많은 뜻이 담겨 있었다. 차은서 앞에서 키스는 왜 한 것인지, 그토록 깊은 키스는 무얼 의미하는 것인지, 시현의 앞에선 왜 아무런 해명도 하지 않았는지, 그 이유를 추궁하는 것이었다. 시우도 알았다. 그녀가 알고 싶어하는 게 무엇인지. 하지만 그는 어느 것 하나 제대로 답해줄 수는 없었다.

뭐라고 말해야 할까? 두 눈을 똑바로 뜨고 모든 걸 설명해 보라는, 이 맹랑한 아가씨에게 어떤 말을 해줘야 할까? 사랑한다고? 7년 전 처음 봤을 때부터 지금까지 사랑해 왔었다고? 갖고 싶어 안달했었다고? 정원에서 까르륵거리며 뛰노는 모습을 창문가에서 몰래 훔쳐보며, 사랑을 키워왔다고?

시현을 보는 순간, 시우는 형언할 수 없이 강렬한 절망감에 빠져들어야 했다. 처절한 현실이 뇌리 깊숙이 파고들어 그를 키스라는 달콤한 환각 상태로부터 깨어나게 했다. 시현. 자신의 배다른 동생. 그리고 그의 약혼녀, 손나빈.

두 사람이 서로를 어떤 식으로 생각하든, 두 집안에선 둘의 결혼이 사실상 확정된 상태였다. 이미 암묵적으로 합의가 되었고 큰 이변이 없는 한 두 사람은 조만간 집안의 축복 속에서 결혼하게 될 것이다. 시우는 하얀 드레스를 입고 시현의 품에 안기는 나빈을 보아야 한다. 너무나도 간절히 원해왔던 그녀를 포기해야만 할 것이다. 참고 인내해 왔던 수많은 날들을 추억의 뒤안길로 남겨둬야만 한다.

"미안하다는 말을 듣고 싶은 모양인데."

"아니요. 제가 원하는 대답은 형님의 진심이에요. 상황을 회피하려고만 하는 애매한 대답 말고 사실을 말해줘요. 왜, 무엇 때문에 그랬는지 정확하게 얘기해 줘요. 쓸데없는 상상이나 오해 같은 거 하지 않게."

나빈은 두 눈을 빛내며 당돌하게 쏘았다. 부드러움이, 한없는 포용이 거칠게 일렁이는 그녀의 커다란 눈망울을 시우는 가만히 응시했다. 그리고 정나미라고는 단 1g도 느껴지지 않는 차가운 목소리로 말했다.

"할 말 없어. 네가 상상하는 그대로야."

"할 말이…… 없어요?"

거만한 시선으로 내려다보는 그의 시선을 맞으며, 나빈은 온몸의 피가 싸늘하게 식어가는 걸 느꼈다. 서류를 들고 있던 두 손이 저절로 꽉 쥐어져 손안의 종이 쪼가리가 우직, 작은 소리를 내며 구겨졌다.

"내가 뭘 상상하고 있는데요?"

"모르는 척하는 거냐? 정말 모르는 거냐? 너도 알고 있잖아. 내가 널 이용했다는 거."

"그 여자를 떼어내기 위해 날 이용했다는 거예요? 정말 그뿐이었어요?"

"……."

그는 대답하지 않았다. 침묵은 곧 긍정. 상대의 말을 인정하겠다는 뜻인데도 나빈은 도저히 믿을 수가 없었다. 믿고 싶지 않았다. 단순히 그 때문이라고 하기엔, 키스가 너무 깊었기 때문에. 너무 강렬했고 너무 근사했기 때문에. 그 어떤 교감도 나눌 수 없는 단순 키스였다면 자신이 그토록 휘둘렸을 리 없었다. 그 역시 아무 감정이 없었다면 그렇게 격정적으로 몰두할 수 없었을 것이다.

"난 납득 못하겠어요. 형님, 자기 이익을 위해 여자를 이용하는 사람 아니잖아요. 여자 한 명 떼어내자고 거짓말 따위 할 사람은 더더욱 아니고요. 게다가 키스 같은 건 아무나와 함부로 막 하는 거 아니잖아요. 이해 못하겠어요. 도저히 납득 안 돼요. 그러니까 날 다시 설득해 봐요."

"나한테 다른 의도가 있을 거라 생각한다는 거냐?"

"당연한 거 아닌가요? 앞뒤가 안 맞잖아요."

"네가 머리가 나빠 이해 못하는 걸 두고, 내 책임이라 말하면 안
되지."

"아무리 머리가 나빠도 알 건 알아요. 상식적으로……!"

"내가 왜!"

그녀의 말을 가로막으며 그가 눈을 감았다. 입가에 드리워져 있
던 냉소는 어느새 사라져 버린 이후였다. 딱딱하게 굳은 그의 얼
굴은 나빈의 심장을 조였다. 희미하게 좁혀진 그의 미간이 꿈틀거
리는가 싶더니, 그와 동시에 감겨 있던 그의 눈이 떠졌다. 나빈은
욱신욱신 통증으로 얼룩진 가슴과 1초에도 몇 번씩 울컥울컥 치밀
어 올랐다 가라앉기를 반복하는 심장을 꾹 억누르고 그를 똑바로
바라보았다. 스르르 열린 그의 눈동자는 그녀를 똑바로 내려다보
고 있었다.

"내가 왜, 너한테 없는 사실까지 지어내 해명이란 걸 해야 하
지?"

"……."

"이해 못하겠다고? 차은서를 떼어내기 위해 널 좀 이용했다는
게, 앞뒤가 안 맞아? 그럼 뭐라고 해야 앞뒤가 맞는 해명이 되는
거냐?"

흔들리고 있었다, 그의 눈이. 시선이. 초점이. 나빈은 그의 눈동
자를 똑바로 바라보며 혼잣말을 중얼거렸다.

"거짓말."

"난 거짓말 따윈 안 해. 내가 뭣 때문에 거짓말을 해야 해? 키
스? 그게 무슨 대수야? 그 귀찮은 여자를 떼어낼 수만 있다면 난

그보다 더한 일도 할 수 있어. 그게 너와의 키스든, 다른 여자와의 다른 무엇이든 상관없이. 우연찮게 그 자리에 네가 있었을 뿐이야. 난 쉽게 얻을 수 있는 기회를 잡은 것뿐이고. 게다가 그 여자는 네가 내 여자일지도 모른다고 의심하고 있었잖아.”

“하지만 연극이 아니었잖아요. 그 키스는 진짜였잖아요.”

“키스해 본 적 별로 없구나, 너?”

피식, 우습다는 듯 희미하게 웃으며 그가 빈정거렸다. 나빈은 꾹 입을 다물었다. 울컥 치밀며 터질 듯 올라오는 감정들 때문에 숨이 멎을 것만 같았다. 천천히 깜빡, 큰 눈을 감았다가 떴다. 잠시 새까매졌다 다시 환해진 시야로 최시우의 조소 띤 얼굴이 훅 들어왔다.

“착각이야, 손나빈. 그건 그냥, 그저 그런 키스였을 뿐이야.”

“……”

“뭘 기대했던 거냐? 사랑? 내가 널 좋아하기라도 하는 줄 알았어? 네가 말한 다른 뜻이란 게 겨우 그런 거였단 말이야?”

잔인하게 굴고 있다. 어딘지 모르게 잔뜩 슬퍼 보이는 눈동자를 하고서. 상처가 가득한 눈빛을 하고서. 마치 ‘내 진심은 이게 아니야’ 라고 말하는 듯 처절한 그의 눈빛을 바라보며 나빈은 이를 악물었다. 어떻게 하지? 이제…… 어떻게 할까? 아무리 생각해 봐도 내 생각이 맞는 거 같은데 도대체 어떻게 해야 해?

울고 싶다. 마냥 자리에 주저앉아 엉엉 울어버리고 싶다. 왜 자신에게 이런 일이 벌어지는지 서럽고 두려워, 나빈은 마냥 울어버리고만 싶었다.

“좋아.”

갑자기 그가 성큼 다가온 것은 바로 그때였다.

“다시 해보면 알겠지.”

말하더니, 그가 주저없이 손을 내밀어 그녀의 턱을 쥐고 위로
들어 올렸다. 순식간에 반항해 볼 새도 없이 그녀는 무방비 상태
로 그의 코앞에 제물로 바쳐졌다. 커다랗게 열린 그녀의 눈동자
속으로 그의 표정없이 무섭기만 한 얼굴이 사납게 들어왔다. 심장
한가운데에 총상을 입은 짐승처럼 아픔에 헐떡이고 성남에 이글
거리는 눈동자도 함께.

“으흡……!”

거칠기만 한 입술이 잔인하게 덮쳐 왔다. 으깰 듯 세게 조이는
그의 손아귀에 잡혀 있는 턱으로 격한 통증이 밀려왔다. 아파 죽
을 것 같으면서도 나빈은 입술을 열지 않았다. 열 수 없었다. 그가
이러는 이유를 도저히 알 수가 없으니까.

왜 자꾸 날 쫓아내지 못해 안달이야? 날 좋아하면서 왜 자꾸 거
부하는 건데? 좋아하잖아. 좋아하는 거 맞잖아.

마음이 아파왔다. 찢어지는 것 같은 통증이 가슴 깊이 밀려들었
다. 이해할 수 없는 그의 행동이 상처투성이인 과거와 연결이 돼,
깊은 연민으로 이어졌다. 피부를 파고드는 고통, 가슴속을 후벼
파는 아픔이 그녀를 격한 슬픔으로 가득 차게 했다.

꾹꾹 눌러두었던 눈물이 꽉 짓눌려 닫힌 눈꺼풀 밖으로 흘러나
와 주르륵, 광대뼈를 타고 내려갔다. 뜨겁게 떨어지는 눈물방울
방울이 그의 손등으로, 옷깃으로, 허공으로 떨어졌다. 서늘한 허

공을 가르며 바닥으로 떨어지는 눈물방울이 산산이 부서져 차갑게 식어갈 때쯤, 그는 냉정하고 싸늘하게 떨어져 나갔다.

"이래도 내가 널 사랑한다고 생각해?"

여전히 사납게 그녀의 턱을 쥔 채로 그가 물었다. 바늘로 찔러도 피 한 방울 나올 것 같지 않은, 냉혈한의 시선으로 그는 나빈의 눈물 젖은 얼굴을 내려다보고 있었다. 표정 하나 바뀌지 않는 그 모습이 너무나 공허해 나빈은 더욱 슬퍼지고 말았다. 진심이 아닌 게 분명해. 좋아하고 있으면서도 그 사실을 말하지 못하고 있어, 그는.

직감이 속삭이는 소리를 마음으로 들으며 나빈은 목젖까지 차오르는 울음을 꾹 참아 눌렀다.

"이런데도 착각을 멈추지 않는다면, 넌 바보다."

사형선고를 내리듯 무겁고 엄숙하게 그가 선언했다. 그리고 나빈을 던지듯 거칠게 밀어내곤 상처받았음이 여실한 그녀를 무덤덤한 눈길로 쏘아보곤 천천히 계단을 오르기 시작했다.

저벅저벅, 느리디느린 그의 발자국 소리는 나빈의 심장에 구멍을 내며 차가운 공기 중을 떠돌았다. 바깥바람이 환풍구 사이로 불어와 피부를 날카롭게 핥으며 귓전을 때렸다. 귀가 금세 먹먹해질 정도로 얼얼해짐에도 꼼짝하지 않고, 나빈은 떠나가고 있는 시우의 우울한 뒷모습을 바라보았다.

'날 좋아하고 있어.'

마음의 소리가 다시금 그녀에게 확신을 주었다. 도끼병이라 해도 어쩔 수 없다고, 주변에 널린 게 증거라고. 말도 안 되는 전제이지만 그 말도 안 되는 전제를 깔면 수많은 수수께끼들이 일시에 다 풀려 버린다고. 그가 왜 가족 모임에 매번 빠지는지, 왜 추워 덜덜 떠는 그녀를 차에 태워줬는지, 비싼 자기 차를 왜 그녀에게 맡겼는지, 왜 그 잘난 차은서는 거들떠보지도 않는 것인지 등등.

확실했다. 정말로 확실하다고, 다시금 자신하며 나빈은 천천히 계단을 오르고 있는 그를 향해 큰 소리로 당돌하게 외쳤다.

"물어볼 게 있어요!"

계단 끄트머리쯤 오르고 있던 시우의 발걸음이 우뚝 멈추었다. 나빈은 이미 차갑게 식어버린 눈물 자국을 손등으로 훔치곤 성큼 한 발자국 앞으로 다가가며 외쳤다.

"내 장래 희망이 무대감독이란 거 어떻게 알았어요?"

"……."

"일하면서 무대 경험 쌓으라고 내게 충고까지 해줬잖아요. 그건 내 꿈이 뭔지 이미 알고 있었다는 뜻 아닌가요? 내 꿈, 우리 부모님과 시현이 외엔 아무도 모르는 건데. 그걸 형님은 어떻게 알고 있는 거예요? 시현이한테 들었어요? 시현이가 언제 말해줬는데요?"

추궁했으나 그는 가타부타 말이 없었다. 긍정도 부정도 하지 않고 우뚝 선 채 가만히 침묵을 지키고 있는 그 모습은 나빈을 더 확신하게 만들었다.

"형님, 나 좋아하죠? 오래전부터 좋아해 왔던 거죠?"

"……!"

"그래서 내 꿈이 뭔지 알고 있었던 거야. 내가 추운 날 덜덜 떨

며 커피 심부름하는 것도 그래서 싫어했던 거고, 아침부터 술을
마시면서까지 차를 맡겼던 것도 그래서였어. 내가 걱정되었던 거
죠? 안쓰러웠던 거죠? 춥게 다니다가 감기라도 들까 봐 노심초사
했던 거죠?"

여전히 침묵하고 있던 그가 고개를 살짝 꺾었다. 뒤를 돌아 무
슨 말인가 해보려는 것 같았지만, 망설이고 있었다. 뭐라고 대답
해야 할지 몰라 안절부절못하는 게 틀림없었다. 적절한 답을 찾지
못하고 있는 것이다. 그렇다는 건 그녀의 말이 다 맞다는 말이었
다.

더 이상 의심할 여지가 없었다. 그는 자신을 좋아하고 있는 게
확실했다. 나빈은 저도 모르게 입술을 꿈틀거리며 씩 미소를 지었
다. 점점 환히, 활짝. 더 이상 늘어질 수 없을 정도로 길고 깊게 늘
어진 입가는 흐뭇함으로 흠뻑 젖었다.

좋다. 기분이 말할 수 없이 상쾌하다. 비록 침묵이지만, 이건 그
스스로 자신의 감정을 인정하고 말았다는 증거니까. 그가 자신을
좋아하고 있다는 사실을 부인 못하고 있다는 뜻이니까. 기쁘다.
너무 기뻐서 당장 만세삼창이라도 하고 싶을 지경이다.

"좋아해요."

나빈은 조용히 속삭이듯 중얼거렸다. 움찔 그의 등이 움직였지
만, 뒤로 돌진 않았다. 나빈은 조금 더 큰 목소리로 말했다.

"좋아해요."

"……."

"좋아해요!"

더 큰 소리로 외치며, 나빈은 빠르게 계단을 올라갔다. 그리고 그의 허리를 거칠고 격하게 끌어안았다.

"가지 마요. 날 좋아하면서 거부하는 모순된 행동, 이젠 하지 마요."

"손나빈……."

"날 좋아하면, 그냥 좋아하면 돼요. 허락할게요, 좋아하는 거. 마음껏 좋아해도 괜찮아요, 나."

작은 한숨과 신음 소리가 그의 폐 속에서 흘러나왔다. 그리고 곧이어 시우가 세차게 몸을 꺾어 그녀의 입술에 저돌적으로 키스했다. 정신이 아득하게 멀어져 가는 걸 느끼며 나빈은 그의 목을 힘차게 두 팔로 감아 끌어당겼다.

가물가물 희미해지는 현실감. 나부끼는 현실과 비현실의 장막 사이로 그녀는 언뜻 들은 것도 같았다. 달콤하게 울려오는 나직하고 부드러운 음성을.

사랑한다고, 그가 속삭이는 것도 같았다.

"뭐? 시우가 어쩌고 어째?"

뜻밖의 일을 알게 되어 기분이 상쾌해진 것도 잠시. 집으로 돌아온 시현은 갑자기 날아든 어머니의 폭탄 발언에 충격을 금치 못하였다. 오늘의 생일 파티가 실은 나빈과의 결혼을 공식적으로 의논하는 자리였다니. 그런 중대한 문제를, 다른 문제도 아닌 결혼 문제를 자신과 상의도 없이 단독으로 결정하다니. 가드를 내린 상태에서 상대의 어퍼컷 공격을 제대로 먹은 권투 선수처럼 정신을 차릴 수가 없었다. 그리고 충격이 어느 정도 가실 무렵엔 불처럼 화가 났다.

스스로 조절할 수 없을 만큼 급격히 치밀어 오르는 울분은 지금까지 어머니에게 좌지우지되어 왔던 자신의 인생에 대한 자조적 연민과 수동적이며 나약하기 짝이 없는 인생을 살아왔던 자신을 향한 분노에 기인한 것이었다. 그래서였다. 평소 마음에 쌓아놓고 있던 말들을 한꺼번에 쏟아내 버린 것은.

"다시 한 번 말해봐. 지금 너, 뭐라고 했니?"

당연히 장한숙 여사는 노발대발하고 집안은 발칵 뒤집혀졌다. 나빈네 가족들이 생일 축하를 위해 방문하기로 되어 있는 시각을 얼마 남기지 않았을 때였다.

"시우가 페로스를 물려받아야 된다고? 장남이 물려받지 않음 누가 물려받느냐고? 도대체 누가 그딴 소릴 해? 어떤 정신 나간 작자가 너한테 그런 소릴 지껄였어? 누구야? 시우니? 시우가 너한테, 자기가 장자이니 페로스를 물려받아야 된다고 말하든? 그랬어?!"

"억지 부리지 마, 엄마. 형이 그런 말 할 사람 아니라는 거, 엄마가 더 잘 알잖아. 그건 엄연히 나 혼자만의 생각이고 난 그게 당연하다고 봐."

"당연? '당연'이 무슨 뜻인지 알고나 말하는 거니? 뭐가 당연해? 시우가 장자라는 게 당연하다는 거니? 아니면 그 녀석이 페로스 후계자가 되어야 한다는 게 당연하다는 거니? 도대체 뭐가 당연하다는 거니? 난 도무지 모르겠다!"

핏대를 곤두세우며 날카로운 소리를 연발 질러대는 장 여사의 눈에는 벌써부터 핏발이 서고 있었다. 분노로 이글거리는 눈이 지금은 아들 시현을 향해 있지만 그 화살은 최종적으론 남편과 시우에게로 날아갈 거라는 건 너무나도 빤해 보였다. 시현은 잠시 숨을 고르며 어쩌다 여기까지 오게 된 건지 생각해 보았다.

"졸업과 동시에 유학을 가려면 지금 가정을 이뤄야지. 난 올여름에 미리 식을 올렸으면 하는데, 네 생각은 어떠니?"

"엄마는. 여자도 없는데 식 올릴 생각부터 하는 건 어느 나라 법이야?"

"신부가 왜 없어? 있지, 있으니까 식 올리자는 얘기도 하는 거 아니야."

"점점 알 수 없는 소리만 하시네. 나한테 누가 있다는 거야?"

"얘가. 당연히 나빈이지."

기가 찬 얘길 듣고, 처음엔 당연히 시현도 웃으면서 넘기려고 했다. 나빈이랑 무슨 결혼이냐며. 걘 그냥 친구일 뿐인데 왜 자꾸 그딴 신소릴 하느냐며. 마음 같아선 나빈이 시우와 만나고 있다는 사실을 알려주고 싶었지만, 가까스로 입단속하고 차근차근 원론에 가까운 말로 쑥 여사를 설득하려 했다. 아무리 결혼이 집안과 집안의 만남이라고는 하나 그것보다 중요한 게 본인 의사라고 생

각했고, 부모님의 생각도 별반 다를 게 없을 거라 판단했기에 그
는 그거면 모든 게 해결될 거라 여겼었다.

　하지만 쑥 여사의 반응은 예상외로 강경했다.

　"지금 너한테 가장 중요한 게 뭐라고 생각하니? 여자? 연애? 사
랑? 웃기지 마, 최시현. 너한테 가장 시급한 일은 페로스 후계자 자
리에 안착하는 일이야. 이사진들이 네 행보에 주목하는 이유가 뭐
라고 생각하니? 네게 후계자로서의 자질이 있는지 없는지 평가하
고 있는 거야. 그런 시점에, 사랑 운운하면서 세월아 네월아 한량으
로 시간을 보내려는 거야? 나빈이랑 결혼해. 결혼해서 손해 볼 거
없어. 걔네 아버지가 우리 회사에서 어떤 위치에 있는지, 너도 잘
알지? 네가 손 박사의 사위가 되면 이사진들의 지지는 따놓은 당상
이야. 알겠니?"

　도저히 참아지지가 않았다. 지금까지 어머니의 고통과 한을 이
해하고, 최대한 어머니의 바람대로 살아왔지만 결혼은 어머니 뜻
대로 못한다. 그럴 수 없다. 자신도 다른 평범한 사람들처럼 사랑
하는 사람과 사랑하며 살 권리가 있다. 집안이니 명예니 후계자
니, 다 필요없고 시현에겐 그저 자신의 감정과 마음을 공유할 수
있는 여자면 된다. 그게 그렇게 큰 욕심인가? 단지 사랑하는 여자
와 결혼하고 싶은 것뿐인데, 그게 그리 어려운 일인가? 자신의 인
생은 겨우 어머니의 욕심을 채워주는 도구일 뿐이란 말인가? 어머
니에게 자신은, 겨우 그 정도의 의미밖에 안 되는 것인가?

믿을 수가 없었다. 자신이 아는 어머니는 자기 자식 귀한 만큼 남의 자식도 귀히 여길 줄 아는 분이었다. 품성도 온화하고 사리 분별도 바르고 남에게 인정도 잘 베푸는, 다정한 분이었다. 남편이 바람을 피웠다는 사실을 뒤늦게 알게 되고, 이후 시우를 자식으로 입적시키기 전까지는 분명 그랬었다.

하나, 그 엄청난 사건 속에서 어머니는 독하고 이기적이고 자기 자식밖에 모르는 사람이 되어버렸다. 행여 남편의 관심이 시우에게 쏟아질까, 페로스 후계자 자리를 시우에게 빼앗길까, 전전긍긍하며 신경 곤두세우는 나날을 7년째 이어오는 동안 어머니는 다른 사람으로 변해 버린 것이었다.

이젠 더 이상 어머니의 뜻대로만 움직일 순 없다고, 시현은 생각했다. 더 이상은 불가했다. 한계다. 지긋지긋한 경영공부 때문에 하고 싶은 일, 경험하고 싶은 것들을 너무나 많이 포기하며 살아왔다. 사춘기 시절부터 꾹꾹 억눌러 왔던 욕구, 분기가 이젠 포화 상태이다. 어머니를 위해서나 자신을 위해서나, 이젠 모든 걸 정상으로 되돌려놓아야 했다. 정상적인 부부지간, 정상적인 형제지간, 정상적인 부모자식 간이 될 수 있다면 시현은 뭐든 할 수 있을 것 같았다.

"형도 아빠 자식이야. 엄마가 아무리 우긴대도 형이 우리 집 큰아들이라는 사실을 부인할 순 없어. 그렇다면 당연히 형도 후계자 수업을 받아야지. 그게 공평한 거 아니야?"

"누가 제 아비 자식 아니랄까 봐. 너도 핏줄이랍시고 시우 편을 드는 거니? 이 엄마가 어떤 세월을 살았는지 다 아는 네가 어떻게 나한테 이럴 수 있니? 어떻게 내 자식이 내 가슴에 대못을 박을 수 있어? 어떻게!"

"편드는 거 아니야. 당연한 걸 말하는 거지. 아버지 말씀대로 수천 명 직원들과 가족들 생계가 달려 있어. 엄마 자존심, 이기심 채울 욕심으로 나설 일이 아니란 말이야. 형이 사업에 재능이 있는지 없는지, 그건 아무도 모르는 거 아니야? 나보다 더 월등히 재능이 있다면, 형이 페로스를 물려받는 게 당연한 거지. 능력있는 자만이 최고가 될 수 있다, 그게 아버지의 경영 철학이기도 하잖아."

"시우 녀석한테 사업에 재능이 있을지도 모른다고? 하! 어이가 없구나. 넌 시우 어미가 무슨 짓을 하고 다니던 여자였는지, 모르니? 그 어미는……!"

"엄마!"

분노에 치를 떠는 장한숙의 입에서 나와서는 안 될 말이 흘러나올 차였다. 시우 생모에 대한 무차별적인 발언은 어릴 때 꽤 들었으나 성인이 된 이후에는 처음이었다. 시현은 눈살 찌푸려지는 말을 듣지 않기 위해 서둘러 말을 막았다. 그리고 그때, 타이밍도 절묘하게 현관문이 열렸다. 덕분에 한숙의 말도, 시현의 목소리도 모두 커다란 문소리에 삼켜지고 말았다.

"혀, 형……."

고개를 젖혀 현관문 쪽을 돌아본 시현은 순간 당황했다. 말쑥하게 차려입은 시우가 집 안으로 들어서고 있었다. 표정은 여느 때와 다름없이 무표정에 굳어 있었지만 시현은 알았다. 그가 이미 자신들의 대화를 들었다는 걸.

"안녕하셨어요?"

그는 소리없이 곧장 한숙의 앞으로 다가와 고개를 숙여 예를 갖추었다. 흠잡을 데 없이 깍듯하고 예의 바른 모습이었으나, 이미 화가 끓어오를 대로 끓어오른 상태인 한숙에게 시우의 예의 바름이 눈에 들어올 리 없었다. 오히려 고깝게만 보이고 자신을 향해 반항하고 대드는 걸로밖에 뵈지 않았다.

"너, 요새 자주 본다. 일 년에 두어 번, 회장님이 불러야 겨우 한 번 올까 말까 한 녀석이, 올겨울 들어 몇 번이니? 대체 무슨 속셈으로 이렇게 뻔질나게 드나들어?"

"그게 무슨 소리야? 형이 지금 못 올 데 왔어?"

"넌 가만있어. 등신천치처럼 제 밥그릇 하나 못 챙기고 형한테 양보하겠다는 녀석이."

"엄마!"

이젠 아예 대놓고 후계자 문제를 거론하는 한숙의 모습에 시현은 흠칫 놀라고 말았다. 지금까진 물밑에서 조심스럽게 애기하고 압박하던 그녀였는데. 아무래도 오늘은 아들의 갑작스런 발언에 이성을 잃어버린 모양이다. 그럴 만도 했다. 지금껏 7년 동안 오로지 아들에게 페로스의 왕좌를 안겨주기 위해 온갖 노력을 다 쏟아부었던 그녀가 아니었던가. 허탈하고 분하고 화도 날 것이다.

"너, 도대체 내 아들을 어떻게 한 거니? 어떻게 세뇌시키고 회유했기에 내 아들이 페로스를 양보하겠다는 말을 해? 너 도대체 내 아들한테 무슨 짓을 한 거야?"

"……."

"근본도 모르는 널 형이라 따르고 착하게 구니까 만만하게 보였어? 살살 구슬려서 이용해 먹어도 될 것 같았니? 착하디착해 빠진 녀석한테서 회사 후계자 자리 빼앗으니 기분 좋아? 통쾌했어? 그동안 알게 모르게 당한 설움, 다 보상받은 것 같아? 나한테 복수하게 되어서 아주 속이 시원했겠구나. 응?"

"……."

"말을 해. 말해보란 말이야!"

한숙은 두 주먹을 불끈 쥐고 집 안이 쩌렁쩌렁 울리게 소리를 질렀다. 어찌나 서슬이 퍼렇던지 당장이라도 달려들어 시우의 온몸을 갈가리 찢어발길 기세였다. 그녀의 눈에 떠오른 감정은 극렬한 증오였다. 죽이고 싶도록 미워, 두 눈에 절로 독기가 들어찼다. 어쩌면 이렇게 칼날처럼 날카롭고 흉악스러운 말을 들으면서도 눈 하나 꿈쩍하지 않는지. 눈 한 번 반듯하게 뜨지 않고 숨 한 번 크게 내쉬지 않는지!

한 치의 흔들림조차 없는, 그래서 평온하기 짝이 없는 시우의 모습은 한숙을 더욱더 치밀어 오르게 만들었다. 너 따위에게선 상처 같은 거 절대 받지 않아, 라고 비웃는 것 같아 울화가 절로 치밀고 피가 거꾸로 솟았다. 지독한 놈. 임신까지 해놓고서, 혼자 아이를 낳아 15년 넘게 기른 독한 제 어미를 닮은 게지. 독하디독한 놈 같으니. 천하디천한 놈 같으니!

"네 녀석을 거두는 게 아니었어. 병원에서 죽어나가든 말든 개의치 말았어야 했어. 내 호적에 입적시키고 아들로 받아들이는 게 아니었어!"

“엄마. 그만해, 좀!”

“배은망덕도 유분수지. 어디 감히 페로스를 넘봐? 어디 감히 네 까짓 게 내 아들을 밀어내고 회사를 차지하려고 해? 네가 그러고도 무사할 줄 알아?”

“이게 도대체 무슨 일이야!”

바락바락 소리를 질러대며 악담을 퍼붓는 한숙의 등 뒤로, 벼락처럼 크고 우렁찬 목소리가 울려왔다. 아들의 만류에도 꿈쩍하지 않고 하고 싶은 말을 모조리 다 배설하고 있던 한숙은 그제야 움쩍, 놀라 외침을 멈추었다.

“도대체 집 안에서 왜 이런 큰소리가 나?”

남편, 최 회장이었다. 한숙은 매서운 눈매 그대로 척, 뒤를 돌아 남편을 바라봤다. 이게 다 누구 때문인데? 하는 마음이 들어 그녀는 남편마저도 곱게 뵈질 않았다. 7년 동안 한결같이 미워하고 저주하고, 그를 만나 사랑한 걸 후회했었다. 이쯤 되면 마음의 병이고 치료해야 마땅하다고 생각하면서도 이대로 무너지면 아들을 지킬 수 없을지도 모른다는 두려움에 쉽게 병원을 찾지도 못했었다. 모든 건 시현이 후계자로 결정되는 순간, 사장자리에 떡하니 앉게 되는 그 순간 다 해결되리라는 막막한 희망만을 안고 지내온 그녀였다.

“왔니.”

시우가 고개를 숙여 인사를 해오자, 최 회장이 무뚝뚝하게 인사를 받았다. 언뜻 차갑고 냉철하고 살가운 구석도 전혀 없는 아버지처럼 보이지만 한숙은 잘 알았다. 최 회장이 내심 시우를 애틋하게 여기고 챙긴다는 사실을. 그러니 독립해 나가는 아들에게 우격다짐으로 집까지 사주고 외제차에 분에 넘치는 생활비까지 원조해 주는 게 아니겠는가. 모르긴 몰라도 최 회장 역시 시현의 마음과 진배없을 것이다. 제 혈육이니 챙기는 건 당연하겠지만 한숙은 그것마저 분하고 화났다. 시현이 받을 관심과 사랑을 조금이라도 빼앗기는 건 한숙은 도저히 참을 수가 없었다.

"잘 왔다."

"……."

"너도 이제부턴 웬만하면 가족들이 모이는 자리는 빠짐없이 참석하도록 해야지. 지켜보는 눈도 많은데, 언제까지 마냥 네가 하고 싶은 대로만 하고 살 순 없지 않겠니. 그리고…… 다들 하고 싶은 말들이 많은 모양인데, 손 박사 가족들 앞에서 괜한 추태 보이기 싫으면 이쯤에서 그만둬."

"당신은 지금 사태파악이 안 돼요? 이 상황에서 내가 나빈이네 가족 눈치까지 봐야 해요!"

"기껏 좋은 의미로 초대해 놓고, 콩가루가 되어서 싸움판 벌이는 꼴을 보이고 싶단 말이야?"

"싸움판이고 뭐고. 당신 못 들었어요? 시현이, 결혼 안 한다잖아요. 나빈이랑 결혼 안 한대요."

일순, 내내 굳은 채로 꿈쩍하지 않던 시우의 표정이 희미하게 꿈틀거렸다.

"그게 무슨 뜻인 줄 몰라요? 이 혼사가 어디 시현이 개인만의 일이냐고요. 이렇게 손 놓고 있다가는 회사의 이익도 함께 날아가

요. 아시겠어요? 나라고, 나빈이가 마냥 예쁜 줄 알아요? 나빈이
보다 더 잘나고 예쁘고 똑똑한 아가씨는 널리고 널렸어요. 지금이
라도 시현이한테 어울리는 적당한 신붓감, 한 트럭도 더 찾아낼
수 있다고요. 하지만 회사의 이익으로 보나 당신 체면으로 보나,
시현이 입지를 튼튼하게 다져 줄 수 있는 배경으로 보나, 손 박사
만 한 사람도 없잖아요. 그래서 추진하고 있었던 건데 시현인 것
도 모르고……!"

"이게 단순히 윽박질러서 될 일은 아니잖아."

굵고 묵직하며, 특유의 딱딱 끊어지는 말투로 최 회장은 아내의
말을 잘랐다. 다분히 감정적이고 다혈질인 한숙에 반해 차분하고
냉철하며 이성적인 성향이 짙은 최 회장은 압도적인 존재감으로
늘 이렇게 한숙의 의견을 묵살하곤 했었다. 그녀의 언행에 일일이
간섭하는 것은 아니나, 중요한 순간에 나타나 항상 이런 식으로
깔아뭉개 버리는 남편의 행동 때문에 한숙은 더욱더 스트레스를
받을 수밖에 없었다. 생각 탓인지 시우의 문제에도 늘 이런 식이
었던 것도 같아, 한숙은 더욱 핏대를 세우며 열을 냈다.

"그럼 이대로 묵과하자는 거예요? 우리 시현인 그럼 어떻게 되
는 건데요? 우리 시현이는……!"

"이 문제는 나중에 다시 얘기하자고, 글쎄."

"나중에 언제요? 이제 곧 나빈이네 가족들이 들이닥칠 텐
데……!"

한숙이 격렬하게 항의하는 순간이었다. 허락된 시간이 다 되었
음을 알리는 듯 집 안 가득 벨소리가 울렸다. 숨 막히게 팽팽히 흐

르는 긴장감 속에서 쥐 죽은 듯이 조용히 숨어 있던 도우미 아주머니가 후다닥 튀어나왔다. 인터폰 화면을 통해 나빈의 얼굴을 확인한 아주머니는 싸한 침묵으로 초토화되어 있는 최 회장 가족들을 돌아보았다. 그리곤 똥물을 뒤집어쓴 듯한 표정으로 분노의 눈빛을 날리고 있는 사모님을 향해 조용히 물었다.

"나빈이 왔는데요, 사모님."

"……."

"어, 어떻게 할까요?"

"들이세요."

차갑게 입 다물고 있는 어머니를 대신해 시현이 답했다. 아주머니의 성급한 손길이 현관문을 열자, 최 회장은 천천히 움직였다. 그리고 그것이 신호가 된 양 마법에 걸린 듯 모든 게 멈춰져 있던 집 안 공기가 서서히 흐르기 시작했다.

천천히 그들은 가면을 쓸 준비를 했다. 타인의 눈이 하나라도 섞여 있는 자리에서라면 언제나 그랬듯이, 오늘도 그들은 문제없는 가족인 양 태연함을 가장할 것이다. 연극이 끝날 때까지는.

"아니, 그게 무슨 말…… 이야? 결혼…… 얘기를 뒤로 미루자니. 그 얘긴……."

그로부터 정확히 한 시간 뒤. 나빈은 필사적으로 눈치를 주어 어머니의 주책없는 발언을 막기 위해 노력하고 있었다. 최 회장의 눈치를 보느라 나름 표정 관리를 하고 있었으나 춘 여사는 무진장 당황한 듯 보였다. 엊그제까지 분명 이 자리에서 시현과 나빈의 결혼문제를 수면 위로 끌어올리자 합의를 보았던 쑥 여사가 갑자기 이리 태도를 달리하니 그럴 수밖에. 나빈에겐 올레를 외칠 일이지만, 오매불망 오늘만을 손꼽아 기다리고 있던 춘 여사에겐 기가 찰 노릇이었을 것이다.

그나저나 엄마는 내가 그렇게 싫다고 했는데도, 계속 이 문제를 거론하려고 했었군. 대체 무슨 생각으로 이렇게 일을 벌이신 거야? 나빈이 도끼눈으로 얄미운 춘 여사를 흘겨보는데, 쑥 여사가 나직이 대답해 왔다.

"정리되지 않은 일이 있어서 그래. 나중에 따로 얘기하자고."

"아무리 그래도 그렇지. 이렇게 온가족이 모이기가 쉽지 않은데. 그냥 계획대로 얘기 나누는 게 낫지 않을까?"

"사정이 있어서 그렇다니까."

"아니, 사정이 어떻든. 약속은 약속이잖아. 내가 억지 부리는 것도 아니고. 잊었어? 이건 시현 엄마가 먼저 제안한 일이었어."

꽉 억눌린 목소리와는 달리 방그레 웃는 얼굴로 춘 여사가 대꾸했다. 보아하니 딱 잘라 나중으로 미루자는 쑥 여사의 말에 기분이 상한 모양이다. 마치 이쪽에서 매달리는 듯한 모양새가 되어버려 자존심에 스크래치 입은 게 확실했다. 쑥 여사와는 친한 친구 이상의 관계를 유지하면서도 늘 경쟁의식도 함께 가지고 있는 춘 여사이니 오죽할까.

'난 상관없는데.'

입술을 삐쭉거리며 나빈은 속으로 생각했다. 시현한테 퇴짜 맞았다고 소문나도 그만, 안 나도 그만. 사람들이 뭐라고 수군거리든 상관없었다. 나빈에겐 이제, 자신의 앞에 앉아 있는 최시우란 남자가 제일 중요했다. 불과 몇 시간 전 자신의 입술을 덮어 거칠게 키스해 왔던 문제적 남자!

나빈은 생각만 해도 화끈거리는 입술을 윗니로 살짝 깨물며 슬쩍, 시우의 눈치를 살폈다. 그는 아무 일도 없었던 사람처럼 여전히 차갑고 차분해 보였다. 그 표정을 보고는 그 누구도 상상하지 못할 것이다. 그토록 키스를 잘하는 사람이라곤. 나빈은 절절하고 뜨거웠던 키스를 떠올리며 슬그머니 혼자 미소를 지었다.

"가. 다신 오지 마. 어린애 불장난은 이제 끝났어."

그녀를 집어삼킬 것처럼 미친 듯이 키스해 놓고서, 여전히 달뜬 얼굴로 한다는 소리가 불장난이었단다. 얼음보다 더 차갑게 한다는 말이, 가버리란다. 어떤 바보가 그 말을 믿겠는가. 그가 진실로 한 말이 아니란 건 바보라도 알 수 있었다. 불장난이란 말은 진심을 더 이상 숨기지 못해 안 된다는 걸 알면서도 충동적으로 저질렀다는 뜻일 테고, 다신 오지 말란 말은 다시 또 이런 일이 생긴다면 그땐 무슨 짓을 할지 장담 못한다는 의미였을 테다. 그는 나빈과 어떻게 해도 안 되는 거라고 생각하는 게 틀림없었다. 일명, 이루어질 수 없는 사이. 왜? 왜 그런 생각을 하는데?

나빈은 수긍 못했다. 그녀는 시우를 좋아하고, 시우도 자신을 좋아하고 있음을 확신했다. 두 사람이 서로를 좋아하는데 뭐가 문제인가? 집안? 어른들의 뜻? 그게 뭐가 중요한데? 심지어 그녀에겐 시우의 출생도 문제가 되지 않았다. 그가 최 회장의 외도로 태어난 죄 많은 인생이란 것도 개의치 않았다. 그건 그가 어찌할 수 없는 사안이고, 그의 잘못도 아니니까.

"제가 그러자고 했습니다, 나빈이 어머님."

쭉 잠자코 앉아 있던 최 회장이 입을 열었다. 평소에도 별로 말이 없는 분이었지만 오늘따라 유달리 말을 아끼는 것 같아 아까부터 이상하다 생각하고 있던 나빈은 냉큼 그를 돌아보았다.

"네? 회…… 장님께서요?"

최 회장의 말에는 춘 여사도 놀란 듯 그를 돌아본다.

"시기상조인 것 같아서요. 시현이, 아직 공부도 안 마쳤고 군 문제도 해결되지 않았고. 또 제 형이 있으니 아직은 이르죠."

최 회장이 감히 어느 누구도 반박할 수 없는 뚜렷한 이유를 들자 실내는 일시에 잠잠해졌다. 숨소리조차 들리지 않는, 의미심장한 침묵이 몇 초간 흘렀다. 그 침묵을 깨고 제일 먼저 입을 연 사람은 손 박사였다.

"그 말씀이 정답이네요, 회장님. 결혼 얘기를 해야 한다면 시현이가 아니라 시우가 먼저겠지요. 벌써 스물다섯인가요? 미술 전공이라고 들었습니다만."

"곧 졸업반입니다. 미술은 어려서부터 공부해 왔던 것이고 굳이 그 길로 나가겠다고 해서 지금까진 말리지 않았습니다만, 솔직히 저는 지금이라도 경영공부를 시키고 싶은 마음입니다."

어마어마한 발언. 거친 숨소리가 저만치에서 들려왔다. 딱히 누군지 찾아보지 않아도 나빈은 숨소리의 주인공을 짐작할 수 있었다. 시우의 경영공부를 필사적으로 막았고 지금도 역시 죽기 아님 까무러치기로 만류하는 사람은 단 한 사람밖에 없으니. 나빈은 천천히 고개를 들어, 시우를 살폈다.

"……."

시우는 말없이 고개를 반쯤 숙인 채 앉아 있었다. 아까부터 석고상처럼 꼼짝 않고 앉아 있는 그는 썩 기분이 좋아 보이지는 않았다. 이 자리가 매우 불편한 게 틀림없었다. 그도 그럴 것이, 그는 나빈을 좋아하니까. 이 결혼 얘기가 즐거울 리 없을 터다.

나빈은 이미 몇 시간 전부터 쭉 숙지하고 있는 사실을 다시금 떠올리며 만족스런 미소를 띠었다. 자리가 불편하든 어떻든, 나빈은 지금 이 순간이 마냥 좋았다. 최시우를 마음껏 지켜볼 수 있지 않은가. 어쨌든 시현과의 결혼은 이로써 물 건너간 거고.

모든 게 다 자신의 뜻대로 이루어지고 있었다. 모두 다 이뤄져라, 아틸리싸~ 나빈의 기분은 마냥 하늘을 날아가고 있었다.

"그, 그렇겠군요. 아무래도 장남이니 신경이 쓰이겠습니다, 회장님."

아버지 손현욱 박사도 당황한 듯 말을 더듬었다. 최 회장이 공개적으로 시우를 두둔하고 나선 것은 이번이 처음이라 적지 않게 놀란 것이었다.

"많이 쓰입니다. 사실 자신의 꿈도 중요하고 성취감을 즐기는 것도 좋지만, 우리 사업하는 사람들이 어디 그런 호사를 누릴 수나 있습니까? 저 역시 그림 좋아하고, 한때는 문학가가 되고 싶다는 생각도 해본 적 있습니다만. 가업을 이어야 한다는 선친의 뜻을 따르지 않을 수 없었지요. 장남이니 도리가 있었겠습니까?”

“이해합니다, 충분히. 그럼 시우 군은…….”

막 손 박사가 시우를 향해 고개를 틀 때였다. 갑자기 저쪽 끝에서 쑥 여사가 벌떡 자리를 박차고 일어났다. 이 모든 상황들이 마음에 들지 않는 듯 얼굴이 붉으락푸르락 말이 아니었다. 나빈과 시현도 놀라고, 춘 여사도 깜짝 놀라 돌발적인 행동을 저지른 쑥 여사를 멍하게 지켜보았다. 분해 죽겠다는 표정으로 쑥 여사는 남편을 쏘아보더니, 곧 손 박사를 향해 고개를 돌려 꿈틀꿈틀, 어색하기 짝이 없는 웃음을 겨우겨우 지어 올렸다.

“실례하겠습니다. 화장실 좀.”

최대한 참으려고 노력한 흔적이 역력한 말투였지만, 어느 누구도 그녀의 거짓말에 속아 넘어가진 않았다. 그녀는 노기가 등등한 포스를 풀풀 풍기며 식탁을 벗어났다. 효자 시현이 눈치를 보며 뒤따라 일어나고, 그 뒤를 이어 춘 여사까지 자리를 뜨자 결국 나빈도 스리슬쩍 시답잖은 핑계를 대고 자리에서 일어났다.

“저 잠깐 손 좀 씻고 올게요. 저기…… 형님, 이층 욕실이 어디 있는지 좀 안내해 주실래요?”

“……?”

시우가 이해 못하겠다는 눈으로 쳐다봤지만, 이에 굴할 나빈이 아니었다. 그녀는 이보다 더 사랑스러울 순 없겠다 싶을 정도로 애교 풀풀 넘치는 눈웃음을 지으며 그의 옷자락을 잡아당겼다.

“빨리요.”

제11장. 문제적 남자 길들이기

"뭐야."

그녀에게 질질 끌려 나오던 시우는 계단 앞에 우뚝 멈춰 선 채 무뚝뚝하게 말했다.

"우리 집 구조는 나보다 네가 더 잘 알 것 같은데."

최 회장과 손 박사가 지켜보고 있는 상황이라 끝까지 거절 못하고 끌려 나왔지만, 그는 결코 그녀와 단둘이 있고 싶은 마음이 없었다. 그녀에겐 하고 싶은 말도 더 들을 말도 없었다. 아깐 잠시 정신이 어떻게 되었었지만 지금은 아니었다. 다시 현실을 제대로 보기 시작했고, 그 현실은 손나빈은 결코 자신의 것이 될 수 없다는 것이었다. 가질 수 없는 물건은 일찌감치 포기하는 것이 최시우의 법칙이었다. 지금까지 그가 이 집에서 버텨올 수 있었던 것이 바로 그 법칙 덕분이었듯 앞으로도 그는 그 법칙에 의거해 살아갈 것이다. 끝까지.

"아, 그건 그렇죠."

시우가 어떤 생각을 하는지 전혀 모른 채, 마냥 밝고 맑게 나빈이 방긋 웃었다. 여전히 시우의 옷자락을 꽉 붙들고 있는 그녀의 손을 못마땅하게 내려다보며 시우는 툭 내뱉듯 중얼거렸다.

"용건이 뭐야?"

"네?"

방실 웃으며 나빈이 물었다. 시우와 단둘이 있게 되었다는 사실에 들떠 그녀는 철없는 어린애처럼 마냥 신이 나 있었다. 뭐가 신나지 않을쏘냐. 최시우가 자신을 좋아하고 있다는 증거를 딱 잡았는데.

"용건이 뭐냐고. 날 불러낸 이유가 뭐야?"

"아, 딱히 할 말이 있는 건 아닌데. 그냥 자리가 불편할 것 같아서요. 저 빠져나가는 김에 같이 구제해 준 건데, 싫으세요?"

"네가 뭔데?"

"……네?"

"네가 뭔데 날 구제하겠다는 거냐고."

"기분, 나빠요? 특별히 의미 두고 한 말은 아니었는데요."

"……."

"에이~ 너무 그렇게 단어 하나하나에 신경 곤두세우지 마세요. 안 피곤해요? 즐거운 생각만 하고 살기에도 빠듯한 게 인생인데, 어떻게 상대방 말에 하나하나 촉 세우고 의미 따져요? 우리~

좋은 생각, 긍정적인 마인드만 가지고 살자고요. 쓸데없는 곳에 에너지 낭비하지 말고, 괜히 소득없는 일에 감정 낭비하지도 말고. 편하고 쉽게 가자고요. 네?”

뻔뻔하달 정도로 방글방글 웃으며 나빈은 토닥토닥 그의 팔을 가볍게 두들겼다. 마치 할머니가 철없는 손자 다독이듯, 엄마가 유치원생 어린 아들 타이르듯. 시우는 더욱 기분이 나빠져 눈살을 찌푸렸다. 대체 이 철없는 아가씨의 머릿속에는 무슨 생각이 들어 있는 건지 알 수가 없었다. 분명 아까, 모든 게 실수였다고, 불장난이었으니 잊어버리라고 말했었는데. 아무것도 모르는 사람처럼 해실거리면 어쩌자는 거지?

“넌 아직도 상황파악이 안 돼?”

“상황파악이라뇨? 무슨 말씀이세요?”

“난 너 싫어. 안 좋아해. 착각 그만하고, 내 앞에서 그만 얼쩡대.”

“…….”

“네가 왜 내 에너지 걱정을 해? 편하고 쉽게? 네 마인드는 뭐든 편하고 쉽게, 남의 의사 상관없이 삽질하는 거냐? 상대방 감정은 아랑곳 않고 네 감정만 주야장천 주장하는 게 네 마인드야? 전지적 최시우 시점으로 생각하고 넘겨짚지 마. 네깟 게 뭘 알아? 내가 누굴 좋아하는지, 무슨 생각을 하는지, 네가 어떻게 알아?”

“하지만 혀, 형님은…….”

“너 남자야? 내 동생이야?”

“에? 그게 무슨……?”

"내가 왜 네 형님이야?"

"……아, 그건……."

"왜 자꾸 나더러 형님이라고 불러? 너 진짜 남자냐?"

"아, 아니요! 그냥 전 시, 시현이 형님이라서 형님이라고 부른
건데…… 요."

잔뜩 주눅이 든 채로 나빈이 중얼거렸다. 예상치 못한 말에 당
황한 듯 커다란 눈을 더욱 크게 뜨고 그녀는 시우를 찬찬히 바라
보고 있었다. 한풀 꺾인 듯한 그녀의 태도에 가슴 한쪽이 쓰라려
오자 시우는 이를 꽉 사리물었다. 표정은 더욱 굳어졌고 눈빛은
사나워졌다. 폭풍 치듯 격정적으로 휘몰아치는 감정이 그의 눈빛
에 고스란히 떠올랐다.

"그럼 시현이 형님이라고, 똑바로 부르든지."

"기분 나쁘셨어요?"

나빴다. 그것도 아주 많이. 형님이란 단어가 마치 시현을 나빈
과 동격으로 표현한 단어 같아서. 그 단어를 들을 때마다 그는 새
록새록 자신이 처한 현실을 떠올려야 했다. 나빈은 결코 자신의
것이 될 수 없는 존재라는 점. 영원히 포기해야만 하는 것들에 포
함되어 있다는 점. 이미 알고 있는 사실들에 쐐기를 박는 단어였
다. 그의 귀에는 항상 '아주버님'으로 필터링되어 들렸었으니까.

"죄송해요. 다신 그렇게 안 부를게요. 그 말이 그렇게 기분 나쁘
셨을지는 몰랐어요. 전 그냥 딱히 부를 말이 없어서 그리 불렀던
건데."

"그럼 차라리 이름을 불러. 쓸데없이 형님이니 뭐니, 친한 척하

지 말고."

"네. 앞으론 이름으로 부를게요. 그럼 시우…… 라고 하면 안 되겠죠?"

딴엔 농담이랍시고 불쑥 이름을 부르곤 멋쩍은 듯 그녀는 배시시 웃었다. 그러더니 아무 반응이 없는 싸한 시우의 표정에 두 눈을 황급히 내리깔곤 우물쭈물 종알거렸다.

"시우 씨라고 할게요."

"그러든지 말든지."

시우는 까칠하게 툭 한마디 내뱉으며 획, 소매를 흔들어 그녀의 손을 단번에 떨쳐 냈다. 그리고는 힘없이 떨어져 나가는 나빈의 손에 아주 잠깐, 시선을 주었다가 곧바로 이층 계단을 오르기 시작했다. 싸늘한 바람을 일으키며 스쳐 지나가는 그의 뒷모습을 나빈은 멍하니 바라보고만 있어야 했다.

핫, 차. 되게 도도하게 구시네. 어차피 속마음 다 들켜놓고서. 속이 조금 상하려고 해 나빈은 인상을 팍 쓰곤 도전적으로 착, 팔짱을 꼈다. 앞으로 그가 어떻게 나올 건지 대강 파악이 되고 있는 중이었다.

아무래도 쉽게 인정하지 않을 듯싶었다. 상황이 복잡하니 그럴 수도 있겠다 싶지만, 한편으론 화가 나려고 했다. 뭐가 무서운데? 내가 자길 좋아한다는데, 마음대로 좋아해도 된다는데 뭐가 문제야? 어른들의 반대가 두려워? 반대할지 안 할지, 그걸 어떻게 알고 벌써부터 포기? 도전해 보지도 않고 좋아하는 여자를 동생한테 양보하겠다는 건 대체 무슨 심보? 하이구야— 보살 났네, 보살 났어. 살신성인, 예수 났네. 치잇―

"좋다고. 한번, 누가 이기나 해보자고."

나빈은 코너를 돌아 모습을 감추는 시우를 향해 중얼거렸다. 두 눈엔 아주 비장한 각오가 두둥, 떠 있었다. 시우가 자신의 입장 때문에 나서지 못한다면, 좋다. 까짓 것. 내가 나서면 되는 거지. 시우가 나설 수밖에 없도록 만들면 되는 거지. 못할 게 뭔가? 어차피 날 죽도록 좋아하는 사람은 최시우인걸.

기다려요, 최시우 씨.

나빈은 조용히 속삭이며 씩, 만면에 미소를 띠었다.

"도대체 무슨 일인데 모자가 꾹 입을 닫고 말을 안 하는지, 좀 알아보라니까? 내가 답답해서 그래. 시현 엄마는 시현이한테 물어보라 하지. 시현인 마냥 '죄송합니다'만 연발하지. 도대체 뭐가 그리 죄송한데? 뭣 때문에 갑자기 결혼 얘기를 백지화하겠다는 건지 말이라도 들어보자. 응?"

"난 진짜 모른다니까 그러네. 시현이, 나한테도 아무 말 안 했어. 두 사람 뒤따라 나간 사람은 엄마면서 왜 나한테 자꾸 이율 물어?"

"그러니까 네가 시현이한테 물어보라고. 너한텐 말해줄 거 아니야, 왜 갑자기 마음을 바꿨는지. 도대체 무슨 일이라니?"

"엄만 진짜! 밸도 없수? 아, 그쪽에서 싫다는데 굳이 왜 이렇게 매달려? 엄마, 혹시 돈 때문에 시현이랑 결혼시키려는 거였어? 그래서 이렇게 집착하는 거야?"

"아니야, 애! 이건 순전히 내가 억울해서 이러는 거야. 이유도 모른 채 거절당했다고 생각하니까 분해서 잠이 안 올 것 같단 말이야."

"도대체 엄마가 분하고 억울할 게 뭐 있는데? 잠이 안 올 정도로 억울할 게, 있긴 있어?"

"이 계집애야, 당연한 거 아니야? 아니, 네가 어디가 어때서 결혼을 망설여? 얼굴이 빠져, 학벌이 빠져, 머리가 빠져? 솔직히 시현이 고거 어려서부터 너한테 줄곧 지지 않았니? 네가 회장하면 그 녀석은 부회장이었고, 네가 수석하면 그 녀석은 차석이잖아. 네가 시현이를 좋아하고 친하게 지내니까 사윗감으로 고려했던 거지. 솔직히 그런 녀석한테 너 주는 거, 나도 아까웠던 참이야."

으잉? 제 방 문 앞에서 어머니와 실랑이를 벌이던 나빈은 난데없이 쏟아지는 '시현이 흉'에 깜짝 놀라고 말았다. 지금까지 늘 시현을 무한 찬양해 왔던 춘 여사의 입에서 이런 말이 나올 줄이야. 웃음이 터져 나올 것 같아 나빈은 아랫입술을 꾹 짓눌러야 했다.

"그리고 집안에 돈 좀 있다고 사람 우습게 아는 사람들, 끝이 좋은 거 하나 못 봤다. 참나. 페로스가 누구 기술로 이만큼 발전해 온 건데? 기술 달라고 할 땐 알랑방귀 뀌고 친한 척 잘도 하더니. 뭐? 결혼 얘기는 뒤로 미뤄? 시기상조? 하, 기가 차서."

"어지간히도 기분 나쁘셨나 보네."

“당연하지! 이 결혼을 누가 먼저 하자고 옆구리 쿡쿡 찔렀는데?”

“시현이 아줌마가 먼저 얘기 꺼낸 거야?”

“그럼 내가 먼저 하자고 했겠니? 내 딸이 어떤 딸인데. 솔직히 마음에 안 드는 것투성이거든? 회장님 바람피운 전적으로 보나, 시현 엄마 한성격 하는 걸로 보나. 너 괜히 복잡한 집안으로 시집 가서 스트레스받고 눈치 보면서 사는 거, 나도 싫다.”

어지간히 화났나 보다. 역시 팔은 안으로 굽는 모양. 나빈은 은근히 기분이 좋아져 슬쩍 미소를 띠고는 입술을 삐죽거리며 중얼거렸다.

“언제는 엄친아 최시현이 딱 내 짝이라더니.”

“그거야 네가 시현일 죽자고 좋다니까 그런 거고.”

“어머나. 내가 시현일 언제 죽자고 좋댔어? 괜히 이상한 말씀 하시네. 매번 말하지만 시현인 그냥 친구일 뿐이야. 결혼 같은 건 꿈도 꾸지 않았었다고. 괜히 시현이랑 나랑 엮으면서 좋아하던 분이 누구인지 모르겠네.”

“애, 그건 네가 내숭 떠는 줄 알았지.”

괜히 할 말 없고 무안하니 곁눈질로 눈을 흘기는 춘 여사 되시겠다. 어쩌다 그런 오해를 해 딸을 그리 밀어붙였었는지, 자신이 한심스러워 죽을 것 같았다. 좀 더 딸의 말에 귀를 기울일걸. 후회막급이다. 그랬더라면 오늘 같은 굴욕은 당하지 않아도 됐을 텐데. 발등을 찍고 싶은 심정으로 춘 여사는 한숨을 길게 내쉬었다.

“아무튼 난 별로 물어보고 싶지 않아. 이 문제는 이대로 넣어뒀음 해. 엄마도 그리 알고 그냥 잊어버려.”

“아무리 그래도 일이 이렇게 된 경위는 알아야지.”

“경위는 무슨 경위. 사정이 그렇게 됐다잖아. 남의 집 사정 알아서 뭐하게? 어차피 결혼 얘기는 다시 꺼낼 것도 아니잖아. 그냥 내 쪽에서 싫다고 거절한 거다, 마음먹어. 그게 속 편하고 좋아. 알았지? 끝— 자, 그럼 어서 방으로 가셔서 다리 쭉 뻗고 주무셔. 오케이? 난 피곤해서 이만.”

“어머, 애! 손나빈! 나빈아!”

나빈은 붙들고 물어지려는 춘 여사를 피해 냉큼 방으로 들어온 뒤, 방문을 철커덕 잠가 버렸다. 춘 여사야 무슨 내막인지 궁금해 죽을 맛이겠지만 나빈은 시현에게 전화까지 해서 자초지종을 알아내고 싶은 마음이 추호도 없었다. 굳이 시현의 입으로 진실을 듣지 않아도 그 사정쯤 대강 짐작하고도 남음이 있었기에.

뻔하지 뭐. 시현이 펄쩍 뛰며 반항했을 거다. 좋아하는 여자가 따로 있다, 나빈은 그냥 친구다, 말했겠지. 거기에 집안에서 가장 발언권이 센 시현 아버지는 시현보다 시우의 결혼을 더 우선에 두고 있다고 했다. 그럼 결과는 빤하지 않나?

“아줌마 성격에 그냥 구경만 하고 계시진 않을 텐데.”

혼잣말을 중얼거리며 나빈은 미간을 찡그렸다.

아마 오늘 저녁 시현이네는 일대파란이 일어날 것이다. 최 회장님이 시우를 경영수업에 합류시키겠다는, 초특급 블록버스터 스릴러 액션 무비 버금가는 쇼킹 멘트를 날리셨으니. 쑥 여사가 절대로 가만히 있지 않을 것이다. 그녀는 시현을 페로스 후계자로 만들기 위해 혈안이 되어 있는 사람이니까. 그러고 보니 시우 입장이 참 난처하게 되었다. 괜히 가운데에 끼어 이러지도 못하고, 저러지도 못하고. 중간에서 상처나 받지 않을까 두려워진다. 지금까지도 순탄치 않은 인생을 살아온 그인데…….

괜스레 심란해져 휴, 한숨을 쉬며 나빈은 천천히 창가로 다가갔다.

"이혼해요!"

"뭐라고?"

"변호사 사서, 재산분할 신청할 거예요. 당신이 내게 했던 짓들, 내 자존심 짓밟고 내 아들 명예 욕보인 대가, 톡톡히 치르게 해줄 거예요."

"지금 제정신이야?"

"당연히 제정신이죠. 소송 걸면 백 퍼센트 내가 이겨요. 당신이 밖에서 낳아온 시우 녀석이 떡하니 있잖아요? 누가 봐도 피해자와 가해자가 명확한 사이예요, 우린. 외도해서 자식까지 낳은 남편, 이혼사유 충분하다고요. 온 세상에 당신이 저지른 짓 다 까발릴 거야. 낯 들고 못 다니게 만들어 버릴 거라고. 사회에서 매장시켜 버릴 거야!"

"당신이 소송 걸게 내가 두고 볼 것 같아?"

"두고 보지 않으면 어쩔 건데? 뭘 어떡할 건데? 난 이제 잃을 것도 없어. 빼앗길 것도 없다고. 협박도 빼앗길 게 있는 사람한테나 먹히는 거야. 이거 왜 이래?"

"당신, 지금 내게 선전포고하는 거야? 뭘 믿고 이렇게 막 나가는 거야?"

"그래! 선전포고야. 믿을 거 하나 없는데, 선전포고하는 거야. 이젠 전쟁이야. 시현이 하나 보고 여기까지 견디면서 왔어. 시현이 손에 페로스를 쥐어주려고 지금까지 참아왔어. 그런데 뭐? 시우한테 경영수업을 시키겠다고? 나한테 일언반구도 없이 혼자 그런 계획을 짰던 거라고? 당신이 그래 놓고도 내 남편이야? 시현이 아비야? 나한테 사죄하면서 살아야지. 잘못했다고 빌면서 살아야 하는 거 아니야? 왜! 왜 당신은 그렇게 뻔뻔한 건데? 당신이 뭐가 그리 잘나서, 바람피워 놓고도 그렇게 떳떳하게 구는 건데? 당신이 뭔데?!"

탁.

방문을 닫자, 아래층에서 들려오던 고함 소리가 사라졌다. 시우는 저녁 내내 갑갑하게 목을 조르고 있던 넥타이를 잡아당겨 느슨하게 풀었다. 마음 같아선 당장이라도 이 집을 벗어나고 싶었지만 그럴 수가 없었다. 아버지로부터 내일 아침 일찍, 아침 운동에 참여하라는 명을 받았기 때문에.

한 달에 한 번, 회사 중역들이 죄다 참여하는 아침 운동이란, 근처 산길을 산보하며 오르는 것으로 운동이라기보다 단합 대회 같은 성격을 띤 일종의 모임이었다. 자식 얘기, 집안 얘기 등, 사담을 나누는 게 대부분이라 형식적이고 쓸모없는 모임이랄 수도 있지만, 실상 그 모임은 회사 내 영향력을 재확인하는 매우 무게감 있는 자리였다. 그 모임에 낀다는 것 자체가 회사 권력 구조 틀 안에 포함된다는 뜻이었다. 지금까지 그 모임에는 항상 시현이 최 회장을 보필하며 참석했었다. 한데 오늘 갑자기 최 회장은 시우도 함께 참석하란 명을 내렸고, 그것으로 그의 심중에 무엇이 있는지 는 매우 명확해졌다.

어떻게 해야 할지, 시우는 난감했다. 지금까지 회사 근처에는 얼씬도 말라는 장 여사의 말에 한 치의 반항도 없이 물러서 있었 던 그로서, 혼란스럽고 괴로웠다. 맹세코 단 한 번도 페로스를 욕 심내 본 적이 없는 그다. 집안의 장남으로서 마땅히 차지해야 할 자리마저 포기한 그였다. 그게 자신을 받아들여 준 새어머니에 대 한 은혜 갚음이라고 여겼고, 그와 같은 이유로 아버지에게 인정받 고 싶은 욕구를 스스로 밟아 죽여 버렸다. 패배자처럼 그 어떤 것 에도 정 붙이지 못하고 몰두하지 못하며, 이 일 저 일을 전전하고 있는 것도 모두 그 때문이었다. 그런데 이제 와서…… 이제 와서 후계자 수업을 받으라니.

"휴."

창가에 선 채로, 그는 긴 한숨을 내쉬었다. 출품을 한 달 앞둔 그림 작업이 며칠째 같은 자리를 맴돌아, 머리가 빠개질 것 같았 다. 집중이 안 된다. 나빈이 줄기차게 자신의 집을 찾기 시작한 이 후부터 작업은 계속 정체되어 있었다. 그림에 정신을 쏟아야 할 시간들을 몽땅 그녀에게 헌납하고 만 꼴이었다. 덕분에 그는 그림 의 모델이었던 동현과 미란도 물리고 집 안에 처박혀 골똘해야 했 다. 이러다가 출품 기일을 맞추지 못하는 사태가 벌어질지도 모르 는 일. 애초 상금을 노리고 시작한 작업이긴 했으나, 나름대로 혼신의 힘을 다하고 있었던 그로서는 답답한 일이었다.

"손나빈……."

이 모든 게, 다 손나빈 때문에 벌어진 일이었다. 작업이 정체되어 버린 것도, 시현과의 사이에 끼어버린 것도, 애써 피해왔던 집안일에 휘말려 버린 것도. 오늘 모임에 참석하지 말았어야 했는데. 절망의 눈으로 어두운 허공을 노려보며 아랫입술을 지그시 깨물고 있을 때였다.

주머니에서 휴대폰이 울렸다. 시우는 귀찮은 듯 거친 동작으로 휴대폰을 꺼내 들었다.

"……."

액정에 발신자의 이름은 뜨지 않았다. 하지만 몇 개의 숫자만으로 충분히 그는 상대가 누군지 알 수 있었다. 전화번호 뒷자리가 손나빈의 생일과 동일했기 때문에. 한참 동안 시우는 전화기를 내려다보고 있었다. 전화를 받아야 하는지, 무시해야 하는지 잠시 가늠할 시간이 필요했다. 도대체 왜 또 전화한 거지? 꺼지라고 그렇게 말했는데, 왜 또? 무슨 말을 하려고? 어떤 말로 날 흔들려고?

받으면 안 돼. 또다시 넌 흔들리고 말 거야.

당장 휴대폰을 꺼버려야 한다고, 속으로 중얼거리면서도 그는 자신도 모르는 사이 통화 버튼을 누르고 있었다.

"여보세요."

[헉.]

그가 전화받을 거라곤 예상 못했나 보다. 나빈은 숨을 급하게 들이쉬곤 씩쌕씩쌕 가쁜 숨을 몰아쉬기만 했다.

"……."

[…….]

시우가 아무 말을 하지 않자 그녀도 입을 다물고 있었다. 몇 초간 이런 상태가 지속되는 사이 그녀는 꼴깍 마른침을 삼켰다. 무엇 때문에 긴장한 것인지는 모르겠지만 확실히 긴장한 건 틀림없었다. 것도 아주 많이. 시우는 칠흑처럼 깜깜한 방 안에 우두커니 선 채로, 무겁게 입을 열었다.

"침 넘어가는 소리 들려주려고 전화 건 건 아닐 텐데."

[예?]

"숨소리 들려주려고 전화한 게 아니라면, 용건이 뭔지 얼른 말하고 끊지. 손나빈."

[저, 전 줄 어떻게 아셨어요?]

"네 전화번호가 무슨 국정원 1급 비밀쯤 되는 줄 아는 모양인데, 기억 못하겠냐? 너 아르바이트 자리 소개해 주겠다고 먼저 연락한 사람은 나야."

[아, 그렇구나. 맞다, 그랬지.]

"왜 전화했어?"

[에? 아, 그러니까 그게…….]

"그게 뭐."

[아까 하던 얘기, 마저 해야 할 것 같아서…… 요.]

"아까 하던 얘기?"

[네! 그거요. 하던 얘기.]

뭔가 급조된 듯한 어조로 나빈이 대답했다. 얼떨결에 아무거나 생각난 대로 대답했는데, 해놓고 보니 썩 괜찮다고 느끼는 모양새다. 낌새가 수상쩍다고 느낀 시우의 미간이 꿈틀 움직였다.

[아까…… 형님, 아니, 시우 씨가 했던 말 곰곰이 생각해 봤는데요. 아무리 생각해 봐도 이해가 되지 않는 부분이 있어서요.]

"……."

[불장난이라고 했잖아요, 아까. 그 말은 호기심에서 아무 생각 없이 그냥 시작한 일이다, 뭐 그렇다는 뜻인데. 그렇다면 일단 제게 적어도 호기심은 느꼈다는 거잖아요. 그렇죠? 끝까지 함께할 생각은 전혀 없는데, 그럼에도 불구하고 일을 저지르게 만드는 그, 뭐랄까. 매력? 그런 게 있었다는 뜻 아닌가요? 적어도 혐오하는 여자한테 키스할 정도로 다급한 상황은 아니었잖아요, 그때. 그러니까 시우 씨도 본능적인 뭔가를 은연중에 느꼈던 게 아닐까요? 스스로 깨닫지는 못했지만…….]

"한마디로 요약해라. 횡설수설하지 말고."

[아…… 그러니까 제 말은, 헤헤…….]

수화기를 통해 흘러나오는 그녀의 해실거리는 웃음소리가 그의 귓전을 파고들었다. 밸없는 바보가 헤벌쭉 웃을 때나 나는 소리에 시우는 더욱 미간을 구겼다.

[인정하시라고요.]

"뭐?"

[절 좋아한다는 걸 인정하는 게 낫겠다고요. 좋아하시잖아요. 그렇죠?]

"누가? 내가?"

[누가? 내가?]

세상에서 가장 기막힌 소릴 들은 사람처럼, 그가 매우 무뚝뚝하게 반문해 왔다. 나빈은 살짝 초조해지는 것을 느끼며 조심스럽게 아랫입술을 핥았다. 창문 너머로 보이는 검은 그림자가 느릿느릿 움직여 창가에서 멀어지는 게 보였다. 밤에 사람의 형체를 구분하기엔 거리가 꽤 되었지만 검은 실루엣의 주인공이 시우라는 건 거의 확실했다. 저쪽 방은 7년 전부터 쭉 그의 방이었고, 이 시간에 그의 방에 있을 사람은 시우밖에 없으니까.

그가 저 방 안으로 들어왔다는 사실을 안 건 불과 몇 분 전. 이전에도 그는 아주 가끔 집에 들러 하룻밤쯤 묵고 간 적이 있었기 때문에 별로 이상한 일은 아니었다. 생각할 게 있거나 심란한 마음을 달래고 싶을 땐 늘 창가에 서서 그의 방 창문을 멍 때리며 보는 버릇이 있었던 그녀는, 오늘도 그렇게 하염없이 그쪽 창문을 바라보고 있다가 문득 알아챘던 것이다. 창문 반대쪽에 누군가 서 있다는 것을. 그가 바로, 평온했던 손나빈의 마음에 돌을 던지고 내뺀 장본인이라는 것을.

그리고 시작된 관찰.

말이 관찰이지, 실은 관음이 되시겠다. 예의가 아니란 걸 알았지만 이미 그녀의 부리부리 떠진 눈동자는 검은 그림자의 움직임에 집중하고 있었다. 거의 움직임이 없는 그는 불조차 켜지 않고 우두커니 서 있었다. 그러기를 한참. 뭔가 굉장히 위험한 분위기가 전개될 것만 같은 불길한 예감이 들기 시작했다. 철렁 가슴이 내려앉는, 과거의 어떤 한 장면이 떠오르자 그녀는 지체없이 휴대폰을 들었다.

[내가 널 좋아한다고, 아직도 착각하고 있는 거냐?]

그리고 시작된 말도 안 되는 자신의 헛소리 작렬에 그는 어처구니없어하고 있는 중이다. 사실 그녀도 '날 좋아하는 걸 인정해라'라는 자신의 요구가 참으로 생뚱맞다고 생각했다. 그는 불과 몇 시간 전 그녀를 좋아하지 않는다고 못을 박아놓은 상태였으니까. 위에서도 언급했지만 이건 딱 핑계일 뿐이었다. 전화를 건 용건이 뭐냐고 추궁해 오는 그에게 해줄 수 있는, 가장 적절한 대답이었다. 어쨌든 그렇게 생각하고 있는 게 사실이기도 하고.

"좋아하는 거 맞잖아요. 아니라고 우기지만 말고 현실을 받아들이세요."

이렇게 된 거, 얼굴에 철판 깔고 한번 들이대 봐야겠다.

나빈은 씩 웃으며 손에 들고 있던 휴대폰을 더욱 꽉 틀어쥐었다. 아까까진 꽤 떨었던 것 같은데, 지금은 슬슬 느긋해지고 있었다. 자연스레 여유로워졌다. 그가 아무리 까칠하게 나와도, 그건 자신의 마음을 숨기기 위한 위장전술일 뿐이라고 생각하니까 마음이 좀 편해졌다. 까칠한 도시 남자를 좋아하려면 유리심장 갖곤 안 되는 거지, 암. 철갑 좀 두르고, 쿨하게 한번 얘기 나눠볼까?

[뭘 받아들여?]

"현실이요. 자기 좋다는 쭉쭉빵빵 미녀 차은서 씨 두고 난쟁이 똥자루 같은 손나빈한테 허우적대고 있는 현실. 남에게 비밀로 하고 싶은 내 치부들을 죄다 속속들이 다 알고 있는 사람을 좋아하게 되어버린 현실. 동생 여자친구라서 딱 선 긋고 마음 단속했지만 결국엔 자신도 모르게 퐁당 빠져 버린 현실이요. 하나같이 끔찍한 현실이지만, 그게 현실인 걸 어떡해요? 받아들여야지. 계속 그렇게 부정하고만 있으면 나중엔 인지부조화로 치료를 받아야 할지도 몰라요. 적당히 부정하시고, 웬만하면 인정하시죠.”

[착각하지 말랬지? 다시 한 번 말해줘? 나, 너 안 좋아해.]

“그 말 못 믿겠는데요. 증거도 없는 말을 어떻게 믿어요?”

[증거라니.]

“절 안 좋아한다는 증거요. 한 번 대보세요. 그럼 믿을게요.”

[좋아하지 않는데 증거가 왜 필요하지?]

“필요하죠. 좋아하는 증거는 있는데 좋아하지 않는 증거가 없으면, 그건 시우 씨가 지는 게임이니까요.”

[설마 그 증거가 ‘키스’ 냐? 그딴 건 누구하고든 할 수 있는 거라고, 내가 말했다.]

“누구하고든 할 수 있는 건 아니지 않나? 은서 씨랑은 안 할 거잖아요. 해본 적도 없고.”

[걘 내 타입이 아닐 뿐이야.]

“난 그럼 시우 씨 타입이라서 키스할 수 있었던 거네요?”

[말꼬리 잡지 마, 손나빈.]

“좋아하진 않는데 키스는 할 수 있다. 좋아하진 않는데 좋아하는 타입이다. 뭐, 그럼 결론은 하나네. 그냥 쭉 좋아하지 마시고, 사귀기만 해요.”

[뭐라고?]

나빈이 헛소리의 절정을 달릴 때쯤 그가 아주 뾰족하게 찌르듯 중얼거려 온다. 하지만 그래 봤자 어쩔 건데? 전화기 바깥으로 튀어나와 죽빵이라도 날리실 건가? 메롱~

헛바닥을 쭉 내밀고는 나빈은 창문 너머 시커먼 그림자를 흘낏 쳐다보았다. 검은 실루엣이 어느새 창가 가까이 다가와 서 있었다. 마치 어느 한곳을 뚫어져라 바라보고 있는 양 미동도 없는 그 모습을 보자마자, 나빈은 직감했다. 그가 자신을 알아봤다고. 순간 쿵, 심장이 내려앉는 기분에 나빈은 휙 몸을 돌려 등을 보였다. 통통통. 매우 빠른 속도로 가슴이 두방망이질을 해대기 시작했다.

"사귀…… 자고요!"

떨려서 숨이 가빠왔지만 나빈은 아무렇지도 않은 척 일부러 큰 소리로 말했다.

[미쳤어? 너 제정신이냐?]

"아, 뭐 그렇게까지 말해요? 싫으면 싫은 거지. 미쳤다고까지 할 필욘 없잖아요."

[미친 거지, 그럼. 넌 시현이 약혼녀잖아.]

약간 기분이 상해 뾰로통하게 중얼거리던 나빈을 향해 그가 무서울 정도로 경직된 말투로 중얼거렸다. 헐, 육성으로 중얼거리곤 나빈은 힘차게 눈살을 찌푸렸다. 약혼이라니. 이게 무슨 뻘소리인가.

"약혼이라니요? 시현이랑 제가 언제 약혼했다는 거예요?"

[정식으로 약혼식만 안 했지, 약혼한 사이나 마찬가지 아니야?

두 집안 사람들이 오늘 왜 모였는데. 너희 둘 결혼 얘기 마무리 지으려고 모인 거 아니었나?]

"아니거든요? 우리, 그런 사이 아니라고요. 한 번도 그런 사이인 적 없었고, 그런 사이가 될 뻔한 적도 없었어요. 오늘 시현이가 우리 키스한 장면 목격하고 어떻게 반응했는지 기억 안 나세요?"

[……]

"오늘의 해프닝은 양쪽 부모님들께서 오버하신 거예요. 아니, 오랜 시간 동안 친구로 지내면 다 약혼하나요? 다 결혼으로 골인하나요? 우린 진짜 친구 사이일 뿐이에요. 우정으로 맺어진 사이. 설마 남녀 간에 우정이란 없다, 뭐 이런 말씀 하시려는 건 아니죠?"

어지간히도 억울한 듯, 나빈은 단 한 번의 쉼도 없이 당차게도 제 할 말을 풀어내었다.

"……"

시우는 창가에 비친 그녀의 모습을 가만히 바라보며 그대로 서 있었다. 대충 두 사람이 심각한 관계가 아닐 거라곤 짐작하고 있었지만, 정말로 그냥 단순히 친구 사이였을 줄이야. 적어도 두 사람이 집안의 기대감은 인지하고 있을 줄 알았다. 두 집안에서는 각자의 이익을 위해 자식들을 짝지어주려 하고 있는데, 정작 당사자인 시현과 나빈은 이렇게나 순수하다니 허탈했다. 자신 혼자만 어른들의 보이지 않는 압박에 휘말렸다고 생각하니 씁쓸했다.

[아무튼 저랑 시현인 확고해요. 절대로 우린 결혼 같은 거 안 할

거예요. 그러니까 시우 씨도 그딴 걱정 말고…….]

"너. 뛰어봤자 벼룩이란 말, 알아?"

시우는 꽉 잠겨 허스키해진 목소리로 나직이 물었다. 아무런 감정도 드러내지 않은 그의 메마른 어조에 나빈은 멍하니 대꾸했다.

[벼룩이라고요? 누가요?]

"너. 아무리 부인해 봤자 넌 최시현 약혼녀라는 타이틀을 떼어내지 못해. 그게 네 운명이고, 내가 널 좋아하지 않는 이유야. 우린 애초부터 안 되는 사이다."

[애초부터 안 되는 사이, 그런 게 어디 있어요? 운명은 개척하는 건데.]

"아직도 못 알아듣겠냐? 너와 난 안 된다고."

이를 악물고 시우는 차갑게 중얼거렸다. 그리고 좀 더 강력한 어조로 윽박지르듯 못을 박으려는 찰나, 갑자기 나빈이 소리치며 앵앵거리기 시작했다.

[아아아— 몰라요, 몰라. 그딴 거 몰라요. 운명이고 뭐고 난 상관 안 해요. 내 운명은 내가 알아서 책임질 거니까, 시우 씬 그런 거 걱정 말고 그냥 나랑 사귀기나 해요.]

"손나빈."

[사귀어요! 알았죠? 나랑 사귀는 거예요!]

사람 식겁하게 만들 만큼 철없는 떼씀. 그마저도 귀엽게 느껴지자 시우는 헛헛한 웃음을 흘렸다.

미쳤군. 드디어 네가 돌았구나, 최시우. 손나빈한테만큼은 철저히 무감각해지는 게, 네가 7년간 지켜온 룰 아니었어? 아무 감정도 느끼지 말아야 옳잖아. 그녀에게는 손톱만큼의 감정도 흘리면 안 돼. 지금까지 그래 왔고, 앞으로 그래야 한다는 건 너도 잘 알고 있잖아.

시우는 깜깜한 어둠과 차가운 공기를 뚫고 손나빈의 뒷모습을 뚫어져라 지켜보았다. 어둡고 외롭고 답답한 이곳과는 달리 환하고 따스한 곳에서 나빈은 씩씩해 보였다. 두 손으로 핸드폰을 쥔 채로 서서 열심히 조잘거리며 상대를 설득하는 그녀는 시우의 입가를 절로 느슨하게 만들었다. 하지만 넌 내 것이 아니지.

시우는 천천히 손을 뻗어 차가운 창문을 어루만졌다. 그리고 방실방실 재잘거리는 나빈의 말을 가로막으며 잔인할 정도로 차갑게 읊조렸다.

"꿈에서 깨. 현실을 받아들여야 할 사람은 너야."

제12장. 내 남자친구를 소개합니다

　여자라면 누구나 로맨틱한 사랑을 꿈꾼다. 멋지고 잘생긴 왕자님을 운명적으로 만나 사랑하고 많은 사람들의 축복을 받으며 행복한 결말을 맞이하는 것. 혹자는 신데렐라 콤플렉스라고도 하고 드라마병이라고도 한다. 옛날 동화나 드라마에서나 나올 법한, 비현실적인 애기라는 뜻이겠다.

　비웃음당할지도 모르지만 나빈도 항상 운명적인 사랑을 꿈꿔왔다. 언젠간 자신을 목숨만큼이나 아끼고 사랑하는 남자가 나타나 줄 거라고 믿었다. 어쩌면 지금도 멀리서 자신을 숨죽여 지켜보고 있을지도 모른다는 망상도 꽤 했더랬다. 운명이란 처음부터 이어져 있고 인생은 그 운명을 찾아가는 모험기와 같은 거라고도 생각했었다. 지금 생각해 보면 그게 시우인 것 같기도 하다.

그와의 첫 만남은 그 어떤 드라마보다도 더 운명적이었다. 폭풍 전야의 장대비 속을 뚫고 밖으로 나온 것도, 잔인하게 퍼붓는 빗줄기 속에서 시우를 발견한 것도, 그에게 다가가 우산을 씌워줄 생각을 한 것도 그녀에겐 일상적인 일이 아니었다. 특히나 유령처럼 홀연히 돌아서는 그를 뒤쫓기로 결정한 것은 그녀 일생일대 최고로 대담한 일이었다. 그때 그녀가 그 자리에 없었고 사고를 목격하지 않았다면 일이 어떻게 되었을지는 생각하고 싶지 않다.

도대체 그는 날 언제부터 좋아했었던 걸까? 처음부터? 아니면, 아르바이트 건으로 처음 엮이기 시작하면서부터?

언제부터 좋아했든, 현재 그는 두 집안이 시현과 나빈을 결혼시키려 한다는 사실을 아주 잘 인지하고 있다. 그 때문에 자신의 감정을 꾹 눌러 참고 '애초부터 안 되는 사이'라 정의하며 버티고 있는 것이었다. 출생에 있어서 스스로 정당치 못하다고 여겨 장남의 자리도, 회사의 지분도 모조리 포기하고 조용히 살기로 작정한 그였으니 여자 하나쯤 포기하는 건 일도 아니었겠지.

'바보.'

다른 건 몰라도 지레 포기하는 건 바보 같은 짓이 맞다. 아니, 왜 남의 의사는 묻지도 않고? 왜 자기 마음대로 결론 내리고 결정 지어 버리는 건데? 난 당신이 좋다고. 최시현이 아니라 최시우가 좋다고. 내가 좋다는데 뭐가 운명이라는 거야? 그딴 게 운명이라면 운명 같은 거 믿지도 않을 거다. 내 운명은 빗속에서 최시우를 보았을 때부터 쭉— 그를 향해 달려가고 있다. 지금도 진행 중이고, 언젠가 꼭 그곳에 도달할 것이다.

그가 틀렸다. 나빈이 옳다. 사랑은 주변 사람들에 의해 결정되는 게 아니라, 자신의 감정과 마음의 흐름에 따르는 것이다.

"얘! 너, 내 말 듣고 있어?"

무언가 결연한 의지를 담고 두 눈에 빡 힘을 주고 있는 나빈을 유심히 훑으며 쿡, 춘 여사가 옆구리를 찔렀다. 나빈이 뜨개질에 매진하고 있는 동안 내내 무슨 얘긴가 열심히 하고 있던 춘 여사가 질문을 해도 대답이 없는 나빈을 이상하게 여기고 묻는 것이었다. 딴생각 삼매경에 빠져 있던 나빈은 퍼뜩 정신을 차리곤 춘 여사를 돌아보았다.

"응? 왜?"

"무슨 생각을 그렇게 골똘히 하고 있어? 엄마 얘기 안 듣고."

"아, 미안. 무슨 얘기 중이었는데?"

뜨개질하는 손을 쉬지 않고 놀리며 나빈은 깜찍하게 물었다. 그녀는 지금, 한 달 앞으로 다가온 최시우 생일에 맞춰 스웨터를 짜고 있는 중이었다. 따뜻한 봄이 성큼 코앞으로 다가왔는데 무슨 스웨터냐, 하겠지만. 정성이 들어간 선물 중의 선물? 하면 스웨터가 아니겠는가. 직접 뜨개질을 했다고 하면 뭔가 되게 조신하고 여성적인 느낌도 나기도 하고. 물론 나빈은 뜨개질에 소질이 없다. 그래서 이렇게 생고생 중이다. 나빈은 이것을 선물하면서 정식으로 프러포즈라는 것을 해볼 계획을 짜고 있었다.

"시현이 말이야."

"걔가 왜?"

"걔랑 너, 내 생각엔 다시 잘해보는 게……."

"뭐?"

"아니, 그렇잖니. 한 치 앞을 내다볼 수 없는 게 사람 일이잖아. 오늘은 좋았다가도 내일은 싫을 수도 있는 게 사람이야. 반대로 오늘은 싫지만, 내일은 좋을 수도 있는 거고."

춘 여사는 약간 민망한 듯한 얼굴로 배시시 웃으며 앞머리를 쓰다듬고 있는 중이었다. 자신의 입으로 분명히 '너와 시현을 짝짓는 건 나도 반대다' 라고 했던 게 불과 며칠 전이란 걸 상기하고 있음이 분명했다. 다 끝난 얘길 가지고 또 무슨 작당 중이신 거야?

"뭐야? 그런 밑도 끝도 없는 말은. 무슨 말을 하고 싶으신 건데?"

"내 말은 그러니까, 뭐든 딱 잘라서 말하는 건 영리하지 못한 짓이다. 뭐, 이런 뜻이지. 사람의 입장이란 건 자기 유리한 대로 바뀌는 거 아니겠니?"

횡설수설하는 춘 여사를 보며 나빈은 점점 인상을 험악하게 굳히고 있었다. 어떤 이유나 핑계를 붙여도 그녀가 자신이 내뱉은 말을 손바닥 뒤집듯이 한순간에 엎고 있다는 사실은 변함이 없었다. 그러니까 요는, 흐지부지 없었던 일이 된 결혼 문제를 다시 의논해 보자, 이거 아닌가? 그것도 자존심 상한다며, 그런 집안에는 절대로 아까운 내 딸 못 준다며, 난리난리 피우던 그 춘 여사가.

"오늘 오전에 시현이 엄마가 나한테 전화를 했어."

"아줌마가?"

"그동안 연락 못해서 미안하다면서 내일 오후에 같이 쇼핑하자고 하더라. 너희 둘 문제로 할 얘기도 있으니 저녁 식사도 함께 하자며. 난 당연히 말했지. 무슨 얘긴데 따로 식사까지 하면서 해야 하느냐고. 그냥 전화로 얘기하라고. 나, 시간 없다고.”

“그런데?”

“대뜸 말하더라. 자긴 시현이랑 너랑 결혼시키고 싶다는 생각, 변함이 없다고. 시현이가 당분간은 결혼 생각이 없다고 해서, 그래서 자긴 논의 자체를 뒤로 미룬 것뿐인데 내가 오해하고 있다는 거야. 그래서 내가 물었지. 그럼 왜 그때 그 자리에서 말하지 않았냐고. 그랬더니 당시엔 최 회장님 발언 때문에 너무 화가 나서 경황이 없었다는 거야. 그 왜, 큰아들한테도 경영을 가르치겠다고 한 발언 있지? 알고 봤더니 그날, 큰아들 때문에 한바탕 소란이 났었다고 하더라고. 안 봐도 비디오지, 뭐. 너도 알다시피 시현이 엄마가 보통 무섭니? 한성깔 하잖아. 온 집안이 발칵 뒤집어지고 난리도 아니었나 봐.”

“큰아들 때문에? 왜?”

짜증스런 표정으로 춘 여사를 바라보던 나빈이 불쑥 물었다. 어머니의 입에서 흘러나온 큰아들이란 곧 최시우. 비록 시우는 완강히 거부하고 있지만, 조만간 그는 자신의 남자친구가 될 터. 귀가 쫑긋 세워지는 건 당연했다.

“낸들 아니. 그 큰아들이 모든 일의 화근이라고 생각했나 보지. 아무튼 지독한 여자야, 시현이 엄마도. 아무리 남편이 바람펴서 생긴 아들이라지만 너무 심하다니까. 솔직히 그 아들이 무슨 죄야? 엄마 잘못 만나 태어난 죄밖에 더 있어? 지은 죄로 따지면 제일 나쁜 사람은 최 회장님이지. 물론 나였더라도 그 아들을 좋게

봐줄 수는 없었겠지만, 그래서 시현이 엄말 이해 못하는 것도 아
닌데. 그래도 시현이 엄만 너무 심해. 사람을 아주 잡잖아."

알죠. 아주 잘~ 알죠.

나빈은 인상을 팍 쓰며 뜨개질에 다시 집중하기 시작했다. 시우
의 태생에 얽힌 얘기라면 이미 잘 알고 있고 새삼스러울 게 하나
도 없는데도 불구하고 귀에 거슬리는 건 어쩔 수 없었다. 물론 나
빈은 그가 어떤 사람인지 전혀 신경 쓰지 않는다. 그는 그 자체로
도 빛나는 사람이고, 그녀는 그의 출생이니 배경을 좋아하는 게
아닌 바로 그 자체를 좋아하는 것이니까. 그가 못 받은 사랑, 앞으
로 그녀가 충분히 나눠줄 생각이다. 아껴주고 사랑해 주고, 보석
처럼 귀이 여겨줄 것이다. 하지만 그런 그녀의 마음가짐과는 상관
없이 그가 아직까지 가족들에게 합당한 대우를 받지 못하고 있다
는 사실엔 속이 상하지 않을 수 없었다.

"아무튼 그래서 경황이 없었을 뿐. 너랑 시현이의 결혼이 탐탁
지 않았던 건 아니었대. 자긴 지금이라도 다시 얘길 꺼내 공론화
시켰으면 한다는 거야. 뭐, 시현이 아버님이 당장 결혼시키는 건
무리라고 하신다는데. 그럼 뭐, 약혼이라도 정식으로 시켜주자는
거지. 결혼이야 너도 일찍 하는 거 싫다고 했으니."

"그래서 결론이 뭐야? 시현이랑 결혼하라고?"

"잘 아네, 기집애."

뾰족한 팔꿈치로 나빈의 옆구리를 쿡 찌르며 춘 여사가 말한다.
'다 알면서 내숭 떨긴' 의 시선을 던지고 있다. 나빈은 뜨개질하던
손길을 딱 멈추고 똑 부러진 시선으로 춘 여사를 돌아봤다.

"내가 왜?"

"왜긴 왜야. 저쪽에서 죽도록 매달리니 그렇지. 내가 너, 아까워서 그 집에 안 주려고 했는데 시현이 엄마가 빌고 또 빌어서 마음 돌려먹기로 했어. 어차피 시현이 조건이면 어디에도 안 꿀리지 않니. 그 정도면 널 데려가도 되지 싶다."

"엄만, 딸이 무슨 물건이야? 남이 매달리면 불쌍해서 막 줘도 되는 거야?"

"누가 그렇대? 솔직히 너희 둘, 천생연분이지 않니. 내가 시현이 엄마가 하도 콧대 세우는 통에 짜증이 났긴 하지만. 너랑 시현이가 보낸 세월이 얼마야? 시현이만큼 널 잘 아는 사람이 어디 있어? 게다가 집안도 좋고, 애가 서글서글하니 성격도 좋잖아. 그만하면 사윗감으로 오케이지. 너도 시현이만큼 괜찮은 애, 못 봤잖아."

이런. 아직도 엄만 시현이 나의 천생연분, 운명의 짚신짝이라고 생각하는 걸까? 수천 번 아니라고 말해도 참 이해 못하신다.

"휴—"

나빈은 긴 한숨을 내쉬곤 따분하기 짝이 없는 얼굴로 두 눈을 깜빡거렸다. 아무래도 더 이상은 숨길 수 없을 것 같다. 이 이상 춘 여사가 삽질하도록 놔두면 불효다, 불효.

"엄마."

나빈은 방긋 웃는 얼굴로 자세를 바로 하고 춘 여사를 똑바로 바라보며 대답을 기다렸다. 어딘지 모르게 단호함이 엿보이는 딸의 태도에 춘 여사는 살짝 긴장하는 것 같았다. 주저하듯 미간을 찡그리며 조심스럽게 '왜?' 하고 묻는 모양새는 귀엽기 짝이 없었다. 본능적으로 그녀는 딸이 폭탄선언을 할 것이란 걸 알아챈 듯했다. 하여간 촉 하나는 예리하셔.

히쭉 웃으며 나빈은 춘 여사의 양어깨를 턱 붙들었다. 그리곤 엄청난 발언을 아주 생글거리는 얼굴로 태연히 쏟아냈다.

"나, 사랑하는 사람 있어."

"자, 한 잔 받아."

기헌이 소주잔을 내밀자 막 얇게 떠진 회를 한 점 입안으로 밀어 넣던 나빈은 냉큼 젓가락을 내려놓고 소주잔을 두 손으로 받았다. 임금이 하사하는 잔을 내려받고 황송하옵나이다, 를 읊조리며 고개를 조아리는 신하마냥 극도의 예를 갖추는 나빈을 보고 있자니 쿡쿡 웃음이 나오려 해, 기헌은 흐뭇하게 소주병을 들었다.

"그동안 고생했어. 안 하던 일, 하느라 힘들었지?"

"아, 아닙니다. 즐거웠어요. 좋으신 분들도 많이 만나고 추억도 많이 생겼고요. 지금까지 사회 경험이 전혀 없었는데 이번에 일하면서 많이 배웠습니다."

공손하게 술잔을 받으면서도 할 말 다 하는 나빈. 묘한 매력이 있다니까. 기헌은 씩 웃으며 잔을 모두 채운 후 술병을 제자리에 놓았다.

"나도 즐거웠어. 처음 시우 녀석이 나빈 씨를 맡겼을 땐, 아무것도 모르는 생초보를 데려다가 뭐하라는 건가 싶었는데. 시간이 갈수록 안심이 되더라고. 성실하고 머리도 좋고 눈치도 빠르고, 눈

썰미도 상당해서 뭐든 맡겨도 불안하지 않았거든.”

“감사합니다.”

칭찬받기 부끄럽다는 듯 나빈이 수줍게 웃었다. 실타래처럼 길고 곱실거리는 갈색머리를 가슴 근처까지 늘어뜨리고, 위아래로 단정한 바지정장 차림인 나빈은 그 어느 때보다도 성숙해 보였다. 일할 땐 항상 하나로 묶어 올렸던 머리를 풀어서인 건가? 아니면 늘 착용하던 캐주얼 복장이 아니라서? 그것도 아니면 화장기가 전보다 약간 진해져서인가? 어쩌면 셋 다일지도. 그새 분위기가 바뀔 만큼 중요한 일이 그녀에게 있었는지도 모를 일이라고 생각하며, 기헌은 자신의 앞에 놓여 있는 잔을 들어 올렸다.

“나도 한 잔, 따라줄 수 있나?”

“아. 네! 물론이죠.”

아무 생각 없이 받아놓은 술잔을 제 앞에 내려놓던 나빈이 퍼뜩 놀라며 서둘러 소주병을 집어 들었다. 그리곤 횟집과 김기헌은 정말정말 어울리지 않다고 생각하며 그가 내민 술잔을 조심스럽게 채웠다.

처음 송별회 겸 회식을 한다는 말을 전해 들었을 때 나빈이 상상했던 건 우아한 뷔페식 고급 식당이었다. 국내 최정상급 디자이너 김기헌이 주관하는 회식자리이니, 뭔가 유로피안的이고 클래식하면서도 격조있는 장소에서의 리버럴한 무드 속에서 패션 코드를 주제로 한 시크한 토킹이 떠올랐던 것이다. 정말이지, 이렇게 난초가 사방에 깔려 있는 방에 방석을 깔고 앉아 소주잔을 기울이는 분위기일 거라곤 상상도 못했었다.

"또 아르바이트 자리 필요하면 언제든지 연락해. 나빈 씨 자리는 항상 비워둘 테니까."

막 술을 따르고 나니 기헌이 사람 좋은 웃음을 지으며 말한다. 그러자 옆자리에 앉아 있던 주환이 한마디 거든다.

"나빈 씨가 엄청 마음에 드셨나 봐요? 이런 말씀 직접적으로 하시는 거 처음 보는 것 같아요. 그동안엔 아무 말씀 없으시더니."

"마음에 들었지. 솔직히 우리 샵 사람들 전부 다 나빈 씨를 좋아하게 되었잖아? 그래서 그만둘 때 다들 서운해했고."

"그건 그렇죠. 나빈 씨가 우리 매장 엔돌핀이나 마찬가지였으니까요. 앞으로 자주 놀러 와, 나빈 씨. 난 언제든 환영이니까. 알았지?"

주환의 말에 나빈은 씩 웃으며 고개를 끄덕였다. 얼떨떨하기도 하고 민망스럽기도 했지만 절로 피어오르는 웃음꽃은 어찌할 수가 없다. 어찌 됐든 칭찬이지 않은가. 칭찬은 고래도 춤추게 한다고 했다.

"그런데 말이야."

딱. 막 넘실넘실 담긴 알코올을 단번에 들이켠 기헌이 빈 술잔을 내려놓았다. 그러더니 몸을 한쪽으로 틀어 예의 바르게 술잔을 기울이고 있던 나빈을 향해 심히 삐딱하게 중얼거리기 시작했다.

"딱 하나, 아쉬운 점이 있어. 다른 건 다 대만족인데 그거 하나 실망스러워."

"실망…… 이요?"

"최시우."

“……?”

“난 그 계약을 나빈 씨가 성사시켜 줄 줄 알았거든. 워낙 책임감이 강하고 성실한 나빈 씨이니, 자기가 맡은 일은 끝까지 책임져 줄 거라고 생각했었어. 그런데 끝까지 설득 못하더라고. 시우 설득하는 게 그렇게 힘들던가?”

“아, 그건…….”

시선을 끌어내리더니 나빈은 깜빡깜빡 두 눈을 감았다 뜨기만을 반복했다. 차마 솔직히 대답 못하고 망설이는 것 같은 분위기. 하고 싶은 말은 숱하게 많지만 참기로 작정한 듯. 나빈의 반응을 가만히 살피며 기헌은 씁쓸하게 입맛을 다셨다. 분위기로 보아, 나빈은 시우에게 꽤나 심하게 데였던 게 틀림없었다. 가차없이 내치고 밀어냈을 게 빤한 광경들을 상상하며 기헌은 살랑살랑 고개를 가로저었다. 하여튼 시우 녀석, 못 말려.

“나빈 씨가 처음 했던 말 생각나? 페로스 같은 회사에서 신인 모델을 채용하겠다고 나섰다는 건 대단한 일이라고 했었던 것 같은데. 기억나지? 나빈 씨 친구가 그런 제의를 받았다면 당연히 수락하라고 설득했을 거라고 했잖아. 사실 나도 그런 마음이었거든.”

“…….”

“시우 녀석, 대단한 재능을 가진 녀석이야. 봐서 알겠지만 그런 녀석을 일반인으로 그냥 살게 놔두는 건 죄악에 가까운 일이지. 특히 나처럼 이쪽 관련 일을 하는 사람 입장으로선 더더욱. 손댔다 하면 대박날 게 빤한 상품을 그냥 저렇게 방치해 두는 건 미련한 짓이 아니겠어?"

"예에……."

"사실 아직도 난 포기가 안 돼. 이해할 수 없어, 그 녀석을. 내가 가진 상식으론 그런 대박 계약을 거절하는 건 있을 수가 없거든. 페로스 같은 대기업 광고야. 지면 촬영에 보조 출연하는 정도가 아닌 TV CF광고, 브랜드 메인 모델이라고. 그런 계약을 단 1초도 생각해 보지 않고 거절한다는 게 말이 돼? 이해 안 되지? 거기에, 스폰서가 나야. 내가 그 녀석 뒤를 봐줄 요량이 있다고. 물심양면으로 도와줄 생각이 있어. 녀석에 대한 투자이고 내 안목에 대한 자신감이지. 난 자신있어. 그 녀석을 한국 최고의 스타로 만들어 줄 거야. 난 방송국에도 연줄이 있고, 좋은 기획사도 알아. 녀석 같은 보석을 알아봐 줄 훌륭한 프로듀서도 많이 알고. 그런데도 녀석은 싫다는 거야. 내가 어떻게 이해할 수 있겠어?"

"저, 이런 말씀 드리긴 좀 뭐한데요."

내내 기헌의 얘길 듣고만 있던 나빈이 불쑥 입을 연 것은 그때다. 마음속으로 쭉 말을 할까 말까 망설였던 흔적이 고스란히 드러난 얼굴로 나빈은 기헌을 똑바로 바라보았다.

"좋은 조건이고 잠재되어 있는 탁월한 재능을 발휘할 수 있는 최고의 기회라고 해도 본인이 싫어하는 일은 강요할 수 없다고 생각합니다. 제가 얘기 나눠본 바에 의하면 최시우 씨는 모델 쪽 일을 계속하실 생각이 없으셨어요."

"뭐라고?"

"하기 싫다는 사람에게 좋은 기회라고, 꼭 해야 한다고 설득하긴 힘들었습니다. 저도 부모님 의향으로 전공을 선택했다가 엄청 후회해 본 적이 있거든요. 유경험자로서 이런 경우는, 아까운 기회이지만 다른 사람을 위해 양보해도 된다고 생각해요.”

“그럼 설득조차 하지 않았다는 건가?”

“아, 물론 설득은 해보려고 했습니다. 하지만 최시우 씨 입장을 제가 너무나 잘 이해하다 보니…….”

“끈질길 수가 없었던 거로군.”

기헌은 나빈을 유심히 관찰하며 중얼거렸다. 기분이 참 묘했다. 나빈은 그저 자신이 왜 시우를 설득하지 못했는지에 대해 해명하고 있을 뿐인데 기헌의 귀에는 그게 시우에 대한 디펜드로 들렸다. 왜 이러지? 내 귀가 막귀인가?

시우는 이러이러해서 그 제안을 거절한 것이니 더 이상 딴죽 걸지 말라, 라는 경고를 받는 기분이었다. 대놓고 말은 안 했지만, 딱 ‘당신은 자신의 이기심 때문에 시우에게 모델 일을 강요하는 거예요’ 라는 투? 마치 그녀가 시우를 대변하고 있는 뉘앙스라 기헌은 잠시 묘한 기분에 휩싸여야 했다. 시우를 가장 잘 알고, 그의 미래를 가장 걱정하고 생각해 주는 이는 바로 자신이라고 생각했는데 나빈의 얘길 듣고 있자니, 자신이 시우의 인생을 망치고 있는 장본인이 되어버린 기분이었다.

그때였다. 갑자기 닫혀 있던 방문이 훌쩍 열리더니, 시우가 들어왔다.

“어머, 시우야!”

“어쩐 일이야, 너? 선생님이 불렀어?”

"어째서 네가 안 오나, 했다. 하여간 선생님, 최시우 챙기는 건 알아줘야 한다니까."

"잘 왔어. 이리 와 앉아."

"야, 무슨 소리야. 시우는 내 옆에 앉아야지."

"됐거든. 내 옆에 앉아야 하거든."

시우의 등장에, 실내는 단숨에 시장 바닥처럼 왁자지껄 소란스러워졌다. 원래 시우가 좀 여자 디자이너들한테 인기가 많다. 행동이 거만하거나 언어 습관이 바람직하지 못하거나, 혹은 이미지 확 깨게 까불까불 깐죽대는 남자 모델들이 허다한데, 그 속에서 최시우는 혼자 독야청청 고고하기 짝이 없으니 그럴 수밖에 없었다. 아마 말이 없고 행실이 단정하며, 그러면서도 스탭들에게 예의를 지키는 시우의 평소 모습을 아는 사람이면 누구나 녀석을 좋아할 것이다. 정말 이러다 유혈사태라도 나겠군.

"자자, 그만. 다들 됐고, 시우 넌 이쪽으로 와서 앉아라."

기헌은 시우를 차지하기 위한 누님들의 러브콜을 싸늘하게 잠재우며 시우에게 손짓을 날렸다. 예능 방송 방청객들 반응마냥 '아잉~' 하는 소리가 단체로 들려왔다. 벗뜨, 절대로 시우 녀석을 저쪽 무리 속에 던져 줄 수는 없었다. 직원들 회식자리에 녀석을 부른 이유가 뭔데. 남 좋은 일 시켜주려고 부른 게 절대 아니란 말이지. 기헌은 이쪽으로 걸어오는 시우에게서 시선을 떼, 제 앞에 앉아 있는 나빈을 돌아봤다.

나빈은 넋을 잃은 얼굴로 시우를 바라보고 있었다. 그녀도 시우의 갑작스런 등장에 놀란 모양이었다. 아니면 그녀도 시우 녀석한테 홀딱 넘어간 것일 수도. 그렇다 해도 특별할 것은 없다. 여자들은 대부분 시우를 갖고 싶어 안달하니까.

"그 옆으로 앉아. 나빈 씨, 옆으로 조금만 비켜줘."

옆으로 좀 들어가라는 손짓을 하며 기헌은 빙긋 웃었다. 멍하니 넋 놓고 있던 나빈은 자신의 곁으로 다가오는 시우를 보며 흠칫 놀라고 있었다.

"아, 네."

잔뜩 얼어붙은 얼굴로 대답하곤 나빈은 엉덩이를 움직이며 옆으로 이동했다. 그녀가 뜨뜻하게 데워놓은 자리를 최시우는 당당히 차지하며 앉았다. 나빈은 이게 어떻게 된 일이냐는 눈으로 그를 올려다보았다. 그가 오늘 이 자리에 온다는 말은 전혀 들은 바가 없어서 말이다. 아까 전화 통화까지 했었는데, 그땐 왜 아무 말도 안 했냐는 뜻이었다.

"저 오늘 회식 가는데. 나오실래요?"

[내가 왜.]

"왜긴요. 시우 씨는 절 샵에 소개해 준 사람이잖아요. 샵 회식이기도 하지만 제 송별식이기도 하니까 오실 조건 충분하죠. 그리고 선생님이랑도 친하잖아요."

[됐어. 바빠. 그리고 너, 자꾸 전화하지 말랬지. 왜 자꾸 귀찮게 해? 신소리 늘어놓고 싶으면 다이어리에 적어. 홈피에 올려 포도알이나 받아먹든지. 바쁜 사람 시간 뺏지 말고.]

"그래도 조금은 기다려지지 않아요? 열두 시 반, 점심 막 먹고

숟가락 빼는 시간에 정확히 울리는 벨소리. 처음엔 짜증났는데 이젠 그 시각에 전화벨이 안 울리면 안절부절못하게 되죠?"

[착각하지 마라. 그래 봤자 너한테 길들여질 일 없다.]

"그건 두고 봐야 아는 거고요."

[내가 왜 널 두고 봐야 해? 귀찮아. 귀찮으니까 전화하지 마. 몇 번 말해야 알아들어?]

"그렇게 귀찮으면 받지 말던가요. 왜 전화를 받으면서 짜증이세요? 그거, 말로만 귀찮다는 거 아니에요? 사실은 은근히 기다리고 있다는 증거 아닌가?"

[그런 거 아니랬지?!]

아까 낮에 그와 통화했던 기억을 떠올리며 나빈은 피식 웃음을 흘렸다. 요사이 날이면 날마다 그에게 전화를 걸어 세뇌 아닌 세뇌 작전을 펼치고 있는 그녀인데, 아무리 생각해도 그는 조만간 자신한테 넘어올 것 같았다. 겉으론 까칠하게 굴고, 아니라고 부인하지만 그녀의 직감은 그가 자신에게 헤어 나올 수 없이 푹 빠졌다 말하고 있었다.

이제 그만 포기하지. 나한테 맞서지 말고, 차라리 어른들에게 맞서지. 그게 더 속 편하고 빠를 텐데. 나빈은 흘낏 시우를 돌아보며 삐쭉 입술을 틀었다.

"집에서 나오느라 힘들었지? 아직 그림 작업이 안 끝났을 텐데."

"저녁 식사 할 정도의 시간은 있어."

"그거 상금이 꽤 된다고 했던 것 같은데. 당선되면 한턱 쏘는 거냐?"

"너무 성급한 말 아니야? 당선이 될지 안 될지 어떻게 알고?"

"내가 널 모르냐. 독한 놈이잖아, 너. 네가 할 수 있는 최선을 다했을 게 뻔한데 뭐."

"칭찬이야, 욕이야?"

"짜식. 칭찬이지."

두 사람의 편한 대화를 듣고 있자니, 퍼뜩 떠오르는 게 있는 나빈이다. 그림. 그의 집 작업실에서 보았던 커다란 이젤. 흰 천으로 덮어놓은 그게 그가 공모전에 대비해 준비하고 있던 그림이었나 보다. 그럼 그 스케치북의 여자 그림은 뭘까? 궁금했지만 나빈은 잠자코 앉아 두 사람의 대화를 경청했다.

"그림 작업은 거의 끝나가고 있겠지? 조만간 마감이잖아. 그렇다면 이젠 나랑 다시 일할 수 있겠구나?"

"마감은 다가오는데, 그림을 낼 수 있을지 어쩔지는 아직 모르겠어. 전부터 쭉 그려오던 그림을 망쳤거든."

"그림을 망쳐? 아니, 왜? 모델까지 사서 작업 중이었잖아."

"집중 실패지."

"머리 복잡하게 생각할 일이 있었나 보지? 예를 들면, 여자 문제라든가."

"형이 무슨 말을 하려는지 알겠는데, 아니야. 그거와는 다른 차원의 일이야."

"뭔데? 계약 건?"

"어째 그 얘기 안 꺼내나 했다."

"야야, 그게 어디 안 꺼낼 수 있는 얘기냐? 누가 봐도 잘못된 선택이었잖아. 네가 걷어찬 그 계약, 다른 애한테 넘어갔어. 너도 알 거다. 한선우 선생님이랑 일하는 강현우라고."

"잘됐네."

"그걸 말이라도 해? 너보다 훨씬 못한 애가 뽑혀서 페로스의 메인 모델이 됐는데. 넌 배도 안 아파? 정말 이쪽 일엔 관심없는 거야?"

"이미 말했잖아, 없다고."

"도대체 왜? 뭣 때문에? 넌 이미 소질을 인정받았고 성공할 가능성도 높다니까. 내가 보증한다고, 내가. 이 김기헌이 보증한단 말이야. 그런데 왜 안 하겠다는 거야?"

"또 잔소리 시작하시네."

"이해가 안 돼서 그런다. 내가 널 초일류급 모델로 만들 자신 있다는데 왜 자꾸 싫대? 내가 아무나 붙잡고 이런 말 하는 사람인 줄 알아? 오죽 안타까우면 이러겠냐고. 안 그래, 나빈 씨?"

"예?"

나빈이 갑자기 자신에게 돌려지는 화살을 맞고 맹하게 대꾸했다. 순식간에 기헌과 시우의 시선이 나빈에게로 쏠렸다. 나빈은 멍하니 아무 생각도 없이 앉아 있었음을 적나라하게 드러내며 깜빡깜빡 두 눈만 나풀거릴 수밖에 없었다.

"나빈 씨도 말했잖아. 페로스화장품 CF는 절대적으로 잡아야 한다고."

“아, 그건……."

“그걸 놓치는 건 어리석은 짓이라고 말했잖아. 기억 안 나?”

기헌이 다시 한 번 과거의 일을 상기시키며 물어왔다. 나빈은 대답할 생각도 못하고 빠르게 눈동자를 굴려 시우의 눈치를 살폈다. 시우는 아무 감정도 들어 있지 않은 눈으로 냉정하게 자신을 바라보고 있었다. 그 시선에선 손톱만큼의 애정도 느낄 수 없었다. 정말 저 사람이, 몇 주 전 자신을 숨 막히게 끌어안고 미치도록 야하고 환상적인 키스를 퍼부었던 사람 맞는지 의심이 들 정도였다.

“나빈 씨?”

대답이 없는 나빈을 기헌이 재차 부르자, 그녀는 흠칫 놀라며 고개를 휙 틀었다. 자신이 생각하기에도 어색하기 짝이 없는 제스처. 아주 그냥 넋을 잃고 시우를 바라봤음을 만천하에 고하는 것이었다.

“정신을 어디다 파는 거야? 내 말 못 들었어?”

“아, 죄송합니다. 듣고는 있었어요.”

“시우가 잘생기긴 했지?”

“아, 네…… 저, 저기……."

나빈은 왕창피해 당장이라도 혀 깨물고 죽어버리고 싶은 심정이었다. 얼굴이 막 달아올라 마구 후끈거리기 시작하자 나빈은 고개를 푹 숙여 버리고 말았다.

“나도 그렇게 생각했어, 처음 봤을 때부터. 마스크가 세련되면서도 강렬하고, 그러면서도 섬세한 선을 가지고 있지. 모델로서도 합격이지만 이런 마스크라면 충분히 스크린에서도 통할 거라고 믿어. 내가 페로스화장품 CF에 목을 매는 것도 모두 그래서이고. 그런데 녀석 고집이 아주, 상상외로 심하게, 셌지. 그래서 난 어쩔 수 없이 나빈 씨에게 도움을 청할 수밖에 없었어. 나빈 씨라면 충분히 시우 녀석 마음을 돌릴 수 있을 거라고 생각했었거든.”

“근데 저는…….”

“아, 나빈 씨 입장은 이미 알고 있어. 또다시 이 녀석 설득하란 말은 안 할 테니까 걱정 붙들어 매라고.”

“얘 입장이 뭔데?”

가만히 둘을 지켜보고 있던 시우가 불쑥 물었다. 나빈의 가슴은 순간 덜컥 주저앉았다. 그가 자신에 대한 뭔가를 궁금해한다는 사실이 놀랍고도 충격적이었다. 나빈은 두 눈을 휘둥그레 뜬 채로 그를 조심스럽게 돌아보았다. 시우는 표정없는 얼굴로 자신을 지켜보고 있었다. 두 눈이 마주치자, 나빈은 흠칫 놀랐다. 그녀의 언어 구사 능력으론 도무지 설명할 수 없는, 묘한 강렬함이 찌릿 가슴팍을 울려왔다. 저절로 정지 모드가 되어버린 채 나빈은 멍하게 그의 눈을 들여다보았다.

“아무리 스타도 좋고 돈도 좋지만, 본인이 싫다면 어쩔 수 없지 않느냐. 사람이란 누구든 자신의 행복을 추구할 권리가 있는 거 아니겠냐. 뭐, 그런 거였지. 남들보다 우월하고 탁월한 재능을 가지고 있더라도 그것으로 인해 네가 불행해진다면, 그건 아닌 것 같다고. 말은 다르게 했지만 그런 뜻이었지. 맞지, 나빈 씨?”

“손나빈이, 그런 말을 했다고?”

시우의 차분한 음성이 조용히 대꾸했다. 그는 여전히 나빈에게 시선을 고정한 채였다.

"꽤 어른스러운 말이라 난 좀 놀랐어. 아직 대학생이고 어린 줄로만 알았는데 나보다 훨씬 생각이 깊은 것 같아서. 솔직히 난 그동안 모델 일이 네게 천직이라고 생각했거든. 네가 가장 즐겁게 할 수 있는 일, 가장 좋아하는 일, 네 끼를 마음껏 발산할 수 있는 일이라고 여겼었어. 모델 일을 그토록 적극적으로 권유했던 것도 순전히 너를 위하는 거라고 생각했었지."

"……."

"그런데 나빈 씨 얘길 듣고 나니까 머리가 띵해지대. 정신이 번쩍 들던데. 그동안 내가 착각한 게 아니었을까 싶고, 하기 싫다는 너에게 굳이 강요하면서 권유하는 게 진정으로 너를 위하는 일일까, 하는 의문도 생기고. 내가 그동안 내가 보고 싶은 것들만 보고 살아왔던 게 아닌가, 뒤돌아보게 되더라고. 고마워, 나빈 씨."

"에? 아, 뭐 고마울 것까지야……."

나빈은 시우의 시선을 잠시 놓고 기헌을 향해 방긋 웃었다. 물론 그 와중에도 신경은 온통 시우에게 향해 있었다. 그가 쏘아대는 강렬한 눈빛에 그녀는 몸 둘 바를 모를 지경이었다. 심장이 벌컥벌컥 뛰어댔다. 당장이라도 그가 덮칠 것 같은 생각이 들어 손발이 다 후들거렸다.

하지만 당근 그럴 일은 없겠지. 그는 벌써 몇 주째 그녀의 찌질한 대시를 물리치고 있으니까. 어찌나 남자가 대쪽 같은지. 아무리 건드려도 꿈쩍을 하지 않는다. 그리 대쪽 같은 남자이니 차은서의 육탄 공세에도 꿈쩍하지 않았던 거겠지만. 아무리 대쪽 같아도 그렇지, 자기가 좋아하는 여자한텐 좀 넘어와야 하는 거 아니야?

"아니야, 아니야. 고마워."

나빈의 심정은 전혀 모르는 듯 기헌은 두 손을 허공에서 마구 흔들며 자신만의 애기에 집중하고 있었다. 나빈은 슬그머니 시우를 다시 돌아보았다. 놀랍게도 그는 여전히 자신을 보고 있었다.

"내가 이 녀석을 얼마나 아끼는데. 난 시우가 그 누구보다도 행복하길 바랐어. 그래서 모델 일을 해야 한다고 생각했고. 근데 그건 그냥 내 욕심이었을 뿐이었단 생각도 들어. 녀석이 그토록 원하지 않는 일을 내가 억지로 강요할 이윤 없는 거지. 가만! 근데 이러고 보니까, 두 사람 은근히 어울리네."

그 순간 나빈은 정확하게 캐치했다. 시우의 눈동자가 흔들렸음을.

확실했다. 그의 무표정이 단 한순간 흐트러졌었다. 비록 빠르게 제자리를 찾아가 버려 다시는 볼 수 없었지만, 흔들렸던 건 확실했다. 나빈은 똑바로 뜨고 있던 두 눈을 깜박깜박 감았다 떴다. 저도 모르게 입이 찢어졌다. 그가 빈틈을 보였다는 사실에 쾌재가 터졌다.

"한 폭의 그림인데?"

"……."

시우의 눈동자가 천천히 움직였다. 어쩔 수 없다는 듯 서서히 나빈을 놓아주고 그의 시선은 이제, 기헌을 향했다.

"그게 무슨 소리야?"

"나빈 씨는 소박하고 단정한 인상이잖아. 넌 좀 화려하고 비현실적으로 생겼고. 표면적으론 성춘향과 로미오만큼이나 서로 상반된 이미지를 가지고 있어서, 별로 어울릴 것 같지 않았거든. 물론 성격적으론 서로 보완이 될 수 있겠지만 적어도 그림은 전혀 안 나올 줄 알았어. 근데 괜찮네?"

"누구 마음대로 괜찮대?"

무뚝뚝하게 시우가 중얼거렸다. 싸한 말투가 딱 '거부'였지만 나빈은 부드럽게 웃어 넘겼다. 이미 그의 눈빛이 흔들린 걸 다 봐버린 이상 그의 말투 하나하나에 기분 상해할 이유 없었다. 그는 지금도 자신을 좋아하고 있었다.

"반응이 왜 그렇게 까칠해? 난 그저 디자이너로서의 감상을 말한 것뿐인데."

"물어본 적 없어. 그런 말, 나한테도 나빈이한테도 실례야."

"그런가? 미안, 나빈 씨. 괜한 말했네."

"아니에요. 기분 안 나빠요. 시우 씨 같은 사람하고 어울린다는데, 기분 나빠할 여자가 어디 있겠어요?"

헤벌쭉 웃으며 나빈이 대꾸하자 시우의 표정이 즉각 굳어버린다.

"그건 그렇지……."

기헌은 두 사람을 번갈아 보며 미심쩍은 어조로 중얼거리듯 말했다. 분위기가 아주 이상했다. 딱히 어디가 잘못됐다고 지적하기도 애매한 분위기라 생각하니, 기헌의 대뇌에 기본 장착된 탐지기가 날카롭게 촉을 세웠다.

아리송하다. 아무리 봐도 정상적인 모습은 아니야. 원래 손나빈은 시우 앞에선 군기 바짝 든 신병처럼 굴었었는데, 지금은 너무 여유롭잖아. 시우는 평소보다 더 신경이 예민하게 곤두서 있는데 말이다. 언뜻 보면 나빈이 시우의 약점을 쥐고 있는 게 아닐까 의심해 볼 수도 있는 상황이었다. 두 사람, 혹시……?

"혹시나 해서 묻는 건데, 두 사람 애인 없지?"

별 뜻 없이 가볍게 기헌이 물었다. 그러자 즉각 경쟁이라도 하듯 동시다발로 두 사람이 대답을 내놓았다.

"있어요."

"없어."

있다는 쪽은 의외로 나빈이었다. 예상치 못한 대답에 기헌은 당황해 약 3초간 할 말을 잃고 말았다. 분명히 시우의 동생과는 아무 사이도 아니라고 말했던 것 같은데, 이 무슨 소리인가 싶었다. 설마 내 앞에서 거짓말을 한 건가? 아니면 그사이에 친구에서 애인으로 발전한 건가? 별생각이 다 들었지만 3초는 순식간이었고, 정신을 차린 기헌의 눈에 들어온 것은 시우의 얼굴이었다.

가관도 저런 가관이 없었다. 썩은 감 씹은 표정도 저리 찌그러질 순 없겠다 싶을 정도로 시우 얼굴은 좋지 않았다. 심기가 불편함을 넘어 잔뜩 뿔이 난 표정이다. 아무래도 녀석 또한 나빈의 대답에 충격을 받은 모양이었다. 이거 아주 재미난 상황인데? 기헌은 호기심이 잔뜩 어린 눈으로 나빈을 향해 빙긋 웃었다. 그리고 세상에서 가장 순수한 얼굴로 부드럽게 타이르듯 말했다.

“애인이 있었구나? 난 몰랐네. 누군지 아주 궁금한걸.”

“얘기해 드릴까요?”

나빈이 깜찍하게도 묻는다. 기헌은 점점 썩어 들어가는 시우의 표정을 흘낏거리며 어색하게 웃었다.

“뭐 꼭 얘기해 줄 필욘 없는데…….”

“선생님께서도 아시는 분이세요.”

“뭐?”

이게 또 무슨 소린가 싶었지만, 깜짝 놀랄 새도 없이 나빈이 히죽거리며 입을 열었다.

“소개할게요, 최시우 씨.”

그녀의 손엔 언제 붙들었는지 시우의 손이 잡혀 있었다. 기헌도 놀라고 시우도 놀라고, 직원들도 한 명씩 돌아보며 놀라고. 도미노처럼 두 사람의 깍지 낀 손은 방 안에 있는 모든 사람의 주목을 받기 시작했다. 그런데도 아무렇지 않은 듯 나빈은 순진한 눈망울을 반짝이며 자랑스럽게 선언했다.

“제 남자친구예요.”

제13장. Butterfly Guardian

"너 뭐야? 미쳤어?"

나빈을 끌고 회식자리를 박찬 시우는 화려한 한정식 집 앞에서 이를 갈고 있었다. 압도적으로 큰 키를 이용해 나빈을 내려다보며 윽박지르는 그의 모습은 누가 봐도 성난 사자였다. 불처럼 이글거리는 눈빛에 질식할 것 같으면서도 나빈은 헤헤거리고 있었다. 자신이 생각해도 참 맹랑한 짓이었다 싶었지만, 그렇다고 잘못을 빌생각은 전혀 없었다. 오히려 그녀는 자신의 용기있는 행동에 박수를 보내고 싶은 심정이었다. 그 수많은 사람들 앞에서 이런 큰일을 터트릴 수 있는 사람은 아무리 생각해 봐도 자신밖에 없었다.

장하다, 손나빈.

자랑스럽다, 손나빈.

넌 최시우를 가질 자격이 있어!

"네가 뭔데 사람들 앞에서 그딴 헛소릴 지껄여? 그래 봤자 난……!"

"그럼 가서 해명하세요."

"뭐라고?"

"아니라고 말씀하시라고요. 정 그렇게 불만이라면 부인하면 되잖아요."

"너 지금 그걸 말이라고 하는 거냐?"

표정 하나 안 바꾸고 태연히 말하는 그녀의 태도가 어처구니없다는 듯 그는 험악하게 인상을 찌푸리고 있었다. 하지만 나빈은 알았다. 절대로 그는 다시 회식자리로 돌아가 그 많은 사람들에게 '사실 난 손나빈과 아무 사이도 아니다'라고 선언할 수 없을 것이란 걸. 왜냐고? 그야, 그는 날 좋아하니까.

지금까지 찌질거리며 들이대는 나빈을 딱 잘라 거절 못했듯이 그는 이 상황도 철저히 거부하지 못할 것이다. 정말 나빈이 싫고 짜증났다면 아마 진즉 수단과 방법을 가리지 않고 떼어내려 했겠지. 차은서를 떼어내듯 그렇게.

"왜요? 그게 당연한 건데. 가서 해명하세요. 나와는 아무 사이 아니라고, 손나빈이 혼자 좋아서 따라다니는 거라고. 아무래도 쟤 미친 애 같다고."

"손나빈."

"못하겠죠? 도저히 그렇게는 말 못하겠죠? 그럴 거예요."

씩 웃으며 나빈은 고개를 끄덕였다. 내 예감과 추측이 딱 맞아,

뭐 이런 표정으로.

시우는 더욱 날카로워진 눈매로 나빈을 쏘아보며 입술을 앙다물었다. 저, 사람 울화통 터지게 만드는 미소마저도 귀엽고 예쁘게 보인다면 확실히 문제가 있는 게 아니겠는가? 미쳤어, 최시우. 넌 미쳤다고. 제정신이라면 절대로 어떻게 해서도 자신의 것이 될 수 없는 여자를 이렇게까지 오랫동안 곁에 두진 않았을 거다. 제정신이 아닌 거지. 스스로를 향해 비아냥거리며 시우는 짜증스럽게 중얼거렸다.

"그 웃음은 뭐냐? 설마 내가 널 좋아해서 말 못할 거라고, 착각하는 거냐?"

"착각이 아닐 텐데요. 진짜로 좋아하잖아요, 저."

"너, 상태가 심각하구나? 내가 몇 번을 말해? 좋아하는 거 아니라니까."

"거짓말하면 양심에 털 나거든요? 표정 보면 딱 나와요. 그만 인정하세요."

"내 표정 갖고 논문 쓸 기세네. 전에도 말했지? 전지적 최시우 시점으로 생각하지 말라고. 정신 차려. 넌 내 타입 아니야. 좋아하지도 않고, 앞으로 좋아하게 될 가능성도 전혀 없어. 너한테 눈곱만큼도 관심없고 엮일 일도 전혀 없을 테니까 제발 이제 그만 정신 차려. 내 앞에 나타나지 말란 말이야. 꺼지라고."

"……."

너무 심했나? 뻔뻔하리만치 당당하던 나빈이 아무 말도 하지 않는다. 시우는 슬그머니 걱정이 되는 걸 꾹 누르며 차갑게 휙 뒤를 돌았다. 마음이 욱신거리며 아파오는 것 같았지만, 그녀를 위로할 생각은 전혀 없었다. 어차피 그녀의 대시를 거절하기로 마음먹었을 때부터 예견된 일이기도 하니까. 이 모든 게 자신의 어리석음 때문이었다. 처음부터 거절 못하고 걸려오는 전화 재깍재깍 받은 게 화근이었다. 칼같이 끊어냈어야 했는데.

"부모님 때문에 망설이는 거 다 알아요!"

막 성큼 한 발자국 뗐을 때였다. 뒤통수를 후려치는 말에 시우는 걸음을 멈추어야 했다. 나빈이 그 어느 때보다도 더 똑똑한 목소리로 소리치고 있었다.

"우리 부모님도 시우 씨 부모님도, 날 시현이 짝으로 생각하고 있으니까. 그래서 좋아하는 마음도 표현 못하고 끙끙 앓고 있다는 거. 지금까지 많은 부분을 포기하고 살아왔던 것처럼, 이제 나까지도 포기하려 한다는 거. 다 알아요."

"……"

"근데 그건 말이 안 되는 거예요. 구더기 무서워서 장 못 담가요? 당사자들이 서로 좋아하는데 부모님 의견이 무슨 상관이에요? 심지어 시현이도 우리 편이에요. 우리가 잘되길 빌어주고 있다고요. 회장님과 아주머니를 책임지고 설득해 준다고, 시현이가 약속했어요. 적극 밀어주겠다고 했으니까 그 부분은 마음 놔요. 그리고 우리 부모님도, 걱정하지 마세요. 우리 엄마 아빠, 생각보다 굉장히 순수하신 분들이에요. 집안 이익, 회사 입지, 그딴 거와 상관없이 제 선택을 존중해 주실 거라고요. 자랑할 일은 아니지만, 사실 우리 부모님은 날 절대 못 이겨요. 전공 결정할 때도 바락바락 우기는 저한테 두 손 두 발 다 들고, 결국엔 조건부로 허락해 주셨던 분들이거든요."

"……."

"시우 씨도 아마 좋아해 주실 거예요. 딸이 좋아하는 사람이니까, 믿고 아껴줄 거예요. 그러니까 지레 겁먹고 뒷걸음질치지 말아요. 양가에서 반대할지 안 할지는 아직 아무도 모르는 일이에요. 반대를 한다 해도 결심을 꺾거나 포기하지 않을 거지만, 미리 반대할 거라 넘겨짚고 걱정하진 말자는 거예요. 난 상관없어요. 시우 씨가 어떤 사람이고 어떻게 태어났고, 어떤 상황에 처해 있는지 전혀 신경 쓰이지 않아요. 난 그냥 시우 씨가 좋아요. 옆에 있고 싶어요. 시우 씬 그냥, 내가 옆에 있도록 가만히만 있으면 돼요."

"너……."

자분자분 실크처럼 부드러운 목소리의 그녀 말이 끝을 맺자 그가 묵직하게 입을 열었다. 여전히 방어막을 세운 듯 뒷모습을 보인 채였지만 나빈은 알 수 있었다. 아까와는 그 분위기가 확연히 달라졌음을. 그는 망설이고 있었다. 나빈이 던진 달콤한 덫에 매혹되어 나약해지고 있었다. 조만간 그의 방어력은 제로로 떨어질 거라 즐거운 예상을 하며 나빈은 씩 미소를 지었다.

"아주 웃기는 애구나?"

하지만 예상과는 전혀 다른 싸늘한 비웃음이 날아들자, 나빈의 입가는 급속도로 굳어버렸다.

"구제불능이야."

“…….”

“어떻게 하면 너처럼 멍청해질 수 있는 거지?”

휙, 고개를 틀어 나빈을 돌아보며 그가 비아냥거렸다. 상대를 한껏 깔아뭉개면서도 매섭기 그지없는 말투에 나빈은 반사적으로 흠칫 놀랐다. 그의 마음을 어느 정도 읽었다고 느꼈는데. 그게 아닌 게 아닐까, 혹시 너무 성급하게 그의 마음을 단정 지었던 건 아닐까, 싶게 매정해 보이는 그였다. 그러나 그 찰나의 순간이 지나고, 나빈은 발견했다. 차갑고 어두운 그의 눈동자에서 빛나는 상처를.

너무나 맑아서, 그의 눈동자에선 마음의 상처가 고스란히 들여다보였다. 깊게 베인, 너무나도 아파 보이는 상처. 등 뒤로 길게 나 있는 상흔을 보듯 나빈의 마음은 자근자근 아파왔다. 핏줄로부터 거부당한 뒤 자살을 선택해야만 했던 그의 지난날이 다시금 떠올라 가슴이 미어져 왔다.

“지긋지긋하다.”

“…….”

“돌아버리겠어. 도대체 몇 번을 설명해야 알아듣겠냐? 난 너 싫다고. 좋아하지 않는다고!”

그는 세상에서 가장 맑은 눈을 하고서 잔인하게 내뱉었다. 씹어 내뱉는 말들은 모조리 나빈을 아프게 하기 위함이었고 실제로 성공하는 듯 나빈은 고요히 아무 말 없이 그를 바라보고 있었다. 숨마저 죽인 채 그의 눈동자만 가만히 응시하는 그녀는 마치 할 말이 없는 것처럼 보였다. 시우는 가볍게 한숨을 내쉬고 천천히 마지막 한 방을 날렸다.

"내 앞에서 사라져."

"……."

상처받은 듯 나빈은 서 있는 그대로 굳어 있었다. 시우는 지체하지 않고 휙, 고개를 돌려 그녀를 외면했다. 가슴으로, 숨을 제대로 쉴 수 없을 만큼 통증이 밀려왔다. 모든 게 끝이 났음에도, 이젠 훌훌 털어낼 수 있게 됐는데도. 그 속 시원함보다도 몇 배나 더 큰 공허함이 그의 마음을 공격했다.

아프다.

많이, 죽도록 아프다.

"그럼 날 거절하면 되겠네요."

탁, 막 한 걸음 내디딜 때였다. 나빈의 정갈한 목소리가 또다시 그를 붙들었다. 떨치고 나아가야 함에도 불구하고 그는 또 걸음을 멈추어 버렸다. 젠장, 입술을 깨물며 그는 등을 보인 채 가만히 서 있었다. 저벅저벅, 그녀의 걸음 소리가 들려왔다. 유난히 조그만 그녀의 발이 떠오른다. 어울리지 않게 살짝 팔자걸음을 걷는, 뒤에서 보면 뒤뚱거리는 듯한 귀여운 걸음걸이도 함께 떠오른다. 떠올리면 안 된다는 걸 아는데도 저절로 떠올라 버린다. 그는 필사적으로 자제하기 위해 꽉 두 주먹을 쥐었다.

"전화도 받지 말고 이런 자리도 피해요. 그럼 되잖아요. 나더러 꺼지라고 말하지만 말고, 시우 씨가 날 거부해요."

"걱정 마. 안 그래도 앞으론 그래 줄 셈이니까."

무겁게 중얼거리는데 갑자기 턱, 그녀의 차가운 손이 손목을 붙들었다. 전기라도 통한 듯 시우는 펄쩍 뛰며 뒤를 돌아보았다. 어느새 나빈이 아주 가까이 와 있었다. 무언가 대단한 결심을 한 듯 비장한 눈을 하고서. 저도 모르게 시우는 말을 더듬었다.

"뭐, 뭐야?"

"뭐긴 뭐예요. 거부할 기회를 드리는 거죠."

"무슨…… 소리야? 거부할 기회라니……!"

턱! 뭐라 대꾸할 새도 없이 그는 순식간에 벽으로 떠밀려 버렸다. 갑작스런 그녀의 행동에 놀라 시우는 두 눈을 커다랗게 떴다. 어처구니없게도 나빈이 생긋 웃고 있었다.

"뭐, 뭐하는 거야, 너?"

"사실은 제가 프러포즈하려고 선물을 준비하고 있었거든요. 그걸 선물하면서 제 마음을 표현하려고 했어요. 근데 상황이 참～ 여의치 않네요. 사람 일이란 게 꼭 계획대로 착착 진행되는 건 아닌가 봐요. 그걸 꼭 주면서 멋지게 고백하고 싶었는데. 근데 뭐, 어쩔 수 없죠. 모로 가든 도로 가든, 서울로만 가면 되는 거니까."

"횡설수설하지 말고 요점만 얘기하지?"

"아까 말했잖아요. 거절할 기회를 드리는 거라고. 자, 갑니다?"

"가긴 뭘 간다고……?"

제대로 호통을 쳐줄 생각으로 막 입을 연 시우는 그 즉시, 하던 말을 멈추었다. 나빈의 부드러운 손이 이번엔 자신의 두 볼을 감싸 쥐고 있었다. 미치도록 사랑스러운 미소를 지은 채 거부할 수 있으면 거부해 봐, 라는 듯 의기양양한 얼굴로 도톰한 입술을 살짝 내밀기까지.

시우는 미간을 찌푸렸다. 그와 동시에 나빈의 대공습이 이어졌다. 그는 마지막이 될 이 공격을 잘 넘길 수 있길 바라며, 있는 힘껏 두 눈을 꽉 감았다.

✳

"다른 건 몰라도 시현이는 못 건드려. 안 돼."

한숙은 핏발마저 선 눈동자를 부릅뜬 채로 시우를 쏘아보고 있었다. 시우는 여느 때처럼 꾹 입을 다문 채로 가만히 서서 한숙의 독설을 고스란히 받아내고 있었다. 언제나 느끼는 것이지만 녀석의 지독한 무표정은 보고만 있어도 기가 질린다. 모멸감, 수치심이 느껴질 만도 하건만 표정 하나, 숨소리 한 번 흔들리지 않는 녀석은 한숙의 눈에 섬뜩하고 끔찍한 존재로까지 느껴졌다. 자신의 모든 것을 다 건 아들 시현의 창창한 앞날을 가로막고 망치고 있는, 악귀 같은 존재.

"네 어미가 나한테 했던 것처럼, 네가 시현이한테 해코지하는 거. 절대로 가만히 두고 보지 않을 거다. 막을 거야. 내가 무슨 짓을 해서라도 네 사악한 짓거리 막아낼 거야. 내가 왜 이혼소송을 포기했는데. 내가 나가떨어지고 나면 남은 우리 시현인 개밥에 도토리 신세 될까 봐, 그래서 내가 결국 포기하고 말았어. 내 손으로 지킬 거다. 우리 시현이, 끝까지 내가 지킬 거라고."

"……."

"독한 놈. 눈 하나 깜짝하지 않는 것 좀 봐. 너, 이렇게 아무 말도 않고 가만히 서 있을 때마다 내가 얼마나 소름이 끼치는지 알고 있니? 남들은 네가 나한테 꼼짝 못하는 줄 알겠지만, 천만에. 난 알아. 네가 얼마나 무서운 놈인지. 얼마나 무서운 생각을 갖고 있는 놈인지. 복수하고 싶겠지. 내가 얼마나 밉겠니? 이젠 네 아비도 뒤봐주겠다고 나섰겠다. 나만 없으면, 순둥이 같은 시현이 마음대로 주물러 회사 포기하게 만들고 네 세상 만들 수 있겠지. 그렇게 생각하고 있을 거다, 지금은."

"전 회사에는 관심없……."

"하지만 모든 게 네 생각대로 흘러가진 않을 거야. 세상은 그렇게 호락호락하지 않아. 네가 아무리 똑똑하고 잘났어도 넌 안 돼. 넌 절대로 회사를 물려받지 못해. 알아?"

한숙은 두 눈을 더욱 독살스레 치떴다. 회사 따위 관심없다는, 우습지도 않은 변명을 하려는 모양인데. 녀석이 그딴 거짓말을 마음대로 지껄이도록 내버려 둘 수 없었다. 누구 앞이라고 감히? 제까짓 게 무슨 자격으로 내 앞에서 변명을 해? 뉘 앞에서 피해자인 척 가련한 척하는 거야? 뉘 앞에서?!

"왜인지 말해줘?"

"……."

"네 어미 때문이다."

다분히 악의 어린 목소리로 한숙이 앙칼지게 말했다. 7년 전 처음 자신의 존재를 드러낸 이후부터 지금까지, 단 한 번도 자신의 신경을 자극하지 않은 적이 없었던 시우. 밀어내고 쫓아내고 별의별 악담을 퍼붓는데도 주위를 맴돌며 떠나지 않는 지독한 녀석.

제 어미가 했던 짓처럼 천하고 추악하게 자신을 짓밟으려 하는 더러운 적수. 한숙의 적개심은 극에 달하고 있었다.

"더러운 네 뿌리, 네 태생 때문에 넌 절대로 페로스를 가질 수 없어."

쉿소리가 섞인 까칠한 그녀의 음성이 마치 칼날처럼 시우의 심장을 베고 지나갔다. 표정 하나 흔들리지 않고 서서 한숙의 공격을 감내하고 있던 시우의 미간이 꿈틀, 짧은 순간 접혔다 펴졌다. 그의 표정 변화를 재빠르게 캐치한 듯 한숙은 무서우리만치 차갑게 웃으며 비꼬았다.

"참 아이러니하지? 널 이 자리까지 오게 만든 네 어미 때문에, 더 이상 올라갈 수가 없게 되었으니 말이야. 네 주제는 여기까지야. 더 이상 욕심내면 안 되는 거였어."

"……."

"7년 전, 우리가 널 받아주었던 이유가 뭐라고 생각하니? 네가 반가워서? 자랑스러워서? 웃기지 마. 넌 우리 집안의 수치였어. 남들 알까 무섭고 창피한 존재였다고. 교통사고가 그렇게 크게 나서 위급한 상황이 아니었다면, 절대로 네 아비는 널 찾지 않았을 거다. 수술비가 없어서 수술을 못하고, 수술을 하지 못하면 생명이 위험하다는 말만 전해 듣지 않았더라도 널 받아들이는 일은 절대로 없었어. 어쩌다가 사고가 나서, 하필 그 사고를 나빈이가 목격하고, 나빈이네 가족들이 너의 존재를 다 알게 되어버려서. 그래서 어쩔 수 없이 널 받아들인 거였다. 알겠니? 네 아비도 나도, 널 원한 게 아니었어."

이미 시우가 모두 알고 있는 사실을 한숙이 큰소리로 읊고 있다. 시우의 눈앞으로 7년 전의 일이 영화필름처럼 스쳐 지나갔다. 핏줄마저 외면하는 친아버지의 실체를 알고 절망하고 실의에 빠져 있던 그의 앞에 천사처럼 나타난 소녀. 자신이 처한 시련만큼이나 거칠고 세찬 빗줄기를 살포시 막아주며 손을 내밀던 꼬마.

"하, 그러고 보니 사고를 처음 목격한 사람이 나빈이었네? 우연이라고 하기엔 찝찝한 사실이구나. 뭐니? 설마 처음부터 작정하고 접근한 거니? 나빈이가 어떤 집안의 어떤 아이인지 알고, 그때부터 접근해서 일을 이 지경까지 몰고 온 거야? 그런 거니?"

"……."

"왜 대답을 못해? 왜 아무 말도 없어? 오호라, 내 짐작이 맞았구나. 모든 게 계획적이었던 거야. 처음부터 나빈일 목표로 하고 있었던 거야. 그 아이가 시현이의 짝이란 걸 알고, 시현이가 페로스를 물려받기 위해선 꼭 필요한 존재란 걸 알고. 그때부터 아예 작정을 하고 접근한 거였어. 그래. 그런 거야. 충분히 너라면 그러고도 남겠다. 그 어미의 그 아들 아니겠니? 내, 뒤를 좀 캐봤더니 네 어미의 전력이 모조리 다 나오더구나. 박혜민. 유명한 모델이자 배우. 페로스화장품 모델로 발탁되어 최고의 전성기를 구가하던 중이었지, 아마. 내 남편 꼬드겨 내 화냥질하던 때가……!"

"그만 좀 해!"

눈이 뒤집어지기라도 한 듯 불꽃을 튀기며 시우를 밀어붙이던 한숙의 말이 뚝 끊겼다. 그녀의 등 뒤로 계단을 내려오는 시현이 보였다. 한숙은 초췌하기 짝이 없는 얼굴로 휙, 고개를 돌려 아들을 올려다보았다. 시현은 심각하게 얼굴을 구긴 채 이쪽을 향해 오고 있었다. 모든 얘길 다 들어버린 모양이었다.

한숙은 왈칵 눈물이 솟구치는 걸 느꼈다. 이 사태의 가장 큰 피해자가 시현이란 생각에 슬픔을 가눌 길이 없었다. 순해 빠진 것. 착해 빠져 제 몫으로 차려진 밥상마저 양보해 버리는 여린 녀석.

"도대체 왜 이래? 해도 될 말이 있고, 안 될 말이 있어. 어떻게 상대방 입장 요만큼도 생각 않고 비수 꽂는 소리만 골라서 해? 엄마, 원래 이렇게 잔인한 사람이었어? 남의 상처를 들쑤시고 통쾌해하는 그런 부류였어? 진짜 그런 사람이야?"

"시현아."

"정말 실망이야. 다른 건 몰라도 형의 생모 얘긴 하면 안 되는 거지. 형이 상처받을 거 뻔히 알면서."

"정신 차려, 최시현. 네가 그토록 따르고 좋아하는 네 형, 최시우가 네 뒤통수를 쳤어. 네 여자를 빼앗고 네 자리를 넘보고 있다고. 당연히 네가 가져야 할 자리를 저 녀석이 가로채려 하고 있단 말이야. 겉으론 널 위하는 척, 널 생각하는 척, 아무 힘도 없고 회사 따위엔 관심도 없는 척해놓고서. 온갖 착한 척, 약한 척은 혼자 다 해놓고서 뒤로는 호박씨를 까고 있었던 거야. 제 잇속 차리고 계산 때리고 있었던 거라고. 넌 이용당한 거야!"

"제발, 엄마. 이제 좀 그만해. 나빈이가 어떻게 내 여자야? 나빈인 그냥 친구일 뿐이야. 말했잖아, 나 걔 여자로 보지 않는다고."

"요망한 것. 앙큼한 것 같으니라고. 너랑 지낸 세월이 자그마치 13년인데. 어떻게 그 세월을 다 무시하고 시우를 택할 수가 있니?

시우가 너한테 어떤 존재인지 빤히 알면서. 너한테 페로스가 어떤
의미인지 다 알면서 어떻게 그래?”

“엄마.”

“13년 세월 동안 쌓은 정, 참 쉽게도 버리는구나. 사람은 역시
오래 곁에 두고 봐야 해. 나빈이 개가 사람 뒤통수치는 짓을 할 줄
누가 알았겠니? 하긴. 남자가 잘난 낯짝으로 작정하고 유혹하는데
배겨낼 재간이 없었겠지.”

꼬이고 꼬인 어투로 한숙이 시우를 찔러보며 싸하게 중얼거린
다.

“참, 잘생겼어. 여자 애간장 다 녹이게. 색기가 철철 흘러넘치
는 게 제 어미를 빼다 박았어, 아주.”

“엄마, 진짜……!”

“입 다물어. 다 널 위해서니까!”

도무지 들어주기 힘들다는 듯 시현이 크게 소리치며 말을 가로
막았지만 한숙은 재빨리 고개를 틀어 아들을 돌아보며 윽박질렀
다.

“철없이 굴지 마! 네가 지금 어떤 위기에 처했는지 몰라서 이
래? 페로스의 핵심 기술을 가진 최고의 연구원 손 박사가 지금 시
우의 손에 들어가게 생겼어. 아까 나빈이 엄마가 전화해서, 말하
더라. 나빈이 시우랑 사귀고 있다고. 일이 이렇게 되었으니 시현
이와의 혼사는 없었던 걸로 해야겠다고.”

“엄마—”

깊은 한숨을 내쉬며 시현은 피곤한 이마에 손을 끌어 올렸다.

지금까지는 어머니를 제어할 수 있는 사람은 자신뿐이라고 생각했었는데, 이제 보니 아니었다. 이젠 자신조차도 어쩔 수 없는 상황에까지 다다른 것 같았다. 손을 쓸 수 없을 만큼, 어머니는 망가져 가고 있었다. 남편에 대한 분노와 원망. 아들에 대한 집착. 시우에 대한 피해망상. 모든 것들이 도를 넘어 한숙을 망가뜨리고 있었다. 어떻게 하면 좋을지, 시현은 눈앞이 캄캄했다. 이 정도로 돌이킬 수 없을 만큼 상황이 나빠졌으리라고 생각지도 않았었는데…… 이제 어쩌지?

"제가 어쩌길 바라십니까?"

막막한 마음으로, 망령 들린 사람처럼 소리치고 있는 어머니를 바라보고 있을 때였다. 지금까지 단 한 마디도 하지 않고 묵묵히 쏟아지는 비난의 소리를 감내하고 있던 시우가 입을 열었다. 시현은 휙, 고개를 돌려 형을 바라보았다. 평상시와 다를 바 없는 무표정한 얼굴. 아무 감정도 읽을 수 없는 시우의 얼굴을 시현은 두려운 눈으로 지켜보았다. 대체 무슨 말을 하려는 건지……!

"뭐라고?"

표독스럽기 짝이 없는 한숙의 음성이 면도날처럼 날카롭게 허공을 갈랐다. 시현은 숨도 쉬지 못할 만큼 긴장했다. 시우와 한숙이 서로를 바라보고 있었다. 감정이 전혀 드러나지 않은 그의 눈동자와 넘칠 정도로 과하게 증오가 드러나 있는 한숙의 눈. 창과 방패처럼 촘촘하게 둘의 시선이 허공에서 만났다.

"제가…… 어떻게 하길 바라시냐고요. 사라져 드릴까요?"

"사라져 드릴까요? 하! 7년 만에 건넨 말이, 겨우 그거니? 사라져 드릴까요? 그래, 사라져 줄 수 있으면 사라져 줬음 좋겠다. 난 네가 치 떨리게 싫어!"

"7년 전, 그냥 죽었더라면 좋았을 걸 그랬습니다. 성공했더라면 좋았을 텐데요."

"뭐? 성공?"

"자살, 말입니다."

"……형!"

표정없이 중얼거리는 시우의 말에 시현은 충격을 받고 그 자리에 꼼짝없이 얼어붙고 말았다. 자살이라니, 처음 듣는 말이었다. 그가 자살을 시도했었단 말인가? 그 교통사고가, 단순한 사고가 아니었다고? 죽기로 작정하고 도로로 뛰어들었었단 말인가? 말도…… 안 돼…….

"자살이라니. 그게…… 무, 무슨 말이야?"

놀란 건 한숙도 마찬가지인 것 같았다. 땀으로 범벅이 된 채 두 주먹을 쥐고 죽기 아님 까무러치기로 소리치고 있던 한숙은 부릅뜬 시선을 시우에게 고정한 채로 입술을 떨고 있었다. 두 눈을 미친 듯이 깜빡거리며 입술을 오므렸다 펴길 반복하는 그녀는 당황한 게 역력해 보였다. 놀랄 만도 하지. 한숙도 시현처럼 아무것도 모르고 있었으니까. 교통사고 당시 유일한 목격자였던 나빈에게선 아무 얘기도 들을 수 없었다. 사고를 냈던 트럭 운전수도 빗길이라 사람이 보이지 않았었다고 했었고. 당연히 그들 모두, 단순한 교통사고였을 뿐이라고 생각하며 7년을 보내왔었다.

그런데…… 그게 자살 시도였다고?

“그때 제가 죽었더라면 모든 사람들이 행복했을 겁니다. 어머님도 저 때문에 힘들지 않았을 테고, 시현이도 아무 문제 없었겠죠. 저 때문입니다. 제가 모든 문제의 근원입니다.”

“무, 무슨 소릴 하려고…….”

“가족을 갖고 싶었습니다. 아버지를 아버지라고 부르고 싶었습니다. 욕심이라면, 그거 한 가지였습니다.”

“우, 웃기지 마. 네가 겨우 그딴 거 갖기 위해서 이 집에 눌러 있었다는 걸, 날더러 믿으라는 거니? 그 갖은 수모를 겨우 그딴 것 때문에 견뎌냈다는 게 말이 돼? 쓸데없이 연막 치려 하지 마. 할 말 없으니까, 궁지에 몰리니까, 네 계획이 다 탄로날 것 같으니까 괜히 그딴 소리로 사람 마음 흔들어놓으려는 모양인데 난 그런 거 안 믿는다! 못 믿어!”

“어떻게 해야…….”

다시 힘껏 소리치는 한숙에게, 시우가 말했다. 무덤덤하기 짝이 없던 그의 음성이 어느새 뜨거운 숨을 동반하고 있었다. 가슴이 답답해진 듯, 먹먹해진 듯, 그는 잠시 숨을 몰아쉬고 다시 말을 이었다.

“제가 어떻게 해야 믿으시겠습니까?”

“뭐라고……?”

“믿게 해드리고 싶습니다. 어머님께서 절 믿어주셨으면, 좋겠습니다.”

“그, 그딴 소리를 왜 하는 거야? 대체 무슨 속셈으로……?”

“부러웠어요, 시현이가.”

"······뭐?"

그 순간, 한숙의 숨이 멎어버렸다. 도저히 믿을 수가 없는 광경에 제 귀를 의심하고 있었다. 시우가, 다른 사람도 아닌 최시우가, 저런 말을 하다니 믿어지지 않았다. 그녀가 7년 동안 봐온 최시우는 자신의 감정은 전혀 타인에게 내비치지 않는 독하고 무서운 놈이었다. 살면서 약한 소리 한 번, 앓는 소리 한 번 한 적 없었다. 아파도 아프단 말 한마디 하지 않고, 힘들어도 힘들단 내색 한 번 안 하는 녀석이 시우였다. 속마음 한 번 제대로 털어놓지 않던 녀석은, 항상 다른 가족들과 선을 긋고 있었다. 그러던 녀석이 뭐라고? 지금 뭐라는 거야?

"항상 부러웠습니다. 부러워서 다 빼앗고 싶어질 만큼, 미친 듯이 부러웠습니다."

"너, 너······!"

"그래서 더욱더 제 자신을 통제했습니다. 그 어떤 것도 넘보지 않게, 제 마음을 묶어두었습니다. 이 집에 있는 것들, 가족들, 시현이와 어머님, 아버님 모두에게서 저를 격리시켜 두었습니다. 전 그 어떤 것도 욕심내지 않았습니다. 지금도 그건 마찬가지입니다. 자살은 성공 못했지만, 그건 성공한 겁니다. 아무것도 가지지 않겠습니다. 욕심내지 않으니 가지고 싶은 것도 없습니다. 한 가지만 빼고는요."

"······."

"나빈이 하나만, 갖겠습니다."

무표정한 얼굴로 그가 말했다. 어느새 한숙은 꿀 먹은 벙어리마냥 아무 소리도 못하게 되어버렸다. 아예 기가 질린 듯, 잔뜩 치켜뜬 눈동자에는 황당함과 망연자실함이 고스란히 떠 있었다. 어떻게 대꾸해야 할지 모르겠는지 한숙은 그저 정직하고 반듯한 시선으로 자신을 똑바로 응시하고 있는 시우를 뜨악한 얼굴로 바라보고만 있었다.

"후계자 자리는 넘보지 않겠다고, 각서라도 쓰겠습니다."

"혀, 형……!"

"그게 양이 안 차시면, 그렇다면 대한민국 땅에서 아예 떠나 드릴까요?"

"형!"

"눈앞에서 사라지라면, 그렇게라도 하겠습니다."

"형, 도대체 무슨 소리야? 엄마! 뭐라고 말 좀 해봐요!"

멍하게 있던 시현이 한숙을 돌아보며 다급히 소리쳤다. 멍하게 서 있던 한숙도 당황한 듯 한동안 멈추었던 숨을 가쁘게 몰아쉬기 시작했다. 지금 당장 대답을 내놓아야 할 것 같은 분위기였지만, 지금의 그녀는 아무 말도 할 수가 없었다. 아무 생각이 안 났다. 너무나 심한 충격을 받아서 머리가 다 어질어질해졌다. 한숙은 잠시 띵해지는 머리를 손으로 짚었다. 시현이 다가와 부축하는 것 같았지만, 녀석을 신경 쓸 여력이 없었다. 한숙은 시우를 죽일 듯이 노려보며 마치 혼잣말을 중얼거리듯 뇌까렸다.

"그렇게 말하면 내가 안쓰러워하기라도 할 줄 알았지? 내가 속아 넘어갈 줄 알고? 웃기지 마. 내가 누군데. 다른 사람은 속여도, 나는 못 속인다. 시현이, 회장님은 속여도 나는 못 속여! 내가 네

속을 모를 줄 알고? 어떻게든 날 속이고 싶겠지. 나만 아니면 다 손에 넣을 수 있을 테니까……."

"엄마, 괜찮아? 얼굴이 안 좋아."

식은땀을 흘리는 한숙은 척 보기에도 위태로워 보였다. 새하얗게 질린 그녀의 모습이 당장이라도 쓰러질 것 같아 보여, 시현은 당장 한숙을 끌어당겨 품에 안았다. 아무래도 쉬게 해야 할 것 같았다. 말은 이렇게 독하게 해도 실은 꽤나 충격을 받은 모양. 7년간 자신에겐 절대악이었고 뛰어넘어야 할 목표였으며 짓밟아줘야 할 더러운 존재였던 시우에게서, 전혀 뜻밖의 말을 들었으니 놀라고도 맥이 빠지는 것은 어쩌면 당연했다.

나도 이렇게 마음이 복잡한데 엄만 오죽하겠어. 휴, 착잡한 마음으로 시현은 한숨을 내쉬며 한숙을 침실로 인도하기 시작했다. 아무래도 시우와는 따로 깊은 얘기를 나눠야 할 것 같았다.

[방에서 혼자 뭐하는 거예요?]

방에 들어온 지 10분도 채 되지 않았는데, 나빈이 귀신같이 전화를 걸어왔다. 침대에 누워 잠시 눈을 붙이고 있던 시우는 천천히 눈을 떴다. 캄캄한 천장에 매달린 전등이 삼켜 버릴 듯 자신을 노려보고 있었지만, 그의 눈에는 해맑게 헤실헤실 웃고 있는 나빈밖에 보이지 않았다. 귓가에 파라다이스처럼 펼쳐지는 나빈의 세계가 달콤한 멜로디처럼 경쾌하게 들려왔다.

[불도 켜지 않고 뭐하는 건데요? 난 항상 그게 궁금했어. 왜 방에 불을 켜지 않아요? 안 무서워요? 방에서 뭐하기에 불을 꺼놓고

있는데요? 나, 이런 거 물어봐도 되죠? 설마 기분 나쁜 거 아니죠? 이젠 궁금한 거 안 참아도 되는 거잖아요. 사귀기로 했으면, 비밀도 없는 거고 못 물어볼 것도 없는 거니까. 맞죠? 참지 않고 물어보는 거, 괜찮죠?]

"참으라면 참을 건가?"

[아뇨. 시우 씬 내가 참았으면 좋겠어요? 이것저것 궁금해하는 게 귀찮아요? 그냥, 전화 끊을까요?]

"끊으라면 끊을 거야?"

[아뇨. 정말 전화 끊으라고 할 거예요? 혹시 자다가 전화받은 건가? 내가 깨운 건 아니죠?]

"깨운 거라면, 그럼 전화 끊을 거야?"

[아뇨.]

연달아 세 번이나 '아뇨'란 대답이 나오자 시우는 그만 웃음을 터트리고 말았다. 미치겠다, 진짜. 뭘 해도 귀엽고 무슨 말을 해도 예쁘니 참을 수가 없다.

아직은 너무 좋아하면 안 되는데. 모든 게 다 해결된 게 아니니까 긴장을 늦추면 안 되는데. 사실 이제부터가 진짜 전쟁인데. 자꾸만 나빈과 얘기하다 보면 경계가 허물어져 버린다. 긴장이 사라지고 느슨해져 버린다. 쏟아지는 그녀의 관심과 애정에, 마냥 좋아하게 되어버린다. 이래서야 될 일도 안 되겠다, 정신 차리자, 완벽하게 그녀를 품에 넣을 때까진 긴장의 끈을 놓지 말자, 하고 다짐해 보지만 이렇게 그녀의 수다 한 방이면 모든 게 도로 아미타불이 되어버린다. 정말로 미칠 노릇이다. 스스로가 컨트롤되지 않

아 죽을 맛인데, 그런데도 좋다. 마음이 편안해진다. 온몸이 나른
해지면서 좀 더 그녀가 주는 만족감에 몸을 맡기고 싶어진다.

중독인가. 지지배배, 쉴 새 없이 귓속을 파고드는 그녀의 재잘
대는 목소리가 마냥 좋다. 꿈처럼, 키스처럼 아득하고 달콤하다.

"키스를…… 너무 잘해요."

며칠 전, 갑자기 덮쳐 그의 입술을 빼앗았던 나빈이 한 말이었
다. 붉어진 얼굴을 양손으로 감싼 채 불만이 가득한 듯 볼멘소리
로 웅얼거리는 그녀를 시우는 황당하게 내려다보았다.

"무슨 소리야?"

"시우 씨 말이에요. 키스를 너무 잘하는 것 같다고요. 할 때마다
사람을 쓰러지게 만들잖아요. 한 번 하고 나면 기운이…… 하나도
없어진다고요."

"방금 키스한 사람은 너잖아."

"먼저 한 사람은 저지만 도중에 전세가 역전되었잖아요. 결국
또 제가 당한 거죠 뭐."

당했다는 게 불만이라는 건가. 전세가 역전되어서 화난다는 건
가. 그녀가 무슨 말을 하려는 건지 몰라 시우는 잠시 그녀를 빤히
바라보았다. 사실 시우는 그녀의 말에 동의할 수 없었다. 그녀는
자신이 '당했다'고 말하는데, 오히려 키스 한 방에 무너져 버린 사
람은 바로 시우, 자신이었다. 절대로 그녀를 돌아보지 않겠다고,
그녀를 완벽하게 거부해 주겠다고 단단히 결심했던 자신인데 그
녀의 서투르고 저돌적인 입술 놀림 한 번에 꼭지까지 돌아버렸으

니 결국 패배자는 자신이지 않겠는가.

"그래서 그게 불만이라는 거야?"

"불만이라기보다, 기분이 좀…… 나쁘다 이거죠."

말 꺼내기가 여간 어색한 게 아닌 듯, 나빈은 우물쭈물 얘기하곤 눈동자를 이리저리 굴리며 시선을 피했다. 표정으로 보건대 뭔가 숨기고 있는 게 틀림없었다. 시우는 민망한 듯 자꾸만 눈동자를 굴려대는 나빈을 뚫어져라 바라보았다.

"키스를 잘하는 게 기분 나쁠 일인가?"

"다, 당연하죠. 몰랐어요? 여자들 키스 잘하는 남자, 별로예요."

"별로라고?"

"그럼요. 키스라는 게 서로의 감정을 나누는 건데, 우린 그럴 수가 없잖아요. 키스만 했다 하면 기절해 버리니까. 교감할 시간이 전혀 없으면 키스하는 게 무의미한 거 아니겠어요? 난 진짜 이해가 안 돼요. 어떻게 하면 키스를 그렇게 잘할 수가 있는데요? 무슨 짓을 얼마나 했던 거예요?"

무슨 짓을, 얼마나 해봤냐고? 이건 또 무슨 소리?

"여자친구 사귄 적도 없었던 것 같은데. 도대체 누구랑 그렇게 많이 해봤던 거냐고요."

"뭐?"

"난 정말 억울해. 만날 '저 남자, 내 남자' 하고 찍기만 하고, 실제로 사귀어본 적은 거의 없었단 말이에요. 만나도 건전하게, 손한 번 제대로 못 잡아보고 끝난 게 보통이었고요. 키스 같은 건 꿈도 못 꿨어요. 진짜예요. 제가 이래 봬도 엄청 공부벌레에 모범생이었거든요? 우리 엄마 아빠한테 물어봐요. 난 진짜 학교 다닐 때도 공부만 하던 애였다고요. 아, 진짜 나도 자주 해보면 잘할 수 있어요. 머리가 좋아서 뭐든 잘 배우는 애가 저예요. 조금만 연습하면 나도 시우 씨 기절시킬 수 있어요. 할 수 있다고요!"

주저하면서도 핏대 올리며 열변을 토하는 나빈의 입에서 우스꽝스러운 소리들이 쏟아졌다. 그러니까 결론은, 키스 못하는 게 창피하다, 뭐 그런 건가? 예상치 못했던 전개에 잠시 얼이 나갔었던 시우는, 그만 픽 웃어버리고 말았다. 끅끅끅. 웃음은 점점 더 커졌고, 참으려고 해도 참아지지가 않았다. 대체 이런 귀여운 생명체가 어디 숨어 있다 나타난 걸까?

"왜, 왜 웃어요?"

당황한 듯 그녀가 추궁했지만 시우의 웃음은 멈추질 않았다. 그녀는 자신이 얼마나 대단한 능력을 가지고 있는지 전혀 모르는 것 같다. 서툰 키스 한 번만으로도 시우를 함락시킨 주제에 더 연습해서 프로가 되겠다니, 대체 이 이상 잘하면 어쩌라고? 죽이기라도 할 셈인가? 시우는 긴 팔을 뻗어 와락 나빈을 끌어안았다.

"키스를 그렇게 잘하고 싶어? 그럼 연습해. 기꺼이 마루타가 되어줄게."

"나만 연습해야 하는 게 불공평하잖아요. 누군 잘하고, 누군 못하고. 속상하다고요."

"내가 그렇게 잘하나?"

"키스의 신이에요."

"해보지도 않았다면서, 어떻게 그렇게 잘 알아?"

"할 때마다 제 혼을 쏙 빼놓잖아요. 그게 잘하는 거 아니에요? 억울해 죽겠어. 이럴 줄 알았음 나도 미리 막 해보고 스킬을 쌓았어야 했는데. 남자친구 원없이 사귀어봤더라면 이런 일도 없을 거고. 이젠 앞으로 다른 사람과 해볼 일도 없을 거 아니에요. 시우 씬 분명 엄청~ 많이 해봤을 텐데. 우이씨."

"누가 들으면, 내가 카사노반 줄 알겠다. 순진한 널 내가 유혹해 낸 줄 알겠어."

"뭐예요? 아니란 말이에요?"

"날 쫓아다닌 건 너잖아."

"그건 그렇지만, 괜히 쫓아다녔나요? 시우 씨가 절 먼저 좋아했잖아요. 좋아하면서도 좋아한다고 말도 못했으면서. 내가 옆구리 쿡쿡 찌르지 않았으면 지금까지도 짝사랑만 하고 있었을 거잖아요. 안 그래요? 저한테 고맙다고 하세요."

품 안에 얌전히 안겨 그녀가 퉁명스럽게 웅얼거렸다. 그래, 그랬을 거다. 평생 죽을 때까지, 좋아한다고, 좋아했었다고 고백하지 않았을 거다. 영원히 그녀를 얻으려 노력하지 않았겠지. 포기하는 게 자신의 운명이라 생각하면서. 그녀가 손을 내밀지 않았다면, 내치는 그의 손을 꽉 붙들어주지 않았다면 아늑한 그녀의 세계에 발도 담그지 못했겠지. 시우는 품 안에서 우물쭈물 꼬물거리는 그녀의 몸을 더욱 꼭 품으며, 조용히 속삭였다.

"고마워."

그날부터 그녀는 그의 주인이자 종교가 되었다. 비록 그날 이후 그녀의 키스 실습 대상이 되어버렸고 날로 일취월장해 가는 실력 때문에 점점 더 고통스러워졌지만, 그 고통이 치유를 위한 고통임을 그는 알았다. 그녀의 키스는 말초신경을 마비시키는 강렬한 감각과 달콤한 맛으로 그를 치유하고 보듬는다. 상처를 소독하고 연고를 바르고 붕대를 감는 듯, 위로하고 격려하고 용기를 준다. 시궁창에 처박혀 몸부림치는 그를 건져 내 기쁨과 희망과 애정이 공존하는 새로운 세계로 인도한다. 그녀의 입술을 머금으면 시끄러웠던 머릿속도 잠잠해졌고, 그녀의 혀끝을 한 번 빨아 맛보면 마음속에서 시끄럽게 갈등하던 문제들도 깨끗이 사라졌다. 그에게 그녀는 이제 달콤함을 뛰어넘는 경이로움, 안식과 평화였다.

[이런 말하면 우스울지도 모르겠는데요. 난, 시우 씨가 이젠 어두운 곳에서 혼자 우두커니 있는 거 안 했으면 좋겠어요. 밝은 곳으로 나와요. 내가 함께 있어줄 테니까. 둘이 함께라면 걱정할 게 없잖아요. 천하무적인데. 그 누구도 함부로 못할걸요?]

"넌 내 옆에 있는 게, 무섭지 않아?"

어둠 속에서 몸을 일으키며 시우가 물었다. 창가에 드리워진 커튼 사이로 달빛이 환히 들어와 있었다. 빛의 웅덩이. 동그란 원을 그리고 있는 흰 공간을 물끄러미 내려다보며 그는 천천히 자리에서 일어났다. 그리고 슥슥, 슬리퍼를 끌고 창가를 향해 달빛 속으로 다가갔다.

[안 무서운데요.]

"걱정 안 돼?"

[안 돼요. 시우 씬 걱정돼요? 뭐가요? 혹시 오늘, 무슨 일 있었

어요?]

"없었어."

[근데 왜 그런 걸 물어요? 시우 씨가 무슨 괴물인가. 시우 씨 옆이 왜 무서워요? 왜 시우 씨 옆에 있는 걸 걱정해야 하는데요? 설마 부모님 때문에 그러는 거예요? 그런 거면, 걱정 마요. 다 잘될 거예요. 하면 된다! 하는 신념으로 밀어붙이면 안 될 일 없어요. 너무 미리부터 걱정하고 안달하는 거, 이젠 하지 맙시다. 지금은 그냥 현재를 즐기자고요. 네?]

"천하태평이네."

중얼거리며, 시우는 창가에 멈춰 섰다. 이웃집 건너편 창문가로 익숙한 실루엣이 어른거리고 있었다. 고개를 길게 늘여 빼고 이쪽을 향해 기웃거리는 모습. 시우의 입가가 저절로 길게 옆으로 늘어졌다. 언제나 그렇듯이 그녀는 자신을 관찰하고 지켜보고 있었다. 시우는 천천히 손바닥을 펴 창문에 갖다 대었다. 유리의 차가운 기운이 손바닥으로 얼얼하게 전해져 왔다.

[내가 이래 봬도 매우 럭키한 사람이거든요. 지금까지 단 한 번도 실패라는 걸 해본 역사가 없어요. 나만 믿어요. 내가 다 알아서 할게요. 우린 식구들의 축하를 받으면서 늙어 죽을 때까지 백년해로할 거니까 걱정 꽉! 붙들어 매세요. 제가 책임진다니까요. 우리, 내기할까요? 진 사람이 뽀뽀 100번 해주기.]

"뽀뽀 안 지겹냐? 지금도 네 마음대로 날 마루타로 이용하고 있으면서."

[그거랑 이거랑 같나? 그건 실습이고 이건 내기잖아요. 내기,

하는 거죠? 뽀뽀 100번!]

　"입술 부르트겠다."

　[한 번에 몰아서만 하지 않으면 되죠. 백 일 동안 하루에 한 번씩. 어때요? 콜?]

　"콜?"

　[아싸! 콜했다. 콜한 거 맞죠?]

　수화기 속에서 나빈이 신나게 소리쳤다. 유쾌한 기운이 수화기를 타고 씩씩하게 쳐들어와 시우를 자극했다. 시우는 길게 위로 휘어지는 입술 사이로 큭, 웃음을 터트리며 중얼거렸다.

　"아직 한 거 아닌데."

　[노노. 끝! 콜했어요. 나 확실히 들었는데 뭐. 뽀뽀 100번, 꼭 하는 거예요?]

　"우기기만 하면 장땡이냐."

　[에이~ 안 들려. 안 들려. 안 들려.]

　창문 너머로 그녀가 고개를 열렬히 저어대는 모습이 고스란히 보였다. 시우는 천천히 여닫이창을 밀어 창문을 열었다. 단번에 신선한 공기가 다감한 달빛에 실려 훅 쳐들어왔다. 동시에 시우의 귓속에도 꺅! 찢어질 듯한 괴성이 찌를 듯 날아왔다.

　[시우 씨!]

　창문이 열리는 걸 나빈이 목격한 것이다. 그녀는 자신의 집 창문을 냉큼 열어젖히고는 마구 팔을 내저으며 소리를 질러댔다.

　[나 보여요? 나 여기 있는 거 보여요? 나, 나빈이에요! 와아! 신기하다!]

"신기하긴 뭐가 신기해? 옆집 창문이니까 보이는 건 당연한 거지."

[이렇게 마주하는 건 처음이잖아요. 내 목소리 들려요? 전화기 속에서 들려오는 소리 말고요, 실제로도 들려요?]

"그렇게 소리 지르는데 안 들릴 리가 있나."

[꺄아아악! 신기해! 우리 전화로 얘기하지 말고, 문 열고 대화해요. 네?]

"감기 들 텐데."

[지금 감기가 문제예요? 달빛 창가에서 사랑하는 사람과 다정하게 얘기할 기회가 생겼는데! 시우 씨! 손 좀 들어봐요!]

마음대로 전화를 툭 끊더니 팔을 머리 위로 쭉 뻗고는 경중경중 뛰기 시작하는 손나빈. 시우는 어색하게 손을 끌어올려 나빈에게 보여주었다. 그 작은 손짓에도 나빈은 펄쩍펄쩍 뛰며 신나했다. 저렇게나 좋을까. 날씨가 아직 많이 찬데, 지나가는 사람들이 흘 낏흘낏 쳐다보고 있는데, 나빈은 춥지도 창피하지도 않는 모양이었다. 그저 7년간 굳게 닫혀 있던 시우의 창문이 열렸다는 데에 흥분을 감추지 못할 뿐.

이젠 언제든지 부르기만 하면 응해줄 것 같은 거다. 손만 내밀면 언제든지 손을 잡아주고, 이름만 불러도 옆으로 다가와 줄 것 같은 것이다. 그 누구에게도 마음을 열지 못하던 그가 이젠 조금씩 세상 밖으로 나오려 한다. 아장아장, 걸음마에 불과하지만 그 첫걸음이 자신에게 향하고 있음을 나빈은 알고 있었다. 그래서 뿌듯했고 행복했고, 기뻤다.

나빈은 몸을 한껏 내밀어 팔을 뻗었다. 너무 멀리 떨어져 있어 절대로 닿지 않을 게 빤한데도 힘껏 쭉, 뻗어보았다. 이렇게 노력하면 그에게 닿을 수 있을 것 같아서. 그런 마음에, 부질없이 팔을 뻗으며 까르르 웃었다. 잔뜩 휘어진 그녀의 환한 눈동자 속으로, 시우의 무심한 듯 굳은 얼굴이 들어온 것은 그때였다. 손 흔드는 것마저 잔뜩 어색해하던 그가 천천히 앞쪽으로 팔을 뻗고 있었다.

그가, 나빈을 향해 손을 내밀고 있었다.

제14장. 나만 믿어요

"애. 데리고 오라고 했다고, 이렇게 당장 데리고 오면 어떡하
니?"

딸을 주방으로 정신없이 끌고 온 춘 여사는 제 얼굴에 붙어 있
는 오이를 빠른 속도로 떼어내며 다그쳤다. 갑자기 저녁시간에 딱
맞춰 남자친구를 대동하고 등장한 딸은 자신이 뭘 잘못했는지 전
혀 모르는 듯 싱글벙글 웃는 얼굴이었다. 손 박사와 마주 보고 앉
아 이런저런 얘기를 나누기 시작하는 남자친구를 연신 뒤돌아보
며 히죽거리는 폼이 아주 가관이었다.

"아무것도 준비 못했단 말이야. 먹을 것도 하나 없구만. 장도 못
봐서 냉장고가 텅텅 비어 있단 말이야. 게다가 이게 뭐야? 갑자기
들이닥치는 바람에 이, 이게 뭐냐고?"

얇디얇아 얼굴에 찰싹 붙어서 떨어지지 않는 오이 조각을 더듬 더듬 만져 떼어내며 춘 여사는 짜증스럽게 말했다. 점심 즈음, 나빈이 전화로 '소개해 드릴까? 집에 데리고 한번 갈까?' 등의 말을 했었고 거기에 '그러려무나' 하고 대꾸해 주긴 했으나, 딸이 정말로 오늘 당장 시우를 데리고 올 줄은 꿈에도 몰랐던 춘 여사다. 덕분에 후줄근한 옷에 오이를 덕지덕지 붙인 창피스런 모습이 고스란히 노출되어 버렸다.

"뭐 어때? 사람이 그럴 수도 있지. 자연스럽고 좋기만 하네 뭐. 손님 온다고 안 하던 화장하고 드레스 차려입는 게 오히려 더 촌스러워."

"누가 드레스 차려입는댔니? 아무리 그래도 최소한의 예의는 차려야지. 시우가 날 뭘로 보겠어?"

"뭘로 보긴. 장모님으로 보겠지."

"자, 장모님? 만난 지 얼마나 됐다고 벌써 장모님이래."

"얼마긴 얼마야. 7년이지."

"누가 그렇게 만난 거 말하니? 진지하게 사귀기 시작한 기간을 말하는 거지."

"알아, 알아. 뭐 어때? 만난 기간이 중요한 게 아니라 두 사람이 얼마나 진심인지, 그게 더 중요한 거지."

"그렇게나 좋니?"

"응."

좋댄다. 단 1초의 주저함도 없이 선뜻 말하는 딸아이를 쪽 째려보며 춘 여사는 너털웃음을 흘렸다. 지금까지 헛살았지. 일이 이렇게 될 줄 누가 알았을까. 그녀는 진심으로, 시현이 아니면 나빈은 시집도 못 갈 줄 알았었다. 분명 자신의 눈엔 나빈이 시현과 죽고 못 사는 사이로 보였었는데, 이게 대체 뭐람. 엄마 자격도 없지 싶다. 천생연분은 따로 있는 걸 괜히 헛다리 짚고 푼수짓한 꼴이 된 거다 싶으니 민망해 고개도 못 들겠다.

한숨을 푹 쉬고 춘 여사는 흘낏 곁눈질로 거실 광경을 훔쳐보았다. 사려 깊은 눈으로 손 박사를 바라보며 고개를 끄덕이고 있는 시우가 눈에 쏙 들어왔다. 솔직히 시우 외모가 월등하긴 하다. 그냥 이목구비 반듯하니 '잘~ 생겼다' 의 느낌이 아닌, 사람 심장을 쥐락펴락 마음대로 움직이는 '헉!' 의 느낌이랄까. 치명적이란 말이 어울리는 외모다. 어디다 내놓아도 절대 꿀리지 않을 시현도 시우 옆에 두면 일반인 외모가 되어버릴 지경이니, 두말하면 잔소리.

"그래. 네 맘도 이해된다. 인물로만 따지면 시우 쪽이 압승이니까."

"엄마 보기에도 그렇게 생각해?"

저절로 나오는 감탄의 말에 나빈이 주책없게 끼어들어 방실거린다. 춘 여사는 얄밉기 그지없는 딸을 흘겨보며 콧잔등을 찡그렸다.

"밸도 없니, 넌. 뭐가 좋아 그리 헤헤거려?"

"나쁠 건 또 뭔데?"

"몰라서 물어? 시우가 솔직히 볼 게 뭐 있니? 얼굴 반반한 거 하나 빼곤 뭐 하나 마음에 차는 게 없는데. 그림쟁이라는 것도 그렇고, 교통사고를 크게 한 번 당했다는 것도 그렇고. 시현이 형이라는 것도 좀…… 그렇고 말이야. 시현이네 집안 사정이야 너도 알지 않니. 시현이 엄마가 시우를 얼마나 미워하니? 눈엣가시 같은 존재잖아. 어떻게든 시우 앞길 망치려고 혈안이 되어 있는 사람이야. 그런 애를 하필 너는……!"

"그놈의 조건, 조건."

나빈은 두 눈을 커다랗게 뜨고 진지하게 자신의 의견을 설파하는 춘 여사의 말을 퉁명스레 막으며 면박을 줬다.

"엄만 왜 사람을 조건으로 판단하려고 해? 좋은 사람이면 그걸로 된 거 아니야? 시우 씨 착해. 좋은 사람이야. 시현이 어머니한테 그렇게 당하고도, 나쁜 소리 일언반구 하지 않는 사람이라고. 오죽하면 시현이가 제 엄마보다 형을 더 따를까. 그것만 봐도 모르겠어? 얼마나 좋은 사람인지?"

"아니, 뭐 난 시우가 나쁘다는 게 아니라……."

"원래 태생이란 건 어쩔 수 없는 거잖아. 처음부터 그렇게 태어난 걸 어떻게 해? 그건 선택의 문제가 아닌데, 그런 걸로 탓하는 건 정당치 못해. 옳지 않아. 시우 씨가 아버지를 찾아온 게 죄야? 그럼 안 되는 거야? 자기 핏줄을 찾겠다는 거였는데, 그게 그렇게 큰 잘못이야? 아니잖아."

"그거야 그렇지만……."

"난 전부터 시현이 어머님이 너무하다고 생각했어. 애도 아니시고, 충분히 자기 감정 조절하고 이성적으로 생각하실 수 있는 연세이시면서 시우 씨한테 너무 심하게 대하셨다고 봐. 7년을 한

결같이 괴롭혔잖아. 대놓고 따돌리시고 내쫓고. 말 한 번 다정하
게 건네는 걸 본 적이 없어, 난."

"……."

"그러는 거 아니지. 시간이 흐르면 흐른 만큼, 마음을 열고 상대
방을 받아들일 줄도 아셔야지. 어른이면 당연히 먼저 손을 내밀어
야 하는 거 아니야? 여태껏 참고 기다렸는데. 죄인처럼 납작 엎드
려서 어머니 처분만 기다리고 있는 게 시우 씬데. 불쌍하지도 않
아? 아무리 배신감 때문에 힘드셨다지만 자그마치 7년이야. 언제
까지 같은 가족끼리 그렇게 따로국밥일 건데? 언제까지 일방적으
로 한쪽만 줄기차게 참고 기다려야 하는데? 어머니가 용서해 줄
때까지? 마음 풀고 받아들여 줄 때까지? 그때가 언젠데?"

"애는. 왜 나한테 이러니? 내가 뭐랬다고."

갑자기 흥분한 듯 목소리를 높이며 되레 다그쳐 오는 딸의 말
에, 춘 여사는 정색하며 두 눈을 동그랗게 뜬다. 어째 쑥 여사와
한통속으로 내몰리는 기분이 든 거다. 쑥 여사와는 서로의 고민도
곧잘 들어주는 사이이고, 그래서 시우에 대해 답답함과 억울함을
호소할 때 얘기도 들어주고 역성도 들어주었던 춘 여사이지만. 그
렇다고 해서, 쑥 여사의 생각이 곧 그녀의 생각인 건 아니었다.

당연히 가정의 평화를 위해서, 쑥 여사가 한발 양보하고 참아야
한다고 생각하는 그녀였다. 쑥 여사의 분함은 십분 이해가 되고
그녀가 시우를 탓하는 것 또한 그럴 수 있다고 생각하긴 하지만,
나빈의 말대로 언제까지 과거에 얽매여 살 수는 없는 일이었다.
남편과 갈라서지 않을 생각이라면 이젠 정말 생각을 달리해야 했

다. 상황을 받아들이고 최선을 택해야 할 것이다. 다행히 시우는 굉장히 온순하고 참을성이 있으며 순종적인 아들이 아닌가?

"난 시우 씨 믿어. 그림을 그리든, 모델 일을 하든, 아버지 사업을 물려받든. 뭘 하더라도 잘해낼 수 있는 사람이란 거. 그리고 돈 좀 못 벌면 어때? 내가 벌어서 먹여 살리지 뭐."

"애가, 애가. 너 지금 뭐래니?"

"왜? 시우 씨가 혹시라도 날 고생시킬까 봐 지레 겁나?"

금세 기분이 좋아져 나빈은 두 눈을 부릅뜨며 놀라는 춘 여사를 향해 히죽거리며 묻는다. 그리곤 손을 들어 춘 여사의 얼굴에 찰싹 붙어 떨어지지 않고 있는 오이 조각 하나를 상냥하게 떼어내더니, 별걱정을 다 한다는 투에 장난기까지 섞어 깔깔거린다.

"걱정 마. 절대 그럴 일은 없으니까. 우리 시우 씨, 굉장히 유능한 사람이야. 진짜 그림만 그린다고 해도 걱정할 거 하나도 없다니까. 그쪽 계에서도 꽤 주목받고 있을걸? 물론 오랫동안 무명이어야 할 테고 뒷바라지가 필요하겠지만 그건 충분히 감수할 자신 있어. 사실 지금 시우 씨 하는 걸 볼 땐 내 뒷바라지 같은 거 거절할 것 같긴 해. 엄마 그거 알아? 지금도 시우 씨, 아버지 도움 전혀 안 받고 학교 다니는 거. 모델 일에 화실 아르바이트만으로도 충분히 학비랑 생활비가 된대."

"정말 모델이라는 거니? 시우 군이?"

뿌듯함이 둥둥 뜬 얼굴로 자랑을 줄줄이 늘어놓는 딸을 향해 춘 여사는 물었다. 시우가 모델 일을 하고 있다니, 참 놀라운 일이라 생각하는 중이었다. 듣기론 시우의 생모가 유명한 모델이었다고 하더니 역시 피는 못 속이는 건가? 처음 그림을 전공한다고 했을 때부터, 어머니 쪽 재능을 물려받았나 보다 생각하긴 했지만 정말 모델 일을 하고 있을 줄은 몰랐다. 뭐, 나빈이 말마따나 외모적인 요건만으로도 충분히 모델감이긴 하지. 계집애, 제 엄마 닮아서 눈은 엄청 높아.

"그렇다니까. 그쪽 판에선 시우 씨를 데리고 가려고 혈안이 되어 있다고. 매니지먼트 회사에서까지 나서서 본격적으로 키워보려고 하는데, 시우 씨가 좀 꺼려해. 싫대. 모델 일을 업으로 삼고 싶진 않대."

"그래, 싫겠지."

이해할 수도 있을 것 같다. 그녀라도, 그런 어머니와 같은 길을 걷고 싶진 않을 것 같긴 했다. 어머니의 과오로 인해 인생 전체가 지옥으로 변하지 않았나. 새어머니의 냉대와 아버지의 무관심. 가족에 동화되지 못하고 겉도는 건, 어찌 보면 모두 생모 탓이었다. 짠하네. 그동안 어디 마음 붙일 곳 없이 떠돌았을 걸 생각하니…….

"안쓰럽긴 한데."

"응?"

춘 여사가 혼잣말을 중얼거리자 나빈이 귀를 쫑긋 세우며 되묻는다. 여전히 밝고 씩씩한 얼굴. 시우 자랑에 기쁨이 동동 뜬 모습이다. 참 어지간히도 좋은 모양이네. 춘자는 씁쓸한 입맛을 다시며 한숨을 내쉬었다.

차마 사실대로 속마음을 표현할 수가 없었다. '집에서 이방인

취급당하며 사는 사윗감은 역시 내키지 않다'고 말하면 분명 나빈은 많이 상심할 테고, 어머니인 자신한테까지도 실망할 게 빤했다. 사람을 그딴 걸로 평가한다고 비난하겠지. 사람 하나 좋으면 됐지 배경이 무슨 상관 있냐고 설득하려 하겠지. 하지만 부모에게는 어쩔 수 없는 입장이란 게 있다. 어떤 부모가 딸이 정서적으로 불안정할 게 빤한 청년과 사귀는 걸 찬성하겠는가. 그런 환경에서 그렇게나 천대를 받으며 살아온 남자, 절대로 쉽게 받아들일 수 없다. 아무리 착하고 좋은 사람이라도. 하지만 나빈이가 저렇게나 좋아하는데…….

"나 세수 좀 하고 나올게."

역시 이 문제는 좀 더 생각해 봐야 할 문제라 결론 내리고, 춘자는 애써 밝은 미소를 띤 채 자리를 피했다.

"네 엄마, 어디 가는 거냐?"

석연찮은 얼굴로 서둘러 자리를 뜨는 엄마를 물끄러미 바라보는 나빈의 등 뒤로 누군가가 다가왔다. 아버지, 손 박사다. 어딘지 찜찜한 기분이 들어 생각에 잠겨 있던 나빈은 훌쩍 뒤를 돌아 아버지를 보았다.

"아빠."

시우와 얘기 중이던 손 박사는 어느새 가까이 다가와 인자한 얼굴로 자신을 바라보고 있었다. 표정이 나쁘지 않은 걸로 보아 시우가 마음에 들지 않은 건 아닌 모양이다. 내심 안도가 되어 나빈은 찜찜한 기분 따위 훌쩍 날려 버리고 활짝 웃었다.

"세수하시고 나온대요. 제가 갑자기 들이닥쳐서 놀라셨나 봐요."

"놀랄 만도 하지. 아빠도 놀랐는데 네 엄마는 오죽하겠니. 그러게 귀띔이라도 해주고 나타날 것이지."

"아니 뭐, 전 쇠뿔도 단김에 빼랬다고 말 나온 김에 인사시켜 드리려고 했던 거죠. 많이 놀라셨어요?"

"조금은."

스스럼없이 인정하는 걸 보니 정말 많이 놀라셨나 보다. 하긴, 이 상황에서 뭔들 놀랍지 않겠는가. 지금껏 나빈은 남자친구를 집에 데리고 온 적도 가족에게 소개한 적도 없었다. 그런 그녀가 사귀는 사람이 하필 시현의 형님.

얼마 전, 나빈이 폭탄 터트리듯 갑작스레 '실은 시우와 사귀고 있다'고 고백했지만 부모님은 그다지 믿는 것 같지 않았다. 너무 터무니없는 조합이라고 생각하는 듯. 그건 나빈도 인정한다. 나빈조차도 시우와 자신이 사귀게 될 거라고 단 한 번도 생각해 본 적이 없었으니까. 일단 지금은 시현과의 혼사 문제로 두 집안이 갈등을 빚고 있는 와중이지 않은가.

"하지만 난 네 결정을 존중한다. 널 믿어."

서서히 생기를 잃는 딸의 눈빛을 가만히 바라보더니, 손 박사가 말했다. 부드러운 어조였지만 힘차고 단단한 음성이었다. 나빈은 약간 의외라는 듯 아버지를 바라봤다. 혹여 부모님이 반대를 한다면 어머니보다도 아버지 쪽이 더 완강하실 거라고 생각했었기 때문에, 나빈에겐 아버지의 반응이 새삼 놀라운 것이었다.

"넌 사람을 마음으로 대하는 아이야. 진심을 가진 사람은 옥석을 가릴 줄 아는 법이지. 넌 항상 현명했고, 네 결정에 대해 후회를 하지 않았어. 또 확실하게 책임을 지는 편이었고. 시우 군을 선택한 것 역시, 신중하고 현명하게 결정했을 거라고 믿는다."

"……아, 아빠!"

"뭐, 시우 군이 마음에 들기도 하고."

"마음에, 드세요?"

"이전에도 난 시우 군에 대해선 좋게 생각하는 편이었다. 말이 없고 표정이 어두운 게 흠이긴 했지만, 예의도 바르고 쓸데없이 나서지 않고, 특별히 나쁘게 생각할 이유가 없었지. 진지하고 신중한 태도도 좋고 참을성있게 자신의 감정을 조절하는 것도 높이 샀었고. 하나 걸리는 게 있다면, 7년이 지나도록 가족들과 융화되지 못하고 있다는 점인데. 그건 차차 나아지겠지?"

"아빠앙―!"

어리광이 잔뜩 묻은 목소리로 나빈이 웅얼거리며 쪼르르 다가가 아버지에게 폭 안겼다. 감격에 겨운 나머지 눈물까지 삐질 나올 것만 같은 것이다. 칭찬에 늘 인색하다고 생각했던 아버지가, 어릴 때부터 우상처럼 마음으로 섬기며 존경해 왔던 아버지가, 이렇게 자신을 믿어주고 있다는 게 너무나 좋았다. 마음 뿌듯하고 커다란 뒷배경이 있는 듯 든든해졌다. 정말이지 조마조마했던 마음이 한순간에 확 풀어지는 것 같았다. 아버지의 후원만 있다면, 그 어떤 것도 문제가 안 될 것 같았다. 자신감이 팍팍 오르고 의욕이 불끈불끈 치솟는 기분이었다.

"뭐하는 거냐. 네 남자친구가 보면 어쩌려고."

"보면 뭐 어때서요. 딸이 아빠랑 포옹하는데 무슨 문제 있나?

완전 아빠 멋져요. 짱짱."

"예끼, 요 녀석. 평소엔 하지도 않는 말을 하고. 네 남자친구 잘 봐줘서 멋지다는 거냐?"

"에이, 그런 거 아니에요. 잘 아시면서. 사실 엄청 걱정했다고 요. 아빠 엄마가 적극적으로 찬성하지 않으시는 것 같아서 불안했 어요. 어떻게 설득하나, 내내 그것만 걱정하고 있었단 말이에요. 저, 진짜 시우 씨 좋아하거든요."

"그동안 마음고생이 심했었나 보네."

"네."

볼멘 목소리로 나빈이 대답했다. 며칠 동안 속 썩인 게 억울하 기 짝이 없었다. 시우에겐 우리 부모님은 걱정없다며, 분명 내 선 택을 믿어주실 거라며, 큰소리 땅땅 쳐놓았지만 사안이 사안인지 라 결코 장담할 수 없는 상황이었다. 시우를 좋아한다는 사실은 변함없이 뿌듯하고 자랑스러운데, 그가 시현의 형님이란 사실은 신경이 쓰였었다. 그것도 아주 많이. 그런데 이렇게 쉽게 승낙해 주시다니. 이렇게 기쁠 때가 또 있을까!

"난 네 편이다, 손나빈. 항상 모든 일을 잘 처신해 왔던 너니까 이번에도 후회하지 않을 선택을 했을 거라고 믿어. 넌 앞으로도 지금처럼 잘해 나갈 거야. 그렇지?"

"네. 고마워요, 아빠. 믿어줘서."

나빈은 두 눈을 꼭 감은 채 아버지의 목을 끌어당겼다. 어깨에 턱을 괴고 안긴 딸을 손 박사는 꼭 품어주었다. 자신의 딸에 대한 믿음과 신의, 애정을 이참에 모두 전달해 주려는 듯 아주 꼭. 따스한 아버지의 체온을 느끼며 나빈은 행복하게 미소 지었다. 이제 됐다 싶은 안도감에 후욱, 한숨이 절로 흘러나오고 입이 귀에 걸려 히죽거리게 되었다. 이제 천군만마와도 같은 아군의 지원을 받아 승리를 쟁취하리니. 손나빈아, 고고고!

"그나저나 시우 군이랑 첫키스는 해봤니?"

사기가 충천한 가운데 기분이 좋아 자꾸 해죽거리는데, 갑자기 아버지가 뜬금없는 질문을 했다.

"네?"

"왜 그렇게 놀라? 키스 안 해봤어?"

"아, 뭐, 저, 그……."

말문이 턱 막혀 나빈은 심하게 버벅거리며, 두 눈을 미친 듯이 깜빡거렸다. 아니, 뭐 이런 걸 직접적으로 막 묻고 그러시냐. 아버지가 딸한테 하기엔 너무 개방적인 질문 아닌가? 아, 무안해.

"해보긴 했나 보네? 당황한 걸 보니. 그래, 시우 군 실력은 어떻더냐?"

"아, 아빠!"

"잘하든?"

놀려먹기로 작정한 듯 손 박사가 짓궂은 질문을 연달아 날리자, 나빈은 결국 소리치고 말았다.

"아, 몰라요!"

버럭 고함을 지르곤 냉큼 꽁무니를 빼는 나빈이. 당황하고 부끄러워하는 딸의 모습이 너무나도 귀여워, 손 박사는 집 안이 떠내려가도록 껄껄껄 큰 소리로 웃어젖혔다.

"여기가 네 방이야?"

나빈의 방을 둘러보며 시우는 빙그레 웃었다.

하늘색 바탕에 귀여운 뭉게구름이 둥실둥실 떠다니는 벽지하며, 하늘색과 진남색이 조화롭게 어우러진 침대. 짙푸른 바탕에 색색의 나무 문양이 곳곳에 퀼트 스타일로 덧대어진 하늘색 시트. 핑크빛이 도는 파스텔 톤 책상과 새하얀 커버의 노트북. 초록과 파랑으로 짜 맞춰진 장롱과 선반. 그 위에 가지런히 놓여 있는 미니어처 인형들과 매니큐어 샘플들. 그리고 이런 너무 어린 게 아닐까 할 정도로 발랄하기만 한 방 분위기와 전혀 매치가 안 되는 붉은 색 위주의 앤티크 화장대까지. 밝고 또렷한 색감, 아기자기하고 정갈한 장식이 전체적으로 어우러져 아담하고 따스한 분위기를 만들어내고 있었다. 전반적으로 손나빈다운 데코란 생각에 시우의 입가는 웃음으로 깊게 주름졌다.

"좀 지저분하죠……?"

나빈은 어색하게 웃으며 말끝을 흐렸다. 엄지손톱을 이 사이에 끼우고 초조하게 갉아대며 미친 듯이 눈동자를 굴리는 그녀는 혹여 무슨 문제라도 있는 건 아닌지 방 안을 열심히 체크하고 있었다. 누가 알았겠나? 부모님이 이렇게 나오실 줄. 그들은 나빈과 시우를 방에 들어가서 얘기라도 좀 나누고 있으라, 등 떠밀어 여기까지 들여보내 주었다. 다 큰 딸이 걱정되지도 않는지 원. 음식 장만할 시간을 조금이라도 벌어보려는 모양이신데, 덕분에 생각지도 못하게 방을 공개하게 된 나빈은 안절부절 어찌할 바를 모르고 있었다.

"괜찮은데 뭘."

"워, 원래는 더 깨끗해요. 겨우내 대청소 한 번 안 해서 이 모양이 됐지만."

"괜찮다니까."

그가 대수롭지 않게 말하며 그녀를 가만히 바라보았다. 1초, 2초, 범상하고 가만한 그의 시선이 3초간 진지하게 나빈의 얼굴을 훑었다. 나빈은 저도 모르게 꼴깍 마른침을 삼키고 말았다. 이, 이게 뭐야.

입술이 바짝 타기 시작했다. 얼굴 쪽으로 피가 몰리면서 심장이 벌컥벌컥 뛰기 시작했다. 갑자기 그와 단둘이 있다는 사실이 삑삑 머릿속에서 요란하게 울리고, 그의 유난히도 맑고 투명한 눈동자가 더욱 멋져 보였다. 나빈은 냉큼 그에게 사로잡혔던 시선을 흩트리곤 달뜨기 시작하는 속마음을 꾸깃꾸깃 구기고 쑤셔 넣으며 횡설수설 종알거리기 시작했다.

"아, 진짜 왜 이렇게 구질구질해 보이지? 오늘따라 이상하네. 제가 원래 이렇게 지저분한 사람은 아니거든요. 나름 잘 치워놓고 살아요. 게으름도 잘 안 피우고. 어젯밤에 뭘 좀 하다가 자느라고 대충 치웠더니만. 하여간 청소는 하루만 대충 해도 이렇게 티가 난다니까. 아, 창피해. 그러지 말고 잠깐만 나가 있을래요? 창문 열어놓고 먼지 좀 털어내야 되겠어요. 지금 보니까 너무 공기가 뿌얘서 안 되겠어요."

"손나빈."

흐극. 신나게 쓸데없는 말만 골라가며 조잘거리는 그녀를 시우의 묵직한 음성이 불렀다. 짜릿한 파장이 나빈의 가슴을 울렸다. 단순히 이름을 불러주었을 뿐인데, 감동이다. 진지한 억양 때문인가? 아니면 다정다정 열매를 먹은 듯 부드러운 목소리 때문인가? 그냥 심금을 울린다, 아주. 나빈은 눈꺼풀을 열심히 나풀거리며 그를 올려다보았다.

"네?"

"진짜 난 괜찮아."

"아…… 네."

다소곳이 두 눈을 내리뜨며 그녀가 조신하게 대답했다. 그럴 수밖에 없었다. 괜찮다고 말하는 그의 눈빛이 너무나 아름다워서 그냥 할 말이 없어졌다. 사람 마음을 이렇게 편안하게 만들어주는 눈이 또 있을까? 사랑스럽다. 믿음직스럽다. 살살 녹아버리겠다, 정말. 네네, 여긴 파라다이스. 위 아 더 월드. 아임 챔피언!

"난 사실, 여기 꼭 한번 와보고 싶었어."

나빈이 감격해 마지않는 사이, 그는 따뜻한 시선을 슬쩍 들어 방 안을 휙 둘러보며 말했다. 두 눈을 반짝이는 시우의 모습에 호기심을 느껴 나빈은 귀를 쫑긋 세우고 물었다.

"내 방엘 왜요?"

"항상 궁금했었거든. 이곳에서 내 방을 보는 느낌이 어떨지. 내가 볼 때마다, 넌 항상 여기 있었거든."

"볼…… 때, 마다요?"

으잉? 볼 때마다라니. 뭔가 뉘앙스가 심상찮다. 나빈은 눈썹을 짜부라뜨리며 그를 빤히 바라보았다.

"너, 여기서 바깥 내다보는 버릇 있지?"

"그걸 어떻게 알았어요?"

"말했잖아. 볼 때마다 네가 여기 있었다고."

시우가 피식 가볍게 웃음을 흘리며, 뚜벅뚜벅 천천히 걸음을 옮겨 창문가로 다가갔다. 그리곤 창가 한가운데에 섰다. 따사로운 햇살이 보드랍고 다정하게 모여 웅덩이를 만들고 있는 양지바른 곳. 뒷모습을 보이고 있었지만 햇살에 마주한 그의 표정이 눈앞에 선히 보이는 것 같았다. 그 어느 때보다도 여유가 넘쳤고 넉넉해 보이는 그의 뒷모습이 그의 기분을 말해주고 있었으니까.

나빈은 한달음에 달려가 그의 등을 꼭 껴안고 싶은 충동을 지그시 눌러 참았다. 그가 마음껏 밝음과 따듯함을 만끽하게 해주고 싶었다. 늘 어둠과 차가움에 가로막히고 포위되어, 손을 뻗어도 닿을 수 없는 그녀를 멀리서 바라보고만 있었던 그가 아닌가. 이젠 그를 이곳의 주인으로 만들고 싶었다. 이 순간 이후부터는 이 창가를 오직 그와 자신의 공간으로 만들고 싶었다.

상흔의 추억은 이제 그의 기억에서 완전히 없애줄 것이다. 지금까지 그를 괴롭혔던 과거의 망령과 아픔의 그늘은 바로 자신의 손으로 걷어 없애 버릴 것이다. 그에게는 오직 즐거운 일만 생기게 만들 거다. 항상 웃게 할 거고, 슬픈 일 따윈 절대 일어나지 않게 할 거고, 우울함 따위 그의 인생에서 사라지게 할 거다. 바로 나빈이, 자신이 그렇게 해줄 것이다. 꼭, 그렇게 하고 말 거다.

마치 전사의 후예처럼 맹렬히 각오를 다지는 그녀. 마음은 벌써 최시우의 개인 보디가드였다. 앤드아~ 이야~ 윌 올웨이즈 러뷰~ 낭만적인 비지엠이 머릿속으로 흐르며 잘생긴 남자의 주변에 서서 미션 임파서블틱한 포즈로 비상경계 태세에 임하고 있는 자신의 모습이 영화필름처럼 멋들어지게 떠올랐다. 하지만 그건 한순간. 그의 뜬금없는 말 한마디가 쨍그랑, 그녀의 환상을 깼다.

"그래서 의심한 적도 있었지. 저 꼬마가 날 좋아하나, 하고."

"에? 설마, 그 꼬마가…… 혹시 나?"

"그래, 너."

슬쩍 고개를 돌려 나빈을 보더니 그가 씩 웃는다. 다 알고 있다는 듯. 뭐지, 저건? 내가 꼬마 때부터 자길 좋아했었다고 믿는 건가? 웃기시네. 당연히 그건……!

'맞지.'

인정하긴 싫지만…… 처음 그를 만났을 때부터 쭉 그에게 관심이 있었던 건 맞았다. 워낙 시우가 잘생겼었고, 구구절절 사연이 많아 절로 모성애가 느껴지는 데다, 특유의 눈동자엔 고독과 우수에 차 있었으니까. 그런 남자를 보고, 십대 여자아이의 가슴이 콩닥콩닥 뛰지 않는다면 그게 더 이상한 일 아닌가?

하지만 그랬다는 건 들키고 싶지 않았다. 알게 하고 싶은 생각, 눈곱만큼도 없다. 오직 나빈이 인정하는 건 '그가 자신을 오래전부터 짝사랑하고 있었다!' 라는 사실 하나뿐이다. 그래. 암, 그렇고말고. 최시우가 날 짝사랑했던 거지, 절대로 내가 먼저 좋아했던 거 아님요. 절대로!

"무~ 슨 소리예요? 내가 뭐, 시우 씰 짝사랑이라도 했다는 거예요? 뭐예요?”

“아니라고?”

“그럼요! 아니죠. 난 그냥 창문 앞에서 얼쩡거리길 좋아했던 것뿐이에요. 시우 씨 좋아해서 그랬던 거 아니라고요. 전에도 말했지만 난 어릴 때 공부밖에 몰랐거든요? 누구 좋아하고, 그딴 거 관심조차 없었어요. 진짜예요.”

“아니면 아닌 거지, 왜 그렇게 발끈해?”

“발끈하긴 누, 누가 발끈했다고. 그냥 아니니까 아니라고 하는 건데요. 말이야 바른말이지, 날 먼저 좋아했던 사람은 시우 씨잖아요. 처음부터 날 좋아했던 거 아니에요? 내가 우산 씌워줬잖아요. 그러니까 깜짝 놀라더니 눈에 하트가 뽕~ 생겨서는, 날 한참이나 쳐다봤었잖아요.”

“하트가 뽕?”

시우가 쿡쿡, 눈가에 주름까지 잡고 웃으며 장난스럽게 반문한다. 아니, 반응이 왜 이러는데? 아니라는 거야? 나빈은 괜히 욱한 마음에 인상을 팍 썼다. 뭐, 딱히 그가 자신에게 첫눈에 반했을 거라고 생각하는 건 아니지만. 솔직히 여자가 이렇게까지 나오면 그러는 척이라도 해줘야 하는 거 아니야? 왜 저렇게 비웃는 얼굴인데? 동조까진 아니더라도, 적어도 저런 어처구니없는 표정은 지양해 줘야 하는 거 아님?

“아니라곤 하지 말죠? 내가 다 기억하고 있거든요?”

“네 기억이 그렇다면야.”

“뭐예요? 그 말투는. 아니란 거예요?”

"그런 말은 안 했는데."

눈을 살짝 키우더니 나빈을 뚫어져라 바라보며 그가 말했다. 아니긴 개뿔. 아니면 왜 저렇게 히죽거리는데? 딱 '설레발치지 마. 그땐 너한테 관심없었어' 이구만. 치잇— 입술을 삐쭉 뒤틀며 나빈은 아직까지도 분위기 파악 못하고 계신, 잘나신 최시우 군을 똑같이 뚫어져라 마주 봐주었다. 그래 봤자 히죽거리고 있는 시우의 표정은 더욱 야릇하게 변해갈 뿐이었지만.

"솔직히 그 상황에서 반하지 않았다는 것도 우습거든요? 비를 맞고 있는 사람한테 우산을 씌워준 천사 같은 여자였잖아요, 내가. 그런 여자를 보고도 마음이 동하지 않았다면 그게 더 이상한 거죠. 남자라면 누구나 그런 상황에서 혹하게 되어 있거든요? 그런데도 아무 감정이 안 생겼다면 그건 정상적인 남자가 아니란 거죠."

"아, 그런가?"

쿡. 또 그가 웃는다. 에이씽, 왜 자꾸 웃는 건데!

"천사란 말에 오그리 토그리인 모양인데요. 나, 천사 맞거든요? 내가 얼마나 착한데요. 길 잃은 고양이 데려다가 먹이고 재우고 입히고, 잘 키워서 분양하고. 그렇게 제 손을 거쳐 간 애완동물이 얼마나 많은 줄 알아요? 지나가다 노숙자 발견하면 제 주머니 털어 도와주고, 지하철에서 물건 파는 사람 그냥 지나치질 못하는 게 저예요."

"아하."

"그것뿐인 줄 아세요? 제가 폐인, 사람 만들기 고수거든요? 갑이에요, 갑. 제 응원과 격려에 정신 못 차린 사람은 지금까지 단 한 명도 없었어요."

"으흠."

"지금 비웃는 거죠?"

"아니. 네가 천사라는 건 동의해."

비웃은 거 맞구만. 아무리 여자친구라도, 자기 자신한테 천사라 칭하는 여자가 제정신으로 보일까? 괜히 열 뻗쳐 말도 안 되는 신소리를 늘어놓았던 나빈은 더욱 위장이 뒤틀리는 것 같았다. 자신의 밑도 끝도 없는 드립에 그는 박장대소를 하거나 열정적으로 반박을 해줘야 하거늘, 그래야 그에 맞서 더 신경질을 부릴 텐데. 이 남자는 마치 나빈의 계획을 모조리 간파한 듯 빙글빙글 웃기만 하고 오히려 천사 맞다고 동조까지 하고 있었다. 젠장. 진짜 고단수라니까.

"퓨후—"

심술이 잔뜩 들어 있는 입안을 개봉하며 나빈은 공식적으로 포기 선언을 해버렸다.

예예, 최시우 씨. 당신 최고. 잘생기고 멋지고 착하고, 차도남 따도남 까도남, 하지만 훈남 꽃남 완소남. 그러니 내 남자. 첫눈에 반했으면 어떻고 나중에 좋아하기 시작했으면 또 어떠랴. 그가 먼저 좋아했으면 어떻고 내가 먼저 좋아했으면 어떠랴. 결국은 최시우는 내 남자, 난 최시우의 여자. 위 아 더 챔피언. 사랑은 아무나 하나. 나는요, 오빠가 좋은 걸~ 어떡해.

"그래요. 첫눈에 반했던 사람은 나였어요. 내가 혼자 시우 씨 짝사랑했죠. 처음 만났을 때 이미 마음 빼앗겼고, 그 뒤로도 쭉 놓지 못했어요. 만날 창문에 기대서 옆집 오빠가 뭘 하나 훔쳐보고 기웃거리고, 정원 의자에 앉아서 책 본다는 핑계로 매일매일 관찰했죠. 그 관찰일기가 지금도 이 방 어느 구석에 잠들어 있을걸요?"

"관찰일기라고?"

"오늘 옆집 오빠가 그림 그리러 베란다에 나왔다. 물을 한 잔 마시고, 쭉 그림만 그리다가 들어갔다. 고개 한 번만 돌려주지, 서운하다. 뭐 그딴 이상한 소리 적힌 연습장요. 사실 그땐 내가 시우 씨를 좋아하고 있다는 걸 몰랐어요. 그냥 내가 엄청 착하니까 오지랖 넓게 시우 씨를 걱정하는 거라고, 그렇게 마음속으로 합리화했었죠. 그땐 시우 씨, 하루하루가 고되 보였거든요. 근데 지금 생각해 보니, 좋아서 관심 가졌던 거더라 이거죠. 관심이 있었으니까 매의 눈으로 행동 하나하나를 지켜보았던 거예요."

"뭐야? 너, 지금 나한테 고백하는 거냐?"

"고백이라기보다는 이실직고라고 할 수 있죠."

"이실직고?"

"뭐, 고해성사라고 해도 되고."

떨떠름한 표정으로 나빈은 중얼거렸다. 뭘 어쩌겠나? 괜히 우격다짐으로 밀어붙이다간 바닥이 보일 것 같은데. 차라리 사실대로 털어놓는 게 신상에 이로울 듯하다. 아니라고 발버둥 쳐봤자 언젠가는 밝혀질 게 빤하지 않나. 그리고 솔직히 여자가 먼저 좋아했다고 털어놓는 것도 멋지지 않은가? 적극적이고 진취적인 현대 여성의 표상! 그게 바로 접니다.

하지만 쿨하게 스스로 내가 먼저 좋아했다고 인정한 손나빈에게 돌아온 건 시우의 비웃음 섞인 조롱…… 까진 아니지만, 어쨌든 삐딱한 지적질이었다.

"이실직고나 고해성사라고 하기엔, 죄인이 너무 뻔뻔한데. 반성하는 기색도 없이 오히려 당당하잖아. 화난 사람처럼 눈도 부릅뜨고."

"에?!"

기대했던 반응이 아니었기에 나빈은 버럭 소리치고 말았다. 뭔가 훈훈하고 달달한 끝맺음을 기대했는데 이게 뭔가? 여긴 어디? 나는 누구? 이 상황은 대체 무슨 빌어먹을 상황?

"아니, 그게 무슨 소리예요? 내가 왜 반성을 해야 하는데요? 말이 그렇다는 거지, 진짜 내가 죄를 지었다는 뜻으로 이실직고라고 한 건 아니거든요? 좋아한 게 죈가? 짝사랑이 죄예요?"

"죄지. 내 의사와 상관없이, 네 마음대로 좋아한 거니까. 짝사랑할 권리만 있는 게 아니라 짝사랑당하지 않을 권리도 있는 거 아닌가?"

"무, 무슨 그런 억지가 다 있어요? 그딴 권리 듣지도 보지도 못했거든요? 짝사랑이 왜 좋은 건데요? 상대방한테 허락받지 않아도 되니까 좋다는 거잖아요!"

너무 어이가 없어 나빈은 두 눈이 튀어나올 정도로 크게 뜬 눈을 시우 코앞까지 들이대며 소리쳤다. 짐승의 울부짖음 같은 진성 괴성이 마구 튀어나올 조짐. 완전 억울했다. 이럴 줄 알았으면 속마음 공개 따윈 넣어두는 건데. 솔직히 나빈은 자신이 이런 말을 하면 시우가 좋아할 줄 알았다. 감동까진 아니더라도, 적어도 고맙고 다행이라고 말해줄 줄 알았단 말이다. 그런 반응을 기대했건만, 근데 이게 뭐람? 좋아하기는커녕 죄라네. 자기 마음대로 좋아했다고 막 윽박지르네. 이러다가 정신적 피해보상 요구할 태세임.

"아, 진짜 웃긴다. 그러니까, 지금은 내가 좋지만 과거엔 싫었다는 거죠? 내가 짝사랑했다는 것이 기분 나쁘다, 이거 아니에요. 그렇게 끔찍해요? 여자친구가 자길 예전부터 좋아했었다는데 그게 그렇게 기분 나빠요? 죄라는 둥, 뻔뻔하다는 둥, 막말까지 막 할 정도로?"

"기분 나쁘단 말은 안 했는데."

"안 했지만, 그 말이 그 말이잖아요. 사람을 바보로 아나? 내 지적 능력을 무시해요? 저도 다 알아듣거든요? 빙빙 돌려 말해도 결국은 그 뜻이잖아요. 내가 싫었어요? 끔찍했어요? 왜요? 왜 내가 싫었는데요? 나, 나름 착하고 예뻤어요."

"싫지 않았는데. 그리고 그렇다 하더라도, 그건 과거잖아."

끔찍할 정도로 잘생긴 시우의 눈은 그 누구든 바라보고만 있어도 홀딱 빠져 버릴 것같이 매혹적이다. 그의 눈동자만 보면, 심신의 피로가 싹 가시고 복잡했던 머리가 개운하고 맑아지며 썩은 동태 눈동자처럼 흐리멍덩하던 눈도 심봉사가 개안하듯 초롱초롱 빛내게 되며, 머릿속으론 상투스가 재생되어 마음마저 훨훨 하늘을 나는 듯 가벼워진다는 말이 참 트루. 그런 눈동자를 하고서 그는 코앞까지 다가온 나빈을 인자하게, 따스하게, 고혹적이랄 정도로 섹시하게 내려다보고 있다. 당연히 엄마 미소, 광대 발사해야 하는 그녀였지만 마음만은 웃는 게 웃는 게 아니야. 아아아—

"말이라도, 좋다고 말하면 안 돼요?"

잔뜩 일그러진 얼굴로 나빈은 착 가라앉은 목소리로 말했다. 한껏 흥분했던 기분이 일시에 가라앉아 버린 것이다. 그래, 뭐. 싫었을 수도 있지. 그거야 그의 마음 아닌가. 포기할 건 포기하자, 뭐 이런 마음 상태가 되어버렸다. 이러다 진짜 천사 되겠네. 쯧, 혀를 차며 나빈은 천천히 빙그레 웃으며 조곤조곤 타이르듯 그에게 나름의 연애 팁을 건넸다.

"'예전엔 네가 싫었지만 지금은 좋다', 이런 말보단 '과거에도 넌 호감이었어', 이런 식의 말이 훨씬 우리 관계에 도움이 될 듯한데요. 말, 바꿀 생각 없어요?"

"싫지 않았다니까 그러네."

"말장난하지 말고요. 나 지금 진지하거든요?"

"나도 진지해. 정말 널 싫어한 적은 없었어."

"아, 그러니까 제 말은……!"

"좋아한 적은 있었지만."

"그런 애매한 대답보다는…… 네?!"

열통이 터져 씩씩거리는 순간, 귓속을 침투한 한 자락의 속삭임. 나빈은 하던 말을 멈추고 냉큼 반문했다. 바짝 귀를 세우고 휘둥그레진 두 눈으로 그의 매혹적인 눈동자를 들여다보니, 그가 씨익 웃었다. 이보다 더 사랑스러울 수는 없다는 듯 애정을 가득 담고.

"조, 좋아했었다고요? 나를요?"

"싫어하지 않았다고 했잖아. 그거, 좋아하고 있었다는 뜻이었어."

"정말요? 거짓말 아니죠? 내 기분 좋게 하려고 뻥친 거 아니죠?"

"믿든 말든 네 자유."

"말도 안 돼. 정말 좋아했던 거예요? 나를? 언제부터요? 처음부터? 진짜 우산 씌워줄 때부터 좋아했었어요? 진짜 내가 천사처럼 보였어요?"

"맞아."

몽유병 환자처럼 멍 때린 채로 옹알거리는 그녀를 향해 그가 손을 뻗었다. 얼떨결에 그의 품에 쏙 안겨든 나빈은 여전히 두 눈만 끔벅거리고 있었다. 그가 처음부터 자신을 좋아했었다니. 이건 대박이었다. 그럼 7년간 두 사람은 서로를 좋아한 채 바라보기만 했다는 건데. 뭐냐. 진짜 우리 두 사람은 운명인가? 이뤄질 수밖에 없는 짚신짝? 하늘이 점지해 준 인연? 닭살스럽고 오글거리는 멘트들이 나빈의 머릿속으로 줄줄줄 흘러 지나갔다.

"과거에도 지금도 넌 내가 좋아하는 유일한 사람이야. 고맙다, 좋아해 줘서. 앞으로도 쭉 반해 있어라. 떠나지 마."

"당근이죠. 지겹도록 붙어 있을 거예요. 딴생각은 전혀 못하게, 나만 미치도록 사랑하게 만들 테니까 알아서 하세요."

귀여운 으름장이다. 시우는 빙그레 웃으며 그녀의 작은 어깨를 더욱 꽉 가슴에 안아들었다. 그녀의 애완동물이 되어도 좋다고 생각한 적도 많았는데. 그녀가 데려다 키우는 강아지를 보면서 부러

워한 적도 있었는데. 사람은 오래 살고 볼 일이다. 시우는 좋은 향기가 나는 나빈의 정수리에 가만히 입술을 댔다.

"이미 난 너만 미치도록 사랑하고 있어. 아주 오래전부터."

감미로운 속삭임이 나빈의 귓가를 달콤하게 울렸다. 아, 이 사람은 왜 목소리마저 레전드인가. 나빈은 행복함에 푹 빠져 입이 찢어지게 미소를 지으며 두 눈을 꼭 감았다.

"어쩌면 네 곁에 맴돌았던 사람은 나였는지도 몰라."

어깨를 감고 있던 그의 한 손이 스르르 움직여 머리카락 속으로 스며들어 갔다. 부드럽고 다정한 손길이 나른하게 쓰다듬고 감싸며 문지른다. 나빈은 갑자기 공기가 부족한 것 같은 느낌에 확, 입술을 열고 거칠게 숨을 들이쉬었다. 하아— 하고, 작고 뜨거운 숨을 내뱉으며 이미 몽롱해진 눈을 천천히 감았다. 그리고 다시 천천히 떴을 때쯤, 그녀는 시우의 굴곡진 입술이 다가오는 것을 지켜보아야 했다.

"탐나는 꽃을 호시탐탐 노리는 나비."

저항은 아무런 의미가 없었다. 나빈은 입술을 열고 밀려드는 달착지근하고 보드라운 그의 입술을 받아들였다. 그는 자신의 영역인 양 당당하게 저돌적으로 밀고 들어와 순식간에 그녀의 공간을 차지했다. 두텁고 긴 혀를 감당하기 힘들 정도로 그녀의 안은 작고 좁았으나, 그는 날렵하게 혹은 나른하게, 휘젓고 자극하고 공격했다. 그녀의 잔뜩 긴장한 성대가 서서히 긴장을 풀고 신음할 때까지. 그녀가 앓고 할딱이고 더욱 적극적으로 그에게 안겨들 때까지.

결국 나빈은 균형을 잃고 풀썩 자신의 침대 위로 쓰러지고 말았다.

자석처럼 몇 분 동안이나 찰싹 붙어 있던 입술이 마지못해 떨어지고, 뒤로 쓰러진 그녀의 위로 그가 넘어져 쓰러졌다. 무거운 남자의 몸이 짓눌러 와 나빈의 몸은 침대 아래로 쑥 밀려 들어갔다. 당장이라도 갈비뼈를 뚫고 튀어나올 것처럼 뛰는 심장 위로 그의 얼굴이 묻혔다. 뜨거운 그의 입김이 가슴 위로 펼쳐지고, 나빈은 혼란스러운 정신을 가까스로 가다듬으며 흐트러진 머리카락을 쓸어 올렸다. 몽롱한 눈으로 천장을 바라보는 그녀의 입술에선 뜨거운 숨이 거푸 흘러나오고 있었다.

"나비가 시우 씨였다고요?"

"응."

"내가 아니라?"

"……근데 이게 뭐냐?"

가슴에 얼굴을 묻은 채 그가 중얼거린다. 나빈이 휙 고개를 틀어 옆을 보니, 그가 손으로 뭔가를 더듬거리고 있었다. 뜨거운 열기로 흐릿해진 초점을 간신히 맞추어 확인한 것은 뜨개질 실타래. 그에게 생일날 선물하기 위해 열심히 뜨고 있던 스웨터였다. 얼마 전까지 잘 만들다가 한순간 잘못돼 다 망가져 버린 실패작. 너무나 속이 상하고 열받아 방구석에 처박아놓았던 건데, 이게 왜 침대 위에 버젓이 놓여 있고 난리? 설마 춘 여사가 발견해 여기에 던져 놓은 건 아니겠지?

"아, 아무것도 아니에요. 그냥 시트예요."

나빈은 두 눈을 휘둥그레 뜨곤 냉큼 그의 손에서 만들다 만 스웨터를 빼앗아 저쪽으로 내팽개쳤다. 다른 건 몰라도 이건 그에게 들켜선 안 되었다. 지금 것은 실패였지만, 다시 도전해서 기필코 그에게 멋진 스웨터를 선물하고 말 작정이니깐. 이미 요 앞 손뜨개 학원도 등록해 놓았다고!

"시트는 아닌 것 같은데?"

"아, 맞아요. 맞아. 내 침대 시트인데 내가 모를까 봐서요."

"재질이 시트라고 하기엔……."

시우가 슬쩍 고개를 들기 시작했다. 안 돼! 아직 제대로 숨겨놓진 못했단 말이다. 나빈은 급한 나머지 꽉, 아주 꽉 그의 뒤통수를 두 팔로 끌어안고 말았다.

"뭐하는 거야?"

그녀의 가슴 사이에 얼굴이 파묻힌 채로 그가 중얼거렸다. 따스한 입김이 옷감을 뚫고 피부로 전해져 오자, 나빈의 심장은 바짝 졸았다. 간이 콩알만 해졌다. 심박수가 급격히 치솟기 시작했고 몸 안의 뜨거운 기운은 더욱 요동을 치며 뱃가죽을 팽팽히 끌어당겼다. 나빈은 인생 최대의 숙제를 부여받은 양, 천장을 죽일 듯이 노려보며 아미타불을 중얼거렸다.

"그, 그냥 안아보고 싶어서요."

"……."

"내, 내 말은 그러니까…… 아, 뭐. 사랑하는 사이인데 안 될 건 없잖아요?"

"너, 지금 네가 무슨 말을 하고 있는지 알고나 있는 거냐?"

　봉긋한 가슴 굴곡 한가운데로 그의 입김이 와 닿고 있었다. 그
것이 너무나도 적나라하게 느껴지니 나빈은 숨도 제대로 쉴 수 없
을 만큼 긴장하고야 말았다. 온몸이 화끈거리는 것 같았다. 아랫
배가 뭉클거리는 것 같더니 특정 부위 한곳이 고통스러워지기 시
작했다. 안 되는데. 지금 빨리 저 실패작을 어딘가로 쑤셔 박아놓
아야 하는데. 어, 어서 빨리 숨겨놓아야…….
　"네가 지금 하는 말이 무슨 소린지, 알고나 있는 거냐고."
　"네? 아, 물론 알죠……."
　나빈은 자신이 무슨 소릴 하는지 전혀 의식하지 못한 채 열심히
한 팔을 뻗어 스웨터를 베개 밑으로 밀어 넣는 일에 열중했다. 좀
더, 조금만 더 손을 뻗으면…….
　"안다고?"
　"알아요, 알아. 사랑하는 사이엔 못할 게 없다, 뭐 그런 뜻이잖
아요. 만고의 진리 아닌가? 왜요? 제가 뭐 잘못 말했어요?"
　"정말 그렇게 생각한단 말이지?"
　느릿하게 움직이는 그의 입술. 어느덧 위치를 바꾸고 있었다.
방향을 틀어 움직이는 그것이 어떤 것을 목적하고 있는지, 다른
것에 한껏 정신을 팔고 있는 나빈조차도 알 수 있었다. 부르르 몸
이 떨렸다. 허벅지 근처가 얼얼해지면서 다리에 힘이 빠지고 눈앞
이 캄캄해져 가는 것이 선명하게 느껴졌다. 뭐, 뭐야, 이 감정은?
나빈은 가느다랗게·진저리를 치며 두 눈을 꽉 감았다. 그녀의 머
릿속을 지배했던 스웨터의 존재는 이미 빠르게 사라지고 있었다.
　"아…… 저, 저기…… 배 안 고파요?"

“고파.”

건조하게 그가 대답했다. 하지만 그의 입술은 옷감 위로 점점 더 대담하게 움직이고 있었다. 으흠…… 신음 소리를 삼키며 나빈은 숨을 헐떡였다. 그리곤 질끈 눈을 감고 속삭였다.

“엄마한테 가보고 올까요? 으, 음식 다 됐는지 물어보고…….”

“…….”

“울 엄마가 요리를 엄청 잘하시거든요? 별명이 춘장금이에요, 춘장금. 아마 지금쯤 거하게 한 상 차려놓으셨을 텐데. 배고프면 이, 일단 먹고…….”

“일단 먹고?”

“으, 응…….”

“그거, 아주…… 흥미로운 제안이다.”

그가 고개를 드는 게 느껴졌다. 가슴 근처에서 드디어 그의 숨결이 멀어지자 나빈은 느릿느릿 눈을 떴다. 일단 먹긴 먹으려나 보다. 엄청 배가 고팠나 보지? 이런 분위기에, 밥을 선택하는 남자는 엄청 드물 텐데. 그가 아사하기 직전이었다는 걸 내심 감사해하며 나빈은 천천히 움직였다.

하지만 막 몸을 일으켜 세우려는 찰나였다. 그가 커다란 손을 끌어올려 나빈의 가슴을 쥐었다.

헉, 숨을 격하게 들이쉬며 나빈은 굳어버리고 말았다. 홀린 듯 그를 바라보며 박제된 인형처럼 누워 있는 채로 꼼짝 못했다. 움직일 수가 없었다. 강렬하고도 짜릿한 충격이 가슴 끝에서부터 찌르르 일어나 온몸으로 확산되고 있었다. 나빈은 그저 그의 처분만을 기다리는 어린 양처럼 부들부들 떨며 헐떡였다. 거칠게 숨을 들이쉬었다 내뱉는 그녀의 가슴은 높이 떠올랐다 아래로 꺼지기를 반복하고 있었다.

"물론……."

그가 입술을 열었다. 동시에 그의 몸은 천천히 아래로 가라앉았다. 한 치의 오차도 없이 완벽히 일치된 채로, 그의 몸이 그녀를 짓눌러 왔다.

"내 먹잇감은 너겠지?"

그의 고개가 아래로 떨어진다.

"입술 열어."

그녀의 입술 위로 그의 것이 닿았다. 부드러운 그의 명령에 거절할 생각조차 하지 않고, 그녀는 이미 입술을 열고 있었다.

"가져라. 네 거야."

나빈은 천천히 입을 벌려 그의 입술을 빨아들이기 시작했다.

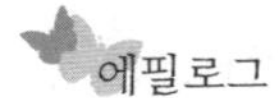

에필로그

"아줌마, 제발요. 진짜 전 아줌마가 좋다니까요. 같이 사는 게 소원이에요. 네?"

애교가 듬뿍 담겨 살살 녹아나는 목소리로 나빈은 한껏 졸라대고 있었다. 장난감 사달라고 조르는 어린애처럼 밑도 끝도 없이 우겨대는 모습은 전혀 심각해 뵈지 않았다. 기분이 나쁜 것 같지도, 상처를 받은 것 같지도, 속이 상한 것 같지도 않고 마냥 해맑게만 들리는 그녀의 목소리에는 상대방도 당해낼 재간이 없어 보였다.

[난 싫다니까 그러네. 너 정말 왜 그러니? 싫다는 말, 못 알아들어? 싫다고. 난 너희랑 같이 살기 싫어.]

처음엔 차갑고 모진 말로 나빈을 내치던 쑥 여사도 이젠 많이 피곤하고 지친 기색이다. 말투에서 느껴지던 특유의 날 선 어조가 아니다. 아마도 그녀는 예감하고 있는지도 모르겠다. 자신이 결국 엔 패배하고 말 거라는 걸.

"제가 그렇게 마음에 안 드세요? 제 얼굴이 막 꼴 보기 싫으세요? 마음에 안 차시는 거예요? 그런 거면 제가 노력할게요, 아줌마. 제가 진짜진짜 많이많이 노력할게요. 마음에 안 드시는 거 있음 바로바로 지적해 주세요. 그럼 할 수 있는 한 최대한 고치도록 할게요. 그러니까 같이 살게 해주세요. 네? 네, 아줌마?"

[도대체가 난 이해가 안 된다. 너 왜 그러니? 요즘 애들, 시댁 들어와 사는 애들이 얼마나 된다고. 나가 살라면 오히려 좋아해야 하는 거 아니니? 너도 편하고, 나도 편하고 일석이조잖아. 네 엄마도 분가 쪽이 더 좋다고 하던데. 넌 왜 굳이 들어와서 시댁 식구들과 부딪치며 살겠다는 거니? 안 해도 되는 시집살이를 왜 자꾸 하겠다는 거야?]

"저희 엄마 쪽은 걱정 마세요. 제가 이미 설득해서 모두 찬성하셨어요. 그리고 전 전에도 얘기드렸다시피 전혀 상관없어요. 불편하지 않아요. 시현이하고도 친하고, 아버님께서도 제게 잘해주시고. 전부터 잘 알고 지내서 그런지 마냥 가족 같은데요 뭘. 제 걱정하시는 거라면 염려 마세요."

[네 걱정 하는 게 아니라, 내 걱정 하는 거다. 내가 왜 너랑 같이 살아야 하는데? 그리고 시현이 얘기가 나와서 하는 말인데. 우리 시현이가 너희랑 같이 살길 바랄 것 같니? 걔가 네 앞에서 헤헤거리고 맞장구쳐 주니까 아무렇지도 않은 것 같아? 걔랑 네가 어떤

사이였는데. 결혼 얘기까지 오고 갔던 사이였어. 어떻게 넌 네 생각만 하니?]

 "아우, 아줌마. 시현이랑은 얘기 다 끝났어요. 무슨 그런 말씀을……!"

 [보아하니, 회장님 승낙까지 다 받은 모양이던데. 그럼 이렇게 조르는 이유가 뭐니? 내 승낙이 뭐가 그리 중요하다고. 언제부터 내 의견을 물었어? 내가 그리도 반대하는 약혼도 너희 마음대로 강행했잖아. 새삼스레 이러는 너, 내 보기엔 아주 우습기만 하다. 그렇게 들어와 사는 게 소원이면, 그냥 들어와 살든지. 그렇게 해. 네가 들어와 살겠다는데 내가 무슨 수로 말리겠니. 회장님 마음도 한 손에 쥐고 흔드는 넌데, 내가 무슨 수로 당해.]

 "아줌마~"

 여전히 희미한 미소를 띤 채 나빈은 은근한 어조로 쑥 여사를 불렀다. 이에 쑥 여사는 화가 잔뜩 난 듯 거칠게 대답했다.

 [왜?!]

 차분하고 차갑게 쏘아붙이다가도 마지막에 가선 항상 이렇듯 이성을 잃곤 하는 쑥 여사다. 얘기를 하면 할수록 뿔이 나는 모양이다. 신발 밑에 붙은 껌딱지마냥 아무리 내치고 떨쳐 내려 해도 끈질기게 들러붙는 나빈 때문에 슬슬 지쳐 가고 있는 것이었다. 나빈은 승리가 코앞에 있음을 직감한 듯 빙그레 웃으며 애교 섞인 콧소리로 물었다.

 "정말 제가 왜 이러는지 모르세요?"

 [내가 네 마음을 어떻게 아니?]

"아줌마 말대로, 저 회장님 마음 꽉 잡고 있잖아요. 절 너무너무 예뻐하셔서 제가 원하는 건 다 들어주실 태세세요. 시현이도 제 편이고 시우 씬 두말하면 잔소리고요. 이대로라면 결혼해서도 제가 원하는 건 뭐든 마음대로 할 수 있을 것 같아요. 결혼해서 시댁 식구들과 알콩달콩 살고 싶은 소원도 이루어질 것 같고요."

[오죽하겠니.]

한풀 꺾였던 오기가 다시금 불타오르는 듯 쑥 여사가 앙칼지게 대꾸했다. 나빈의 말대로 요즘은 모든 것은 나빈이 위주로 돌아가는 것 같았다. 시쳇말로 대세다. 최 회장도, 시현도 나빈이라면 껌뻑 죽는다. 최 회장은 나빈이 회사 내에서 엄청난 영향력을 행사하는 손 박사의 딸이니 그럴 수 있다지만, 도대체 시현인 무슨 생각인 것인지 한숙은 알 수가 없었다. 자신과 혼담이 오고 갔던 여자가 형과 결혼을 한다는데, 어떻게 저렇게 무작정 쌍수 들고 환영할 수가 있는지 도무지 이해가 되지 않았다. 하지만 어쩌겠는가. 당사자가 좋다는데. 괜찮다 못해 응원해 주고 싶다는데, 못마땅하지만 넘어가 주는 수밖에 다른 도리가 없었다.

그녀의 이런 태도 변화에 사람들은 깜짝 놀라곤 한다. 예전의 그 서슬 퍼렇던 장한숙이라면 절대로 시우와 나빈의 결합을 이렇듯 좌시하고 있지만은 않았을 거라는 게 그들의 생각인 듯했다. 그리고 그것은 맞는 말이다. 예전의 한숙이라면 후계자로서의 시현의 위치가 위태로워질 수도 있는 두 사람의 결혼을 결사반대했을 것이다. 무슨 수를 써서라도 못하도록 막았을 것이고, 실제로 그런 계획도 세워두고 있었다. 그러나 후계자 자리를 절대로 넘보

지 않겠다는 시우의 선언은 회사 중역들과의 비밀 모임까지 주재
하려던 한숙의 계획을 무의미하게 만들어 버렸다.

바보 같은 놈. 겨우 그딴 계집애 하나 얻기 위해 페로스를 걷어
찬다는 게 말이 되는 일인가? 자신과 시현에게는 득이 되는 바보
짓이고 환영할 만한 일이지만, 한숙은 자신의 머리로는 도저히 이
해되지 않는 시우가 여전히 못마땅했다. 물론 자살 얘기는 한숙에
게도 꽤나 충격적이었다. 그날 이후 몸져누워 며칠을 끙끙 앓았
고, 그 뒤부턴 자신도 모르게 시우를 피하게 되기까지 했으니까.
왜인지는 모른다. 딱히 미안한 마음이나 죄스러운 생각이 드는 것
같진 않는데, 또 그런 생각은 할 필요도 없다고 생각하는데, 이유
없이 시우와 시선을 마주치기가 힘들어졌다. 녀석과 나빈이 결혼
후 본가로 들어와 살겠다는 것을 이렇듯 절대적으로 반대하는 이
유도 어쩌면 그 탓인지도 모른다.

이젠 간섭하고 싶지 않다. 더 이상 녀석과 엮이고 싶지 않았고,
부딪치고 싶지도 않았다. 미워 죽겠는데, 이젠 그만 미워하고 싶
으니 아예 마주치지 말았으면 싶었다. 한데도 자꾸만 나빈이 들러
붙어 떨어지지 않으려 하니 아주 미칠 노릇. 한숙은 나빈이 이젠
포기하고 저들 마음대로 살길, 대신 자신에겐 제발 알은 척 말길
바라고 또 바랐다.

아니, 대체 왜 본가로 들어오겠다는 거야? 시집살이하지 말고
나가 살라는데 왜? 지겨워, 지겨워 죽겠어.

"근데 제가 왜 아줌마한테 이렇게 매달리게~ 요."

한숙이 어떤 마음으로 이를 부득부득 갈고 있는지 아는지 모르

는지, 나빈은 상대가 반기지도 않는 애교를 부리며 물었다. 한숙으로부터의 이런 대우는 너무나도 많이 당해놔서 이젠 그러려니, 하게 되었나 보다. 아무렇지도 않았다. 수년간 이보다도 더한 대우를 받아왔을 시우에 비하면 새 발의 피지 싶으면 나빠지던 기분도 확 살고 기운이 팍팍 솟아났다.

"시어머니이시니까요."

[뭐?]

"아줌마, 시우 씨 어머니잖아요. 그러니까 저한텐 시어머니시죠. 하늘 같은 존재."

[내가 어떻게 네 시어머니니? 끔찍한 소리 하지도 마.]

"그렇게 부인하시면 있는 사실이 아닌 게 되나요? 어머님은 어머님이시고, 제가 어머님 며느리인 건 영원히 변하지 않는 사실이죠. 가만. 이제 보니까 지금까지 어머님한테 아줌마라고 불렀네. 어머님, 설마 그거 때문에 삐치셨던 건 아니죠?"

[무슨 소리야? 내가 왜 그딴 것에 삐져?]

"저 그럼 이제부터 어머님이라고 부를게요. 불러도 되는 거죠?"

[뭐, 뭐? 이게 무슨 당치도 않은 소리야?]

"어머님, 사랑해요. 앞으로 잘 봐주세요. 네?"

당장이라도 꿀이 똑똑 떨어질 것 같은 목소리로 나빈이 나긋나긋 물었다. 단박에 거친 반박이 날아왔지만, 나빈은 이에 전혀 굴하지 않고 휴대폰에 입술을 쪽쪽쪽 밀어붙이기 시작했다.

"저 그럼 이따 찾아뵐게요. 지금 시우 씨랑 잠깐 어디 들렀다가 서울 들어가는 길이거든요. 어머님한테 저녁 얻어먹으러 가는 길이니까, 저희 내치시면 안 돼요."

[네가 우리 집 오면서 언제 내 허락 받고 왔니? 오든 말든, 네 알아서 해. 하지만 날 어머님이라고 부르는 건 내가 도저히 못 견디겠다. 내가 언제 허락해 줬다고 함부로 어머님이네, 마네 하는 거……!]

"그럼 안녕히 계세요~"

빤한 쑥 여사의 뒷말은 꼴깍 삼켜 버리고, 나빈은 최상급 야들야들 목소리로 일방적인 작별 인사를 건네며 냉큼 전화를 끊어버렸다. 아무리 구박해도 샐샐 웃으며 애교를 떠는 뇌청순녀 역할 끝!

'야호!'

속으로 쾌재를 부르며 나빈은 주먹을 쥐고 '나이스!'를 외쳤다. 아무리 무서운 사람도 웃는 얼굴엔 침 못 뱉는 법이 아닌가. 쑥 여사의 차가운 말투에 기가 죽고 움츠러들면 아무것도 쟁취하지 못할 거란 걸 인지한 이후부터, 나빈은 전혀 개의치 않기로 했다. 쑥 여사가 공격적으로 나올수록 양순하게, 차갑게 대응할수록 따뜻하게, 배척할수록 달라붙어 애교를 떨었다. 쑥 여사에게도 보이지 않는 상처가 깊게 자리하고 있음을 잘 알기에, 그녀가 마음을 열 때까지 묵묵히 참고 버텨왔던 시우의 마음도 잘 알기에, 나빈이 택한 최선의 방법이었다.

온가족들을 충격 속으로 몰아넣으면서 두 사람이 사귀기 시작한 지 햇수로 3년.

1년 전 양가 부모님 모시고 약혼식까지 정식으로 치른 둘의 관계는 모든 면에서 탄탄대로를 달리고 있었다. 나빈은 좋은 성적으로 대학을 졸업하고 무대 연출가라는 꿈을 이루기 위해 다시 공부에 매진 중이었고, 시우는 개인 전시회를 열 수 있는 기회가 주어져 열심히 작업에 임하고 있었다. 미술대전에서 좋은 성적을 거둔 것이 계기가 되었다. 준비하고 있던 작품이 엎어져 공모전에 출품조차 할 수 없을지도 모른다는 얘기까지 있었는데 어떻게 그런 좋은 성적을 냈을까? 많은 사람들이 그의 당선 소식을 듣고 놀라워했는데, 그 이유는 당선작 전시회 때 밝혀졌다.

콜라주처럼 같은 주제의 서로 다른 그림들이 여러 개 이어 붙여진 거대한 그의 작품의 제목은 'Butterfly'.

한 여자가 소녀에서 숙녀로 변화하는 모습을 나비에 비유한 것이었다. 나빈은 그 그림을 단박에 알아보았다. 자신이 너무나도 궁금해했던 바로 그 스케치. 그림의 주인공은 손나빈, 자신이었다.

"힘들면 하지 마."

핸드폰을 빤히 내려다보며 생각에 잠겨 있는데, 시우의 목소리가 그녀를 일깨운다. 피곤하다며 잠시 쉬었다 가자고 휴게소에서 눈을 붙이기 시작한 게 겨우 30분 전이었는데, 벌써 일어나다니. 아무래도 나빈의 통화 음성이 너무 컸나 보다.

"벌써 깼네? 내가 너무 시끄럽게 했지?"

"아니. 다 잤어."

"좀 더 자. 어제도 밤샜잖아."

"괜찮아. 작업하다가 밤새는 건 일상다반사야."

"센 척 좀 하지 마시지. 얼굴이 벌써 반쪽인데 괜찮긴 뭐가 괜찮아? 그놈의 전시회, 못하게 할 수도 없고. 사람을 아주 잡네, 잡아. 이렇게 바쁘고 힘든 사람한테, 엊그제 김기헌 선생님께서는 무대 한번 서자고 했다면서?"

"그거 안 하기로 했어. 걱정 마. 시간이 나지도 않고, 일단 내 몸이 안 돼. 너무 그쪽 일은 놔버려서 체력도 안 되고, 몸매도 많이 망가졌어."

"선생님도 참. 어떻게 나한테 이래? 어떻게 차은서가 메인 모델인 쇼에 자길 섭외하냐고."

"그건 또, 어떻게 안 거냐?"

픽 웃으며 그가 물었다. 은서가 메인인 쇼였다는 걸 그도 알고 있는 투. 뭐, 알았겠지. 알고서 거절한 게 틀림없었다. 말로는 바쁘단 핑계를 대면서 거절했다지만, 분명 그 결정에는 상대가 은서라는 사실도 적잖게 작용했을 거란 게 나빈의 추측이었다. 쿨한 시우야, 지금은 차은서를 신경 쓰지 않겠지만 촌스럽고 쿨하지 못한 나빈은 전혀 아니란 걸, 지금도 엄청 신경 쓰고 있다는 걸 그 자신도 알고 있을 테니까.

"어떻게 알긴. 내가 한때 거기서 인기 캡 많던 직원이었다는 사실 몰라? 샵에 내 편이 얼마나 많은데. 그런 쪽 정보 돌면 나한테 제일 먼저 들어오거든? 치잇, 내가 신경 쓸 거 뻔히 알면서. 아무리 은서 씨가 지금은 다른 남자를 만나고 있다고는 하지만, 난 아직도 엄청 거슬리거든? 예전 기억 하나도 안 잊었어. 그때 어땠는지 다 기억하고 있다고. 근데 그런 은서 씨를 자기랑 같은 무대에 세우겠다고?"

"안 서. 무대 안 해. 아까도 말했지만 내 몸이 준비가 전혀 안 되어 있어. 아마 계속 이런 식이면, 영원히 다음 무대 못 설 수도 있겠지. 몸 만들 시간이 요샌 전혀 없으니까. 아무튼 이번 무대는 못한다고 말했어. 그러니까 그 얘긴 그만."

"선생님께선 아직도 자기한테 엄청 미련이 남아 있는 것 같던데. 정말 이대로 영원히 무대 못해도 돼?"

"원래 계속하려던 것도 아니었는데, 뭐. 상관없어. 난 지금이 더 좋으니까."

빙긋 웃으며 시우는 나른한 몸을 쭉 늘여 기지개를 켰다. 검은 슈트 정장을 입은 그의 길고 단단한 몸은 한 마리의 표범처럼 날렵하고 섹시해 보였다. 한눈에도 절대 범상한 사람은 아니라는 게 느껴질 만큼 잘난 사람. 저런 모습을 보면 참 선생님 마음이 십분 이해된단 말이야. 절대로 평범한 사람은 될 수 없다는 말이지, 저런 몸을 가진 사람은. 츱, 씁쓸하게 입맛을 다시며 나빈은 작게 한숨을 내쉬었다. 그리곤 그의 자동차 실내 미러에 걸려 있는 펜던트를 손에 쥐고 그 안에서 웃고 있는 빛나는 여인을 들여다보았다.

"어머님은 진짜 미인이신 것 같아."

"……."

"내가 인터넷 자료를 찾아봤는데, 어머님이 80년대 초, 최고의 미녀였다던데? TV 드라마에 영화에, CF 퀸이시기도 했고. 반짝하셨지만 정말 단시간에 일약 스타덤에 올랐다더라고. 한창 잘나

가시다가 갑자기 사라지셨다는데, 그때가 아버님을 만났을 때였겠지?"

"그랬겠지."

두 눈을 감은 채로 그가 나직이 중얼거렸다. 오늘은 친모의 기일. 두 사람은 경기도 모처에 모셔진 납골 묘에 들렀다 오는 길이었다. 늘 에너자이저처럼 의욕적이던 그가 이렇듯 피곤해하고 기운없어하는 건 바로 그 때문이라고, 나빈은 생각했다.

"혹시라도 모델 일을 하고 싶은데, 어머님 때문에 안 하려고 하는 거라면……."

"……."

"솔직히 그렇잖아. 핏줄을 속일 순 없어. 문외한인 내가 봐도 자긴 모델 일이 딱 어울리거든? 자기도 무대를 즐기는 것 같고. 물론 주목은 받겠지. 대기업 화장품 회사의 로열 패밀리, 거기다 80년대 초를 풍미했던 여배우의 아들. 사람들 관심 끌기 안성맞춤이잖아. 기사 뜨고 사람들 입방아 오르내리는 거 당연히 걱정될 거야. 내가 생각해도 기분 별론데 자긴 오죽하겠어? 근데 그거 때문에 하고 싶은 일을 포기한다는 건……."

"네 말이 옳아. 내가 모델 일을 즐긴다는 건 부인할 수 없는 사실이야. 하고 싶은 일 중에 하나고, 한편으론 네 말대로 상관 않고 계속 해보고 싶기도 해. 근데…… 근데 말이야."

그가 천천히 두 눈을 떴다. 그리고 서서히 고개를 돌려 나빈을 돌아봤다. 정직하고 맑은 눈. 세상 사람 다 못 믿어도 이 사람만큼은 믿을 수 있겠다 싶을 만큼 착한 눈을 나빈은 홀린 듯 뚫어져라 바라보았다.

"그 세계에 뛰어들고 싶진 않아."

"……."

"무대에서 워킹하는 것, 그게 보이는 전부는 아니야. 돌아가시기 직전까지 어머니가 내게 늘 하셨던 말씀이 있어. '넌 절대로 연예인이 되지 마라.' 실제로 난 중고등학생 시절 에이전트 제의도 꽤 많이 받았지. 어머닌 두려워하셨어. 그분은 내게서 자기 자신을 보았던 거야. 자신이 겪었던 일들을 아들이 대물림하여 겪게 될지도 모른다는 두려움 때문에 어머닌 늘 안절부절못하셨어. 지금 생각하면, 어머니가 그림에 집착하셨던 이유도 그게 아니었을까 싶어. 어머닌 내게 거의 세뇌시키다시피 그림을 그려야 한다고 주입시켰어. 사람들 앞에 나서지 않으면서도 자기 안에 있는 끼를 마음껏 발산할 수 있는 직업, 그게 바로 화가였지."

"그림을 그리게 된 게 어머니 때문이었어?"

"소질이 있었어. 어머니 덕분에 매우 열심히 정진하게 된 거였지. 난 그림 그리는 일이, 내게는 천직인 줄 알고 살아왔지."

"지금은…… 아니라고 생각해?"

"그림은 여전히 내 천직이야. 아마 죽을 때까지 난, 붓을 놓지 못할 거다."

두 눈을 동그랗게 뜨고 물어오는 나빈을 향해 그는 풋 웃으며 말했다. 나빈이 저런 표정을 지을 때면 그는 말할 수 없는 평화를 느꼈다. 걱정하는 눈빛. 온통 관심을 그에게 집중하는 시선. 세상 온갖 것으로부터 스스로를 차단한 채 자신만 바라보는 듯한 그녀의 모습이 그에겐 유일한 안식처였다. 피곤함에 찌들었다가도 그녀만 보면 다시 원상태로 복귀되는 것도 다 그래서이지 싶었다.

"그럼 유학도 갈 생각이야?"

"그건, 글쎄. 아직 모르겠어."

"아버님께선 어떻게든 보내려고 하시던데…… 내 생각도 갔으면 싶고."

"아버지께서 왜 그런 제안을 한 건지, 너도 잘 알잖아. 갖고 계신 화랑을 내게 맡기시려는 모양인데 난 좀 부담스럽다."

"부담 가질 필요 뭐 있어. 그런 거야 싫으면 나중에라도 고사하면 되는 건데. 지금 아버님께서 굉장히 마음이 불안하고 허하셔서 그래. 알잖아. 시현이 그 망나니 때문에 작년 내내 골머리 썩이신 거."

나빈이 인상을 팍 찌푸리며 중얼거렸다. 몇 달 전, 어마어마한 스캔들을 일으켜 집안을 난장판으로 만든 이후 나빈은 시현을 망나니라 불렀다. 공부도 때려치우고 이리저리 세계를 훑으며 여행을 하러 다니더니만, 덜컥 스키장에서 사고를 당해 몇 달 요양하고, 요양하던 차에 여배우를 만나 스캔들까지 일으킨 시현은 아무리 봐도 제정신이 아니었다. 다른 건 몰라도 몇 달씩 해외로 여행을 떠나 집을 비우는 건 완전 에러. 공부까지 접으면서 일탈행동을 일삼는 그는 자신이 어릴 때부터 알아왔던 그 시현이 맞는지 의심스러울 지경이었다.

"시현인 걱정 마. 곧 다시 제자리 찾을 거니까."

"그걸 어떻게 알아? 뭐 아는 거라도 있어?"

"그냥 아는 거야. 남자들끼린 통하는 게 있거든. 두고 봐, 돌아
올 거니까."

"자긴 진짜 시현이 엄청 믿는다? 정말 눈물겨운 형제애라니까.
시현이가 유학 가라면 단박에 갈 거지?"

"질투하는 거냐?"

"왜 대답을 못 해? 시현이가 유학 가라면 두말 않고 갈 거지?
그렇지?"

"그럴지도."

도끼눈을 뜨고 째려보는 나빈이 무섭지도 않는지 그가 선선히
대답한다. 아놔, 이렇게 열받을 데가! 왜 매번 시현이한테 밀려야
하는데. 왜 시현이 말만 들어주고 내 말은 안 들어주는데! 나빈은
두 눈을 확 치뜨며 얼굴을 험상궂게 일그러뜨리며 소리쳤다.

"자기 진짜 이러기야?!"

"농담이야, 농담."

두 주먹까지 불끈 쥐는 그녀가 웃겨 죽겠는지 시우가 배꼽을 쥐
며 웃는다. 손을 뻗어 나빈의 머리카락을 마구 흐트러뜨리며. 눈
매가 부드럽게 휘어지고 입술이 벌어져 하얀 이가 보였다. 즐거워
죽겠다는 듯 해맑게 깔깔거리는 그의 모습에, 나빈은 한순간 멍해
졌다. 볼 때마다 느끼는 거지만 이 남자는 그냥 예술 그 자체다.
이렇게 아름다운 사람이 내 사람이라니, 난 전생에 무슨 복을 그
리 많이 쌓아놨을까. 그저 행복하다. 나빈은 저도 모르게 헤— 입
을 벌리고 헤벌쭉 웃었다.

그는 그동안 남자 보는 눈 없다며 주위 사람들한테 받은 수많은

구박들을 모조리 잠재울 수 있는 진정한 필살기였다.

　"힘들지?"
　식사를 마치고 설거지까지 끝낸 후 그의 방으로 들어선 나빈을 기다리고 있는 건, 시우의 시원한 안마였다. 인간 안마기란 별명을 붙여줄 만큼 그의 안마 솜씨는 신의 경지에 이르렀다. 나빈이 시우네 집에 들러 안 해도 되는 집안일을 사서 할 때마다 시우가 해주는 서비스인데, 어찌나 시원한지~ 안마받고 싶을 때마다 괜히 그의 집에 들러 설거지며 집 안 청소를 하곤 하는 나빈이었다.
　"힘들긴 뭐. 아줌마가 하는 설거지, 나눠서 조금 한 거뿐인데."
　"안 해도 되는 일이잖아. 굳이 할 필요 없는데, 왜 나서서 하겠다고 해?"
　"앞으로 이 집 며느리 될 사람이니까 하는 거지. 일 부리는 것도 내가 잘하면서 부려야 하는 거야. 안 그럼 비웃음만 사요."
　"너 비웃는 사람이 어디 있다고. 공부하기도 바쁜데 매번 이럴 필욘 없어."
　"바쁘다고 해야 할 걸 미루는 사람이 어디 있어? 그럼 우리 결혼도 미뤄야겠네?"
　"그럴까?"
　거울 속에서 시우가 아주 진지하게 묻는다. 힐, 기막혀. 결혼을 미루자니, 제정신이니? 하고 발끈하고 싶었지만……! 염려를 가득 담고 있는 그의 눈동자를 보고 있자니 괘씸하단 소리가 절로 쏙 들어간다. 진심으로 그는 걱정하고 있었다.

아이참, 늘 이렇지. 자기가 무슨 내 아빠라도 되나. 만날 걱정하고 만날 안달복달이야. 나빈은 절로 으쓱해지는 어깨를 쭉 펴며 씩 흐뭇한 미소를 머금었다.

"됐네요. 이미 결혼 날짜까지 다 받아놓고서 무슨 밑도 끝도 없는 소리야?"

"걱정되니까 그렇지. 눈 밑이 벌써 거뭇거뭇하잖아. 그러다 지레 늙겠다."

"꾸준히 관리 잘하고 있거든요? 걱정 마세요, 나보다 세 살이나 더 늙으신 최시우 씨. 전에도 한 번 말한 적 있지만, 난 못하는 거 없는 똑순이예요. 결혼 생활, 공부. 두 가지 토끼를 다 잡는 만능 슈퍼우먼이 될 거니까 걱정 붙들어 매셔요. 아셨죠, 낭군님?"

"각오와 현실은 다른 겁니다, 미스 똑순이. 아무리 슈퍼우먼이라도 입시를 앞두고 결혼 준비까지 겸하는 건 무리수 아니야? 시험도 코앞이잖아."

"아이구, 걱정도 팔자시네요. 시험이란 건 원래 평소 실력으로 보는 거랍니다. 차근차근 해놓은 게 있으니까 별로 부담되지 않아요. 모의고사 점수도 잘 나오고 있구만, 무슨. 그리고 결혼하면 여기서 지낼 거잖아. 입시 끝마칠 때까진 집안일 걱정 안 해도 되는 거지 뭐. 설마 어머님이 입시생인 며느리한테 밥이랑 빨래를 시키시진 않겠지."

"아직도 생각 안 바뀌었어? 여전히 이 집에 들어와 살고 싶어?"

걱정스러운 듯 조심스럽게 그가 물어왔다. 집으로 들어와 사는 문제는 한 발자국 뒤로 물러서서 지켜보는 입장을 고수 중이나,

사실 그는 이 문제를 별로 달갑게 생각하지 않았다. 대학 입학 이후 쭉 혼자 살아온 자신이 결혼 후 갑자기 본가로 들어온다는 건 어느 모로 보나 어색한 일이었다. 빤히 어머니가 반기지 않는다는 걸 알고 있으면서 아무렇지 않은 척 생활할 순 없다고 생각했다. 자신은 물론이거니와 나빈에게도 꽤 힘들고 고된 일상이 될 게 확실했다. 하지만 나빈이 너무나 적극적으로 원하고 추진하는 일이라, 그는 딱히 나서서 제지하지 못하는 중이었다. 그에겐 나빈의 말이 곧 법이라.

"응."

반짝거리는 눈으로 시우를 바라보며 나빈이 대차게 고개를 끄덕였다. 재고해 볼 의향이 전혀 없는 듯.

"가족들한테 시달릴지도 몰라. 내 말, 무슨 뜻인지 알아?"

"어머님 걱정하는 거라면, 응. 각오하고 있어. 솔직히 대한민국에서 고부간 갈등 없는 집이 어디 있어? 미시 사이트 들어가 봐. 얼마나 많은 며느리들이 시어머니와 정신적 아웅다웅을 겪고 있는지. 흔한 일이야. 나만 겪는 일이 아니고, 누구나 다~ 겪는 보통 일인데 그것 때문에 결혼을 망설인다는 건 바보 같은 일이라고 생각해. 말 안 돼. 게다가 난 어머님이 싫지 않은걸? 은근히 귀여우셔."

두 눈을 댕그랗게 뜨고 나빈이 배시시 웃었다. 너무나 천연덕스럽게 빙글거리는 그녀의 모습에 시우는 힘없는 헛웃음을 흘리고 말았다. 장 여사를 상대하는 게 결코 녹록한 일은 아닐 텐데, 단순히 고부간 갈등으로 치부하며 웃어넘기는 나빈의 모습에선 싫은 기색을 전혀 찾아볼 수 없었다. 힘들지 않음이 아님을 알기에, 무엇 때문에, 누구를 위해서 참아내고 있는지를 잘 알기에 시우의 마음은 무거웠다.

"고맙다."

시우는 방실방실 웃는 얼굴의 나빈을 가만히 내려다보며 중얼거렸다. 그리곤 그녀의 허리를 좀 더 가까이 끌어당겨 안았다. 죽 붙당겨진 둥그스름한 그녀의 엉덩이가 단숨에 그의 몸 한가운데로 밀고 들어와 자리를 잡았다.

"말로만?"

"마음으로도."

"마음만?"

"어깨도 주물러 주고 있잖아, 이렇게."

"어깨만?"

"하고 싶은 말이 뭐야."

쿡쿡 웃으며 그가 말했다. 깜찍하게 재촉하는 폼이 무얼 원하는지 대충 알 것 같았다. 나빈은 요사이 가끔 이런 귀여운 말로 도발하곤 했다. 비록 듣는 둥 마는 둥 하는 시우의 미적지근한 반응에 금세 지쳐 흐지부지하고 말았지만. 지금처럼.

시우는 나빈이 끝까지 가지 못할 것을 알았다. 나빈은 도발은 할 수 있는 여자지만 충동적으로 일을 치를 정도로 가볍거나 대담한 여잔 아니었다. 그래서 지금껏 대충 못 알아들은 척 넘어갔던 그였다. 하지만 오늘은 왠지 나빈을 놀려주고 싶어진다. 그녀의 새하얀 목덜미가 색정적으로 느껴져서는, 절대 아니었다. 절대.

"아, 뭐. 그냥……."

역시나 끝까지 들이대질 못하고 슬쩍 꼬리를 감추는 나빈. 시우는 입가가 꿈틀거리며 미소가 퍼지려는 걸 꾹 참고 태연히 물었다.

"어깨가 아닌 다른 곳도 안마가 필요한가?"

"뭐, 해준다면야 거절할 생각은 없…… 어."

"어디?"

"어?"

"어딜 주물러 주면 되냐고. 여기?"

그의 한 손이 슥 아래로 내려왔다. 얇은 등가죽 한가운데를 지그시 누르자, 으흠— 얕은 신음 소리가 그녀의 입술 사이로 흘러나왔다. 나빈은 저도 모르게 흘린 자신의 앓는 소리에 흠칫 놀라 입술을 꽉 다물었다. 이, 이게 뭐하는 짓이니? 손나빈!

"아니면, 여기?"

자신을 꾸짖을 새도 없이 나빈은 어느새 골반 근처로 내려온 그의 손길에 하악, 소리를 내뱉었다. 커다란 그의 손이 허리를 붙들고 있는 것을 인지하자마자, 몸속 호르몬이 미친 듯이 폭주하기 시작했다. 나빈은 충격으로 살짝 입을 벌린 채 꿈쩍도 못하고 앉아 있었다. 그런 그녀의 상태를 모르는 듯, 그는 여전히 그녀의 허리를 부드럽고 나른한 동작으로 매만지고 있었다.

"아니면……."

그의 손이 골반에서 다시 위로 올라가려는 찰나였다. 나빈의 결연한 손끝이 그의 팔목을 착 붙들었다.

"뭐하는 거야?"

굵고 매력적인 그의 저음이 귓가를 달궜다. 일부러 귓바퀴에 입술을 대고 속삭이는 그는 분명 자신이 무엇을 하고 있는지 자각하고 있는 목소리였다. 나빈은 용기를 내, 그의 손을 아랫배 쪽으로 안내했다.

"유혹."

"뭐라고?"

"유혹하는 거라고요, 최시우 씨. 나랑 결혼하는 게 조금은 억울한 모양인데, 그 마음 싹 없어지게 해줄게요."

인생에서 실패란 감정을 단 한 번도 느껴보지 못했다 자신하는 손나빈답게 나빈이 똑 부러지는 목소리로 말했다. 그리곤 시우가 뭐라 대답할 새도 없이 고개를 틀어 그의 입술에 키스했다.

"손나……."

그가 나빈을 저지하려는 듯 뭐라 웅얼거렸다. 하지만 이미 그는 나빈의 것이 된 후. 나빈은 그의 입술을 집어삼키고, 이성을 앗아가고, 넋을 빼앗았다. 그는 힘찬 손길로 그녀의 가슴을 쥐고 문질렀다. 마음껏 취하도록 입술을 주고 혀를 제공하고 타액을 나누었다. 그녀에게 빼앗기는 거라면 뭐든 줄 수 있었다. 뇌수라도 기꺼이 바칠 용의가 있는 그다.

"아직도 모르는 게 있는 것 같아서 알려주겠는데."

달착지근하면서도 격렬한 키스를 마치고, 고개를 든 그는 살며시 미소를 지었다. 나른해 보이는 그의 눈동자에는 나빈으로 가득 차 있었다. 볼이 발그레해진 나빈. 당황하고 수줍은 나빈. 그러면서도 기대감에 부풀어 있는 나빈.

그의 목에 두 팔을 걸고 철저하게 매달려 있는 그녀의 모습에선 그가 예상했던 두려움을 찾아볼 수가 없었다. 새로운 모험을 찾아 떠나는 씩씩한 모험가마냥 그녀의 얼굴은 설렘과 기대로 도배가 되어 있었다. 시우는 천천히 그녀의 헐렁한 바지춤 안으로 손바닥을 밀어 넣었다. 그리곤 아름다운 나비를 발견한 잔인한 채집가마냥 그녀를 훑으며 속삭였다.

"나비는 꽃을 떠나지 못해. 유혹하면 더더욱."

동시에 그의 입술이 나비를 가뒀다.

The End

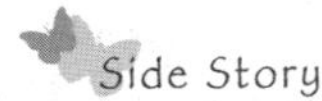

Side Story

"도대체 무슨 과제가 그렇게나 많아? 너희 담탱 너무 심한 거 아니냐? 시험 끝난 지 얼마나 됐다고. 모처럼의 휴일을 과제로 몽땅 날리게 생겼잖아."

고교생 최시현은 무겁고 두터운 책자를 양손으로 든 채 살짝 열려 있는 형의 방문을 발끝으로 슬쩍 밀었다. 두 손을 자유롭게 쓸 수 없는 상태라서 휴대전화를 귀에 붙이고 어깨를 끌어올려 고정시켜 놓은 채였다. 발끝으로 툭 건들었을 뿐인데, 형의 방문은 단숨에 스르르 매끄럽게 열렸다.

문이 열리자, 늘 티끌없이 깔끔하고 단정한 방 안 정경이 한눈에 들어온다. 항상 은은히 감돌고 있는 섬유유연제 향내가 코끝을 찌르자 시현은 기분이 좋아졌다. 빙긋 웃으며 시현은 무거운 책자를 들고 낑낑 형의 책상 앞으로 가져갔다.

[낸들 아니. 하여간 오늘 난 아무 데도 못 가. 과제 때문에 꼼짝할 수도 없어. 미안하지만 네가 다른 애들한테도 내 사정 얘기 좀 잘해줘. 진작부터 약속했는데 못 지켜서 미안하다. 어? 뭐야, 그 소리?]

쿵, 소리를 내며 책자를 책상 위에 내려놓자 수화기 저편에서 절친, 나빈이 하던 얘길 멈추고 불쑥 묻는다. 시현은 뻐근한 어깨를 한 손으로 툭툭 치고 이마를 훔치며 긴 숨을 내뱉었다.

"어. 뭐 좀 나르고 있었어. 족보."

[족보? 갑자기 웬 족보?]

"이번에 우리 집안 문중에서 새로 족보를 펴냈거든. 아버지께서 우리들한테도 한 부씩 나눠 가지랬는데, 오늘 책이 배달 왔네. 시조 때부터 나온 거라 두 권짜리에 꽤 무거워."

[으음. 아무튼 수진이랑 승연이한테 꼭 전해줘. 같이 못 가게 되어서 미안하다고.]

많이 아쉽다는 듯 말하며 나빈은 쩝쩝 입맛을 다셨다. 기말고사가 끝이 나고 방학이 코앞이었지만 여전히 학원이며 과외로 눈코 뜰 새 없는 고교 2학년. 방학 때도 역시 족집게 과외라는 걸 받아야 하는 두 사람인지라, 본격적인 학습 일정에 돌입하기 전 친구들과 모여 기차 여행이라도 다녀올 계획을 짰었던 그들이다. 중학교 때부터 친했던 수진, 승연, 학재, 윤철, 그리고 나빈, 시현. 이렇게 여섯 명이 의기투합해서 가까운 곳에라도 다녀올 생각이었으나, 아무래도 나빈은 갑자기 떨어진 과제 폭탄에 파묻혀 합류하지 못할 것 같았다.

"사정 설명하는 거야 어렵지 않은데. 좀 안타깝네."

[안타깝긴 뭐가? 다음에 가면 되지 뭐.]

"사실은 학재랑 윤철이 외, 한 명 더 합류할 예정이었거든. 너한 테 인사시켜 주려고 했는데."

[한 명 더? 누구?]

나빈이 약간 놀라며 묻는다. 두 눈을 동그랗게 뜨고 깜빡깜빡 눈꺼풀을 나풀거리는 모습이 눈에 선하게 떠올랐다. 시현은 히쭉 웃으며 고개를 휘이― 돌려 방 안을 훑었다. 형을 찾는 것이었다. 아침부터 방에 틀어박혀 나오지 않은 걸로 아는데 방 안은 비어 있었다. 휑한 방 안으로 쏴아― 시원한 바람이 밀려들어 왔다. 베 란다 방문이 열려 있었다. 꽤 넓은 베란다 공간에는 낯익은 이젤 이 놓여 있었다. 또 스케치를 하다가 잠깐 자리를 비웠나 보다.

"누굴 것 같냐?"

별 뜻 없이 베란다를 향해 걸으며 시현이 히쭉거렸다.

[남자야?]

"키햐― 아무튼 눈치 하나는 캡 빨라요. 남자인 건 어떻게 알 았대?"

[진짜 남자야? 누군데? 내가 아는 사람이야? 뭐하는 앤데?]

"스톱. 질문이 너무 많다. 한 번에 하나씩 해라, 응?"

[빨리 말해. 사람 궁금하게 하지 말고. 무슨 일인데? 설마, 나 소개해 주려는 건 아니지?]

"어? 진짜 희한하네. 너 밤마다 작두 타냐? 어떻게 그렇게 잘 알아?"

[정말이야? 진짜 내게 남자친구를 소개해 주겠다고?]

"그래, 인마. 가뭄 같은 네 인생의 단비, 나 최시현. 베프인 너를 위해 나서셨다. 남자친구 없이 그놈의 책을 벗 삼아 인생을 무료하게 보내고 있는 네가 너무나 안타까워서 말이다."

커다란 도화지에는 연필 선이 죽죽 몇 개 그어져 있었다. 시현은 슬쩍 뒷걸음질을 쳐 그림으로부터 떨어져, 고개를 갸웃 기울이며 미완성의 소묘를 감상했다.

언제 봐도 그림의 세계는 오묘하다니까. 아무렇게나 대충 빗금을 그어놓은 것 같은데 희한하게 멋스럽다. 더 신기한 건 대상의 윤곽이 대강 보인다는 것이다. 그림에는 까막눈인 시현의 눈에도. 여자였다. 의자에 앉아 책 따위를 감상하고 있는. 긴치마를 입고, 긴 머리를 한. 계속 보고 있자니 어딘지 익숙한 자태인 것도 같다. 의자나 주변 나무 따위 배경도 낯익고.

'누구지?'

잠시 의문이 들었다. 형인 시우가 여자의 그림을 그린다는 게, 어째 좀 이상해서. 시현이 알기로 시우는 누군가를 사귀고 있지 않았다. 형이 딱히 자신의 사생활에 대해 미주알고주알 털어놓는 스타일이 아니긴 하지만, 형에게 여자가 생겼다면 자신이 알아채지 못했을 리 없다고 그는 생각했다.

[누가 들으면 넌 여자친구 있는 줄 알겠다?]

"나야 얼마 전까지 있다가 헤어진 거고. 앞으로도 마음만 먹으면 얼마든지 사귈 수 있으시잖냐. 네 경우완 다르지."

[나도 사귀다가 헤어진 거거든?]

"누구? 설마 그, 키만 멀대처럼 크고 머릿속은 텅 빈, '고자' 같은 놈 말하는 거냐?"

우연찮게도 그때 베란다 바닥에 두터운 스케치북이 떨어져 있는 게 눈에 들어왔다. 스멀스멀, 스케치북을 뒤져 보고 싶다는 충동이 기어올라 오는 건 물론이다. 자꾸만 스케치북을 뒤져 보면 이 여인의 정체를 알 수 있을지도 모른다는, 말도 안 되는 생각이 불쑥불쑥 치밀었다. 저 스케치북 안에 이 여인의 완성된 그림이 있을 것만 같았다.

[야. 아무리 마음에 안 든다지만 고자가 뭐냐? 고자가. 유치하다, 진짜. 그냥 이름 불러, 고재영이라고.]

"난 남의 구 남친한테까지 예의 차릴 생각 없다. 넌 미련이 남았는지 몰라도 난 고자 녀석 별로야. 처음부터 별로였다고. 생긴 건 기생오라비처럼 생겨가지고. 딱 여자 밝히게 생겼잖아. 내가 그랬지? 걔 분명 양다리 걸칠 녀석이라고. 내 말이 딱 맞았잖아. 남자는 뭐니 뭐니 해도 남자가 봐야 해. 남자 눈에 진국이면 그 남자는 제대로 된 남자인 거야. 알겠냐?"

[그래서 네가 소개해 주겠다는 그 남자는 진국이라는 거야?]

"뭐, 적어도 바람은 안 피울 거다."

선선히 대답하며 시현은 천천히 손을 뻗었다. 그리고 허리를 굽혀 바닥에 널브러져 있는 스케치북을 막 집으려는 순간이었다.

"여기서 뭐해?"

[생긴 건?]

　　남자의 리얼 육성이 수화기 속에서 전해오는 나빈의 목소리와 동시에 들려왔다. 너무나도 귀에 익은 음성에, 시현은 동작 그만 상태가 되어버렸다. 형이었다.

　　[너, 내 눈 높은 거 알지? 난 순정도 있으면서도 남자답고 잘생긴 남자여야 해. 아무나 안 만나. 너, 그거나 알고 소개해 주려는 거야?]

　　귓속으로 나빈의 목소리가 짱알거려 왔지만 시현은 그녀에게 답해줄 정신이 없었다. 이건 뭐, 범죄 현장을 들킨 범인처럼 입안이 바짝 타오고 손발이 후들거렸다. 시현은 꼴깍 긴장된 침을 삼키곤 훌쩍 고개를 들어 형을 올려다보았다. 180㎝인 자신보다 훨씬 큰 시우는 전봇대처럼 견고하게 버티고 선 채 수상쩍은 행동을 보이는 동생을 가만히 내려다보고 있었다. 시현은 나사가 하나 빠진 바보처럼 헤— 하고 웃으며 냉큼 허리를 폈다.

　　"어, 형. 어디 있었어?"

　　"욕실에."

　　"아, 그랬구나. 난 또 어디 나갔었나 하고……."

　　[무슨 소리야? 갑자기. 너, 형님이랑 얘기 중이야? 어디? 어디에 있는데? 혹시 베란다에 나와 있어? 어디, 어디?]

　　경중거리며 베란다 쪽을 기웃거리기라도 하는 건가? 눈치없이 수화기 속에서 종알거리는 손나빈. 어찌나 목소리도 큰지 저만큼 떨어져 있는 시우의 귀에도 들릴 것만 같다. 친구라고 하나 있는 게 참. 창피해 죽겠네. 시현은 떨리는 얼굴 근육을 가까스로 굳히며, 냉큼 휴대폰을 딱 소리 나게 접어버렸다. 그리곤 멋쩍게 중얼거리며 뒤통수를 벅벅 긁는다.

"아, 계집애. 목소리 진짜 크다니까."

"……."

"공부는 또 어찌나 열심히 하는지. 시험도 끝났겠다. 스트레스도 풀 겸 잠깐 놀러 갔다 오자니까 싫다네, 글쎄. 만날 일등하면서도 무슨 놈의 공부를 그리 해대는지. 아주 공부에 목숨을 건 애 같아. 저러니까 남자애들이 하나같이 학을 떼고 떠나지. 안 그래?"

뭐, 이 문제에 대해선 논란의 여지가 있겠다. 나빈을 잘 모르는 사람이 들으면, 공부벌레에 앞뒤 꽉 막힌 답답이처럼 느껴질 수도 있을 것 같으니까. 하지만 아주 틀린 말은 아니라고 시현은 생각했다. 딱히 남자 쪽에서 학을 떼고 떠난 거라 생각진 않았지만, 그렇다고 나빈이 남자친구에게 충실하거나 공부보다 연애에 몰두하는 타입도 아니라서. 하여튼 시현이 이런 시답지 않은 소릴 하릴없이 꺼낸 건 그저 순간의 당황함을 모면하기 위함이었다. 시우가 나빈을 어떻게 생각할지는 안중에도 없고, 그저 온 신경은 바닥에 떨어진 스케치북에 가 있었다. 아, 저 속에 무슨 그림이 있는지 내두 눈으로 똑똑히 확인했어야 하는 건데.

"바람피운 거라며."

안타까워 쓴 입맛만 다시고 있을 때였다. 내내 침묵을 지키고 있던 시우가 불쑥 묻는다. 일순 무슨 말인지 못 알아들어 시현은 '응?' 하고 되묻고 멍 때릴 수밖에 없었다. 하지만 시현의 궁금증 따윈 안중에도 없는 듯 시우는 제 할 말만 하곤 슥 안으로 들어와, 바닥에 떨어져 있는 스케치북을 집어 들었다.

"할 말, 있어?"

아깝게 들여다보지 못한 스케치북에 온 정신을 쏟고 뚫어져라 쳐다보는 시현을 향해 시우가 물어왔다. 어쩐 저 스케치북은 앞으로 영원히 볼 수 없을 것 같은 불길한 예감이 들었다. 뭔지는 모르지만 엄청 중요한 것 같다는 느낌도. 시현은 마지못해 스케치북으로부터 시선을 떼곤 쩝쩝 아쉬움의 입맛을 다셨다.

"아, 아니. 족보가 배달 왔기에. 형 꺼 가져온 거야."

"……."

"그럼 난 이만…… 나가볼게."

시우의 무덤덤하고 어두운 시선을 받으며 시현은 방을 나섰다. '바람피운 거라며' 라던 그의 알 수 없는 대꾸가 무엇에 대한 대꾸였는지 깨달은 건, 막 방문을 닫고 나온 이후였다. 나빈이, 남자친구가 바람을 피워 헤어졌다는 건 어떻게 알았을까? 설마 대화 내용을 다 들은 건가?

"혹시……."

인상을 잔뜩 찌푸리며 시현은 고개를 갸웃거렸다. 머릿속으로 온통 스케치북과 그림 속 소녀만 생각하고 있었던 탓인지, 잠시 말도 안 되는 상상을 하게 된 것이다. 그 소녀가 혹 나빈이 아닐까 하는. 소녀의 긴치마는 나빈이 집에서 자주 입고 다니는 원피스와 비슷했고, 소녀가 앉아 있는 장소는 나빈의 정원과 흡사했다. 그러고 보니, 나빈네 정원은 형이 그림 작업을 하는 베란다와 정면으로 마주 보는 곳이기도 했다. 다른 점이 있다면, 나빈이 단발머리인 것뿐인데. 그림의 소녀는 긴 머리를 하고 있었다. 나빈이가 아닌가?

"그래, 아니겠지."

아무리 소재가 없기로, 손나빈을 모델로 그림을 그리는 게 말이 되는가. 다른 사람도 아닌 시우가. 말이 안 된다. 시우와 나빈은 처음 만난 이후 몇 년이 지난 지금까지 제대로 인사를 나눠본 적도 없었다. 게다가 나빈이 뭐가 예쁘다고. 그보다 예쁜 여자애들이 널리고 널렸는데. 아닐 거다. 암, 아니고말고.

시현은 고개를 살랑살랑 내저으며 미련없이 씩씩하게 아래층으로 내려갔다. 나빈이 정원에서 베란다 쪽을 힐끔거리는 것도, 시우가 베란다에 앉아 다시 스케치에 열중하기 시작한 것도 전혀 모르는 채 그는 열심히 친구들과 기차 여행을 떠날 준비를 하기 위해 바쁘게 움직이기 시작했다.

고등학교 2학년 여름방학 직전. 더울 정도로 따사로운 봄볕을 공유했던 어느 날의 일이었다.

 작가 후기

　글은 쓰면 쓸수록 어려워진다는 말은 정말 맞습니다. 전부터 느꼈던 것이지만 이 글을 쓰고 고치는 일련의 과정들을 거치면서 더욱 뼈저리게 느끼는 바이네요. 최근 들어 이만큼 힘들었던 적이 있을까 싶게, 기록적으로 힘든 수정 작업이었습니다. 그만큼 정리도 안 되고, 집중도도 떨어졌던 글이었다는 뜻인데. 그렇게 문제점 많았던 초고가 어느덧 출간을 앞두게 되었네요. 도움 주신 많은 분들 덕에 그나마 제가 생각했던 것들을 어느 정도 풀어낼 수 있었던 것 같아요. 이 자리를 빌어 감사인사드리겠습니다.

　청어람 편집부, 유경화님, 이수민님, 부족한 게 많은 초고였습니다. 조언 주셔서 감사드리고, 만족스러운 글이 나올 수 있도록 힘써주셔서 고마웠어요. 작년 1년 내내 나를 힘들게 해서 글 쓰는 데 지대한 방해가 되어준 우리 조카들, 주변 사람들, 사회 부조리들, 새해엔 너무 달라져서 고맙고, 내게 즐거움과 엔돌핀이 되어주어서 고맙다. 덕분에 2011년이 두렵지 않아. 더 좋은 글이 나올 수 있을 것 같아 긍정적인 힘이 샘솟아. 그리고 마지막으로 이 글을 끝까지 읽어주신 여러분께 심심한 감사인사 드려요. 더 좋은 글과 발전된 모습으로 또 찾아뵙겠습니다.

[Butterfly]는 '한 남자가 계단을 내려오다 동생의 친구(나비로 형상되어지는)를 바라본다' 라는 장면 하나로 시작된 글입니다. 그 남자의 시선은, '갖고 싶으나 가질 수 없는 것' 을 바라보는 시선이었고요. 줄거리나 개요는 물론, 남자주인공이 어째서 여자주인공을 그리 바라보는 것인지조차 생각에 없었던, 정말로 무대뽀적인 시작이었습니다. 지금 생각하면 그 짧은 순간, 짧은 시선에는 수많은 사연과 갈등들이 숨겨져 있었던 거죠. 복잡한 얘기 싫어하고, 주인공들 힘들게 하는 거 괴로워하는, 낙천주의자인 제가 이런 글을 시작했다는 것부터가 어쩌면 큰 모험이 아니었을까 싶습니다.

고백하자면, 처음엔 여자주인공인 나빈을 '어딘가에 갇혀 풀리기만을 기원하는 나비' 로 그려 나갔었습니다. 소극적이고 수동적인 주인공이었지요. 남자주인공인 시우 역시 자신이 처한 입장 때문에 적극적으로 나서지 못합니다. 당연히 얘기는 중도에 자주, 꽉 막혔고, 그럴 때마다 글을 이끌어가기가 많이 힘들었습니다.

나빈과 시우 때문에 작년 한 해 받은 스트레스를 지수로 따지면, 정말로 어마어마할 겁니다. 초고에서의 나빈과 시우는, 서로 대화도 제대로 안 되는 답답함, 그 자체였으니까요. 두 사람을 교감시키기 위해 얼마나 많은 시간들을 고심하며 싸워왔는지, 아무도 모를 겁니다. 아— 지금 생각해도 머릿골이 지끈지끈하네요.

하지만 이 달팽이처럼 천천히 기어가는 둘 사이를 풀어가는 역할은, 어느새 제가 아닌 나빈이 되어가고 있었습니다. 처음 의도했던 것과는 반대로 나빈은 점점 적극적이 되어갔거든요. 작가인 저의 뜻이 아닌, 그녀 스스로 변화하고 있다는 느낌이었습니다. 그리고 글이 완성됨과 동시에 나빈은 '스스로 감옥을 탈출해 꽃을 찾아가는 적극적인 나비'가 되었습니다.

이 뒷이야기를 쓴다면, 성공적으로 마무리되는 시우의 전시회 장면 정도가 될 것 같아요. 이후에도 그들은 더 활발히 자신들의 세계를 가꾸고, 하고자 하는 일을 성취하고, 이루겠지요? 나빈은 시우의 손을 잡고 이끌어줄 거고, 시우는 나빈의 어깨를 주물러 줄 겁니다. 성춘향과 로미오처럼 어울리지 않았던 두 커플은 이제 그 어떤 파트너보다도 더 훌륭히 서로를 서포트하며 자신들만의 행복을 지켜 나갈 것입니다. 사랑이란 게, 다 그런 거 아니겠습니까?

2011년 3월
카라멜 마키아또 입에 물고,
홍윤정 드림.